箱をあけよう

6

ひろりん

文芸社

箱をあけよう 6 ＊ もくじ

登場人物紹介　（異世界にて）

メイ（芽衣子）：箱を開けて異世界に来て一年目に日本に無事帰国した奇跡の女性。レヴィウスが忘れられなくて毎日悶々としている実は二十三歳

レヴィウス：メイの保護者その2でありメイを女として愛する商船船長。赤銅色の髪に緑の瞳

カース：メイの保護者その3で、メイを妹として溺愛している兄属性。黒髪に淡い水色の瞳

セラン：メイの保護者その1。優秀な船医でメイを娘として愛し戸籍を作る。意外に子煩悩

バルト：船の甲板長で、優秀な船頭。酒が好きで海が好きな典型的な船乗り。遠目からは蓑虫

レナード：船のコック。奇跡の味を追求し続ける、世界一美味しい料理を出す伝説の料理人

マートル：船のコック見習いにして下っ端称号が消えない口数が多い男。いつかつるつる頭に

ルディ：メイと一緒に雑用係をこなす好青年。優秀で優しく、いざというときには頼りになる

照：水の大精霊に進化予定のメイの友達精霊。金髪に金目の可愛い精霊。ややツンデレ気味

樹来：かつて白き神と崇まれた。古木が進化した力のある精霊。メイに心酔している。

その他もろもろ：詳しくは1巻から5巻を読んでみてね

嶋道隆：雅美の実家で若頭をしている実力者。長く雅美に片思いしていた純情派。現雅美の婚約者。
芽衣子（メイ）：うっかり飛ばされた異世界から無事に帰った帰還者。現在自覚の無い記憶喪失中。
葛西雅美：達也の母。思い込み安く直情的で、感情に行動が直結している激情家。家事は壊滅的。
祥子：芽衣子の母。「人生は楽しんだ者勝ち」を信条に芽衣子をからかう事が大好きな自称人生の達人。

勝也：芽衣子の父。真面目で責任感が強くやや頑固だが、愛情深い父親。「人生一路」の言葉が好き。
仏先生：勝也の友人で有能な人権派弁護士。いつもニコニコ笑顔だが、怒ると無表情になる。
村井くん：仏先生の助手で、自称有能若手イケメン弁護士。時折、高校生に間違われる童顔。

あらすじ

こんにちは、怪しい箱をうっかり開けてしまった芽衣子ことメイです。

箱を開けたら、あっという間に煙が出て、で、気がつけば、なんと漂流していました。どうして何故こうなったのか。訳もわからず、途方に暮れるまま波に揺られていたら、親切なレヴィウス船長の商船に拾われ、そこで出会った人達と一緒に旅をすることになりました。

異世界の管理人を名乗る春海（芽衣子に箱をくれた怪しいイケメン）曰く、ここは異世界で、どうやら日本というか元の世界に戻るには、人の心に潜んでいる何やら特殊な宝珠を見つけて回収しなくてはならないらしいのです。形の無い、見たことも聞いたことも無い宝珠って、それって無理でしょうって言いたくなるけど、やらないよりはやった方がいいとの名言もある。それならば、少しずつと思っていたら、ものすごい嵐に遭遇したり、途中で無人島に流されて精霊と欲望のままにうっかり仲良くなってしまったり、彼らの母国に着いた早々に誘拐された挙げ句に王城に召喚され裁判に出ることになったり、レヴィ船長の弟、ステファンさんと仲良くなって、顔だけレヴィ船長にそっくりな、ゼノさんとポルクお爺ちゃんがトトカルチョしてるところへ踏み込んだりと大変忙しい日々でした。大事な裁判に出て証言したのはいいとしても、某新聞一面に描かれた恐怖の劇画タッチ似顔絵は絶対に似てないって今でも大声で言いたい（力石なんちゃら風な世紀の名画って誰が言ったの。その絵、絶対に捨ててくださいね、お願いします）。なんだかんだで、びっくりするほど綺麗な王妃様や可愛い双子の兄弟と仲良くなったりと、まぁ楽しくも忙しい日々を送っていたのですが、気がつけば宝珠が勝手に集まっていて、あと一つ入れば完成にまでなりました。いつの間に集まったのかと首を傾げるばかりですが、まぁ目標達成まであと一つです。

完成前にせめて恩返しをと思っていたら、お世話になっているレヴィ船長とカースの行方不明になった幼馴染みを捜しに、皆で遺跡に行くことになりました。なぜか遺跡の古代文字が古文な日本語だったので、それなら私でもお手伝い出来るかもだし。ほら、案内板の説明とか？音痴なレヴィ船長のお父さん、ゼノさんの協力や、かつてこの世界に落ちた日本人のお願いなんかもあって、なんとか助け出すことができたのですが、時と場所を選ばない白い球のせいで予想外にもこの世界から元の世界にふっとばされてしまいました。ずっと帰りたいと思っていたけど、お別れもしないでこんなふうに別れるなんて思いもしなかった。

どうしよう、どうしたらと考えていたら、突然、何もかもが消えてしまいました。

気がつくと、私の異世界の記憶が全て、無かったことになっていました。異世界で過ごした一年も、こちらでは元の時間に返っていたのです。あとでわかったことですが、こちらの世界と異世界は大きな力の差があり、宝珠を完成させた事で、ご苦労様と神に強制回収された私は、理の中で記憶を消されてしまったようなのです。神様なりの親切心かもしれませんが、これってどうなんでしょう。

違和感が半端ない芽衣子の明日はどこに向くのか。そして、芽衣子は幸せになれるのでしょうか。さぁ、皆さん、心を落ち着けて最後まで読んでくださいね。よろしくお願いします。では始まります。

第8章　帰還編

夢の中へ：メイから芽衣子へ

「約定は果たされた。御魂よ。疾く帰り来よ」

　はっきりと聞こえた誰かの声。混乱と痛みとで倒れていたメイは、あのとき、あの瞬間に、誰かに力任せにどこかに飛ばされた。そこまでは覚えている。だが、流れる景色を認めるより先にメイの意識は少しずつ沈んでいく。何が起こったのか、どうにもよくわからないが、今はとにかく瞼がひどく重い。頭の奥がゆるりゆるりと揺れる。熟睡一歩手前の眠さに誰が抗えようか。

（芽衣子さん……。ねえ、芽衣子さん）
（芽衣子さん…。……起きて、芽衣子さん）
（起き…たら、いい……よね～、芽衣子さん）
（話を……し……、芽衣子）
　眠りの淵に座っているメイを、いえ芽衣子を誰かが呼んでいるようです。
　意識の端っこで、複数回の呼び声を感知していた。

すぐにでも目を覚まして呼んでいる誰かを確認したいところですが、頭の中がうまくまとまらないので行動までたどり着かないのが残念なところだ。

脳味噌が寝ている間に少し溶けたのかもしれない。味噌汁はかつおだしが一番。具材は豆腐にお揚げが一番好き……いえ、話がずれましたね。

えーと、それにしても芽衣子と呼ばれるのは本当に久しぶりだ。

カースやレヴィ船長達にはメイと呼ばれているけど、親からもらった名前は芽衣子。改めて言うと自己紹介みたいで、なんだか自分の名前が酷く懐かしい。私と一緒に育ってきた名前なのに、芽衣子という名前を忘れていたようだ。

こちらの世界では誰も呼んでないからだろう。いや、殊さらに誰もかれもに呼んでほしいとは思っていないが、私の日常からかけ離れたこの世界での私は、芽衣子ではなくメイ。そう思っている。だって、この世界での私の場所は【メイ】が作ってきたのだから。

非日常を受け入れるために、私が私のままでいられるために必要な定義だった。

だけど、どう取り繕ったところで私は私だ。名前を変えてみたところで、何も変わらないということにすぐに気がつく。別人に変身できるほど器用ではない。気がつけば芽衣子とメイが混同するのは当然。おかしな定義なんて、とっくに意識から消えていた。

だから今の私はメイだ。芽衣子の上に上書きされたメイ。どちらも同じ。変わらない。

名前などに意味はないと思っていたから気にした事もなかった。

だけど、こうして呼びかけられると、日本の両親や友人達の顔が脳裏に浮かんでくる。

ああ、なつかしいなあ。日本では皆、私のことは芽衣子って呼んでたんだよね。

芽衣子って、読みづらいとか言いにくいとかではない一般的な名前だもの。
考えていくうちに、私は意識をふわりと僅かに浮上させた。
こんなに目覚めが悪いのは、人生で初めてかもしれないと苦笑しながら。

＊＊＊＊＊

「芽衣子さん、ねえ、芽衣子さん」
はい。起きましたよ。この声は、やっぱり春海ですね。
私をこの世界で芽衣子と呼ぶのは春海だけだものね。
えーと、春海さん、お久しぶりです。お元気でしたでしょうか？
私は、多分元気だと思います。
挨拶が終わったところで、御用は何でしょうか。要件は手短にお願いします。
あ、でもコーヒーとお茶請けを出してくれるならば、ゆっくりでもいいですよ。
私、今、大変に眠いのですが、美味しいものは大歓迎です。
疲れている脳や体には糖分とカフェインは嬉しいセットですから。
「芽衣子さん、起きてください。とても大事なお話があるのです」
だから、起きていますよ。こんなに大きな声で思考しているのに聞こえないのですか。
若いのに聞こえないって、……もしや若く見えて実は老人気質なんでしょうか？
耳元で怒鳴らないといけないのかしら。でも体動かないし。

というか春海って実際何歳なんだろう。一度きちんとした耳掃除をお勧めします。

「さっぱり起きないわね。よっぽど疲れているのね。ねえ、これは無理ではないの？」

あれ？　今の声、誰？　女性の声だったような気がします。

もしかして春海は某声優さんのように七色の声を持つ男ですか？

「そうだね～。見てよ、彼女の目の下、真っ黒だし～女の子なのにねえ～。こんなに酷いと取れないかもねえ～可哀想に～」

今の間延びしたのび太のような声の男は誰ですか？

いや、それより今さらっと気になることを言いませんでしたか？　目の下真っ黒って。

隈？　隈なの！　やっぱり駄目です。二十歳を超えたら徹夜は健康と美容に良くないのです。

ここは、麗しのコーヒータイムを諦めて睡眠をとることにしたいと思います。

ので、要件をすっきりはっきりと一括まとめて言っちゃってください。

「芽衣子さんなら、きっと自助努力で何とかなるわよ。皺ができる前に！　それよりどうするか決めましょうよ」

ああ！　とうとう皺って言いましたね。シミ、隈、皺とくればお肌の曲がり角を過ぎての急降下危険信号。隈ができたなら素早くミネラル保湿をしなくてはいけません。

誰だかわからないけど、教えてくれて有難う。そうです、これは自助努力で何とかするしかないのですよ。食物繊維たっぷりの食事に、美容パックですね。

やっぱり起きたら野菜パックをしよう。お肌にもミネラル補給が必要です。

「どうするも何も、どうにもならんだろう」

「まあ、そうね。不文律は変えられないのよね」

「そうそう～僕達の力ではどうしようもないし～」

「芽衣子さんが寝ている間に済ませちゃおうかな。だって、起きない芽衣子さんが悪いよね」

うーん。四人分の声が一度にした。どうやら、私の傍に四人いるようです。

それで、四人揃って乙女の寝顔をじっくり観察していると。

……嫌ですね。寝ている顔を初対面の人間に見せる趣味はありません。

多分に制御不可能な抜け作顔をさらすのは、抵抗感ありまくりです。

しかし、最後の台詞は聞き捨てならないですよ。声から察するにあれは春海ですね。

なんてことを言うんでしょうか。酷いですね、酷いですよ。

普通は起きるまで待ってくれるとか、優しく起こすとか方法はあるでしょう。

仮にも男性ならば、紳士って言葉を知らないんですか。ジェントルマンになってレディに接してください。もちろんこの場合のレディは私ですけど。

というより過去の夢での逢瀬をさかのぼってみても、思い出せる春海からの優しさって、コーヒーとおやつくらいでしょうか。関係としては、縁側お茶のみ友達程度かな。

そう考えたらやっぱりコーヒータイムは惜しい気がします。様式美って大事だよね。

気が変わりました。さあ、早くここに、いますぐ私の目の前に出してください。

「彼女に黙ってことを成しては怒るのではないか？」

おお、誰だか知らないけれど、ちょっとだけわかっているよね。

そうそう、人間礼儀を失ってはいけません。

「人道的な行いとは言えないわね。でも大丈夫。私達人間じゃないから」

こらこら、お姉さん。話題の相手が人間の私なんだから、人間の道理にしたがってください。

「そうだね〜気にすることはないよ〜だって、起きたら覚えてないし〜問題なしでしょ〜」

もしもし、のび太君、問題ってそんな物騒なの聞いてないよって、拒否していいかな。

「そうだね、いいか。考えても仕方ないよね。だって芽衣子さんだからね」

だっての後に、どうして私だからなのかとあえて問いたい。

ちょっと待て春海さん、うん、そこに正座してじっくりと話し合おうか。

「まあ、そうだな。それに世の理は変えられん。我々がどう足掻こうとな」

四人の内で唯一の常識人っぽい人が意見を変えた。ああ、私の味方は誰もいないのか。

「そうね。さあ、そうと決まったら始めましょうよ、春海」

いやいや、決まってないから。まだ、決まってないよね。

「せっかく四人揃って来たのにね〜僕達に対する反応とか見てみたかったんだけどね〜」

四人揃って？　反応？　さてはお笑いカルテットですか？

そういえば春海さんは黙っていればそこそこ綺麗な顔してたから、お笑いデビュー目指してもそれなりに有名になるかもよ。うん、夢は大きくもって頑張って！

「芽衣子さんに了承って、そういえば取ったことないね。今まで必要なかったし、無い方が都合もいいし楽だし。でもまあ、そこは芽衣子さんなら何とかなると信頼しているからね」

ほう、信頼ですか？　なるほど。春海も私の淑女な成長ぶりを理解していたのですね。

やっぱり、黙っていても滲み出る、私の本来の魅力がもたらす高貴さとか気品とか。

あれだけマーサさんにしごかれたのだから、私だって雑巾一枚分くらいはしぼり出るのではないかと思ってました。ほら、人間、生まれより育ちっていうし。あれ？　意味違う？

まぁいいか。ふふふ、私もついに信頼を任せてもらえるようになったんですね。

淑女の道に一歩前進ですね。そこまで言われたからには、いいです。聞きましょう。

了承するかどうかはわかりませんが、どんとこいです。淑女は心が広いものなのです。

あ、でもなぞなぞはやめてね。そちら方面の発達成長は全くと言って見込めませんから。

「あのね、芽衣子さん。全てが消えちゃうんだけど、一つだけ許してもらったんだ」

許す？　何を？

「そうね。この一つを取りつけるのに、かーなーり、苦労したわね」

そうなんですか。ちっともわかりませんが、とりあえずご苦労様です。

「あちらはかなりご立腹だったからね〜」

あちら？　あの、先ほどから私の言葉届いてる？　聞いてませんよね。まるっと無視ですか。

「そうだな。だが必要としているのだから力を尽くすのは当然だろう」

「方法はわかっても使い手を選ぶってとこかな〜今までが失敗続きだからね〜」

なんのお話をしているのでしょうか。段々彼らの世界に突入しているようです。

寂しいですね。仲間外れ感がありまくりです。話しかけている相手は私ですよね。話題の原点は私ですよね。でも、ここまでの彼らの言葉を思い起こすと、私の意志というか言葉は彼らにはまったく伝わってないようです。

どうしてだろう。春海との夢の時間は、私の考えていることがちゃんと伝わったのに。

今は全く繋がらない。安全であった電話の糸が切れたようで、私の言葉や意志は一方通行だ。それが、なんとなく悲しい。

それにさっきから気づいてました。瞼も体も全くピクリとも動きません。これは、ザ・金縛りですか。見えないだけで、お化けが体の上に載っているのかもしれない。お化け系統は苦手なのでどこかに行って欲しいです。

必死で念を送れば、お化けも諦めてどこかに行ってくれるかしら。

あとは、お化けが苦手なものってお経かな。あれどんなのだったでしょうか。寿限無寿限無ってお経？　なんだか違う気がする。南無阿弥陀仏はその一言の続きがわからない。

ぐるぐると考えていたら微妙に頭が痛くなってきた。私はこんなに悩んで金縛り解決の術をいろいろと悩んでいるのに、私の周りの四人は訳のわからないことで話が盛り上がってます。

今だって、少し興奮しながらあれこれと楽しそうに話している。

ちょっとだけ遠い目をしたい気分です。話にちっともついていけませんよ。まあ、私も途中から考え事で聞いてませんでしたが。これって授業途中に意識を飛ばしている感じですね。

「本当によく寝てるわね。流石に図太、いえ、それはどうでもいいわ。それにしても、あれなに？　感心どころか驚愕で足の震えが止まらないわ。ここまでの干渉力を私達の世界でこともなげに使うなんて。頭ではわかっていたけど、本当に、本当に恐ろしいわ」

世界？　鑑賞力？　何かを眺めるのでしょうか。

さっきから四人が眺めているものと言えば私の寝顔？　それを見て、感心どころか驚愕？　どれだけ酷い寝顔なの私。そもそも、大前提から違うでしょう。

鑑賞会なら、もっと美しいものを眺めましょうよ。絵画とか映画とか。

「ああ、あそこまで力の差を見せつけられると、驚愕を通り越して、恐怖を植えつけられる。我々では到底適わないだろうとな。事実、抵抗どころか反論する気すら起きない」

そこまで、そこまで言わなくてもいいではないの。

ほら、変な顔鑑賞会とかのキワモノ鑑賞よりましとか思いませんか。

「抵抗したら一瞬で塵芥。いわゆる、潰れたカエルだね～」

ほほう、私の寝顔に対する対抗馬が潰れたカエルだと。

くう、なんだかいろいろ泣きそうです。でも、潰れたカエルって、夏の風物詩ですよね。

コンクリート地面が熱すぎて蒸発して道端で干からびているカエル。

そういえば子供のころの自由研究で、干からびたカエルを水でふやかしたら、生き返るかって実験した子がいたね。あれ、どうなったんだっけ。

「おい、目は開いてないが意識は戻っているのでは？　先程から瞼のあたりが動いているぞ」

あの、人間はレム睡眠のときに瞼が動くんですよ。動かない金縛りでも瞼が震えるくらいはできるのだろう。よし、ここは四人に、お化け撲滅のために助けてくれと念を送ってみよう。

「ああ、ほんと動いてるね～面白い～本題にさくっと入っちゃおう～ごねられても面倒だし～」

全く念力が伝わってない。夢なのに、夢のはずなのに、私にはテレパシー使えないようです。

「そうね。もう時間がないわ。春海、芽衣子さんに告げて頂戴」

ごねるって、何かやはり本題が発生？　告げるって何？

あ、なんだか頭痛が大発生しそう。心臓の音が微妙に煩くなってきましたよ。

「じゃあ、僕が代表で。芽衣子さん、まずはご苦労様。そして、願玉の完成おめでとう。僕達の世界に来た異世界人で初めての偉業達成だよ。異世界人の中でも、底辺を走るほどの人間だと最初は思っていたのに、人間って思いもよらないところで素晴らしい特技があるんだね」

んん？　おめでとう？　ああ、そういえばアシカ球完成してましたね。

あれどうなったんだっけ。でもまあ、よかった。偉業達成って、褒められているんだよね。

いや待って。底辺を走るって貶されているのか。どっちだろう。

「本当に綺麗で力強い願玉だわ。ありがとう、芽衣子さん、我らが主である竜宮の神をはじめ、四つ柱の神様達は大層お喜びなの」

へ？　ああ、そうですか。アシカ球ができて、何がどうなのかさっぱりわかりませんが、いろいろと助けてくれた四つ柱の神様が喜んでくれているなら何よりです。

「これで人間と世界と神、強い懸け橋ができる。君には我々一同も揃って感謝している」

そんな、改めて感謝なんて言われたら照れますよ。

実際は棚から牡丹餅ばかりでしたので、全員から感謝されるなんて、ちょっとだけ後ろめたいような、得しちゃった感があるような、ないような。

強い橋を架けるんですか？　どこかの川に？　いいことですね。縄梯子って怖いものね。

橋ができると助かる人達たくさんいると思うよ。四つ柱の神様の好感度がぐうっと上がるね。

ああ、気持ちいいですね、感謝されるって。私が役に立った感じがして嬉しいです。

「でも、今回は私達も頑張ったのよ」

「そうそう～ちゃんとそこんトコロ理解して欲しいなぁ～」

頑張ったたって、何を？

「そうなんだよ、芽衣子さん。僕達の苦労は並大抵のものではなかったよ。今までにないくらいに頑張ったんだよ。大地の神様に頼んで大地の恵みを凝縮して急構築してもらったんだ。調子に乗りすぎて国全体が温泉地になりそうだったけどね。だって、楽しそうでしょう。温泉、秘湯の湯って響きがいいよね。僕達も楽しみだったんだよ。温泉マップを作って温泉ツアーしたかったよ。でも、神様にもいろいろ事情があってね。あれだけで終わっちゃった。僕達も面倒事には関わりたくないしね」

温泉？　どこに？　ああ、そういえば遺跡の中で、臭い硫黄香は温泉鉱脈がここにあるのではと、ゼノさんと話したような気がする。そのことだろうか。

「温泉を掘りだすために、地熱を上げてもらったの。偶然といえばそうなんだけど、大地の神様は夫婦喧嘩の真っ最中だから、簡単に引き受けてくださって、上がること上がること」

なるほど、地面があったかいなあって思ったけど、あれは夫婦喧嘩の鬱憤晴らしでしたか。ぬいぐるみを殴りつける要領でしょうか。

「上がり過ぎて、大量殺戮が始まりそうだから計画は断念した」

そうだね。夫婦喧嘩は間に入るとこじれるらしいですよ。仲直りにも最適温泉ツアー計画って企画書だしたら通るかもよ。気長に頑張って！　私も行きたいし、温泉ツアー。

「だけど、芽衣子さんのお願いもあったからね～だから、本来なら二十年先だったのを前倒しでしちゃった～僕も、温泉卵、食べたいし～」

のび太はてへっと可愛らしく言い放ったが、見えない私には効果なしだ。

お願い？　私なにかお願いしたでしょうか。あ、温泉卵ね。確かに希望したかも。

うーん、夫婦喧嘩の介入は難易度高いですね。確かに面倒かもしれない。

それにしても、夫婦喧嘩で殺人事件発生。恐ろしいですね神様の痴話喧嘩って。

「多くの理が運命を変えた。使命をもった魂が輪に気がついた。君のおかげだ」

？？？？　えーと、仲直りしたと。よかったですね。夫婦円満なによりです。

「今回は、たくさんの輪を回したわ。おかげで神様達も滞っていた流れを回せるようになって大喜びだし。世界が憂う大きな塊が消えたことで、私達の負担も大きく減った。本当に感謝しかないわ。あ、もちろん大地の神の仲直りにも貢献してくれたし。あの虹は綺麗だったでしょ」

貢献？　私、何かしたっけ？　虹？　仲直りに虹効果？

夫婦円満の証に輪を回す？　うーん、相変わらず訳がわからない。

輪で思い出すのはフラフープ？　懐かしいですね。子供のころに遊んだっけ。

最初は輪を回しているが正しいんだけど、気がつけば回る輪に逆に目を回してたっけ。

「だからね。僕達や四つ柱の神様から感謝をこめて、一つだけお願いしたんだ。何度も伝えて、やっと、なんとか、渋々だったけど、叶えてもらえたよ」

お願い？

「でもね～僕達も約束だからさあ～わかっているけど～本当ならしちゃいけないけどねえ～」

してはいけないこと？　は、わかりました。浮気ですか？

春海さん、夫婦喧嘩の原因は浮気なんですね。テレビドラマの定番ですからね。

ピンッときましたよ。それは熱も上がるかもしれないね。ぐつぐつと。

「四つ柱の神様達以外の神様も力を貸してくれたのよ」

神様は他にもいたの？　う、浮気相手というものですね。

そうだよね、日本の八百万の神様は数多すぎだけど、四つ柱の神様だけだと大変だものね。

「だから芽衣子さん、頑張って！」

はい。ってとっさに返事しちゃったけど何を頑張るの？

「ごめんね〜僕達にはどうしようもないんだ〜」

ちょっと待って、なぜ謝るの？　浮気が原因の夫婦喧嘩を治めた話のどこに謝る要素があるの。

「だが君ならば、もしかして成し得るやもしれないとあの方も言っておられた」

浮気調査の話が変わった？　何をするっていうの？　あの方？

「そうね。私も薄い希望だってわかっているけど期待しているわ。もう会えないかもしれないなんて、寂しいですもの」

期待？　会えないって？　というか、まだ春海以外の三人は顔合わせすらしていませんが。

「僕達から君に送れるのはこの小さな鍵。これが精一杯。だから見つけて欲しい、芽衣子さん」

鍵？　私に送るってどこに？　見つける？　落としたんですか。

誰かの指が私の額に触れた。おそらくこの指の持ち主は春海。

触れた指から小さな音が聞こえた。それは一度だけ鳴った、リンッという綺麗な鈴の音。

鈴の音の震動が、私の頭と耳にじわっと響いていく。

暖かいような冷たいような。痛くてくすぐったいような。不思議な感覚が一瞬で広がった。

「ねえ、芽衣子さん。本当に楽しかったよ。いままでいろいろ有難う。もう会えないなら、もっとたくさん夢で逢いたかったね。あのコーヒーも美味しかったし、お菓子も絶品だった」

なんだかお別れの挨拶のようです。しんみりしちゃうね。お別れだなんて言わないでよ、ほら私は怒ってないから。温泉出したくらいでは私は怒らないよ。むしろ大歓迎だよ。夫婦喧嘩の仲裁は私には荷が重すぎるけど、大地の神様に温泉ありがとうって伝えてくれる？　いつか入りに行きたい絶景温泉地。いいよね。私から感謝を言いたいぐらいなのに。

それになんだかんだ夢であれこれと言いながらも、私、春海を嫌いではないのよ。

私もあの夢でのコーヒータイムは本当に楽しかったから。

かなり遠回しであったけど、春海の忠告で助かったことがあるのも事実だし。

「そうね。確かにあれは美味しかったわ。芽衣子さん、御馳走様」

いえいえ、コーヒーやお菓子を出したのは春海ですし。

「ああ、もうじきだな。我々はここまでだ。芽衣子さん、お元気で」

もうじき？　ああ、いつものように、私、目覚めるのね。

「そうだね～僕も名残惜しいけどそろそろ契約外だからね～さようなら～」

最初から最後まで意思疎通ならずでしたが、どこのだれだかわからない春海のご友人達、ご丁寧にどうもありがとうございます。体が動かないのでお返事の挨拶ができませんね。

お茶もお出しできませんでしたし。起きたら改めてご紹介を兼ねてお会いしたいですね。

目が覚めるだけなのに、かしこまっての別れの挨拶なんて微妙に照れる。

「そうそう、多分覚えていないと思うけど、僕はまだ任期があるからあの本屋にいるよ」

本屋って、ああ、夢の中で浮いていた竜宮堂古書店ですね。そうですね。って、いくら私の頭がざる頭でもさすがに覚えてますよ。何回あの古書店に入ったことか。夢で逢うときはいつもそこですし、今さらですよね。

「禁じられているから、僕からは会いにいけない。だから、芽衣子さん。鍵を見つけて」

春海からの頼みごと。日頃からお世話になってますし、私にできることならしてみましょう。鍵、鍵ですね。どんな感じの鍵ですか？　落とし物ならば落とした場所を順序立てて考えると出てくるかもしれませんよ。


突然に、私の目の前から四人の気配が消えた。

耳を澄ましてみても、誰かが傍にいる音はしない。


私、一人ぼっちだ。


音も気配も何もない。誰もいない。先ほどまでが騒がしかっただけに、突然の沈黙に急激に膨れ上がる寂しさが、こう、湧き上がってですね。……。

い、いつもの言い捨てですね。もう、もう気にしないですよ。私は大人の淑女になると決めましたからね。そんなの、気にしないっていったら気にしないのです。

ちょっとだけ寂しくなって目尻に涙がじわりと浮かんで、思わず鼻をすする。

『淑女は鼻をすすりません！』とマーサさんのセリフが頭の端っこで再生される。

でも、勝手に出てくるものは、どうしろというのか。

そのとき、ぼわんと大きな何かが背中からぶつかってきた。そしてそのまま、背中に感じたやわらかく暖かいお布団のような何かが、ふわりと全身を包み込んだ。

……この暖かさは、何と言えばいいのか。

ふわふわ、ふんわり。じわじわ、じんわり。とろとろ、とろりん。

感覚で表現するならこんな感じ。ああ、本当に気持ちいいです。温泉に全身で浸かっているようです。正に至福。人生の幸せここにありですね。

幸せに包まれて、何の心配もいらない。どこよりも安全な世界が私を包み込む。

これで温泉卵と温泉まんじゅうがあれば最高なんですが。

あ、なんだか体の重みが取れてきたようですね。首の筋のこわばりもほぐれていきます。

それに、体の細胞が若返ったような気がします。温泉効果ですね。

ここから出たら、弾けるお肌つやつや効果あり。素晴らしい謳い文句だ。後がとても楽しみだと思わせる宣伝文句。これに惑わされない女子は世界中探したって見つからないはず。

体の全てから力が抜ける。同時に瞼の重力がなくなった。

さっき、私はまだ眠いと思っていたんだっけ？　だけど、私の体は睡眠十分だって言っている気がする。さっきまで暖かかったはずの温泉いや、お布団、が冷たくなっていく。

うん、寒い？　ような気がする。そういえば、季節は冬です、よね？

そうだよ冬だもの。起きたら味噌汁でも温めようかしら。

確か昨日の朝、作って冷蔵庫に入れておいたはず？　うん？　昨日？

何かが頭の奥でひっかかる気がした。

そして戻ってきた日常

いつもと同じ朝日。見慣れた自分の部屋。耳に馴染んでいるはずのＣＭソング。変わりない日常に囲まれて、芽衣子はぱちりと目を覚ました。

そして、ひんやりと冷え込んだ肩をさすり、背をぶるりとふるわせた。

寒い。こんなに寒いのは、久しぶりだ。

体の記憶が芽衣子にそう告げた。だが、同時に首を傾げた。季節は冬、一月下旬、ならば寒いのは当然。温暖化とはいえ、この寒さは厳しい。と感じて、さらに首を傾げたくなった。

芽衣子の記憶では、今日は昨日と然程変わらない気温だろう。なのにどうしてそう思うのか。どこかちぐはぐで、何かが合わない。何か変だとしか思えない。

何か、そう、違和感だ。どこがどうと明確に言えないが、どうにも落ち着かない。そんな気がしていた。感覚がどこかずれているような、ボタンをどこかかけ違えているような。

どうにも気持ちが悪いというか、落ち着かないというか。変な感じだった。

寝起きの頭だからだろうかとも思うが、漠然とした違和感がどうにも気持ち悪い。

「さぁ、今日も良い天気です。皆さん、一日頑張りましょう」

テレビの天気予報が、幸先の良い予報を告げた。そう、今日も一日が始まる。

窓から漏れる朝の光が眩しい。床には、花が開くように光の裾野が広がっていた。

芽衣子は何度か瞬いて、首と肩を伸ばすように腕を上げて伸びをする。

ボキボキと肩と首が鳴って、うんと空気を吸い込む。体が痛いのは炬燵《こたつ》で寝てしまったせいだろう。炬燵で寝落ち。一人暮らしの芽衣子にとってはよくあることだ。

体を起こして、ふと気がついた。炬燵の天板が無いことに。

「あれ？　炬燵の天板、どこにいったの？」

寝ている間に、蹴倒してしまったのだろうか。今まで寝相が悪いと思ったことは然程なかったのだが。きょろりと小さなアパートの中を見回すが、天板はどこにもない。

芽衣子は首を緩く回して、小さなため息をつく。寝起き早々に、探し物で頭を使いたくない。

「まぁ、いずれ部屋のどこかで見つかるでしょう。天板に羽が生えているわけじゃないし」

ここはさっさと頭を切り替えよう。腰に手をあてて背をそらしたら、くぅとお腹が鳴った。

お腹を押さえてみたら、さらに音が大きくぐぅぅと鳴った。相当に空腹だ。

朝なので、起きて美味しい朝ご飯を食べに行かなくては。

そう考えて、瞬きをパチパチと繰り返し、ピタッと動きを止めた。

「食べにって、お給料が出るまで節約して自炊かシリアルバーを食べようって……」

だから昨日コンビニでシリアルバーを買ったはずだ。だが、口に出してみたら、なぜか頭の中でホカホカの焼き立てパンと厚切りベーコンにとろけるチーズの映像がふわりと浮かんだ。

想像の中なのに、ふわりとした湯気と芳醇《ほうじゅん》な匂いが周囲に充満し、その空気すら美味しそうで、思わず鼻をひくつかせてしまう。想像なのに。

「ああ、美味しそう、いいなぁ、がっつりモーニング食べたい」

じゅるりと口の中で唾液が溢れる。その想像があまりにリアルで一層お腹が減ってきた。

お腹の音と空想がどんどん追い打ちをかけていく。そして、ちろりと壁時計を見た。

「うん、よし。今日は奮発して駅前の喫茶モーニングだ。早速行こう」

少しお高いが、がっつり系の朝食を出す喫茶店が駅前にいくつかある。財布に余裕があるときに時折行くが、コーヒーとチーズケーキが絶品で、芽衣子のお気に入りの店もある。

あの喫茶店にも確かモーニングがあって、そこそこボリュームがあるサンドイッチの写真がメニューにあったはず。よし、そこに行こう。お腹の後押しもあって、今日は即決。

変な違和感なんて、ご飯食べたら忘れちゃうよ。多分。うん、お腹がすいているから変な感じがしてるに違いない。

そう結論が出たことで、勢いよく立ち上がった芽衣子は、早速、顔を洗うべく洗面所に向かった。


駅前の喫茶店で、鶏肉と野菜がしっかりどっさり入ったサンドイッチを堪能した芽衣子は、口元をぬぐい、はふぅと息をこぼしつつコーヒーを一口飲んだ。

本日の日替わりは、その奥深い味わいと爽やかなのにコクのある苦みが特徴な一品。芽衣子のお気に入りのブレンドだ。ああ、美味しい。これだよ、これ、懐かしいなぁ。

最近、物入りの上に金欠でなかなかここに来られなかった。今の懐事情も厳しいが、このコーヒーを飲んだら後悔なんてふっとぶ。それぐらいこのコーヒーは美味しかった。最後の一滴まで飲み終わったところで、店のマスターが、すっとコーヒーのおかわりを足してくれた。

「久しぶりにお顔を拝ませていただいたので、本日の二杯目はサービスです」

芽衣子に向けられる柔らかな笑顔に、嬉しくてにっこり笑顔を返す。

「ありがとうございます」

こういったサービスは非常に大歓迎、大満足だ。マスターの気持ちの二杯目も嬉しい。

芽衣子は、空になった目の前の皿に視線を落とした。

先ほど食べたサンドイッチ。見栄えもよく味も美味しい。ハーブを効かせた鶏胸肉と新鮮なレタスとトマトに、薄切りの玉ねぎ。ほどよい厚みの食パンをきつね色に焼き、具をはさみ、特製のマヨネーズに散らしパセリがアクセントで、本当に美味しかった。お腹は満足している。

だが、芽衣子が想像した朝食ではなかった。何かが頭の中で違うと文句をいっていた。

食べやすいといえばそうなのだが、あの想像の絵面のパンは食パンではなかった。あれはどちらかといえば、バンズに近い丸パンと呼ばれる類だろう。噛み応えがあるパンの生地に、ベーコンの油がじわりとしみ込むパンの上から流れるように載せてあるチーズ。ハーブと辛子が効いたソースと少し癖のあるチーズとの相性は抜群だ。あれは至高であり、最高に美味しいのですよ。癖になる味とも言える。お腹は一杯なのに、思い出すだけで唾液が溢れてきそうだ。

ふわふわと浮かんだ思考に、芽衣子は再度首を傾げた。

癖になるって、私、どこで食べたのだろうか。

記憶を探ったが、覚えている限り、そんなガッツリサンドは食べたことがないはずだ。

またもや、胸の奥にじわりじわりと言いようのない違和感が広がっていた。

もやもやした気持ちのまま、気がつけば芽衣子は、コーヒーを飲み干していた。なんてこと。せっかくマスターの好意で頂いた二杯目をじっくり味わえなかった。もったいない。

食べたことがないなら、テレビ番組で見たのか、それを食べる夢を見たのかもしれない。

とりあえずそう結論づけることにした。そうでないともやもやが消えない気がしたからだ。


夢。そういえば、芽衣子が現実と夢を結びつけたのは、初めてかもしれない。

睡眠中は誰しも夢を見ると某有名学者が言っていたが、芽衣子は夢の内容を覚えていたことはいまだかつて一度もなかった。なので、芽衣子にとって夢とは、未来に叶う希望であったり、手が届きそうで届かない憧れであったりしたものだった。だから、夢本体に対して意識を向けることはない。睡眠中に見る夢は、きれいさっぱり忘れられ、何も残らないと思っていた。

だが、有名な心理学者曰く、夢は願望の表れともいうし、芽衣子にとって、夢は一度は覚えておきたい事象の一つだ。その一つが今日叶ったということだろうか。

あんなに美味しそうな夢って、どれだけお腹減っていたのだろう。

でも、実際に見て食べて味わったような夢って、ある意味凄いよね。うん。

その朝、芽衣子は少しだけ、自分の想像力の凄さを見直した。

昨夜の夢に、少しだけ意識が向いたが、料理番組の夢と結論づけられた芽衣子は、夢の内容について新たに精査する気は、もう全く失せていた。

＊＊＊＊＊

あれから数日、探したが炬燵板はどこにも見つけられなかった。仕方ないので、お盆に載せて食事をする毎日だ。泥棒が持っていくにしては金目のものには手を付けてないし、あえて炬燵板だけを盗むって、馬鹿げた三文芝居よりも酷い内容だ。ここ最近、いつもいろんな場所、いろんなときで、感覚が事実と一致しない出来事が増えていた。どうしてと思うが、もう慣れた。季節の変わり目には何かしら変化があるっていうし、そう考えたら、私はどこかが繊細なのかもしれないね。うん。

気分を落ち着かせるためにコーヒーを揺らしていたら、レンジがチンッと鳴った。味噌汁を取り出し、トースターの中のパンを取り出す。そして炬燵に持っていって、無くなった天板代わりの大きめのお盆の上に置いた。

さくっと口にパンが入ってバターの香りが口の中に広がる。水分は然程ないが、三日経っても然程硬くない。量産品だが、これも悪くない。

そこでまたもや、違う違うとポコポコと頭の片隅で何かが警鐘を軽く鳴らす。

このパンも違うと、私が求めているものではないと。

そして、この感覚を振り切るために小さく笑う。ないものはないのだ、諦めようと。

いつも突如と襲うこの違和感も、毎日過ごせば慣れてくる。

一口一口、噛みながらも、私の顎がもっと硬いものを求めているのはわかった。

違和感が立て続けに襲う最近の日常にも、目頭を押さえて圧迫する方法で、気を変える。あれから思考時間の許す限り考えてみたが、芽衣子には立て続けに湧き上がる違和感の原因も理由すらも浮かばない。わからなければ解決方法など見つけることができない。

ならばどうするか。唯一芽衣子が至ったのは、気を逸らすという方法だ。

気休めの範囲でしかないが、今の芽衣子ができる精一杯だ。仕方ないだろう。

食べ終えて洗い物を終えてテレビを見ると、時報は七時。

いつもより時間が過ぎるのが早い。もう家を出ないと職場に遅れてしまう。

電車とバスの時間を乗り過ごすと大変だ。

あわてて服を着替えて、いつものように布のトートバッグを取って、真新しい赤い財布と、小さな手帳、ちょっと奮発して買いなおした新しい携帯を入れて靴を履いた。

先日、気がついたら、トートバッグの中が悲惨な事になっていた。

携帯は電源が入らず、財布はゴワゴワの手触りになった上、明らかに膨れていた。財布の中の僅かな紙幣も顔が波打っていた。手帳も同じく膨れていて約三倍の厚さになっていた。

お茶がこぼれて濡れたのかもしれないが、あまりの被害に目から涙がでた。

手帳も財布も買いなおしだ。よれよれになっている手帳は、どこかで砂か砂利が掛かったのか、塩の結晶が欠片となって紙の表面を彩っているおかげで、ざらりとした感触。これでは書けないし使えない。憶えていないだけで、どこかで落としたのだろう。

砂や砂利といえば、芽衣子の職場付近にも当然あるものなので、あり得る話だ。

落として砂にまみれたところで、バッグに入れてある水がこぼれた。うん、これもあり得る。幸いにして財布の中身は多少膨れたとはいえ、問題ない。新しい財布は、お手頃価格で見つけられたし、前のよりも可愛いので気に入っている。だが、携帯の電源が入らないのは痛かった。店で修理を頼んだが、無情なまでに酷い最終通告。メモリーも電話帳も何もかも修理不可能でした。要所要所で中の基盤が錆びていたらしい。ここまで酷い壊れようは、海水にでも長時間浸けたのかと言われた。海になぞ、故郷に帰りでもしなければ無縁なのに。せめて防水機能があれば違ったかもしれませんねと言われたが、もう後の祭りだ。仕方ないと諦めて、携帯ショップで泣く泣く買いなおした。諸々のあれこれも買いなおしたが、手痛い出費だった。

買いなおしで喜んだ事は、一つだけあったが、これはまぁ、さて置く。

テレビの自動オフ機能が働いて、テレビの画面が暗くなる。出勤の時間だ。

いつもの靴を履いて、玄関脇に置いた鍵と定期入れを鞄につっこんで、慌ただしく玄関から飛び出した。そう、これもいつもと変わらない日常だ。

バスでいつもの席に座り、窓から空を見上げて、雲の流れるのを揺られながら見つめる。

最近はよく晴れる。抜けるような綺麗な青空だ。快晴というのかもしれない。

なのに、心は晴れないままだ。その理由を、私自身が誰かに問いたかった。

優しい職場

ざっざっざっと、勢いよく竹箒《たけぼうき》が敷石の上を滑る。それに合わせて小さな砂埃が舞い、枯れた松の葉や折れた枝、松ぼっくりが集められる。集まった枯葉や木の実、紙屑ごみを塵取りで拾い、それを社務所奥のごみ焼き場に持っていく。

石や砂が混じったごみは、まずは堆積所に貯めて交ぜる。そうすると石や砂は下に落ち、枯葉などの燃えるごみだけが残る。燃えるごみだけをスコップで掬い上げ、ブロックで囲まれた焼却炉に放り込む。焼却炉が半分ほど埋まったら、上着のポケットからマッチを取り出して火をつける。それを下部にある小さな窓に入れると、焼却炉の中で火が踊り始めた。

時折、火元の小さな窓に手で仰いで風を送るとその勢いは増す。ゴウッと音を立てて温度が上がり、焼却炉の周りの空気が熱くなる。ブロック塀で囲まれた焼却炉のわずかな空間に暖かい空気が満ちる。芽衣子は、悴んで指先が赤くなり始めた手の平を翳《かざ》した。

温かくなっていく手のひらを、何度も擦り合わせて指先の温度を上げる。

次第に冷たい指先が温かくなり、その温まった手のひらを堪能してから、踵を返した。

ごみ焼き場のブロック塀から一歩外に出ると、ぴゅうっと冷たい風が襲いかかる。

上着の襟元をかき寄せて暖かい空気を逃がさないように縮こまるが、冬の北風は無慈悲だ。

あっという間にわずかの温かみを奪い去っていく。

ごみ置場横にある掃除道具入れの小さなロッカーを開けて、箒と塵取りを仕舞う。

向かい風になる風を突っ切って、やや早足で社務所まで戻る。

社務所入り口に入る前に、くるりと参道付近を振り返った。綺麗になった参道と参拝客の来る社殿までの掃除は、最近の芽衣子の日課であった。この神社は街中よりも高い場所にあるため、風が強い日は掃除してもきりがないのだが、掃除は毎日欠かすことなく行う。

神様のいる場所は綺麗にするのが常識であるし、芽衣子としても綺麗な境内は気持ちがいい。社殿や神社自体も古いものだが、大事に手入れされることで、その重厚感や存在感は増すように見える。一生懸命掃除をすると、時折神社自体が輝いているような錯覚を憶えるから不思議なものだ。今も社殿の屋根がキラキラと光って見える。

日光の反射だと原理はわかっているが、後光が差し込んでいるかのようだ。

そんなとき、雇い主である神主は、神様が喜んでいらっしゃると嬉しそうに微笑んでる。

本当にそうなのかは凡人である芽衣子には確かめようがないが、掃除するだけで神様に喜ばれるのなら、単純な作業でもやりがいがあるというものだ。やっぱり綺麗な境内は良い。

芽衣子の本来の仕事は社務所での事務仕事であったが、正月を過ぎ、成人式も終え、2月に入り、節分、旧暦の正月、の頃になると、社殿を参拝に来る客も減り、仕事もいささか暇になる。

この神社は学業成就の神をさほど大きく祀っていないため、受験生の参拝は隣町の水天宮に行くのがほとんどだ。つまり、高台のこの神社に来る参拝客は、今は大変少ない。

正月後からしていた一日三回の掃除は、二月半ばともなれば朝の一回のみで済む。法務局や役所に提出する書類を整えたら、芽衣子の仕事はさらに暇になる。

本来ならば、ぼうっと達磨ストーブの周りでテレビを見ながら休憩しても、咎める人は誰もいないのだが、最近の芽衣子は気がせいてしまい、社務所の拭き掃除をしたり、社殿の床を磨いたりと忙しなく働いていた。

そうすると、社務所でおやつを用意していた神主の奥さんが声をかけてくれる。

「芽衣子さん、お疲れ様。ねえ、そろそろ休憩しない？　お汁粉を作ったの。濃茶も入れるから手を洗ってらっしゃいな」

にこにこと朗らかな笑顔と一緒に見せられたのは、ホカホカと湯気を立てている温かな汁粉。お椀の中の小餅が見えないくらいに小豆が盛っている。甘い匂いがふわりと漂う。

美味しそうだ。芽衣子の目に嬉しそうな光が灯る。

「はい。有難うございます。いただきます」

持っていた雑巾を流しで洗い、手にハンドソープをつけて丁寧に手を洗い、ハンカチで手を拭いて、達磨ストーブ前の椅子に座った。椅子の前には小さな木の机があり、そこには三つのお椀。

芽衣子が座ると同時に、社務所の後ろの戸が開いて、でこぼこコンビのおじさん同僚二人が帰ってきた。のっぽと小太り。どこかの漫才師のコンビのように特徴的な二人だ。

正月直後は芽衣子と一緒に掃除していた同僚であるが、彼らの本来の仕事は掃除人ではない。庭師、兼、ドライバー、兼、配管工、兼、なんでも屋である。

のっぽの方は建築士の資格も持っているらしく、拝殿の簡単な修理もしてしまう。年齢は二人とも六十近いが、本当によく働く人達だと感心する。

二月半ばの今は、そこそこ境内の掃除は芽衣子一人で問題ないため、彼らの本来の仕事である庭師、及び配管工としての仕事をしていた。

小さい小太りおじさん、信夫さんは折れた松の幹に薬を塗りに行ったり、のっぽのおじさん、武男さんは裏の水道管のパッキンを取り替えたり、壊れた塀を直したりと忙しく働いている。

彼らも奥さんが声をかけたのだろう。汚れた軍手を流し脇に置き、勢いよく水を出して手を洗う。軍手をはずしても尚、真っ黒になっていた手を綺麗に洗い、腰に下げた手ぬぐいで拭いてから、二人はにこにこと嬉しそうに笑って、芽衣子の隣の椅子に座った。

「やあ、これは美味しそうだ。寒い日には本当に嬉しいね」

背の低い信夫が、達磨ストーブに手を翳しながら、赤いお椀の中を覗き込んだ。

「労働の後は甘いものがいいよね。何よりのご馳走だよ」

のっぽで細身の武男は、いそいそと割り箸を手に取って椀を両手で囲む。

そんな二人が手をつけるのを見て、芽衣子も一緒に手を合わせた。

「「「いただきます」」」

お椀の縁に口をつけて、三人が三様で温かな甘いお汁粉をすする。

「そうですね。本当に美味しい。あ、お餅が二つも入っている」

一つだと思っていたのが二つだと、予想外に嬉しい。

三人が食べ始めるまでにこにこと座っていた神主の奥さんが、ふふふと笑って腰を上げた。

「三人共よく働いてくれるから、ご褒美よ。おかわりもあるから、しっかり食べていいわよ」

その言葉で三人の顔がさらに緩んだ。暖かい社務所に甘いお汁粉の香りが充満して、三人はほぼ同時に感嘆と感動の一息だ。

「美味しいね〜」

「本当にねえ〜」

「幸せです〜」

三人揃って、はふはふとお餅を噛み切りながら、実に幸せそうにお汁粉を堪能する。

にこにこと笑う奥さんが、お盆に濃茶とお茶請けの塩昆布を載せて置いていった。

甘みと共に少し塩気を口に入れるのが通の食べ方らしく、これもたまらなく美味しかった。

おじさん達の方が先に食べ終わり、二杯目のおかわりをもらいに台所に行こうと立ち上がったとき、芽衣子が箸を片手にぼうっとしているのに気がついた。

ちなみに、椀の中身は半分ほどしか減ってない。信夫がそんなぼんやり芽衣子に声をかけた。

「芽衣子さん？　調子でも悪いの？」

武男も芽衣子の顔を覗き込むように腰をかがめた。

「お汁粉、大好物だろう。おかわりしないのかい？」

二人は、以前と違う芽衣子の様子を見て心配そうに眉を寄せる。

心配そうに向けられた言葉と表情に、芽衣子は目をぱちぱちと瞬いた。

「へ？　あ、あの、大丈夫です。いえ、体の調子は全然悪くないです」

慌てて残っていたお汁粉を食べ始めるが、途端に餅が喉につかえそうになり咳込む。

「ああ、無理しないでいいよ。芽衣子さんにも悩みとかいろいろあるだろうし、僕達も無遠慮に詮索するつもりはないよ。でも、ぼうっとしていると餅はね、本当に危ないよ」

咳込む芽衣子の背を、信夫が子供の背をさするようにゆっくりと撫で、武男が濃茶入りの湯呑を芽衣子に差し出した。

「はい。これ飲んで。ゆっくりとね。落ち着いて」

差し出されたお茶をぐいっと喉に流し込むと、喉のつかえがお茶と一緒にごくりと喉を通り過ぎた。残った湯呑のお茶をこくこくと飲みほして、芽衣子は、はあっとようやく一息ついた。

「有難うございます。いろいろ心配かけてすいません」

頭を軽く下げて苦笑すると、二人のおじさんは穏やかに微笑んだ。

「あのね、休憩中にこんなことを言うのもなんだとは思うけど、芽衣子さん、ちゃんと体、休めてる？　顔色も最近良くないし、何か悩みがあるんじゃないか？　よければ、相談にのるよ」

その言葉に、芽衣子は小さく苦笑した。

悩みが、あるといえばある。だが、芽衣子に常に付きまとっている違和感をどう説明したらいいのかわからないし、相談しても、これは芽衣子の心の問題であって、彼らに解決できるとは思えなかった。でも人の好い彼らにこれ以上心配の種を蒔くのは申し訳ない。

「いえ、悩み、なんてないですよ」

ゆっくり首を振った芽衣子に、心配そうな視線が突き刺さる。

「ここ二週間ばかり、芽衣子さん、一心不乱に仕事しているだろう。かといって、ふとしたときにぼうっとしているのをよく見かけるし。悩みすぎて疲れがたまっていると思うんだよ」

信夫は真剣な顔でのっぽの相方に視線を向ける。武男はうんうんと頷きながら言葉を続けた。

「そこでだ。そろそろここも暇になってきたし、僕達も先週交代で休みを取ったから、芽衣子さんもここらで休みを取ったらいいんじゃないかって、さっき話してたんだ」

休み？　芽衣子は二人の提案を聞いて、ぱちくりと目を見開いた。

「え、でも、掃除とかいろいろと……」

二人の提案に対する返事をしていたら、台所からやってきた奥さんが、その言葉を遮った。

「あら、いいじゃない。確かに芽衣子さん、最近働きすぎだもの。年末からこっち随分働いてくれたから、私達は助かったけど、そろそろお休みとって、ゆっくりしたらいいわよ」

にこやかに笑う奥さんが持つお盆の上には、ほかほかと湯気を立てているおかわりのお汁粉。それを受け取りおじさん達は嬉しげに微笑んだ。

奥さんは、お汁粉のおかわりを三人に渡しながら、芽衣子の顔をじっと見つめて言った。

「若者に悩みがあるのが当然とはいえ、最近きちんと眠れてないでしょう。芽衣子さん、貴方、その隈ちっとも隠せてないわよ。化粧で隠せない隈を飼っているのは体にも悪いわ」

その言葉に芽衣子は、一瞬息が詰まった。確かに、最近の芽衣子の眠りは、浅く短い。

仕事を鬼のようにして、体が疲れて泥のように眠っても、一時間か二時間で目が覚めるのだ。

体は休息を必要としているのに、瞼を閉じても眠りは再びやってこない。

仕方ないので、真夜中なのに部屋の中の掃除をしたり、凝った料理をつくったり、昔の映画を観たりと時間を潰している。その結果として、当然のように目の下に大きな隈を飼うようになった。コンシーラーを重ね塗りしても隠し切れないほどの隈を。

なぜ眠れないのか、悩みがあるのかと問われても、首を傾げたいのは芽衣子の方だ。真剣に何度考えても、眠れないほどの悩みに思い当たらない。

あえて悩みと言えるのかどうかわからないが、芽衣子がこのひと月ずっと抱えている事柄はあの違和感だ。ある日を境にだが、芽衣子の日常生活のことごとくに違和感が付きまとった。

違和感の後に襲ってくる寂寥感も、訳もなく物悲しさを募らせた。

だが、それがなぜなのか、相変わらずの芽衣子にはさっぱりわからなかった。

たとえば、先ほどのお汁粉を食べたときにも感じた。

目の前にいるのは二人の同僚のみなのに、いつももっとたくさんの人達に囲まれて、楽しくおやつを食べていたような不思議な感覚が襲った。

それと同時に、とてつもない寂しさが押し寄せてきたのだ。

そのときのことを思い出しながらも、首を傾げるしかない自分がいた。

大勢で集まって食事って、大学の友人達との昼食ぐらいしか思いつかない。

大学に入ってからは一人暮らし。バイトが忙しいから飲み会にはほとんどいかなかった。

卒業してから友人のほとんどが就職したり帰郷したりしているため、大勢で食事などご無沙汰だ。あれは楽しい時間だとは思うが、卒業して一年近くなる今の日々の生活に影を落とすほど懐かしむことはないはずだ。違うと思う。

わかったことは一つだけ、心のどこかで、ずれが生じているという事だ。

目の前の現実の光景に、なぜか甘受できない自分がいるのだ。

それがどうしてなのか、何度考えてもわからなかった。

気のせいにして、意識的に気持ちを切り替えようと何度も努力した。だが、努力するほど、いや、回を重ねるごとに違和感やそれと同時に襲ってくる様々な感情が大きくなってきて芽衣子を日々苦しめていた。ほぼ毎日、朝起きてから夜寝るまで違和感に付きまとわれ、そして短い睡眠中にも何かに追い立てられるように、焦りを感じて目を覚ます。酷い悪循環だ。

原因がわかれば、解決にも前向きになれようものの、それすらわからないので、正直、ほとほと困っていた。睡眠薬を飲んでみようかとも思ったが、薬局で薬剤師に言いだすこともできず、そのままだ。専門医に掛かろうかとも思ったが、今の芽衣子には出費が痛い。

なにしろ、携帯が壊れ、買い替えるための突然の出費はお財布にかなり痛手を与えた。買ったばかりの手帳は水でふやけて使い物にならないし、お気に入りのボールペンは紛失していた。買ったはずのガムのビンも、のど飴も、どこに落としたのかわからない。自他共に認めるうっかりが多い芽衣子ではあるが、ここまで一度に物がなくなったり壊れたりは初めてだった。

その上、これは喜ぶべきなのか泣くべきなのかと考えるところだが、下着のサイズが明らかに変わったので、こちらも買い替えを急遽必要とした。突然の喜ばしい変化に、ワクワクしながらワゴンセールの下着をあさったとはいえ、予定外の大きな出費に間違いない。憧れていた谷間が得られたのは嬉しいが。なぜ、よりにもよって今なのよと問いたかった。

正月からおやつが餅関連だったのが効いたのか、必死に祈った神頼みが、最近になって叶ったのかもしれない。だが、餅が原因なら、焼いた餅のようにぶしゅっと潰れたら嫌だな。

思わずそう考えてしまって、最近は起きぬけに胸に手を置いて確かめることにしている。

だがまぁ、いろいろ考えたが理由などさしたる問題ではない。暦の上では厄年ではないが、芽衣子にとっては最悪な年の始まりだった。特に金銭面についてであるが、貧乏神がどこかで見ているのかもしれない。そう思って部屋の四隅を綺麗に掃除したりもした。

その結果、ただでさえ質素な芽衣子の生活はさらに倹約に努めるようになった。

極貧生活というものはとかく精神を追い詰めていくものであるのだろう。

いろいろ心労が重なった結果もあり、それで眠れないのかもしれない。

出費を気にしながらも日々の生活に追われて、とりあえず毎日を過ごす。

目の下の隈はそういった毎日から発生し、今も飼い続けていた。

奥さんは芽衣子より二十ほど上だが、驚くほど若々しい。皺、シミというものがない。目立つ美人ではないが健康的で太陽のように明るい美しい人。そんな言葉がぴったりの女性だ。

時に、芽衣子にとって、面倒見のよい姉のような女性だった。

芽衣子の顔に浮かぶ戸惑いを含んだ苦笑に、奥さんは可愛く首を傾げ、年上の女性らしく助言を言った。

「貴方には休息が必要よ。たまには何もかも忘れて羽を伸ばしなさい。田舎にも随分帰ってないんでしょう。十日ほど休みをあげるから、両親に顔を見せに帰ってきなさいよ。気分も変わるし、悩みもリセットできるかもしれないわよ」

奥さんの言葉に重なるようにして、おじさん達も頷いた。

「そうだよ。役所に提出する書類は終わったって言ってただろう。それを出したら暇になるって言ってたじゃないか」

「桃の節句や七五三がくればまた忙しくなるし、ここで休みを取ってゆっくりした方がいいよ」

芽衣子を気遣う三人に戸惑って黙っていたら、奥さんが腕を組んで、よしっと立ち上がった。

「私から旦那に言っておくわ。芽衣子さん、貴方は今日これから役所に書類を出したら、まっすぐお家に帰りなさい。そして、明日から十日お休みよ。今は帰省シーズンではないから列車の切符も簡単に取れるでしょう」

勢いよく立ち上がった奥さんに、待ってくださいと声をかけようとして、ふとよくわからない既視感が襲った。奥さんの姿に、誰か見知った女性の影がふっと重なったような気がしたのだ。その影が誰かはわからないが、心が懐かしいと勝手に訴えてくる。芽衣子の記憶の中の友人一人ひとりに当てはめるが、誰もその影に当てはまらない。そこでまた違和感が生じて、ごくりと息を呑んだ。

はっと気がつけば、奥さんから芽衣子の手に一つの茶封筒が渡された。

「あの、これは？」

封筒を手に訊ねると、奥さんは晴れやかな笑顔で答えた。

「芽衣子さんの実家にお土産でも買って帰りなさい。これはお土産代。帰省の足しにして頂戴」

そんなっ、と声を上げようとすると、おじさん達からも肩を叩かれた。

「もらっておきなさい。年長者の言うことは聞くものだ。それに僕達からのカンパも入っているから、奥さんに遠慮することはないよ」

彼らの笑顔が、気遣いが、じーんと心に沁みた。

さらには奥さんが、ああそうだとポケットからお守りを一つ取り出した。

そして、封筒を握りしめている芽衣子の手の上にポンと載せた。

「これは、うちの旦那からよ。ぼうっとしていて事故に遭わないように、芽衣子さんに渡してくれって言われてたの」

その言葉で、神主である芽衣子の雇い主の気遣いを知った。

なんていい人達なんだろうと、心の底から思った。世知辛いと言われているご時世で、こんなにも良い職場に恵まれたことを感謝したかった。手のひらに載せられたお守りは、肌守り。一般的に言う身代わりお守りである。災厄や事故を防ぎ、病魔を遠ざけ、いざとなったら身代わりになると言われているものである。この神社の一番の売れ筋で、古くからあるお守りである。芽衣子も年末年始にこれでもかとばかりに売った記憶がある。

お守りと封筒を握りしめて、芽衣子は、ゆっくりと頭を下げた。

「はい。それでは、明日からお休みをいただきます。本当に有難うございます」

芽衣子の了承に、三人がほっとした顔で頷いた。

信夫が何かを思い出したように唐突に質問をしてきた。

「そういえば、芽衣子さんの田舎って、海の傍だったっけ?」

突然の質問にそのまま考えることもせずに答えた。

「あ、はい。海の傍と言っても、内海なので波も高くないですし、大きな漁港とかもそんなにありませんが、穏やかな気候の良い街です」

脳裏に懐かしい田舎の海が浮かんだ。長らくあの海を見ていない。

潮の香をもう忘れてしまっただろうかと、ふと郷愁の念に駆られた。

武男がぐいっとお汁粉を飲み干して、にこやかに笑った。

「そう、いいね。今が旬の魚を食べて英気を養っておいでよ。故郷の水は何よりも滋養に富むって言うし、懐かしい思い出が体を癒すって言うからね。元気な顔で帰ってきてくれることを期待しているよ」

その言葉を聞いて、心が決まった。故郷に帰ろうと。その晩、久しぶりに故郷の親に電話をした。

芽衣子、故郷へ向かう

新幹線のホームから在来線に乗り換える。

そして、流れる景色を見ながら見知った風景はないだろうかと、じっと外を見つめていた。

車窓から遠くに海が見えた。ああ、もうじきだ。

朝いちばんの電車と新幹線を乗り継いで、故郷の地に降り立ったのは、午後三時を過ぎていた。ホームに降り立って、改札を抜けるとびっくりした。思っていたより都会だ。

明るい照明に綺麗な歩道、黄色の点字ブロック、エレベーターにエスカレーターまである。

改札口横に立っているのは、駅員ではなく最近話題の自立型ロボットだ。

胸のパネルにはようこそ、そして、お帰りなさいと書いてあった。

古い丸時計があったはずの場所には液晶画面で時刻が記され、天気予報まで流れる。

観光案内所があった場所には、レンタサイクルの看板と高速バスの時刻表。ふわりと鼻に届くのは、甘い香りと混じるソースの香り。クレープ屋の隣にたこ焼き屋があり、小さな列ができていた。駅がショッピングモールと合体したようで、人の出入りが多い。ここには、記憶の中の、寂れた小さな故郷の駅の風景は一欠けらもない。

もう六年近く帰っていない故郷だ。変わるのは仕方ないとわかっていたが、まるで竜宮城から帰ってきた浦島太郎の気分だ。

あまりの変わりように、駅名を確認するため改札まで引き返してしまったくらいだ。改札の上に掲げられた駅名を確認していたら、肩にポンと誰かの手が載った。

「芽衣子、お帰りなさい。どうしたの？　そんな鳩が豆鉄砲くらったような顔して」

にこにことした顔で声をかけてくれたのは、芽衣子の母だ。

タクシーを拾うからと言っておいたのに、迎えに来てくれたようだ。

母の存在にやっと故郷に帰ってきた気がして、心底ほっとした。

「ねえ、お母さん。駅の周りが随分華やかになったね」

お土産が入った紙袋を持ってくれた母にそう声をかけると、母は振り向きもしないで答えた。

「ああそう？　私達は毎日見ているからわからないのよね。でも再開発とかでビルは建ってるし、大きなショッピングモールもできたのよ。便利になったし、町全体が明るくなったわね」

駅の西口から降りて、ロータリーへ向かうと、父が車で待っていてくれた。

白い軽自動車も、以前に乗っていた車とは違う。トランクを開けて荷物を後ろに載せて乗り込むと、父がミラーの位置を直しながら、「おかえり」と声をかけてくれた。

「うん。有難う。迎えに来てくれて嬉しい」

そう言うと、父は優しく微笑みながら頷き、車を発進させた。

運転席の父と助手席に座る母。

フロントガラスや、ミラーに映る顔は、記憶のものとは変わっていた。

父も母も、皺が増えた。髪の毛に白いものも交じっている。

後ろから、ふとしたところで見える手や首、目じりの皺は記憶にはなかったものだ。

そして、なんだかその背中が小さくなったような気がした。

家に無事着いて、居間の座布団に座ると、なんだかホッとして落ち着いた。

時間の経過がもたらす変化に戸惑いはあるが、ここはいつもの違和感を全く感じない。

それがとても心地よい。思っていたより自分が疲れていたんだなぁと、自覚する。

はあっと大きくため息をつくと、母が緑茶の入った湯呑を机の上に置いた。

温かい緑茶をこくりと飲むと、喉からお腹に染み渡り、心地よさが体に広がる。

お茶を飲みながら、次は家の中をゆっくりと見回した。

芽衣子が高校生のときに父が購入した、小さな庭付きの一軒家だ。

高校卒業と同時に家を出た芽衣子がここで過ごした期間はわずかだが、家の外観だけ見れば、それなりに馴染みはあった。だが、今の家の中の様相は芽衣子の知るものは何一つなかった。

居間から見える小さな庭ですら例外ではない。小さかった金木犀の木が今では塀を越えるくらいに成長し、小さな池のかわりに温室ができていた。

部屋の間取りは変わらないとは思うが、記憶の中の家とも随分違う。

だがそれも当然だろうと思い苦笑する。あれから六年以上経つのだから。

遠い目をして庭木や部屋を見ていた芽衣子に、母が声をかけてきた。

「どう？　懐かしい？」

「そうね、懐かしいかもしれないけど、驚きの方が今は強いかな？」

素直に言葉を返すと、母は頷いて微笑んだ。

「なにかあったの？　随分と疲れているようだけど」

母の心配に、心の中が少し暖かくなった。

「最近寒かったでしょう。多分、風邪なのかな。よく寝つけなかったから」

風邪はひいていないが、寝つけなかったのは本当だ。

「そう、今日は暖かくして早めに寝なさいね。貴方の部屋は掃除しといたから」

自分の部屋。その言葉に、思わず頬を緩めた。

「うん、ありがとう。そうさせてもらう」

温かく懐かしい母の料理と暖かいお風呂、そしてふかふかで太陽の匂いのする布団に包まれて、その晩の芽衣子は、夢も見ずに心地よい眠りについた。


翌朝、最近にない心地よい眠りを堪能した芽衣子は、久しぶりに晴れやかに笑った。

食卓にのる和食にも、箸の勢いが止まらず、母の漬物が美味しい。

朝からしっかりとご飯を食べて、最後に日本茶をすする。ああ、日本人でよかった。

昨日とは随分様子が違う芽衣子に、母は嬉しそうに笑っていた。

「よかった。随分、元気になったのね」

ごくりとお茶を飲み込んで、にっこりと笑みを返した。

「うん、もう元気だよ。最近、いろいろ出費が重なって、ご飯も節約してたから元気がなかったのかも。やっぱり人間は、ご飯が大事だよね」

米のご飯に味噌汁に焼き魚にお浸しに卵焼き。和食はやはり良い。

最近はパンばかりだったから頓にそう思う。

「あらやだ、ご飯の節約って、そんなのもっと早くに連絡しなさいよ。少しなら送ってあげられたかもしれないのに」

芽衣子は緩く首を振った。

「突然、携帯が壊れちゃって買い換えたの。まぁ給料日までの辛抱だから」

母の好意はありがたいが、就職して自立したばかりなのに、親のすねをかじるなんてという小さな意地もあったし、学生時代から、バイトで稼いで自分のものを買う習慣がついていたので、気軽にお金貸してとも言い難かったのもあった。まぁ、母はいつも困ったことがあれば、すぐに言うのよと連絡をくれていたのに、すっかり忘れて連絡しなかったのは芽衣子だ。

しばらく縁側から入ってくる風を感じながら、ぼうっと心地よさに意識を委ね、目をつむって和食の余韻に浸っていたら、目の前に食後の濃茶が入った湯飲みがコトリと置かれた。

「ねえ、芽衣子。聞いていいかしら。六年ぶりにここに帰ってこようと思ったのは、もういいと思ったからよね。貴方、達也君のことはもう吹っ切れたのよね」

その言葉で、ぱっと芽衣子の意識が過去の記憶を呼び戻す。

〝達也〟、私の幼馴染。私の過去にしか、もう存在しない芽衣子の大事な親友。

子供の頃からずっと一緒に大きくなって、知らない事などないくらい傍に居たはずの彼。

母親同士の仲が良かったため、私達は、家族のように多くの時間を共有した。共に笑い、共に泣き、高校生になるまでずっと一緒に過ごした。どんなに離れても私達の絆は変わらないと、あの頃はただ単純に信じていた。

だが、彼は、いえ、私達は変わってしまった。違う高校に行き、生活を異にして、時間が過ぎていくにしたがって、私達の距離は離れていった。そして、あの日、私に会った直後に、彼は、達也は死んでしまった。遺書はないが、明らかに自殺だった。

あの日は、雨が降っていた。目を閉じると思い出すのは、激しく打ち付ける雨の音。

あれから雨が降るたびに、達也に責められているように感じて、芽衣子の胸は苦しくなった。

今でも忘れられない。達也の最後の顔と、耳の奥でざあざあと響く雨音が。

私は、あのとき、逃げてしまったのだ。後悔して、悔やんでも悔やみきれない。

怖かった、辛かった、心が悲鳴を上げて、目の前が赤く染まる。

昔の痛い記憶。両親も知っている、私の深い苦しみの伴う過去の記憶。

あの事件のすぐ後に、両親は以前から考えていたという一軒家を購入して引っ越した。

同じ県内ではあるが、以前住んでいたところから車で一時間は掛かる場所だ。

駅に近く、さほど田舎ではなく利便もいい。前の住居は賃貸だったけど、こちらは持ち家だ。

前々から打診されていたと引っ越しの手続きをしてくれた。

明らかに私を気遣ってのことだとはわかっていたが、あの頃は両親を気遣う余裕もなかった。

黙って両親の好意に甘えて、住み慣れた環境を捨て、家族揃って引っ越した。

だが、住む場所を変えても、悲しみと痛みと苦しみは続いた。

達也が自殺したのは芽衣子のせいだと、葬式の場で、達也の母は何度も泣き叫んで、灰を芽衣子の頭に投げつけ、灰混じりの黒い涙を流しながら芽衣子を詰った。

その上、達也の母親は脅迫まがいの行為を何度も仕出かした。思い詰めた様子で、ナイフを持って襲いかかられたこともあり、警察のお世話になったこともあった。何も失う物が無い達也の母は、執拗なまでに大声で叫び、狂ったように罵り、近所を徘徊し、時に威嚇した。

「芽衣子って子は私の子を殺した大罪人だ。あの悪魔のせいで天使のような私の子が殺された。悪魔は退治しなくちゃいけない。天使が死んで悪魔が生きているなんて許してなるものか」

そう言って、周囲を睨み付ける様は、狂気に染まった山姥のようにも見えただろう。

それを見たご近所の視線が明らかに迷惑だとこちらを見るたびに訴え、ため息をついた。

私がここにいる限り、両親は周りから白い目で見られる。

私達に非はないのだから問題ないと言っていても、世間一般や周囲の目は冷たいものだ。

結果、私は一人、逃げるように県外の大学へと進学を決めた。

当然、就職も、こちらに帰ってくる選択肢はなかった。

両親はそんな私の事情を汲んでくれて、何も言わないでいてくれた。

なのに今、禁忌となっていたその言葉を、母があえて言葉にしたのは、その言葉に今の芽衣子の心が、然程揺れていないことに気がついていたのだろう。時間が解決してくれたのか。私がいないうちに金木犀があれほど大きくなったように、私の心も癒されたのかもしれない。

不思議なことに、あれだけ痛かった彼に対する記憶が、今は波が凪いだときのように穏やかであることに気がついた。目を瞑っても、もう雨音は聞こえない。

だから、母の問いに黙って頷くことができた。

「そう。あのね、先日、達也くんのお母さんが連絡してきたの。仏先生がもう大丈夫だと許可を出してくれたらしくてね。それで、貴方はいつ帰るのかって気にしてたから、昨夜、連絡したの。あちらもあれから随分落ち着いてね。貴方に謝罪したいって、それから私達と話したいって言ってたのよ」

その言葉で、昔の遺恨が記憶と共に引きずり出されるが、母はすでに過去のものとして吹っ切っているのか、その表情は穏やかだ。気がつけば芽衣子は何の躊躇もなく頷いていた。

「うん。そうだね。達也のお墓参りに行きたいと思っていたの。明日、そこで会えるか連絡してくれるかな」

母の気遣うような顔に、にっこりと笑って答えていた。

昔のことを思えば、墓に向かって手を合わせることすら考えられないはずだが、今の芽衣子の心に蟠りはなかった。そんな自分がどこか不思議だった。

過去と故郷

ざざざっと、湾岸に打ち寄せる穏やかな波の音が聞こえる。

吹き抜ける風は、潮の香を含んでいて鼻につんっと香った。

駅からバスで一時間ほどの海沿いの小さな町。その町一番の高台に芽衣子は立っていた。

大変見晴らしの良い風光明媚な景色。この町で一番気持ち良い風が吹く場所。

その場所に立つ芽衣子の背後には、墓地があった。

この世を去る大事な人達が持つ望郷の想いから、また、死して後も近しい人の訪問を願って、その昔、この場所に墓地が作られたらしい。たくさんの先祖代々の墓石が、針山のように高台の地を埋めていた。転勤先近郊であるこの町をいたく気に入った父が、芽衣子が生まれる前に夫婦揃って移住してきたので、我が家の先祖代々の墓はここにはない。

海の傍であるのに穏やかな気候、これといった災害もない平和な場所。

人間味がある優しい人達、昭和の初めから時間が止まったようなこの町。

この土地を、この場所を、両親はもとより、この地で生まれ育った芽衣子ももちろん気に入っていた。だから漠然とだが、いつかこの場所に墓を建てるかもしれないとすら思っていた。

墓石の幾つかには、まだ生気に溢れた切り花が供えられている。どこからかお線香の香が漂

い、綺麗な水受けに濁りはない。

ここには毎日のように誰かが来て、墓の向こうの相手に語りかけている姿を見る。雑草はさほど生えておらず、要所要所の木々は美しく剪定されていた。気持ち良いほどに手入れの行き届いた墓地だ。その清々しい空気は、気分を一新させる。

よく映画で墓地はおどろおどろしい恐怖の定番場所として描かれているが、ここではその定番も覆る。海から吹き込む優しい風に、そよそよと揺れる低木。きらきらと美しく光る海面を見下ろす風景。町人達が共同で掃除をしているため、驚くほど手入れが行き届いた場所は、訪れた人達に、来てよかったと心地よさを残していくだろう。

芽衣子は墓地をざっと見渡したのち、視線を港の一角に移した。下から声が聞こえたからだ。思い出すのも辛かったこの風景が、懐かしさと楽しい思い出をも蘇らせていた。

最後にここを訪れたのはこの土地を離れる決心をしたとき。誰もこない大雨の日に、そこに眠る彼に別れを告げるために立った。あれから、六年が経過していた。

それなのに、ここから見える景色は、駅周辺と違って驚くほど変わらない。

小ぶりの釣り船が三、四つしか繋がれていない小さな船着き場。

漁で使った網を広げてトタンに載せて干している干場。車が一台やっと通れそうな細い海沿いの道。年季が入った瓦を載せた昔からの商店や定食屋。海風にさらされ、ひび割れた土壁の家屋。昭和の初めの頃のものかと思われる四つ端が錆びたスチール看板。

声の出所である子供達が、かけ声を上げながらランドセルを背負い元気よく走っていく。その子供達の脇を、老人がよたよたと古ぼけた自転車のペダルをこいでいく。

子供達がすれ違うときに、老人の自転車の後部座席の籠に、手のひらサイズの石を一人一つと入れていく。

子供達特有のいたずらなのだろう。重くなっていく自転車に違和感を感じた老人が振り返り気がついたようだ。大きく腕を振り回しながら、真っ赤な顔で子供達に怒鳴り始めた。自転車の主に大きな声で叱られながらも、子供達は楽しそうに笑っていた。

懐かしい。あの風景に、かつての私と達也を見た気がした。

私達は幼馴染というものだったのだろう。隣近所というわけではないが、ちょっとしたことから母親同士が仲良くなり、母親が会う序に同じ年の自分達の子供を遊ばせようということになり、私達は出会った。

小さな達也は大人しくて優しい、実に頭の良い子だった。だが、三月生まれだったためか、体型は小さくて細く、また体が弱かった。泣き虫で動物が好きで運動が苦手。美人な母親に似て可愛らしい顔立ちの彼は、幼いころは女の子のようだとよくからかわれていた。

反対に私は、体が丈夫で元気なだけが取り柄の普通の子だった。

私達もあの子供達のように、日が落ちるまで一緒に笑って遊んだ。そんな私達は見知った友人というよりも親友か姉弟に近い関係だったと思っていた。

同じ幼稚園、小学校、中学校と通ったが、同じクラスは小中通して二、三回だったか。

それでも、私達は頻繁に互いの家を行き来し、笑って明日を語り、時に喧嘩し、周囲を巻き込んで盛大に仲直りを繰り返しと、今思えば、実に幸せな日々だった。

達也の父親が事故で死んだのは、小学校のときだったと思う。それまで専業主婦だった達也の母親は働き始め、達也はいわゆる鍵っ子と呼ばれるものになった。

全てにおいて能天気な私と、順序良く計画立てて行動する達也。学業優秀な達也と、考えるより先に動いてしまう感覚派な芽衣子。そう言われていた子供の頃、お互いが足りないところを補うように、達也が私に勉強を教え、私が達也に体育実技の特訓に付き合った。

達也ができないと泣いていたら、私が手を握って大丈夫と告げ、うまくできるコツのようなものを伝授し、できるまで付きっきりで教える。それで鉄棒や跳び箱はなんとかなった。

宿題の難問さに、私が無理だ、頭がパンクすると弱音を吐くと、達也がわかりやすく丁寧にしつこく頭に叩き込んでくれた。それこそ、小学校低学年の易しい算数のところから懇切丁寧に説明してくれた。それでなんとか基礎が習得できた私は、段々と赤点を取らなくなった。

算数が数学になり、体育で剣道や柔道といった男女別の選択科目が追加された頃、達也が急に私を避け始めた。一緒に遊ぼうと誘っても断られ、勉強を教えてと言っても、教科書を読め、先生に聞いての一点張り。段々と視線も合わせなくなった。急に変わった達也の態度に戸惑いと怒りを持ち、何度か問い詰めたが、勉強が忙しいんだとのらりくらりとかわされた。

仕舞いには、今は芽衣子に構っている時間が無いとばかりにけんもほろろ。

話がなかなかできないまま高校受験があり、達也は県内随一の進学高へ、私は普通の公立の学校へと進学した。

達也の学校へは電車で西に一時間。私の学校へは東へ自転車で三十分。

私達の生活はすれ違いのまま、お互いの生活基盤がずれていった。

私は新しくできた友人達との毎日が楽しくて、達也も同じように楽しい友人関係を築き上げていると勝手に思っていた。

それが違ったとわかったのは、私が十七歳、達也が十六歳、高校二年生のときだ。

母から、達也が登校拒否を起こしていると聞かされ驚いた。あの真面目で優しい達也が、母親を悩ませるような真似をするなんて想像すらできなかったからだ。

母曰く、反抗期なのか、母親の言うことを一切聞かないらしく、部屋から出てこないらしい。

達也の母親が私に、達也を説得して欲しいと頭を下げた。玄関先で泣く達也の母親は、悩み疲れ、ボロボロになり、壊れそうな程に、様子が痛々しかった。

最近の達也とは挨拶以外の話をした覚えがない。だから説得など無理だと達也の母親に言ったが、彼女は泣きながら説き続けた。

達也の母親の話だと、達也は苛めに遭っていたらしい。母親が学校から持ち帰った教科書はぼろぼろで、制服も刃物で切られた痕があった。達也が成長期だからと理由をつけて三度買いなおした制服も、実は全て同じように切られて継ぎ接ぎだらけだった。

苛めを懸念していた母親が教師に何とかして欲しいと頼んでも、教師は苛めの事実はないと否定するばかり。それどころか、達也の成績が落ちていると反対に非難されるはめになった。

母親の教師への問い合わせが仇となったのか、ある日、達也は全身を痣傷だらけにして帰ってきた。両腕にはタバコを押しつけられたような沢山の火傷痕。

病院に連れていき、誰がこんなことをしたのかと母親が問い詰めたら、もう何もしないでくれと反対に大声で達也に怒鳴られたのだという。

大人しく優しい性格の達也が、母親に怒鳴ったのは初めてだったらしい。

怪我が治るまで休学すると学校に連絡したが、達也はもう部屋から出てこなくなった。嫌な想いをした学校に行かないのはわかるが、母親の言葉にすら応えなくなった。

食事は日に二度、部屋の前に置いておくだけ。達也の母親は日中に働いていたため、達也は誰もいない昼間に活動しているらしい。それはわかったが、母親が達也の顔を一度も見ないまま、三か月が過ぎた。

学校からこれ以上休むなら退学してもらうと通知があったらしい。せっかく受かった有名進学校を、苛めを受けた挙句にむざむざ退学するなど、やりきれないと悔しそうに達也の母親は話していた。その顔を見て、そういえば達也があの高校に受かったとき、この美しい母親は満面の笑みを浮かべて周囲に自慢していたことを思い出した。自慢の一人息子の晴れ姿に、達也自身よりも嬉しそうに微笑んでいた。

学校を替わるにせよ戻るにせよ、どちらにしても部屋から出てきてもらわないことにはどうしようもない。流石に達也を精神科の医者に診せようと母親が思案していたときに、私のことを思い出したらしい。

子供の頃に泣いて閉じこもった達也が部屋から出てきたのは、いつも私がいたときだったと。藁をも掴むように懇願され、母の勧めもあり、日曜日の昼に、達也に会いに行った。

家に行くと、達也の母は急な仕事があるらしく伝言だけ残していなかった。私が来るのはわかっていたので鍵はいつものところにあるとだけ書いてあった。

達也が鍵っ子だったこともあり、万が一の鍵の場所は昔から知っていた。玄関脇の傘入れになっている水瓶の底だ。

鍵を取り出し家の中に入り、靴を脱いで二階の達也の部屋に上がる。とんとんとんとリズムよく聞こえる自身の足音が懐かしい。

「達ちゃん、そこにいる？　私、芽衣子だよ」

昔のように扉を軽く三回ノック。声変わりを終えた達也のかすれた声が返ってきた。

「え？　芽衣ちゃん？　本当に？」

驚きを含んだ声には拒否の色は見えない。

「うん。達ちゃん、久しぶりだね。ねえ、顔が見たいの。ここを開けてくれる？」

少しの間があったが、しばらくして、かちゃりと鍵が開いた。

「いいよ。芽衣ちゃんなら入っても。僕もずっと芽衣ちゃんの顔を見たかったんだ」

ドアノブをひねり、部屋のドアを押した。

達也の部屋に入り、一番にびっくりしたのは達也の変わりようだった。芽衣子は記憶にある昔の達也との違いに正直慌てた。誰だこれ、と。

「え？　達ちゃん？　本当に？」

応える声は、記憶の中の達也よりも低い声。

「うん。僕だよ。達也」

苦笑しながら目を細める表情は昔のままで、少しだけほっとした。

達也は驚くほど背が伸びていた。以前に見かけたときは、遠目からだが芽衣子より少し高いくらいだと思っていた。だが、今は頭一つどころか、二つ分より高い。

それに伴い、肩の広さ、手の長さ、足の長さがびっくりするほど成長していた。顎には些少の髭が伸び、髪は自分で切っているのだろう、長さがちぐはぐで、さらにぼさぼさだった。よく眠れてないのか、目の下には真っ黒な隈。食欲がないのか、頬はくぼみ、顎の下の成長しつつある骨を際立たせていた。その顔色は死人のように白く、ひょろっと長い体を幽霊であるかのように見せていた。だが、落ちくぼんだ瞼の奥にある優しい瞳は同じだった。

「うわあ、本当にびっくりした。達ちゃん、すごく背が伸びたね。今何センチくらいかな。成長期だもんね、大きくなって当然だよね。そういえば、達ちゃんのお父さんも背が高かったね」

達也は、ベッドの上に腰かけて、隣に座るように場所を開けた。子供の頃からの同じ仕草。

私は少し戸惑ったが、そのまま達也の傍に座った。

「さあ？　知らない。多分、百七十は超えていると思うけど測ってないから。でも、芽衣ちゃんよりは大きくなりたいって小さい時から思っていたから、嬉しいかな。芽衣ちゃんは、……小さくなったね」

座ってもなお、膝の位置、座高は達也の方が高い。くそう、足が長すぎる。外国人かと、心の中で文句を言いつつ、目線の位置を合わせるために首に無理を強いる。

「な、小さくなってないよ。そっちが大きくなったんでしょう。まだ、一応成長期だよ。これからもっと、多分きっと伸びるんだから！」

ぷうっと膨れた私の頬を達也が両手で挟むようにして潰す。空気が口から洩れてぶぅっと音を立てる。私が膨れたら、達也がこうして頬を挟む。前にもよくあった。

はははっと嬉しそうに笑う達也に、子供の頃を思い出す。私達の関係も、今の仕草も、昔と変わらないような錯覚を起こしていた。だから、最初は何の気なしに思い出話をしていたが、不意に達也が話題を変えてきた。

「ねえ、芽衣ちゃん、高校、楽しい？」

高校の一言で思わず返事に躊躇する。達也の母親には苛めのことを聞いていたから。

「僕に遠慮しなくていいよ。正直に答えて。芽衣ちゃんは嘘をつけないんだから、無駄な努力はしなくていいよ」

私のことを多分一番長く知っている達也の一言で緊張が解けた。助言通りに正直に答えることにした。

「うん。楽しいよ。もちろん勉強は中学のときと違って難しいけど。達ちゃんが教えてくれた基礎が役に立ったみたいで、赤点はまだぎりぎり取らずに済んでるよ。本当だよ。おかしな友達もできたし、文化祭とか体育祭とかいろいろあって毎日がすごく楽しい」

「はは、ギリギリなんだ」

「うん、でも今は、だからね。友達から塾にも誘われているし、なんとかなるよ、多分」

ちょっと強気で希望的観測を言う。もうちょっと専門分野っぽくなると、答案が真っ赤に染まる気がしているし、塾に行ったとてどうなるか解らないとも思っているが、それを言ったら格好が付かないし、今の達也に心配を掛けるのはどうかとも思って、キリリと顔を引き締め、精一杯カッコをつけたつもりだったが、達也は、そう、と返事をしたきり黙ってしまった。

何か言いたそうで言えない顔をしていたから、黙って達也が言い出すのを待っていた。

「僕も、芽衣ちゃんと同じ学校に行きたかったな。そうしたら、芽衣ちゃんの楽しい生活に僕も入れたのに」

達也は、ぼそりと呟いた。その顔が泣きそうに歪む。顔を見られたくないのか、達也は前髪をくしゃっと潰し、目を隠した。

「たくさん奨学金がもらえる学校に行かないといけなかったから、芽衣ちゃんと同じ学校に行けなかった。母さんを助けるために、母さんが喜ぶから有名な進学校に決めたんだ」

「うん」

「本当は芽衣ちゃんと同じ学校に行きたいって、どうしても言えなかった。僕の家は父さんがいないし、僕が母さんを支えないといけないからって」

「うん」

「両親は駆け落ち結婚だったから、実家には頼りたくないって、母さんは頑張って朝から晩まで働いている」

「うん」

「僕は男だし、将来社会に出るなら有名な高校に行った方がいいって。勉強だけは得意だったから、何とかなると思っていたんだ」

「うん」

私は、ずっと相槌を返すだけ。

「だけど、あそこには、僕みたいなちょっと勉強ができるだけの人間は沢山いたんだ。でも僕は、その中で奨学金をもらうために上位を維持しなくちゃいけなかった。だから、毎日、毎日、遅くまで勉強して、勉強して勉強して」

「うん」

「やっと奨学金を維持できる成績になったら、反対に順位の落ちた生徒達に絡まれるようになった。僕がいるから自分達の成績が上がらないって疎まれた。先生に質問に行くだけで塾にも行ってない僕が、自分達よりも良い成績が取れるのがおかしいって」

「そう」

「それからは、毎日苛められた。教科書に落書きされたりノートを切り刻まれたりしたから、毎日、どんなときでも鞄の中に全て入れて持ち歩いた。そうしたら、足をかけられたり階段で背中を押されたり、体育の授業では、集団でリンチのようにボールをぶつけられた。見ていたはずの先生は、いつの間にかいなくなっていた」

「そんなことって……」

「苛められている僕には関わりたくないから、クラスの誰も僕と話をしない。学校の先生は、成績だけ見て生徒を見ない。僕は、黙って耐えるしかなかった。嫌だった。もう、毎日が地獄のようだった。それでも母さんが泣くのがわかっていたから、毎日学校に行ってたんだ」

「うん」

「そんな僕が目障りだったんだろう。苛めが段々エスカレートし始めたんだ。水をかけられたり、帰り道に集団で襲われて、制服をナイフで切りつけられたりした。ほら、腕にも足にもたくさん切られた痕があるんだ。あいつら嬉しそうにカッターナイフを振り回してたから」

「そんな……」

「切られた制服を隠して、母に三度制服を買ってもらったけど、全て無残なものさ。最後は仕方なくなって、内緒であちこち継ぎ接ぎして、自分で縫ってたんだ。皆に笑われた。先生ですら、笑ってみっともないと言うんだ。惨めだった。笑われて貶されて尚、この学校にしがみつく自分が嫌だった。そうしたら、僕が隠してあった服を見つけて、母が苛めに気がついたんだ。学校に文句を言いに行った」

「うん」

「その後、僕は先生達から呼び出しを受けて、反対に怒られたよ。学校の問題を家庭で話すなってね。奨学生なら、立場をわきまえろって脅された。その上、担任は、苛めはされる側にも問題があるって言うんだ。しっかりしていれば苛められないはずだって」

達也の口調は段々と興奮してきていた。目の光が鋭くなる。

私は頷くことすらできなくなった。

「生徒同士で考えろって、自習という名の暴力が黙認されたんだ。今までは、授業中にだけは何も起こらなかったのに、先生が授業放棄した教室で、堂々と殴られ蹴られた。タバコの火を押しつけられて、見てよこの痕、すごく熱くて痛かった。頭を蹴られて血がたくさん出て、死んでしまうかと本当に思ったよ。そんな僕の姿を見ても、担任も、他の生徒も、保健の先生も、誰も何も言わずに見て見ぬふりをした」

達也はつばを飛ばしながら、呪詛を繰り返すように手を狂ったように振り上げ、空中に向かって怒って唸りを上げた。

「僕が、なぜ、あんな奴らに、こんな目に遭わされなきゃいけないんだ。僕がこんなに苦しんでいるのに、あいつらはのうのうと平気な顔をしてるんだ。何もしなかったような顔で、僕を嘲笑いながらあの学校に今もいる。僕が一体何をしたんだ。悪いのは全てあいつらじゃないか。

僕は、悪くない。僕は、何も悪くないんだ。教師も、学校の生徒も、皆、皆、人間のクズだ。あいつらは、全員死んじゃえばいいんだ！　もがいて苦しんで、僕の受けた何倍もの苦しみの中で死ねばいいんだ！」

達也の目が、狂気に染まっていた。私は、初めて見た達也が抱える暗い狂気を受け止めることができなかった。恐ろしかった。本当に恐怖で震えた。今にも目の前の達也が、憎い人を殺しに行きそうで怖かった。

「た、達ちゃん、やめて。お願い、そんなこと言わないで。私の知っている達ちゃんは、そんなこと言わない。もっと優しくて、頭がよくて、泣き虫で、人の困ることはしない人だよ」

ぶつぶつと呪詛を呟き続けた達也が、狂気に染まった目で私をぎらりと睨んだ。

「芽衣ちゃんまで、そんなふうに言うんだ。母さんもそう言ったよ。正気に戻って。私の達也はそんな子じゃなかった。そんな恐ろしい子は知らないってね」

達也の手が震える私の肩を掴んだ。

「た、達ちゃん？」

私の体が震えているのがわかったのだろう。達也は恐怖におびえる私の体を掻き抱いた。

「やめろ！　芽衣ちゃん、君まで僕を否定するな！　僕は僕だ。君の知らない僕でも僕だ。そんな化け物でも見るような目で僕を見るな」

達也は、私を息もできないくらいに強く抱きしめたままベッドに倒れこんだ。私は、多すぎる情報と変化する状況に対応できなくて、初めて達也に感じた恐怖の感情のままに、ただ震えていた。

突如、達也に乱暴に唇を奪われた。キスなどしたことはなかった。友人同士の会話や本で、好きあった男女がする行為だと知って、夢のような憧れを持っていたが、こんな乱雑な行為だとは思っていなかった。

無遠慮に唇が割られ舌がぬるりと入ってきた。口内の空気を全て絡め取るように唾液が吸い込まれた。息ができなくなって、顎が上がる。肺の中に酸素が足りなくなって、眩暈がして体から力が抜けた。

「芽衣子、芽衣子、僕の芽衣子ちゃん」

達也は私の名前を呼び、縋りつくように私の体をまさぐった。半分以上意識を失って朦朧としていたようなものだったが、首に胸に腕に足に、汗ばんだ絡みつく手と、生暖かく舐める舌が気持ち悪くて吐きそうだった。

高校生となれば、この行為がどういったものか私でもわかる。下着をずらされたとき、朦朧とした意識下で硬直していた体に戦慄が走った。口から、とっさに制止するための声が出た。

「い、嫌だ。達也、達ちゃん。やめて！　嫌！　私に触らないで！　気持ち悪い！　あんたなんか、あんたなんか、達ちゃんじゃない。あんたなんか、私は知らない」

達也の手がぴたりと止まった隙に、私は達也の下から這い出た。そのままベッドからずり落ちるように体を逸らす私を達也は逃がさない。私を留めるために達也が足首をぎりっと強く握った。その痛みに顔を顰めて達也の顔を見上げると、恐ろしい般若のような怒った顔の達也の顔が私を見ていた。

「芽衣子、芽衣子ちゃん。僕は、ずっと君が好きだったんだ。僕には君だけだったんだ。君も、僕が好きだって子供の頃に言ってくれただろう。なのにどうして、僕から逃げるんだ！」

足を掴む手の爪が皮膚に食い込んで血が流れる。痛みにさらに顔を顰めて、達也の恐ろしい表情を直視できなくて顔を逸らした。

そして、私は恐怖と驚愕に荒れ狂う感情のまま声を放った。

「嫌い。大っ嫌い！　嫌だ。離して！　痛い！　私に、私に触らないで！」

ふっと達也の手から力が抜けた。その隙に私は足の自由を取り戻し、達也の部屋から逃れるように飛び出した。飛び出したときにちらりと見えた達也の顔は、茫然とした表情、その中に明らかに垣間見える深い絶望の顔だった。

だが、そのときの私は、そんな達也の心情を慮ることなどできなかった。自分に起こった信じられない事実を受け入れられなくて、あんなことをまさか達也が自分相手にしてくるなんて思ってもみなくて、ただその場から逃げることしかできなかった。

その夜はなかなか寝つけなくて、何度も寝返りを打った。初めて見た信じられないたくさんの達也の顔。あれも夢や幻でなく本当に達也なのだろうかと何度も考える。特に去り際に見せた達也の表情が頭に張りついて、どうにも気になった。

あんなことをした達也は正直怖かったし、しばらく会いたくなかった。

だが、達也は本来あんなふうに人を呪う人間ではなかったはずだ。

落ち着いて話ができれば、もとの達也に戻ってくれるかもしれない。転校とかして環境を変えれば、達也もあんなふうに怒ることはないだろう。転校を渋る達也のお母さんには、私の母と一緒に説得してもらおう。母や達也の母と一緒に行けば、あんなことは二度と起こらないはずだ。そして、明日、もう一度達也に会いに行って話をしようと決めた。そこまで考えてやっと眠ることができた。その晩は、しとしとと雨が降っていた。

外の音が雨音に消された静かな夜。段々激しくなる雨どいを伝う雨水の音だけが聞こえる。私も、私の家族も、眠っていた。一本の電話が夜中に鳴った。

しばらく鳴り続けて母が電話を取り、すぐに私を起こしに来た。その声は、震えていた。

「芽衣子、起きて！　起きなさい！　いい？　落ち着いて聞いてちょうだい。達也くんが、死んだのよ」

目覚めの良い私の目は開いているし、当然耳も聞こえているのに、母の怒ったような真剣な顔と、その口から放たれた言葉を理解できなかった。

「え？　お母さん、今、なんて言ったの？」

母は、顔を歪めながら、今度は、もっとはっきりと言葉に載せた。

「今、達也くんのお母さんから連絡があったの。自殺ですって。部屋で首を括ったらしいわ」

私は茫然としたまま、オウムのように言葉を返す。

「達也が？　自殺？　部屋で首を？　達也？　え？」

何度も何度も、信じられないとばかりに茫然とその言葉を繰り返す私は、どこか壊れかけていたのかもしれない。母は、私の体をぎゅっと抱きしめてくれた。

「芽衣子、しっかりして。貴方のせいじゃない。貴方が責任を感じることはないの」

母の言葉は私にはなんのことかわからず、ただ茫然と達也が死んだという単語を口で繰り返すだけだった。受け入れがたい情報に、涙も出てこなかった。

私が母のその言葉を本当の意味で理解できたのは、二日後、達也の葬式のために訪れた私を達也の母が殴ったときだった。

「あんたのせいよ！　あんたのせいで達也は死んだのよ！　あの子はあんなに傷ついていたのに。あの子はあんなに苦しんでいたのに。あんたが、達也を、追い詰めたんだ！」

数珠を投げつけられ、花瓶の水をかけられて、焼香の灰をぶつけられた。そして、女性の身としては恐ろしいほどの力で倒され頬を何度も殴られた。

達也が死んだことを現実としていまだに受け入れられてない私の心を、達也の母は一方的な暴力と刃物のような言葉で抉っていく。

「あの子は、あんたを好きだったのに。あんなに、あんたと仲良くしていたのに。最後まであんたを信じていたのに、あんたはあの子を裏切ったんだ」

髪を振り乱し山姥のようになった達也の母の言葉が心に突き刺さり、胸が呼吸もできないくらいに痛くなる。殴られて腫れた頬よりも、胸の痛みがぎりぎりと締めつけ苦しくなる。

「あの子は、優しい子だったのに。賢くって大人しくって、親思いの本当にいい子だったのに。あの子には選べる未来がたくさんあったのに。あんたが、あの子の未来を奪ったんだ」

狂ったように手を上げる達也の母を父や近所の人達が羽交い締めにして、その暴行を止めてくれたが、彼女の狂気の歯車は止まらず、私を睨む目には憎しみが満ちていた。

「許さない。絶対に、絶対に許さない！　あの子を追い詰めた学校の生徒も、先生も、学校そのものも。絶対に地獄に追い落としてやる。だけど、もっと許せないのはあんたよ。あの子が死んだのはあんたのせいなのに。あの子には未来が無いのに、どうしてあんたに未来があるの。

あの子は大人になれないのに、どうしてあんたが大人になれるの。あの子は死んだのに、どうしてあの子を裏切ったあんたが生きているの」

そのときになって初めて、私は私のしたことの本当の罪を知った。

達也は本当に死んでしまったのだと。達也の母の言うとおり、私のせいで達也が亡くなったのだと。私が、あのとき、心無い一言を投げつけたため、達也は死を選んだのだと。

別れ際に見た絶望に染まった達也の顔が脳裏に張りついて離れない。

もう取り返しがつかない。達也は死んでしまった。

目の前が真っ暗になる瞬間だった。

そして、同時にようやく理解したのだ。

優しかった私の親友、達也はもうこの世のどこにもいないのだと。

あの時、すがる達也に投げつけた言葉を思い出した。

そして、理解した。私が、達也を壊した。私の言葉が達也を追い詰めたのだと。

達也の母の言うとおりだ。達也は私に見捨てられたと思ったに違いない。

達也が死を選んだのは私のせい、苦しむ達也を一人にした私が全て悪いのだと。

助けを求めていた達也の手を、私は振り払って逃げた。だから、達也は死んだのだと。

そのとき初めて涙が滂沱《ぼうだ》と流れて止まらなくなった。

灰で汚れた頬の上に、黒い涙がとめどなく流れていく。

そんな私の背中を、母がそっと温かな手で撫でていてくれた。

その日から、毎日のように達也の母からの嫌がらせが続いた。電話も手紙も張り紙も、何度も止めてくれと母が頼んでもダメだった。ケタケタと笑いながら家の前で狂ったように叫ぶ達也の母は、私を呪って口汚く罵った。

「悪魔」「人殺し」「最低の大罪人」

沢山の悪意あるビラが家の壁を埋め尽くす。

「あんたには大人になる資格がない。達也を殺したあんたの未来は、私が全部奪ってやる。そうだよ。あの世で達也が待っているんだ。芽衣ちゃんをちゃんとあの子のところまで送ってあげないとね」

にやりと笑うその狂気の凄まじさに、地獄の窯を垣間見た気がして、誰しもが真の恐怖を覚えた。私の身を心配した両親に外出を止められ、家から出ることができずに学校を休む日が続いた。私は自分の部屋で、白い壁を見つめながらじっと考え続けた。

あのとき、私は達也に対して本当はどうすればよかったのかと。

達也を救えたかもしれない方法を、何度も何度も、たくさんたくさん考えた。

達也は帰ってこない。後悔しても時間は巻き戻らない。

わかっていても、考えることをやめられなかった。別れ際に見た達也の絶望した最後の表情が、耳の中で流れ続ける雨音と共に何度も脳裏で再現する日々が続いた。

ある日、警察が来た。達也の母が、警察に逮捕されたのだ。

達也の母は、達也の日記から学校の苛めていた生徒を突き止めて、やくざな連中に頼んで暴行を加えさせたらしい。死にはしなかったが、かなりの痛手を受けたようだった。

一人は片目が見えなくなり、二人は腕の骨を複雑骨折し、一人は背中の骨が折れ、一人は耳が聞こえなくなり、一人は足が曲がったままとなった。

私の家に来た刑事さんが教えてくれた。彼らはこれから先、健常者としての生活は送れないだろうとも。苛めていた生徒は主に六人。自身がした暴力の何倍もの暴力を受けたらしい。

当初は全てが事故として処理されていたが、訴えがあって再調査になって、彼らの事故が明らかに不自然だと思われたらしい。

警察に事件の真相がわかったのは、事件からかなり日数が過ぎてからのこと。

私達は知らなかったが、達也の母の実家はその筋では有名な家だったらしく、度々暴力行為で世間を騒がせていたらしい。駆け落ちしてまで一緒になった夫に死なれ、最愛の息子を殺されて、達也の母は実家を頼ったらしいとも。

その結果、達也の母の復讐計画は恐ろしいほどの成果を出した。

担任の先生や校長に嫌がらせという名の暴力が立て続けに起こった。担任の教師は学校を辞めたのに、毎日のように憶えのない借金の取り立てをされて、家族共々夜逃げしたらしい。逃げた先でも教職に就こうとしたが、そこでも不審な手紙や流言が飛び交い、苛めを斡旋する教師だと噂され、精神を病み、退職を余儀なくされたらしい。

さらに苛めをしていたと思われる生徒に降りかかる、次々の不運な事故。

校長や他教職員の家族にまで恐ろしい被害が及びそうになって、やっと学校が重い腰を上げた。苛めの事実を隠したままであったが、脅しを受けていることを警察に訴えたのだ。

学校の責任を追及されることを最後まで恐れていたが、自身の保身のために警察に真実を話した。

その事件にマスコミは飛びつき、連日のように、この小さな町中に知らない人間がうろついては達也のこと、学校のこと、苛めのこと、そして、私のことを詮索して記事にした。

だが、達也の母は、練達の弁護士により、裁判では証拠不十分として起訴猶予となった。

六人の生徒の傷害事件は結局、全て事故として処理された。達也の高校の教師陣は校長を始め保健医までが辞職し、理事も一新され、全てが無かったことにされた。

彼らは、公に罰を受けたのだから、もうこの件は終わったのだ。そう誰もが思っていた。


だが、ほとぼりが冷めぬ間に、またもや達也の母が、私の家に嫌がらせを始めた。

マスコミがまたもや騒ぎはじめ、私の周囲からまたもや人が消えていく。

家を取り囲み、好き勝手に報道する真実なきマスコミの当てこすりに心がすり減っていく。

私の父は裁判所に行き、達也の母の行為の数々と事の経緯を話して、マスコミに、達也の母とその周辺に、私達家族への接近禁止命令が出された。

そして、父は秘密裏に家を購入して住み慣れた町を去った。前々から買おうとは思っていたと父は言ってくれたが、全ては私を守るためだったとわかっていた。

だが、接近禁止命令が出てもなお、達也の母は諦めなかった。警察の目があるので、あからさまに襲ってくることはなかったが、影から睨みつける目を常に感じていた。

私は、事情を知っている友人や学校の先生達に支えられ、なんとか無事に高校を卒業できたが、私が県外の大学に進学することを止める者は誰もいなかった。

むしろ、その方がいいと勧められた。

父の仕事先も、私達の事情を汲んで協力してくれた。

父と母は、達也の母の行動を恐れて、万が一を考え、県外に出た私との連絡を一切取らないように決めた。手紙も電話も、一切の情報を特定の人を介してのみ行うようにした。

父の友人が出張に出るときに頼んで手紙と荷物が届く。そして、手紙の最後に添えられる言葉は必ずいつも同じ。

『私達は元気だから心配しないように』

優しい両親に、わざわざ私に手紙と荷物を届けてくれる父の友人に、泣きながら感謝した。

そして、同時に理解していた。達也の母は、未だに私を捜しているのだろうと。

送金すると履歴が残るからと、父の友人で弁護士をしている人が届けてくれる現金と大学の学費。私の家は決して裕福ではないのに、精一杯のお金を持たせてくれたのを知っている。父の友人達もできることがあれば何でもするからと、いろいろ世話してくれた。

学費の値段が上がったり、アパートの更新のたびに値段が上がったとき、両親にも父の友人にも言えなくて、バイトを幾つも重ねてなんとかやりくりした。

いろいろ大変だったが特に問題も起こらず、友人にも恵まれて、勉強も問題なく四年間の大学生活は充実し楽しかった。

だが、楽しい、嬉しいと感じたときに、いつもふと脳裏に浮かぶ。

もし達也が生きていたなら、どうだっただろうかと。

もし達也がここにいたなら、私と同じく楽しかっただろうか。

考えてもどうしようもないとわかっていても、考えてしまうのだ。

何度も何度も、私が選択を間違えなければ、達也は今も生きていただろうかと考える。

そんな私は、達也の母と同じく、達也を失ったあのときあの場所から、本当は一歩も進んでないのだろう。そんな気がしていた。

時折、深い屈託を見せる私を心配して、悩みカウンセラーや宗教などを勧めてくれる人もいた。それらの集会に行ったり、カウンセラーの助言を聞いてはみたが、どれも違う。

「自分を責めては駄目だ」

「過去の過ちは、過ちと認め、未来を探すべきだ」

「苦しみからは何も生まれない」

「神は全て許します。だから、貴方も貴方を許しましょう」

そんな風に、耳触りのいい言葉だけを並べる、彼等の顔は人形のように見え、彼らは私が求めている答えを持っていないとわかった。心の上辺を撫でるだけならいらない。

気休めの言葉が必要な時期はとっくに過ぎていた。

私は、私の心の中で答えを見つけなければならない。

そうしなければ、私は一歩も前に進めない。だから、毎日、自分の心に問いかけていた。

大人とされる未来の自分。大学卒業はもうすぐそこだ。だが、本当に許されていいのだろうか。達也を置いたまま、私は前に進む。それは私に、許されていいのだろうか。

何度も、何度も、考えて、考えて、答えを探して、探して、そして、大学卒業前に、やっと答えを自分の中で見つけた。それは、何気ない生物研究学科に進む友人の一言。

「人の皮膚や細胞って生まれ変わるのよ。生きている間に何度も。ほら、爪や髪って切ってもまた伸びるでしょう。だから、仏教にある魂も死んだら巡るって考えは悪くないと思うんだ」

魂が巡る。その言葉に、ようやく答えを見つけた気がした。

もう達也は戻ってこない。それはわかりすぎるくらいにわかっている。

でも、もし達也が生まれ変わって巡って私のところに現れたなら、私はもう二度と間違わない。達也でない、他の誰かでも、私はもう二度と逃げたりしない。

誰かが手を伸ばしたならば、私は躊躇わずにその手を取ろう。

それが、いつか魂が巡った達也かもしれないし、そうでないかもしれない。

私の贖罪というには軽すぎるかもしれないが、いつか誰かの助けになりたい。そう決めた。

私は、やっと達也への想いに終止符をつけることができた。

自分のための未来を見据えるために、正面を向こうと決めたのだ。

就職を考えたとき、家に戻るかどうか悩んだが、父の友人からそれはやめた方がいいと勧められた。まだ、達也の母は諦めてないようだからと。

その一言で、私は暗く沈んだままの達也の母の魂を感じた。達也の母は、まだ達也の死んだ苦しみの中に閉じ込められたままなのだと。達也の死を、まだ受け入れられていないのだとわかった。達也のために達也の母に逢いに行こうと思ったこともある。だけど、彼女自身が達也の死を受け入れられてないのなら、私に逢うことは地獄の再現に他ならない。

だから、時間を置くことにした。

私は今のアパートからさほど遠くない場所で就職先を探し、あの神社の事務員の採用をやっと手に入れた。今も私の決意は贖罪と共に、常に私の行動の指針となった。過去を振り切れない弱い人間と言われても、今のままの自分のままで、この先ずっと生きていこう。

それでいい。私は二度と後悔したくない。だからいつか、巡る達也の魂が救われるまで。


そして先日、両親に電話したのは本当に六年ぶりになる。電話口で話した母は、戸惑いと疑問を持ちつつも、やっと会えるのねと嬉しさで泣いていた。

六年の別離の間に私の心の整理がついていたのもあるが、ここに帰ってこようと決めたら、もう怖くなかった。

達也の母に逢うことも。

達也の墓の前に立つことも。

達也の死を見つめ、達也を置いて生きることも。


そして今、達也の眠る墓地で、達也の母に逢うために、私はここにいる。


六年前、あれだけ怯えていた私の心から恐れが消えていた。

達也の死についての悲しみが消えた訳じゃない。

だが、贖罪を胸に抱いたまま前を向いて歩くと決めたときから覚悟はできていた。

父の友人であり、いつもお世話になっている弁護士の先生が連れてきてくれるらしいのだが、まだ来ていない。墓石の前で、自らの感情とゆっくりと向き合っていく。

達也の母の感情を受け止める覚悟はできていた。

達也の墓を前に不思議と心が凪いでいた。穏やかな波の音を携える海のように。

海の色の反射が深縁の美しい色の光の絨毯に見えた。白く泡立つ波は絨毯の模様だ。

きらきらと輝く波が暖かい何かを心に運んでいた。心がじわじわと温かくなっていく。

誰かに包まれているような、誰かに護られているような不思議な安心感を覚えて、心がいつになく落ち着いていた。


私は、もう大丈夫だ。そう思った。


だが同時に、とてつもない喪失感に襲われる。同時に、波の音が、私を追い立てる。

なぜだかわからないが、私は、何かを手から落としている。そんな気がした。

手のひらをぎゅっと握りしめる。落とした？　何を？　いや、違う。落としたのではない。

そう、大事な何かを忘れている。そう、忘れているのだ。何を？

ザザン、ザザン。波の音。

これは、確信にも近い閃き。打ち寄せる小さな波の音。

この音、私はどこかで、確かに。

何かを、私は忘れている？　それは一体何？

私は、待ち合わせの時間が来るまで、じっと海を見ていた。

墓参りと波の音

ジャリッと砂石を踏む音が聞こえた。

芽衣子がこの高台に到着したのは太陽が中天に届くより前だった。

ここで海を見ながら懐かしい街の風景に目を奪われつつ、過去の思い出や記憶を掘り返しては、過ぎ去った光景との差異を楽しんでいたはずだった。

そして同時に、遠くに響くはずの小さな波の音が芽衣子の感覚の何かに引っかかる。

その感覚が告げるのだ。ちっとも思い出せないが、私は確かに何かを忘れていると。

なぜそんなことを思うのか自分でもわからない。

でも、どうしても思い出さなければいけない。芽衣子はそんな気がしてならなかった。

だから、訳のわからない感覚と理由なき感情を持て余しながら、芽衣子は高台で立ち尽くしていたのである。そんな芽衣子の時間はあっという間に過ぎたようだ。

気がつけば足元の影の位置は大分東に傾いていた。芽衣子の右手首の腕時計の針は三時少し前を指している。約束の時間は三時だ。待ち合わせ相手は時間には正確らしい。背後にちらりと目線を向けると、砂利を踏みつつ上がってくる人影が見えた。

芽衣子は、名残を惜しみながらも海に向いていた視線と体を反転させ、人影が重なって見える長細い階段を見下ろした。砂利道を石と木で傾斜を埋めるようにつくられた簡素な階段。そこを上がってくる四人の人間が見えた。

彼らの内三人は、当然のごとくに激しく弾んだ息をそのままに、黙々と階段の数歩先を見つめながら重たげに足を動かしていた。

高台に位置する墓というものはどこもそうなのかもしれないが、人が住むには不向きなほどに急な坂道や階段が多い。ここも同じく、止まってしまうともう上がれなくなりそうなほど厳しい傾斜だ。

芽衣子にとっては、今の職場である神社がやはり高台に位置するため、この傾斜についても特に気にするほどのものではなかったが、一般的にはかなり厳しい運動である。

四人の内の三人は明らかに呼吸過多になりそうなほどに息が上がっていた。

はあ、はあ、ぜえ、ぜえ。

荒い呼吸音と砂利の音が段々と近づいてくる。それらの音からも必死で足を前に進めているのはわかる。彼らの上がってくるスピードはゆっくりだが、止まることなく確実に一歩一歩進み、芽衣子のいる高台に向かっていた。

先頭を歩くのは、耳脇から首にかけて白頭髪がふさふさとしているが、頭頂部はやけに薄い、全体的に細身の体つきの顔見知りの中年男性。目は細く、楕円な顔、笑顔が仏に似ていることから、顧客の幾人かは仏先生と呼んでいるらしい。

彼は父の古くからの友人で、芽衣子も先生と呼んで親しくしていた弁護士だ。

以前に会ったときよりも髪の後退具合が促進しているように見える。草臥れたような茶色の背広に使い込んだ黒の革靴がやけに光っていた。背広の胸には金の弁護士バッジ。

次は、芽衣子が見たことも会ったこともない男性だ。高級そうなダブルのスーツをしっかりと着こなした壮年の男性。がっしりとした体つきは、女性ではありえない見事なまでの逆三角形の体躯。色黒で首が太い。どちらかというとずんぐりとした印象があることから、背はさほど高くないのかもしれない。眉は太く、目も大きい、角ばった顎が意志の強さを感じさせる。全般的にごつごつした感じの男らしい顔つきだ。彼は、大きな手で背後の女性の手を握り、もう片方の手には大きな花束を掴んでいた。その花束の大きさからかなりの重力が予測されるが、重さを苦にした様子はない。むしろ足取りは軽やかで、平坦な道を歩くかのように息も切らさず階段を上がっている。

男性に手を引かれ、息を切らせつつ華奢な体を支えられて上がってくるのは、薄いラベンダー色のシフォンワンピースに、グレーのコートを着た女性。体格から見ても、おそらく達也の母だろう。露出している手足は細くたおやかで真っ白だ。達也の母親の実家はどちらかといえば裕福な家に分類される。なるほど、しっかりとお嬢様仕様だ。白く大きな帽子が顔を隠し、帽子飾りの幅広薄紫のリボンがそよそよと風で揺れていた。

そして最後尾を歩くのは、ひょろっとした体躯の細い銀縁メガネの若い男性。彼は、仏先生の大学の後輩の息子で同職場の若手弁護士、村井だ。何度か芽衣子の大学に先生の代わりに来てくれて、芽衣子の友人達とも面識がある。ふわっとした茶色の猫毛が特徴的で、年上には見えない童顔。以前にその童顔を隠すために、必要でないメガネをかけていると聞いたことがある。毒気のない軽い口調と爽やかな笑みの好青年だ。芽衣子の友人からは、かなり好印象だったと記憶している。四人の中では一番年若のはずだが、一番体力がないようだ。彼のネクタイは奇妙に捻れ、足はよろよろ左右にぶれ、重心の軸が定まってなくて危なっかしい。真っ青な顔色に脂汗、足元が覚束ない様子は傍から見ても撃沈寸前だ。脱いだ上着を小脇に抱え、シャツの袖は乱暴に捲り上げられていた。意気揚々とした勇ましい格好だが、今の彼を見て男らしいと感じる者は少ないに違いない。全身からにじみ出ている大粒の汗を拭き取る力もなく、最後尾を幽霊のようになりながらもふらふらと上がってきていた。

芽衣子は予定どおりの彼らの訪れにさして動じることなく、じっとその場で待っていた。

まずは、先頭が高台に到着した。先生の黒い革靴のつま先が、太陽の光に鈍く反射する。仏先生は、芽衣子の父の友人で、古くから付き合いのある弁護士でもあることから、芽衣子の家族の問題に始まって、芽衣子自身の問題まで、それはもう親身になって相談に乗ってくれた。郷里を一人離れた芽衣子の保護者代理も申し出てくれて、芽衣子の大学生活を支えてくれた信頼できる人だ。

彼は、ポケットから出した水色のハンカチで額の汗をぬぐう。ハンカチはあっという間に額の汗を吸い取り濡れて紺色に変色し捩《よじ》れた。

次々と噴き出る汗を拭きながらも、彼はにこやかに芽衣子に話しかけた。

「やあ、随分と早いね。芽衣子ちゃん、久しぶりだね、元気だったかい？　私らの方が早く着くと思っていたが、待たせたようで済まないね。ああ、やっと上に着いた。この坂は相変わらずの急勾配だ。昔に来たときにも思ったが、私みたいな年寄りには一苦労だな」

彼は、にこにこと人の好い笑みを浮かべて、芽衣子に笑いかける。その様子は、以前から全く変わりない。ほっとする笑顔や穏やかな口調に心から安堵する。だからこそ、芽衣子も彼にいつもどおりの元気のよい顔を見せる。

「先生、お久しぶりです。はい、私は元気です。先生もお変わりありませんでしょうか。私がこの景色に無性に会いたくなって、わざと早くここに来たんです。約束に遅れたわけではないのですから、気にしないでくださいね。ところで、ねえ先生、少しだけここから眺めてみませんか？　ここに至るまでの階段や坂は確かに急ですが、ここからの景色で疲れも吹き飛びますよ」

そう言って芽衣子は景色が見えるように、足の位置を右に少しずらした。

百八十度パノラマの美しい風景がそこにはあった。美しい凪の海と、そのまま海と一体化したような青い空、そして郷愁感溢れる古風な港。太陽の光が白波をきらきらと反射して美しい彩りを添える。

先生は汗を拭きながら、その風景を見るために芽衣子の隣にゆっくりと移動した。

そして、目を奪われる素晴らしい景色を前に、すうっと大きく息を吸い込み、ゆっくりと空気を吐き出した。

「ああ、本当ですね。この景色は素晴らしい。風光明媚《めいび》とはこのような景色のことを言うのでしょう。心が洗われるかのようです。それに、穏やかな風が海から吹いていて大変気持ち良い。一気に疲れが消えるような気がしますね」

彼の心からの讃辞に、芽衣子も微笑みながら隣で深呼吸をした。鼻に抜ける潮の香が、頰を掠《かす》める緩やかな風が、本当に心地よい。

二人が高台で深呼吸をしている間に、後続の三人が到着した。

女性は連れの男性に肩を支えられながら、差し出されたペットボトルの水を飲み、激しい呼吸を繰り返しながら、少しむせていた。

男性は、そんな彼女の背をゆっくりと撫でていた。

村井は呼吸を荒くして腰を抜かしたように地面に座り込んでいるが、視線はまっすぐに先達の仏先生を捉えていた。意識もしっかりしているし、少し休めばすぐに回復するだろう。優しい風が吹くこの高台の空気は、熱を持った体をほどよく冷ましてくれる。

しばらくして呼吸を整えたであろう女性が、男性に手を取られながらも、行儀よく居住まいを正してから、一歩ずつ芽衣子に近づいてきた。

「あの、め、芽衣子ちゃん、ひ、久しぶりね」

達也の母はおずおずと話しかけながら、被っていた白い帽子を脱いでその頭を太陽の下に晒した。艶やかな光沢を携えた美しい黒い髪と見事な美貌が現れた。白い面長の顔は綺麗に化粧を施され、コーラルピンクの唇が瑞々しく光っていた。長いマスカラに縁どられた目は大きな瞳を誇張し、波打つ黒髪を上手に編み込んだ髪形は、大正ロマンふうなポスターに描かれたモデルを彷彿させる。

芽衣子の記憶にある、最後に見た達也の母の様子とは明らかに違っていた。

子供の頃から美しい人だと思っていたけど、このように着飾った彼女を見た憶えはない。達也の生前だって、薄い化粧をしたところしか見たことがなかった。

それに、達也が死んでからは山姥のように髪を振り乱し、気が狂ったように気味悪く笑う姿が強烈で、美しかったという事実さえもすっかり忘れていた。

芽衣子の目の前にいる今の彼女は、あの頃とは全くの別人に見える。だが、ここで逢う約束をしたのだから、間違いなく彼女は達也の母なのだろうと思って返答した。

「はい。お久しぶりです。葛西さん」

芽衣子は、体が覚えていた感覚からだが、実に丁寧なお辞儀をした。手を前で組んだまま、頭をゆっくりと下げるそのお辞儀は実に美しい。体の線はぶれておらず、優雅さと清廉さを兼ね備えた礼儀にかなったお辞儀である。

芽衣子自身は特に意識してなかったが、その美しい立ち振る舞いに、ほぼ全員があっけにとられる。どこか現実とはかけ離れた世界を見ているような錯覚さえも覚えていた。

芽衣子のお辞儀で、気安く話しかけようとしていた雅美の計画は一瞬で消える。二の句が継げず、息を呑んで言葉を詰まらせた。

達也の母の名は、葛西雅美だ。達也が死ぬ前までは、雅美おばさんと気軽に呼んでいたのだが、関係が変わってからは、気安く呼ぶのが可笑しい気がしていた。

今日は、達也の母からの呼び出しなのだから、私に話したいことがあるに違いない。

昔の達也の母のままならば、罵声や侮蔑の言葉が来るのかもしれない。そう思って覚悟していただけに、その対応は硬くなる。

そんな他人行儀な行動から私の想いを察したのか、雅美は手を上げては降ろし、降ろしては上げるといったぎこちない動きをロボットのように繰り返していた。

「あ、あの、その、き、今日はいいお天気ね。よ、よかったわ」

唐突に振られた天気の話題に、芽衣子は無意識に答えた。

「天気？　ええ、そうですね。快晴ですね。降水確率０％だそうです」

あたりさわりのないお天気情報が、芽衣子の口からさらりと出た。

「そ、そう。あ、雨が降ると足元が大変だものね。ほ、本当によかったわ」

「そうですね」

その後、会話を繋げることができず沈黙が続いた。雅美は、何を話していいか糸口が見えなくて四苦八苦していたようだ。だが、芽衣子から話題を振るのはなんとなく違うような気がしたので、黙って雅美の言葉を待っていた。

状態を察して声を出したのは、雅美の手を握っていた男性だった。体を反らせるようにして伸ばし、首をこきこきと回した。そして、波や風の音を打ち消すような大きな声で、誰を相手とするでもなく話し始めた。

「うーん、ここは本当に気持ちの良いところだな。墓地であるのが惜しいくらいの絶景だよ。こんな素晴らしい場所が墓地だなんて、いささか惜しい気がしますね。風光明媚なこの景色だけでも売れる。マンションにでもしたら、移住希望者が続出するでしょうに」

その会話に参加するのは先生だ。

「ははは、天にもっとも近い場所は、死者に譲るのが昔からの風習ですよ。生者はいずれ離れなくてはならない大地に足を付けるものです。嶋さん、あまり欲をかきすぎるものではありませんよ」

仏先生の淡々とした台詞は、本当にどこかの坊主の説教のようだ。

「昔からの風習ですか?」

「ええ。死した後に心を残すことの無いように人住まぬ場所に。そして、天の扉を見つけやすいようにと高い場所に墓所を作るのです。仏門の教えでは、生者はしっかりと足を付けて定められた人生を全うするために、地面に根づくのが肝要とされています」

「地面に根づくですか」

「生者は大地の民として地面を見つめ、地の最果てを探す人生の旅をする。そして、栄枯盛衰の習いに従って生を終え、死に面して初めて天を仰ぐ。昔、若い頃にこの説を聞いたときは、憮然としたものでしたが、この年になってみて、やっとその意味がわかったような気がします」

「わかったとは?」

「地面に根づくこと。それはすなわち自分を知ることであるということです。自分が何のためにこの世に生を受け、何のために生き続け、何のために死ぬのかを探すことが最果てへの旅だとわかったのです」

二人の会話は淡々とした口調で語られているが、いつの間にか芽衣子や雅美、そして村井もその会話に引き込まれていた。

「それはまた、随分と人生を達観された考えですね。その理由を差支えなければ教えていただけませんか?」

嶋の穏やかな口調に、先生は苦笑して微笑んだ。

「半世紀近く弁護士をしていて、多くの人に会いました。多くの人が悩みや問題を抱えて事務所の扉を叩くのです。かつては人を信じ助ける正義の味方のような弁護士になると夢を見ていた私も、人の業のあまりの深さに恐れ、どうにもならないと諦め、次第に信じる事をやめるようになりました。そして、それらをただの事務仕事のように片付けていた頃があったのです。毎日の仕事に嫌気がさしてきて、本当にこのままでいいのかと、人生の選択を私は間違えたのではないかと悩みました。そんな自分が空しく人生が単調だと感じていたときに、私は、ある人に出会いました。

私の存在が、誰かの支えになることの喜びを教えてもらいました。弁護士でいてよかったと初めて思ったのです。私の人生の選択は決して間違っていなかったと、弁護士という仕事に今さらながら遣り甲斐というものを知りました。

私よりもずっと若く世慣れない彼女は、私よりもずっと真剣に人に向き合っていた。世間知らずと侮るほどには彼女の人生は決して平坦ではなかったが、彼女は、どんなに苦しくてもどんなに理不尽でも、決して投げ出そうとしなかった。

そんな姿を見て、私も彼女のように生きてみたいと思ったのです。そして、どんなときでもまっすぐに前を向く彼女の力になりたいと思ったのです。この老骨にさしたることができるとは限りませんが、私の人生に光を与えてくれました。そのときから私は変わったのです。

そして、その変化は私の旅の足跡を確たるものとしてくれていると、日々実感しています。そうしたら、足元が地面に近いことが愛おしいと思えるようになりました。私の足の向かう先が人と繋がっている大地の上にある。そのことが誇らしいと思いました。大地の民と生者を準えた古人もこのように思ったに違いありません」

「それは素敵な女性に出逢われましたね。その彼女は貴方の奥様でしょうか？」

嶋の言葉に先生は首を振った。

「いえ、妻も優しい女性でしたが、十年前にあっけなく先立ちました。当時、私には疎遠になった息子が一人いるだけでした。妻が生きていた頃よりも、独り立ちしてから後も話し合うこともなく、事実上の血の繋がっただけの他人という希薄な関係でした。彼女に会ったのは六年前です。ですが、彼女の姿勢を見習うことで、息子とは無事和解でき、今、一緒の家で息子と、その嫁と小さな孫と一緒に暮らしてます。紆余曲折ありますが、幸せですよ。彼女は、私にとって人生の指針をくれた人であり、恩人でもあります。私にとって彼女は、愛とか恋とかの次元ではない場所にいるのです。強いて言うならば、年からいって娘のようなものでしょうか」

一瞬、顔色を変えた嶋を前に、朗らかな親愛の情を込めた笑顔で先生は見返した。

「申し訳ありません。下世話な勘ぐりをいたしました」

そんな先生の笑顔を合図に、嶋は深々と頭を下げた。先生は話題を打ち切るように、全員を見回してにっこりと笑った。

「なに、人生の大半を終えた老人の戯言かもしれませんな。人生を終えたその先を見据えて思考するようになっただけとも言えます。貴方達も私と同じ年になれば、私の言葉の意味がわかるでしょう。ああ、約束の時間になりましたね。皆さん、葛西さんの墓前に移動しましょうか」

先生の言葉で、会話に引き込まれていた三人がはっと現実に返った。村井は、地面に下ろしていた重い腰を上げて、皆を先導すべく一歩前に踏み出した。額の汗はすでに乾いていた。

「ああ、そうですね。それでは、皆さんこちらに。葛西さんのお墓はこの先にありますので」

村井は髪の毛をぐいっとかきあげて、焦茶色の瞳を墓所の奥の墓石へ向けた。向けられる足先に迷いはない。村井は過去にこの墓を訪れたことがあるのだろう。同じような墓石が連なる細い道を迷うことなく進んでいく。

村井の先導で、すぐ後ろを仏先生、芽衣子が続き、そして雅美と嶋が続いた。

嶋と呼ばれた男性は肩をすくめて雅美と目で会話していた。その気安げな態度に、なんとなく両者の信頼関係を知った気がした。

雅美は嶋の存在でどこか安心したのか、ふっと笑顔を浮かべて、肩の力を抜いたようだった。

その優しい笑顔を横目に見て、芽衣子の肩からも力が抜けた。


灰色で鈍く光沢のある墓石。刻まれているのは「葛西家代々之墓」。

この墓石の下に、達也と達也の父、誠が眠っていた。

嶋が、ジャケットの内ポケットから風呂敷に包まれた線香の束とライターを取り出した。カチッと音がして線香の束に火がつけられ、墓石の前に供えられた。

嶋が差し出した花を雅美が二つに分けて、左右の花入れに立てた。花は白ユリと白い菊を基調に紫の桔梗が彩りを添えている。

村井が奥に設えてある水置場から、よたよたと重たそうに水の入った手桶を持ってきた。

先生が水を受け取って花入れに水を注ぎ、正面の墓石に頭からゆっくりと水をかけた。

紫の線香の煙が、ゆらゆらと漂いながら棚引いていた。煙の先を目で追うが、空気に拡散していつの間にか見えなくなる。鼻につんと線香の香が浸みるような気がした。

じゃらっと数珠を鳴らす音がして、墓石に視線を戻した。

雅美と嶋が墓石の前で目を瞑り、手を合わせて祈る。そして、先生の誘導で芽衣子も達也の墓石の前に座り、同じように数珠を構え、両手を合わせて目を瞑った。

芽衣子はけっして返事が返ってこないとわかっていながらも、達也に向かって、久しぶりだね、帰ってきたよと心の中で呼びかけていた。

芽衣子が立ち上がった後、仏先生、村井と続き、全員が墓に挨拶を済ませた。そして、雅美が再び墓石の前に座り、深呼吸をし、墓石に向かって話し始めた。

「誠さん、達也、ずっと来られなくてごめんなさい。お墓、もっと大変な状態なのかもしれないと覚悟していたのに、誰かが掃除してくれていたのね。随分と手入れが行き届いているわ」

彼女の言葉を後ろで聞いていた先生が口を開いた。

「ああ、祥子さんが定期的に掃除に来ているからね」

祥子とは芽衣子の母のことだ。雅美は初めて聞くその情報に目を瞠った。

「え？　定期的？　祥子さんが？　だ、だって、そんなこと祥子さんは今まで一度も……」

「葛西さん、祥子さんは言わなくてもいいと言っていたが、貴方のご実家にはお墓の世話に祥子さんが参っていることは、随分前からお知らせしてましたよ。嶋さん、貴方は知っているのでしょう」

雅美は驚きの表情のまま、傍の男性に視線を向けた。彼は頷いて雅美に話した。

「達也さんが亡くなって貴方がこの町を離れてすぐに、こちらの先生からお父様に連絡がありました。貴方のお父様は、全てのいきさつを聞いたうえで、芽衣子さんのご家族には一切手出しをしないようにと言い含めて、先生を通して永代供養費を持たせましたが、ご丁寧な文と共に返却されました。彼らは貴方の傷が癒えるのを待ちたいのだと言われました。それを聞いて、彼らにはお父様が直々に頭を下げられました。私もその場におりましたので確かです」

その言葉に、雅美の目から一粒の涙がこぼれた。

「祥子さんが？　待つ？　私を？　一体、どうして？」

「雅美さんのために、そして達也さん、誠さんのために、彼らはずっとお墓に参ってくださっていたのです。貴方のお父様にあてた手紙に、こう書かれていました。いつか必ず達也さんのお母さんは立ち直ってくださるはずだと、それを信じて私達が待つことが、今の雅美さんに一番必要なことだからと。家族である自分達は、娘である芽衣子さんの意志を尊重したいと。だから、貴方のお父様も彼らに感謝しつつ、静観すると決められました」

雅美の口から嗚咽が漏れ始め、涙が薄紫のスカートにぽたぽたと落ちて、丸いしみを作っていった。

「そんな、私は、何も知らなくって。どうしてお父様は教えてくださらなかったの？　私、ずっと酷いことを……」

嶋は雅美の傍に膝をついて、その背中をそっと抱きしめた。

「以前の貴方にたとえ教えたとしても、素直に彼らの気持ちを受け取ることができなかったでしょう。反対に、もっと頑なな態度をとって関係を悪化させたかもしれません。ですので、私の判断で差し止めました。申し訳ありません」

震える背中の上をゆっくりと大きく温かな手が撫でる。雅美の涙と嗚咽が少しずつ収まっていった。そして、しばらくして背筋を伸ばした雅美が墓石に向き直った。

「そうね。貴方の言うとおりよ。確かに以前の私なら、祥子さんを罵倒し、八つ当たりをしていたでしょうね。不幸に一人酔って、悲しみと憎しみに囚われすぎていた馬鹿な私だもの。あ、私は馬鹿ね。本当になんて馬鹿で愚かな女なのかしら。六年間、私がしたいことを邪魔するお父様や貴方、そして祥子さんや勝也さん、芽衣子ちゃん、全てが敵だと思ってた。このお墓に来ることもせず、恨み辛みばかりを育てていた。達也が死んだことも、全て人のせいにして。でも、本当は私こそが全ての間違いだったのに」

雅美は背中に置かれた嶋の手をそっと拒み、瞼に残っていた涙をぐいっとぬぐった。そして墓石にしっかりと向き直る。

「達也、ごめんなさい。誠さん、ごめんなさい。達也が死んだのは、達也を追い詰めたのは私。本当はわかっていたの。私が、認めたくなかったの。あの子を否定したのは私。あの子が死を選ばなければならないほどに追い詰めたのは私。元はと言えば、あの学校を勧めたのも、私。学校で苛めに遭っていたのも本当はもっと前から知っていたの。だけど、達也を転校させるなんて負けたようで悔しかった。あの子は私の唯一の自慢だったから。達也の賢さと優秀さ、優しさに甘えてあの子を追い詰めたの。あの子が死んだのは、本当は誰のせいでもない。私の責任なのよ」

斜め後ろにいた芽衣子がとっさに声を上げた。

「違う。雅美おばさんのせいじゃない。達ちゃんは、雅美おばさんのことが好きだったの、大事だったの。あの学校を選んだのも、毎日働き詰めだったおばさんを楽にしてあげたいって、自分の将来を見据えた上で達ちゃんが選んだの。苛めだって、本当は負けたくなかったはず。

達ちゃんが死んだのはおばさんのせいじゃない。そんなふうに自分を責めないで！　達也がその言葉を聞いたら悲しむし、きっと怒ると思う」

雅美は芽衣子の声に振り向いて、首を振った。

「そうね。達也ならそうでしょうね。私も、今ならばわかるわ」

その雅美の表情が後悔の念と悲しみに彩られ、白い顔をさらに白皙《はくせき》に見せていた。先生が芽衣子の肩を軽く叩いてから、芽衣子の前に出て雅美に話しかけた。

「葛西さん、今年に入って突然、貴方のお父様から連絡をいただきました。なぜかわからないが、娘の様子が目に見えて変わったと。心境の変化があったらしいので、できれば力になってもらえないかと。貴方が私に会いに事務所に来られてお話しした後、ご希望どおり、芽衣子さんやご家族に会っても問題ないと私は判断しました。なにかあったら、そこの男性、嶋さんが責任を持つとまでおっしゃった。だから、今、こうして芽衣子さんと墓前での再会となりました。ですが雅美さん、よければ突然の心境の変化の理由を教えてくださいませんか？」

雅美は墓前から立ち上がり、すっと墓石の傍に立ち、墓石に彫られた誠の名前と達也の名前を愛しそうに指でなぞった。そしてゆっくりと話し始めた。

「夢を、不思議な夢を見たんです。達也が、誠さんと出てきました。達也が亡くなって、夢でもいいから出てきて欲しいと願ったときには、一度も見なかったのに。あの夢を見たのは、そう、お正月を幾分か過ぎた頃です。まるで生前の、生きているかのような二人が私の夢に現れて昔のように笑ったんです。やっと私の夢に現れることができたと。あの人も達也も死んだときのまま、私だけが年を取ってみすぼらしくて。思わず、ずるいって文句を言いました。

誠さんは、ゴメンゴメンって謝りながら私の頭を以前のように撫でて、達也は子供の頃のように笑って、母さんは変わらないよって優しくて。楽しかった。本当に。夢の中で、三人でたくさんの話をしました。

楽しかったこと、悲しかったこと、いろいろの思い出を話しました。そして、私を置いて亡くなったことを、誠さんも達也も謝ってくれました。それから言いました。自分達の死は、誰のせいでもないのだと。死して後、ずっと傍で私に訴えていたのだけれど、私の耳には届かなかったことを悔しがっていました。

死んでいるのに、力が無くて悔しいって言うんですよ。思わず笑いました。二人とも幽霊なのに何を言ってるのって。そしたら、二人は私の笑顔が一番好きだったって言ったんです。それでやっと気がついたんです。達也が死んでからずっと、私は笑っていなかったことに。

そんな二人の前でやっと私は二人に謝ることができたんです。苦しかった気持ちを吐露して、やっと素直になれた私に、誠さんも達也も、にやっと意地悪く笑って『謝罪は受け入れる。でも条件がある』って言ったんです。

思わず目が点になりました。そういえば、誠さんは、面白がって私に意地悪する癖があったんです。そんなこともずっと忘れてました。

誠さんの条件は私がこの人、嶋を受け入れて再婚し幸せになること。

達也の条件は、芽衣子ちゃんとそのご家族との和解でした。

私は今さらながら、私がしてきた悪意に満ちた行動を振り返って、彼らの条件には躊躇しました。だって、こんな私が幸せを求めるなんて間違っている気がしたんです。

でも、誠さんは、私がこの人に惹かれていることを知ってました。だからその手を取って幸せになれと。先に死んだ自分が悪いのだから、仕方ないと悔しそうにしてました。本当は、あいつに渡すのは心の底から悔しいんだけどねって。

達也は、芽衣子さんを本当に好きだったと言いました。そしてそれは達也の片思いであることも。だから、私の恨みの矛先は全くの見当違いであると。達也は笑いながら説明してくれました。それに、いつか生まれ変わったら芽衣ちゃんの傍に行くつもりだから、彼女と和解しないと母さんには永遠に会えないよって言うんです。芽衣ちゃんは面倒を呼ぶ平和主義者だから、生まれ変わってきっと傍で護るんだって。序に、今の喧嘩腰の危ない母さんの傍には僕は絶対に近寄らないって。

酷いでしょう。息子の癖に私より芽衣子ちゃんを取るんですよ。彼らは笑って、私を励ますかのようにそっと抱きしめてくれました。そうしたら、なぜだか心が軽くなったんです。

気がつけばなんのためらいもなくなっていて、私は彼らの条件を了承していました。

誠さんは言いました。君の悲しみと苦しみの塊は僕があの世に持っていくよって。君が幸せになるのに必要ないからって。僕はあの世で君が来るのを待ってるから、ゆっくりおいで。幸せになるのを天から見守っているよって。

そして、二人は言うだけ言うと光になって消えました。最後に、じゃあねと笑いながら、手に何かを持たせてくれたんです。

目が覚めた時、私の手には見覚えのない神社のお守りが握られてました。手を開いてそのお守りを確かめていると気がついたんです。

誠さん、冷静で頭がよくて意地悪で繊細で優しい完璧主義者なあの人が、間違えたんです。本当にびっくりしました。生きているときには、一度だってそんなことなかったんですよ。

そのお守り、安産祈願だったんです。あの夢が彼らの希望を伝えてくれたならば、縁結びになるはずでしょう。こんな単純な間違いなんて、私を笑わすための誠さんなりの工夫なんでしょうか。久しぶりにお腹を抱えて笑いました。

その日のうちに、お父様に話をしました。お父様は、私の落ち着いた言動にびっくりしてましたが、久しぶりにゆっくりと親子で話をしました。しばらくして父から許しが出て先生のところへ伺いました」

晴れやかに笑う雅美の瞳に陰りは全く見えなかった。先生は微笑みながら返事をした。

「七回忌を前に、神様からの手助けということかもしれませんね」

「七回忌、ああ、そうですわ。達也の七回忌ですよね。あの人達、死んだときからちっとも年を取ってないから、すっかり忘れてましたわ」

雅美の顔には達也の死についての屈託はさほど見られなかった。先生は、軽く頷きながら芽衣子の後ろに下がった。

雅美は、ゆっくりと芽衣子の前に立ち、深々と頭を下げた。

「芽衣子ちゃん。本当にごめんなさい。謝って済む問題ではないとわかっているけど、お願い、今は謝らせて。怒って思いきり殴って罵倒してくれても構わないわ。貴方達の怒りは当然だと思う。私は一方的に恨んで、貴方を、貴方の家族を傷つけた。今は、全て私の自分勝手な八つ当たりを貴方達にぶつけていただけだって、悲しみを受け入れられない憤りを貴方に被せたと、ちゃんとわかっている。本当は、こんな自分勝手な私は幸せになる資格なんてないと思ってるわ。でも、真実を知った今だからこそ、心の底から謝りたいの。貴方の優しさや、祥子さん達の思いやりに気づけなかった私は、本当に愚かで馬鹿な女だった。本来なら、許されるなんて思ってはいけないはずなの。それだけのことを私はしたのだから。でも、叶う事なら、許して欲しい。もう一度、祥子さんと芽衣子ちゃんと、前のように笑い合いたい。

こんな馬鹿でどうしようもない私を待っていてくれて、ずっと信じてくれていたなんて。ああ、本当になんて言ったらいいのか。ああ、どう言ったらいいのかしら。私、今、胸がいっぱいで、嬉しくって。ああ、どうしましょう。こんなときなのに、情けないことにろくな言葉が出ないなんて。ああ、もう、もう、私ってどうしてこうなのかしら」

雅美の口が本当に悔しそうに前に突き出された。その顔を見て、芽衣子は思わず笑った。

「雅美おばさん、そんなところ昔と変わらないのね。慌てると言葉が出なくなるところも、負けず嫌いなのもそのままだわ。ねえ、落ち着いて。深呼吸しましょう。私は最初から怒ってないし、雅美おばさんを傷つけたいとは思わないの。痛いことをするのは嫌。達ちゃんも言ってたから知っているでしょう。私、平和主義者なのよ。必要ならば、雅美おばさんの謝罪は受け入れます。だって、達ちゃんの望みでもあるのだから。私は待ってるから、ゆっくり言葉を見つければいいわ。せっかくの達ちゃんの志なんだから、心のままに。雅美おばさんの言葉で私に伝えてくれればいいの」

今じゃなくてもいいと言ったつもりだが、せっかちなのも変わらないようだ。本当に以前と変わらず、人の話をあまり聞かないところもそのままだ。そのあからさまな混乱している様子に思わず顔が綻ぶ。

「ねえ、道隆さん、貴方、どうしましょう。どうしたらいい？　私」

「ほらほら、雅美さん、落ち着いて。芽衣子さんもそう言っているでしょう。でも、そうですね。あえて雅美さんの心を代弁するならば、この場合は有難うでしょうね。いかがですか？」

嶋が、おろおろとする雅美の背中をゆっくりと撫でた。雅美の気持ちを汲んで答えを用意する周到さは、どこか誠おじさんや達也に似ていると、芽衣子はふと思った。

「そうよ。そうだわ。さすがは道隆さんだわ」

雅美は目を輝かせて嶋の手を飛び上がらんばかりに喜んで握りしめた。そして、勢いのままに勇んで芽衣子の手を握る。

「芽衣子ちゃん。本当に有難う。貴方と祥子さん達には、心から感謝するわ。こんな私を信じてくれて、待っていてくれて本当に有難う。いろいろ取り返しのつかないことばかりしてきたのに、酷い言葉や態度ばかりだったのに、許してくれて有難う。ああそうよ、これを言いたかったのよ、有難うって。ああ、なんていい気持ちなのかしら。あ、ねえ、芽衣子ちゃん。あの、えっと、し、祥子さんも、私のことを許してくれるかしら？　祥子さんも、勝也さんも、や、やっぱり怒っているわよね。もう知らないって、言われたら……」

雅美の様子は、まるで子供のようだった。そういえば、達也も昔、母さんはいつまでたっても子供のようだって、どうにもならない暴走機関車だと、ため息をつきながら首を振っていたことを思い出した。母さんを制御できるのは父さんくらいだよって苦笑していたっけ。

ころころと山の嵐のように変わる喜怒哀楽の激しさに、子供のような無邪気さ。天真爛漫を絵に描いたような素直さに、傍若無人に人を振り回す天然。思い込みが激しくて、気が強く、無鉄砲ですぐ暴走する。なのに、どこか甘え癖が抜けない少女のような女性だ。

達也の母である雅美の、本来の性格はそうだった。そんな雅美を、芽衣子の母である祥子は苦笑しつつも、本当の妹のように可愛がっていたのだ。

「母は、そうですね、少し怒るかもしれませんね。父は、母が怒ればもう気にしないと思います。だって、昔から母は、雅美おばさんが暴走したら雷みたいに怒っていたでしょう。でもそれは愛情の裏返しですから、甘んじて受けてくださいね。大丈夫、ずっとずっと母も父も私も、待っていたんです。怒っていても、今さら見捨てたりしませんよ。家族揃って気は長いんです。それに、達ちゃんからも和解してくださいって言われたんでしょう」

うっと言葉に詰まる雅美は、芽衣子よりずっと年下に思える。

芽衣子は苦笑しながら、芽衣子の手を包んでいた雅美の手を嶋に渡した。

きょとんとする雅美に、芽衣子はにっこりと笑った。

「今の雅美おばさんには嶋さんがついているでしょう。これから二人で幸せになるのだから、お母さんの愛情ゆえの叱責くらいは耐えてください。それにしっかり叱られた方が雅美さんにとっても、私の両親にとっても、お互い気が楽になるはずです。ここは、一晩じっくり叱られるつもりで頑張ってください」

「ひ、一晩……。う、うん、そうね。か、覚悟を決めたはずだし、達也と約束したもの。が、頑張るわ。祥子さんに会ってちゃんと謝りたいの。前みたいに、話をしたいの。

でも、芽衣子ちゃん、私、本当にいいのかしら。芽衣子ちゃんは許してくれたけれど、あんなことをした私が、やっぱり今さら、幸せを求めるのは悪い気がするの」

雅美は、少し俯いて言葉を濁し始めた。綺麗な人差し指の爪を噛んでいる。反省しているときに見せる雅美の変わらない仕草。それを見て、芽衣子は思わず苦笑した。

「雅美おばさん、相変わらず変なところで後ろ向き思考ですよね。雅美さんが幸せにならないと、嶋さんは誠さんに祟られますよ。それでもいいんですか？　誠おじさんは有言実行の人だったから、絶対に嶋さんは酷いことになっちゃうわ。一応恋敵という括りにもなるわけですし、手加減はしてくれないと思うの。

それに、雅美おばさんはもう十分に苦しんできたわ。一人でずっと悲しみや憎しみを抱え込むのは、本当に辛かったでしょう。私は、苦しみも悲しみも雅美おばさんの人生にはもう十分だと思うの。神様もそう思ったから、誠おじさんと達ちゃんを、雅美おばさんの夢に呼んだのかもしれないでしょう。その苦しみを誠おじさんが持っていってくれたなら、もう持たなくていいということ。雅美おばさんには、幸せな未来を見つけて欲しいの」

俯いていたままで芽衣子の言葉を聞いていた雅美の手を嶋がぐっと握った。いつになく熱く真剣な眼差しに雅美は目を白黒させる。

「雅美さん、君を幸せにする。俺は、神は信じないが、誠さんと達也さんに、芽衣子さんに誓う。昔から誠さんには心からの敬意を抱いていたが、それとこれとは話は別だ。恋敵上等だ。祟りなんかに俺の気持ちは挫けない。長い間ずっと雅美さんを想ってきたんだ。

この気持ちにかけて、俺の言葉に偽りはない。雅美さんを絶対に幸せにする。死んだあとだって、絶対に譲らない。俺の人生全てをかけて雅美さんを支える。だから、安心してくれ」

嶋の男らしい言葉に、雅美の顔がぼんと赤く染まった。

もうっ、と赤い頬を隠しながら雅美は嶋とじゃれあっていた。

嶋は、真っ赤なリンゴのように熟れた頬に軽い口づけを何度も落としていた。

そんな彼らを余所に、仏先生が芽衣子の傍に立った。

「芽衣子さん、いつになっても貴方に私は適いません。私は貴方に教えられてばかりのような気がします」

芽衣子はその先生の言葉に思わず首をひねる。

「教える？　いいえ、私のほうこそ、先生にはお世話になっているばかりで。今日も、ここに雅美さんを連れてきてくださって、本当に有難うございます。雅美さんが幸せになれば、達ちゃんも誠さんも父も母も、やっと前に進めるでしょう。それもこれも、先生が尽力なさったおかげです。本当に素晴らしいのは、先生です。以前に村井さんから、ちょっとだけ伺いました。達ちゃんを苛めていた六人の生徒の更生の手助けをされていると。先生の志と懐の深さには頭が下がります」

仏先生は、にっこりと笑って首を振った。

「いいえ。私は私の指針に従ったまでのことです。貴方が随分と気にされていたのを知っていましたし、私自身も気になりましたしね。そもそも、新聞や雑誌媒体に書かれていた記事は大半が嘘でしたから、真実を知る上で彼らと向き合うことになっただけですよ。でも、そうですね、貴方にも知ってもらいたいと思います。聞いてもらえますか？」

芽衣子はこくりと頷いた。

「達也さんを苛めていた六人の生徒のうち、四人の怪我は、警察の調査で雅美さんと直接関係がないことが判明してます。雅美さんのご実家は静観していただけで直接に関わってはいなかったのです。ご実家の稼業から、マスコミが面白おかしく書いただけだったのでしょう。警察も検察も、流言を信じるほど馬鹿ではありません。十分調べて、その結果として雅美さんが不起訴になったのです。

彼らは達也くんにしたことと同様なことを他でもしていたようで、心当たりが多く恨みをかなり買っていたようでしたので、事件が複雑化したのですが、彼らの事故は、誰かの手が加わったものではありませんでした。明らかに事故だったのです。偶然にも同時期に事故に遭い、それが疑いに拍車をかけたのでしょう。

一人は不注意で家の階段を落ちて腕を複雑骨折。家族とは疎遠な仲だっただけに発見が遅れ、彼は長く苦しむことになったらしいです。二人目は打ちっぱなしの野球のボールを打ち損ね、自分の目に当たって片目失明。残ったもう一つの目も視力が落ちて、普通の学校に通えなくなりました。三人目は雨の日にバイクで転倒して腰を強打して半身不随。今も彼は車いす生活を送ってます。四人目は苛めていたほかの誰かに殴り返されて、鼓膜が破れて片耳が聞こえなくなり次第に幻聴が聞こえ始め、狂ったように叫び続けて長く心を病みました。これらは、どう考えても雅美さんの入る隙がない事故でした。

残りの二人は、雅美さんの迫力ある脅しに恐れて、逃げ出した先の車での接触事故です。雅美さんが手を下したわけじゃありませんが、彼ら二人との示談は終わってます。腕と脚の骨を折っただけで、命に別状はありませんでしたし。

六年経った今、彼らの怪我も少し不自由ながらも完治し、更生し立派な職業に就いてます。六人の内の一人は教師に。ほかも心理療法士に、介護士、海外ボランティアに従事したり、地域活動に力を入れ、青少年の育成に力を入れている父親になってます。

そして、最後の一人は、なんと弁護士を目指しているそうです。彼らにとってのこの六年間は、彼らの人生を文字どおりに変えたのです。二度とあの学校のような教師や生徒を出さないために、かつての自分達のように、他人を傷つけることしかできない子供の心に寄り添いたいと。子供が道を間違えないように支える仕事に就きたいと言ってました。人の害になるのではなく、人を助けられる人生を送りたいと。そんな彼らのこれから先の人生は、闇に囚われることはないでしょう。人生の暗闇を体験し、そこから這い上がってきた人間ならば、どんなことにあっても光を失わないでしょう」

先生の言葉に、芽衣子はそうなのかと安堵のため息を落とした。学校や先生達については、責任ある大人だったのだから自分で何とかするとしても、学生のうちに怪我を負い、未来を閉ざされてしまった彼らを哀れにも思ったからだ。少し、自分勝手な言い分かもしれないが、彼らの人生の破綻の原因に、達也の死が置かれるのが嫌だったとも言える。

そうして改めて聞かされた、更生し人生を歩いている彼らの話は、芽衣子の心の重しを確かに軽くしてくれた。そして心から先生に感謝した。

「先生。本当に有難うございます。心が本当に軽くなりました」

芽衣子の言葉に、仏先生は会心の笑みを見せた。

あのとき絶望に染まった目の前の闇が、晴れていく気がした。

芽衣子の目の前には、そんな晴れやかな気持ちを表現しているかのような美しい空。

達也が聞いていたなら、同じように心が軽くなったはず。彼は、本当に優しい人だったから。

気がつけば、太陽は斜めに傾き海に向かって今にも飛び込むかの位置にあった。

もうじき日が暮れる。だけど、美しい夕暮れは暖かな光と希望を運んできていた。

雅美達は幸せへの道をたどるだろうと予測できた。

そして父も母も、雅美の幸せを祝福するだろうとも。

雅美と嶋、目の前の二人は私達の存在をものともせずに、二人きりの世界を築いている。

「どんな君も愛してるよ、雅美さん」

「い、い、今、そんな事言わないで。恥ずかしいでしょ」

「恥ずかしがる顔が、可愛すぎる。抱きしめてもいいかい」

「も、もう、抱きしめてるじゃないの。じゃなくて、離して、道隆さん」

目の前のいちゃいちゃの後ろで、砂を吐きそうだと村井が舌をペロリと出す。

「ねえ先生、芽衣子ちゃん。葛西誠さんは、本当は間違えていないかもしれませんね。僕の目には、あのお守りがこれから先の雅美さんに、必要になる未来が見えそうなんですが」

いつの間にか私達の傍にそっと立っていた村井がぼそっと呟いた。

その言葉に、にやっと笑った誠おじさんの顔が浮かんだ。

「そうだね。流石、誠おじさんだわ」

私も、村井の言葉に同意した。

いちゃつく二人に穏やかな視線を向けていた芽衣子の耳に、「芽衣ちゃん有難う、母さんよかったね」と達也の声が届いた気がした。

大きい甘味も美味しいのです

「あらまあ、久しぶりの顔がこうも並ぶと、案外感動ってしないものなのねえ」

墓参りを無事済ませた一団が芽衣子の家の小さな門を通過し、いささか狭い玄関の土間が全員の靴で埋められたとき、芽衣子の母、祥子がひょいっと現れた。

祥子の突然の出現に、雅美が石膏像のように固まる。おそらく、叱られるにしても再会に心の準備が十分にできていなかったのだろう。息を吸い込んだところで、ぱきっと固まっている。息を吐いた様子がないので、呼吸困難でひきつけを起こしそうだ。

「雅美さん？　大丈夫ですか？　雅美さん？」

嶋の度重なる呼びかけにも、目を開いたまま応えない。だが、その視線は祥子に釘づけでピクリとも動かない。目線を遮る嶋の大きな手すら目に入っていないようだ。嶋は苦笑しながら雅美の肩を抱くようにそっと背中から腕をまわし、もう片方の手で雅美の瞼を覆った。

「え？　あ？　停電？　って、道隆さん、何？　何しているの？」

突然の暗闇に雅美が動転しているうちに、嶋が雅美をぎゅっと自分の胸に抱きしめてその腕に囲い込んだ。

「あ、きゃ、道隆さん、あの、えっと……」

雅美の耳元に、ふうっと息を吹きかける。

「うく、きゃっ、やめ、道隆さん」

「貴方の目が俺を映さないなんて認めませんよ」

ラブラブ空気を出し始めた二人の傍で立っていた芽衣子は、砂吐き状態を回避すべく、祥子に、そして、のほほんとしている仏先生に、助けを求めるような視線を投げかけた。

「あらあら、先生、芽衣子、駄目じゃない。こういう状態なら、もっと早く連絡してくれたらデジカメを用意したのに。村井君も早く携帯出して。肝心なところで気が利かないわね」

母よ、注意すべきはそこなんですか。思わず突っ込みたくなる台詞は村井の言葉に遮られる。

「すいません、祥子さん。僕の携帯は充電が切れそうなので録画できません」

え？　村井さんもなぜそちらに？

祥子と村井の会話が聞こえた雅美から悲鳴のような声が上がる。

「え？　嘘。デジカメって、は、恥ずかしい。キャー、イヤー、道隆さん、早く離して」

嶋は雅美の反応に楽しそうに相手をし、そしてさらに首筋にふっと息をかける。

「どうして？　俺達が幸せだって映像に残るんですよ。はっきりとね。いいことでしょう」

「は？　へ？　え、映像って、ちょっとまさか嘘、ちょっとちょっと、あの、えっと、待って、いや、あの、う、きゃ、きょ」

雅美の混乱具合がさらに増して、頭の先からつま先まで真っ赤になる。嶋の暴挙を止めようとする手は、必死で目隠しを剥がそうとしているが、力入らず、ぺちぺちと叩くだけ。

「雅美さん。可愛い」

嶋の惚気た声が、雅美の耳をくすぐって雅美はさらに慌てる。

そんな二人のいちゃつき具合は、もはや砂吐きに留まらない。おそらく、鳥取砂丘の砂かぶりより激しいだろう。ちなみに、祥子は今、無理やり奪い取った芽衣子の携帯で、目の前の雅美と嶋のラブラブシーンをしっかりと録画している。

買ったばかりの携帯は随分と高画質だ。さぞかし良い映像がとれるだろう。

祥子が、やれ、そこだと声を上げているのは、映画監督気分なのだろう。

うーん、なかなかのアングルですねえと声を添えているのは、助手気分の村井だ。

嶋もその声が聞こえているのか、ますます雅美とのいちゃつく度合が上がる。

哀れなのは、ひっとか、きゃっとか甲高い声を上げている雅美だけだ。

カオスだ。異次元だ。宇宙猫だ。

芽衣子はこの状態をどこで止めたらいいかわからず、大きくため息をついた。

にこにことその場に佇んでいた仏先生が、やっとこの場を鎮めることにしたようだ。

手に持っていたお菓子の折をひょいと持ち上げた。

「やあ、祥子さん。貴方は相変わらずだね。これ、君の好きな明神屋の草餅。ご要望どおり特大サイズで作ってもらったよ。ああ、勝也君の好きな常勝園の深蒸し茶は村井君が持ってきてるから。そうだよね」

仏先生にいきなり話題を振られることに慣れている村井は、後ろ手に持っていた紙袋を祥子の目線に持ち上げた。

「はい。もちろんですよ。今日はお楽しみもありますからね。楽しみにしていてくださいね」

村井は満面の笑みを浮かべる。よほどその紙袋の中身が誇らしいのだろう。ゆらゆらと揺らしながら祥子に手渡した。

祥子はぱちりと携帯を閉じて、いそいそと二人からお土産を受け取り、両手に持った包みをそれはもう大事そうに胸に抱えた。

「うふふふ。そうこなくっちゃ。あなたぁ、そこ片付けて入ってきて頂戴。美味しいものは美味しいときに食べなくちゃ、人間失格だわ。さあさあ、皆、中に入って頂戴。あ、芽衣子、予備のスリッパを棚から出してちょうだい。傘入れの棚に入っているから」

父の勝也は庭いじりをしていたのだろう。庭先からおうっと声が聞こえた。もう外は暗くなりかけているのに、熱心なことだ。

ちなみに父、勝也は、この家に越してきてから土いじりに目覚めたらしい。と言っても食べるものではなく、もっぱら咲かせるほうに熱心だ。

小さな箱庭のような庭の端には簡易温室モドキが発生していた。畳半畳ほどの小さな小さなビニールハウス。中には洋ランの鉢や珍しいバラなどがあるらしい。

今朝、出かける前に芽衣子が外出の有無を尋ねると、もうじき咲くかもしれない珍しい鉢があるので今日は外出を一切しないと言っていた。凝り性な父らしいと微笑ましくなる。

今も庭にいるということは、多分その鉢はまだ咲いてはいないのだろう。何の花かと聞いたが、笑うだけで教えてくれなかった。

それはともかく、芽衣子は言われるままに、予備のスリッパを出して全員の目の前に揃える。

仏先生、村井、そして、嶋と嶋に抱えられたままの雅美が、やっとスリッパを履いて玄関から居間に移動する。

玄関からまっすぐ入り、廊下の先の右側の部屋が居間だから、あっという間だ。

一般家庭の小さな家なので、大体の間取りはこんなもの。初めて入る人間でも案内などは不要だろう。居間に入ると、背の低いどっしりとした長方形の木の机。居間は畳の間で、小さいながらも床の間がある作りの二十畳ほどの和室だ。

居間からは、障子を隔てて庭に出るための縁側があり、芽衣子の父、勝也が、網が付いた麦わら帽子を小脇に抱え、軍手を脱いでいるところだった。

「ほら、貴方。早く手を洗ってきて頂戴。ああ、芽衣子、座布団を出してちょうだい。人数分ね。後ろの押入れに入っているから。下の段ね。村井くーん、ちょっと手伝ってちょうだい」

居間の三方がわかったところで、残りの一方はというと、祥子の声の出所である台所である。

「はーい。なんですか？」

草餅を手にうきうきと台所に立つ祥子の要望を受けて、村井が軽い足取りで台所ののれんを持ち上げて姿を消した。その足取りは勝手知ったる何とやらだ。仏先生も、ちょっとお手洗いにと居間からいなくなった。

村井も、仏先生も、明らかに芽衣子よりもこの家に馴染んでいる。私がいなかった六年間、彼らは何度もこの家を訪れてくれたのだろう。両親が寂しくないように、何も問題が起こらないように、こんなふうに寄り添っていてくれたのだろう。

そんな彼らの優しさと心遣いに、芽衣子は今さらながらに感謝した。

芽衣子は言われたとおりに座布団を押入れから出して、居間の長机の周りに一枚ずつ並べていく。来客者と芽衣子の家族も入れて全部で七つの座布団が敷かれた。誰がどこの席に座るのかと躊躇するのか、嶋も雅美も仏先生も立ったままだ。

そこで手を洗った勝也が帰ってきて、床の間を背に右側に座った。

「ああ、芽衣子、そっちの座布団をここに置いてくれ。村井君は仏先生の傍でいいだろう」

芽衣子は、仏先生に勝也の左の座布団を勧め、その隣に村井の座布団を移動させた。

「嶋さんと雅美ちゃんは、仏先生の正面でいいだろう。祥子はその横。さあ、座ってくれ。芽衣子は私の正面。ああ、芽衣子、座る前に母さんの手伝いをしてきてくれ。人数が多いからね。持ってくるのも大変だし」

勝也の言葉で、雅美がはっと我に返ったように、嶋の腕の中から飛び出した。

「あ、あの、私がお手伝いを……」

雅美の言い出した言葉を、勝也がすぱっと切った。

「あのね、客用皿の予備を今はあまり置いてないんだ。雅美ちゃんは大人しくしてようか。嶋君、悪いけど雅美ちゃんをちゃんと捕まえててね」

「あ、はい。わかりました」

嶋が当然とばかりに雅美の腕を引いて、座布団に座らせた。そして、その横に嶋のごつい体が座った。勝也に断られたことで衝撃を受けたであろう雅美の顔が再度固まったが、その雅美の頭を子供にするように嶋が優しく撫でていた。

嶋は、勝也の言い分をもっともだと思っていたので反論などしない。それどころか、勝也に言われたとおりに雅美が突然の奇行に走らないように、しっかりと腕を掴んでいる状態だ。

その様子を見て、芽衣子は心の中で、なんだか達也が生きていたときみたいだとくすりと笑った。

達也の位置、もしくは誠おじさんの位置に嶋がいるだけだ。

雅美はとにかく変に不器用だ。本人いわく芸術センスはあるらしいが、一般的な家事と呼ばれるものが壊滅的に駄目だった。

母、祥子の仕込みで炊事洗濯は何とか人並み？　にできるようになったが、達也が大きくなるまでに得意料理のレパートリーは十を超えることはなかった。それどころか、達也のほうが多分に料理上手だったと記憶している。

頭の回転も早く事務能力に優れた美人で、仕事先でも雅美は高い評価を受けていたのに、なぜか家事全般は、破壊王と呼ばれるくらい壊滅的だった。

芽衣子が幼いときから幾度と続けられた芽衣子の家での料理教室。一度だって食器を割らなかった日はない。週一度、誠おじさんか達也が新しいお皿を手に現れるのが定番となっていたぐらいだ。

そして出される料理は、同じ素材を使うのになぜこうも酷い味になるのかと、作っている本人はさておき、教えている祥子さえも首をひねる具合だった。

ちなみに作れるようになった十品目は、カレー、シチュー、どんぶり二品、ラーメン、うどん、スクランブルエッグ、味噌汁、ホットケーキに焼きそばである。実に、一般的な間違いの少ないメニューであると言えよう。

雅美はそれこそ一生懸命に額に汗しながら、料理のレシピを見てゆっくりと作るのだが、一つのことを始めると他が見えなくなる性質を持つため、料理に至ってもその性質が如何なく発揮された。かつての葛西家では、常に多種多様の胃腸薬を常備していたことからも、その実力のほどがわかるだろう。

芽衣子が子供の頃、カレーを作りすぎちゃったという雅美のお招きを受けて、カレーを口にしたら、赤黒いどっしりとした具の中に折れた箸が入っていて、食べるのが恐ろしかったことをよく覚えている。ちなみに、セラミック製のまな板の欠片などが達也の皿には入っていた。達也は笑いながら、目の粗い網にカレーをくぐらせて異物と具を選り分けていた。

食べるには不向きな材料が混入された実に恐ろしい腕前なのである。

達也はそんな雅美の腕前を見て育ったため、いち早く料理を自分で作るようになった。そんな達也の料理は中学を卒業する頃には、プロ顔負けくらいに上達し、祥子に教えることはないわと言わしめた実力だった。わが身可愛さゆえに身に付けた技だっただろう。

それはともかく、芽衣子はくすくすと笑いながら、台所ののれんをすっと右手で持ち上げた。

その先には、食器棚の一番上から出された湯呑を手際よく洗っている村井。

四角い和菓子用のお菓子皿を人数分出して、鼻歌まじりに機嫌よく皿を拭いている母、祥子がいた。

「あ、芽衣子、私達は草餅をちょっと焼いて焦げ目をつけるつもりなんだけど、貴方はどうする？　前はそのままが好きって言ってたでしょう」

その質問で、芽衣子は目をぱちくりと瞬かせた。

そのままが好きだったのは達也だと、言いかけた言葉をぐっと飲み込む。雅美に聞こえたら、達也を思い出してまた泣き始めるかもしれないと思い、慌てて小声で答える。

「今は私、どっちも好きよ。焼いたのも美味しそうだし、皆と一緒でお願い。でも、雅美おばさんと嶋さんはわからないわね。ちょっと聞いてみるね」

そう言って踵を返そうとしたら、祥子が止めた。

「ああ、いいわよ行かなくて。嶋さんは焼いたのも好きって前に来られたときに言われてたし、雅美は、今は何を食べても変わらないと思うから」

なんと、いつのまに。

母は、知らぬうちに客人の和菓子の好みを聞き出していたらしい。よくわからない小さな衝撃を受けて、思わず足から力が抜けそうになった。そんな芽衣子の手に、大きな急須と茶葉が入った袋が渡された。

「芽衣子、そこに並べてる湯呑にお茶をお願い。芽衣子は昔からお茶を入れるのが上手いから助かるわ。ああ、村井君、お茶を運ぶのをお願いね。本当に村井君は、いい旦那様になるわよ」

本当に、祥子は上手に人を使う。鼻歌まじりに機嫌よく褒めるので、つい煽てに乗ってしまうのだ。こんなところも全く以前と変わらない。

芽衣子は一つ一つの湯呑を白湯で温めたあと、適度に蒸らしたお茶をゆっくりと丁寧に注いでいった。

オーブントースターがチンと鳴った。祥子は嬉しそうに、アルミホイルの上に載った焼けた草餅を、長箸でひょいひょいと取り出して皿の上に上手に載せていく。

その草餅は、芽衣子の目がぎょっと飛び出るくらいに特大サイズだった。角皿の大きさは十センチ四方ほどであるが、草餅は皿の余白をほぼ埋めていた。

「お母さん、このサイズなに？　ちょっと大きすぎない？」

思わず出た驚きの声に、祥子がにんまりと笑う。

「いいでしょう。明神屋の特大草餅よ。普段では絶対売ってないんだから。仏先生があそこのご主人と知り合いだから特注で作ってもらっているの。この大きさは、通常の二・五倍よ」

祥子は嬉しそうに、右指を二本、左指を五本立てて、芽衣子の目の前に突き出した。

「もう夕食の時間も近いのに、こんな大きな草餅食べたら夕食が入らないわよ」

「あら、これはお餅だもの。ご飯の代わりと思えばいいわ。夕食はおかずをちょっと食べて、ほら完璧」

夕食の代わりとは随分強引だと思うが、祥子の意見は芽衣子が反論しても翻ったためしはない。そして芽衣子は実感するのだ。ああ、そういえば母も人の言うことを聞かない人だったと。

雅美ほどむちゃくちゃに暴走することはないが、母もまた我が道を行く人だった。

久しぶりに訪れる無力感で、肩の荷がズシリと重くなった気がした。

お茶を運んできた村井が、二人の会話を聞いて文句を言った。

「えええ⁉　僕はおなかペコペコなんですよ。これが夕食の代わりなんて冗談ですよね」

村井は今にも泣きそうなくらいに眉を下げている。

「ああら、そこまで期待されるともっと意地悪したくなってくるわね。お夕食のおかずは、野菜サラダだけっていうのはどうかしら」

祥子の顔が嬉しそうに笑い、村井の眉がさらに下がる。

「勘弁してくださいよ。芽衣子ちゃん、何とか言って。夕食はちゃんとあると言って」

村井は情けなさそうに助けを乞うべく私の顔色を窺った。しかし、私には母祥子の楽しみを邪魔するという選択肢は持ち合わせていない。

「ごめん。村井さん。無理」

母が心行くまで付き合ってあげて、との意味合いを兼ねて合掌する。多分、村井の反応は母好みなのだろう。

「そんなあ。草餅はおやつでしょう。ご飯とおやつは別次元でしょう。一日の終わりの夕食はガッツリ食べたいのに……」

村井の泣き声が耳についたのか、居間から勝也の助け舟が入った。

「おいおい、いい加減にしなさい。いつまでそこで遊んでいるんだ。お茶が冷めてしまうよ。祥子、早く座ってくれ」

祥子は肩をすくめて、はーいと後ろ手に勝也に応えた。

「うふふ。怒られちゃったわ。大丈夫よ、村井君。夕食はちゃんと用意しているから心配しないで」

村井の持ったお盆の上にひょいひょいと草餅の皿を並べる。

そしてよろしくねと言って、先に台所を出た。

「ああ、よかった。祥子さんは、相変わらずだね」

村井は、夕食の存在を確かめて、ほっと安堵のため息をついた。

そんな村井の笑いながらの言葉は、讃辞なのか苦言なのか迷うところだ。

「そうね」

だから、その一言だけしか芽衣子は返せなかった。


全員が、ほかほかと焼けた香ばしい匂いの草餅を、口いっぱいにほお張る。

「あああ、このもっちりとした歯ごたえと、絶妙なあんこの甘み、鼻にすうっと香る蓬の匂いが爽やかさと仄かな苦みを引き出す。そして、少し焦げ目のついた焼き加減がもたらすパリパリ感が絶品です」

母、祥子の完璧な讃辞は草餅にのみ向いている。製作者である明神屋が聞いたら満足間違いなしの評価だ。ちなみに勝也は、無言無表情で食べている。美味しいと思っているのかいないのか、その顔からはさっぱり推測できない。

「本当だね、いつ食べても明神屋の草餅は絶品だね。それに、今日のは特別に大きいから、実に食べごたえがあったよ」

仏先生は気がつけば誰よりも早く草餅を平らげていた。今は、熱いお茶をずずずと大人しくすすっている。あの二・五倍サイズを一瞬で。仏先生の早食いを知らない人が見たら唖然とするにちがいない。

「ああ、このお茶も美味しいね」

仏先生の微笑みは、本当の仏のようににこやかだ。

ともかく、大きい草餅は全員の胃に無事収まった。もともと食の細い雅美などは、嶋のお皿に半分以上載せていたが、咎めるほどのことはない。

草餅を食べ終わってお茶をこくりと飲んだ勝也の目がぱちりと開いた。

「……旨い。このお茶、こんなに美味しいもんだったのか？　村井君、いつものより高いお茶を無理したんじゃないか」

祥子も両手で湯呑を包みながらお茶をこくりと飲み、ほうっとため息をついた。

「本当ね。いつもの百倍美味しいわ。あ、村井君が言っていたお楽しみってこれなの？　特別に高いお茶ってこと？」

勝也と祥子の言葉を受けて、村井は手を目の前で仰ぐように振って否定する。

「いえいえ。いつもと変わりませんよ。百グラムが程々なお値段のいつものお茶です。僕の言ったおまけは袋に一緒に入っていた抹茶あめですよ。カテキンたっぷりの新製品だそうです。でも、ほうう、このお茶、本当に美味しいなあ。僕もここで度々このお茶を飲んでるけど、ここまで香り高いなんて初めてだ」

村井は目を瞑ってお茶を堪能している。にこにこと笑っていた仏先生が芽衣子に微笑んだ。

「お茶を入れる技量が格段に上がりましたね、芽衣子さん。口に広がる苦みがまろやかで舌に爽やかな渋みを載せてくれる。実に素晴らしい風味です。それに、お茶を入れる作法も流れるようでとても美しかったです。ならばこその、この美味しさでしょう」

仏先生はいつ芽衣子がお茶を入れるところを見ていたのかと、芽衣子は思わず首をひねる。

「いえ、いつも仕事でしていることなので、褒められるほどのことでは……」

そう途中まで言いかけて、芽衣子の頭の中で白い靄のようなものがふわっと巻き起こる。

仕事？　お茶を入れる作法？

とっさに口から出てきたが、神社では達磨ストーブの上の薬缶から急須に注ぐだけ。作法も技量もあったものではない。

なのに、体が勝手に動くのだ。お茶を入れるために必要なことを体が覚えている感じだ。

お茶を注ぐ角度から、お湯の温度、カップの保温まで、誰かに？　事細かに？　指導された？ような？？？？

ぼんやりとした何かが頭の靄の中にあった。形になりそうで形にならないおぼろげな輪郭。

「へえ、さすが立派な神社仏閣は違うのねえ。お茶の入れ方を従業員に叩き込むなんて。それに、なんだか昨日帰ってきたときから思っていたんだけど、芽衣子、ところどころの所作が綺麗になったわ。ときどき、どこか別の人みたいで、はっとしちゃったわ。芽衣子、貴方、いい職場に巡り合ったわね。お仕事ついでに、花嫁修業させてもらってるようなものじゃない」

祥子の言葉ではっと我に返った芽衣子が聞こえたのは、いい職場という行だけだ。

「へ？　ああ、そうなの。職場の人達って言ってもたくさんいないんだけど、皆、すごくいい人達なの。ずっと帰省していないって言った私を気遣って、帰るのに躊躇する私の背中を優しく押してくれた。私、皆のたくさんの善意のおかげで、今帰ってこれたようなものなの。だから、とても感謝しているわ」

「ああ、そうなのか。芽衣子、良い職場、良い同僚に巡り合えてよかったな。人と人の繋がりを感じることができる職場は本当に貴重だ。大事にしなさい。その全てがお前の未来に繋がるのだから。そのお世話になっている人達に、こちらの特産物を持って戻りなさい。酒、は重いから無理かもしれないが、明日、デパートに母さんと行って、選んできなさい」

芽衣子と祥子は、勝也の言葉に大きく頷く。

「はい。そうします」

何がいいかしらとウキウキし始めた祥子の袖を、芽衣子が引っ張る。

なぜなら、今まで黙っていた雅美が、何か言いたげにじっと祥子を見つめていたからだ。

祥子はにっこりと笑って雅美に告げる。

「黙っていても心がわかるなんて、いまどき子供でも思わないわよ。話したいことがあるなら、口からきちんと出しなさい。それとも、私とは話したくないのかしら」

祥子の言葉に雅美の声が、そんなっと重なるように反論する。そして、祥子の言葉に先ほどまでの自分の態度がもっともだと思ったのか、くっと口元を引き締めて真剣な顔で祥子達に向かい合った。

雅美はすっと座布団から下がって、畳に膝を落として頭を深々と下げた。

「祥子さん、勝也さん、本当に御免なさい。本来ならば顔を見たらすぐに、いえ、家に入る前に言うつもりだったの。でも、その、いきなりのことの上に、写真とかって言われて。いえ、そうではなくて、ああ、えっと、」

「落ち着きなさい、雅美ちゃん。私達は、貴方が話したいことを聞くつもりでここに座っているのだから、焦らずゆっくり話しなさい」

混乱し言葉尻がおかしくなりかけた雅美に、勝也の静かな物言いが振り下ろされる。

勝也は両腕を胸の前で組み、冷静そのものの顔で頭を下げる雅美を見下ろしていた。雅美は勝也の忠告に従い、ゆっくり深呼吸を何度かして、再度頭を畳にこすりつけるように下げた。

「御免なさい。勝也さん、祥子さん、本当にすいませんでした。私、芽衣子ちゃんとその家族である貴方達に酷いことをしたわ。長い長い間、ずっと貴方達を、芽衣子ちゃんを恨んでいた。達也を殺したって、許さないって馬鹿な言いがかりをぶつけたわ。でも、それは達也の死を認められない馬鹿な私の八つ当たりだった。

本当は自分でもわかっていたのに、誠さんを亡くして達也まで。あのとき、誰かのせいにしなくては私の気が狂いそうだった。いえ、もう狂っていたのかもしれない。私を諌める父の言葉も、道隆さんの言葉も、警察もマスコミも、貴方達も、この世の全てが、ただ憎かった。だけど、その感情だけを理由にあんなことを続けるべきではなかった。あのときの私の行動も悪意に満ちた言葉も、何一つ弁解などできないわ。

本当に御免なさい。殴っても叩いても罵ってもいいわ。どんな罰でも受ける。覚悟しているわ。以前にも、祥子さんや誠さんに、感情のままに行動する癖をやめろと、何度も注意を受けていたのに、私、すっかり忘れていたの。六年間、思い出しもしなかった。本当に馬鹿だわ。

こんな馬鹿で愚かな私を、祥子さんも勝也さんも待つって言ってくれたって聞いた。本当に、本当に嬉しかったの。こんな私を見捨てないでいてくれて、あ、有難う。本当に、本当に、ありがとうございます。

祥子さん、勝也さん、今さらと呆れるかもしれないけれど、私、以前のように、貴方達と過ごしたい。今すぐに許して欲しいなんて言わない。貴方達が待ってくれたように、私も待つわ。だけどいつか、いつか許して欲しいの。ずうずうしいことはわかっているの。もう、二度と間違えないように、私、気をつけるから。馬鹿な真似、は、ときどきあるかもしれないけど、私、頑張るから。なるべく迷惑をかけないようにするから。お願い。私、ここに、二人に会いに来たいの」

言うことを今度は最初から決めていたのだろう。息をつくように自然に、雅美の口から祥子と勝也への謝罪の言葉が出てきた。頭を下げたままの雅美の傍にすっと嶋も下がり、同じように大きな背を丸め横で黙って頭を下げた。

祥子はちらっと勝也を見る。無言で雅美の言い分を聞いていた勝也の腕が解かれる。

「雅美ちゃん、嶋さん、まずは頭を上げてくれ。許す許さないは、私達が決めることではないよ。確かに、雅美ちゃんのしたことは尋常ではなかったし、私達も大いに迷惑をこうむった。だが、一番の被害者は芽衣子だ。芽衣子、お前は雅美ちゃんを許したのだろう？」

芽衣子は、こくんと頷いた。

「はい」

勝也は穏やかな顔で微笑んだ。

「そうか。芽衣子が許しているのなら、私達は何も言うことはない。もともと、あんなふうになった雅美ちゃんと距離を置こうと言い出したのは、私だ。芽衣子や祥子を守るためだとはいえ、祥子が君のことを本当の妹のように思っていたことも知っていた。それを、あっさり切り離そうとしたのは私だ。あのときの私の決断は正しいものだったとは思っているが、祥子の気持ちや君との友情にひびを入れたことも事実だ。私には、君を責める資格はないよ」

雅美と嶋がゆっくりと頭を上げた。

「君が一番辛かったときに、傍にいて欲しい存在を遠ざけたんだ。君に恨まれこそすれ、謝られる筋合いはないよ」

勝也の言葉に、雅美は何度も首を振って否定する。大きな目からは大粒の涙がぼろぼろと落ちていた。

「か、勝也さん、どうして？　どうしてそんなことを言うの？　私が悪いのに。悪いのは私なのに。なんで責めないの？　勝也さんが謝るのは違う。違うのよ。私が間違っていたのに、私が謝りたいのに、反対に謝り返すなんて。芽衣子ちゃんも勝也さんも私に甘すぎよ。優しすぎるわ」

勝也の手が机の上に置かれた祥子の手を握る。その手は、熱を持つくらいに硬く握りしめられていて、勝也はつい苦笑いした。

伸ばされた勝也の手が合図のように、祥子がにっこりと勝也に笑って頷いたからだ。

「ああ、私は優しいというわけじゃないよ。さっき言ったのも本音だけど、今日これからの君が可哀想になったっていうのもあるんだよ。雅美ちゃん、祥子は君が来るって連絡があったときから、それはもうぐつぐつと、何かが湧き出るくらいに怒っていたから」

「え？　ぐつぐつって……」

勝也の優しい言葉と心遣いに、感動でむせび泣いていた雅美の涙がぴたっと止まる。

そう言いながら、雅美は祥子の顔をそうっと窺った。そして目に入ったのは、祥子の冷たい凍えるような氷の微笑。

「ふふふ、今晩は朝まで体力気力共に百二十パーセントよ。私は、このためにバッチリ睡眠もとったし、元気が出る糖分も摂取済み。のど飴も村井君が持ってきてくれたし、準備万端よ、問題ないわ。あ、嶋さんは勝也さんの相手をしていて頂戴ね。芽衣子、二階の客間にお布団四組敷いておいてね。先生と村井くんも泊まっていってね。全員仲良く川の字で寝て頂戴。芽衣子は自分の部屋ね。

そうそう、村井君、楽しみにしててね。今夜は鍋なの。なんと鴨鍋よ。鴨肉よ。今日、スーパーに行ったら特売してたの。驚異の五十パーセント引き。ね、びっくりしちゃうでしょう、信じられる？　嬉しくなって十二人前買っちゃったから食べごたえあるわよ〜」

全員の顔を見回した祥子の視線が、最後にぴたっと雅美に止まる。

「うふふふふ。雅美、さっき、覚悟はできてるって言ったわよねえ。楽しい楽しい夕食のあと、雅美は私と朝までびっちりお説教よ。懐かしいでしょう。反論なんて、できるものならしてみなさい。昔に返ったつもりで今晩は寝かさないからそのつもりでね。雅美のお父様からもくれぐれもきつくお灸をすえてやってくれって頼まれたから、思いっきりやれるわ。久しぶりで腕が鳴るわあ。ふふふ、容赦しないわよ」

雅美の額からつうっと冷や汗が流れた。背筋に冷気を伴う嵐が吹き荒れるような気がした。ごくりとつばを飲み込む。

「お、お手柔らかにお願いします」

小さな体をさらに縮め、一段と小さな声で雅美は懇願の呟きをぼそりと口にした。震えて歯の音がかちかちと鳴っていた。

もちろん、祥子の耳はその言葉を拾わなかった。聞こえたのは、すぐ隣にいた嶋だけだ。

嶋は雅美の説教部屋行きの苦行を、事前に聞かされていたのだろう。驚くことも守ることもせず、苦笑しながら雅美の背中をぽんぽんと叩いた。

芽衣子は小さくなった雅美の姿に同情を覚えたが、それもまた雅美の受ける試練だとわかっているので、心の中で盛大に声援を送った。必要なら旗も振ろう。

幼い頃から何度も何度も、それこそ数えきれないくらいに説教されてきた芽衣子だ。

その辛さは心の底からわかるし、説教され仲間として相憐れむ傾向にある。祥子の説教。

達也も、雅美も、勝也でさえも憶えがあるに違いないが、一番回数が多いのはやはり芽衣子だろう。自分の心の傷や隠したい本音を、これでもかとばかりに抉るように攻めて、がけっぷちまで追い込んで、さらににっこり突き落とすのだ。その上に砂と塩をすり込むのも忘れない。

もうやめてと逃げたい心の最後の元気ですら、首根っこを掴まれて穴を掘って埋められる。

自分が持っていたつまらないプライドがズタズタにされ、木端微塵に砕かれ、貶され踏みにじられる。人格を総否定される瞬間を味わうのは苦行に他ならない。

だがその説教は悪いことばかりではない。苦行のあとは報われることがあると相場が決まっているように、そこを過ぎると心が解放感に満ちるのだ。一種の現実逃避に近い感覚麻痺トリップではないかと以前に友人が言ったが、新しい自分が出てくるようなそんな感じを芽衣子は覚えていた。段々と物事を、人を深く広く見る癖がついたと思う。自分は誰か、何者なのかと常に問いかけてくる祥子をまっすぐ見返すことができたとき、心に暖かな何かが積み重ねられる感覚が確かに残るのだ。これは経験者にしかわからないだろう。

祥子の自分を心配する心からの配慮が、説教というわかりやすい愛情が、芽衣子の心を癒してくれるからだと思っている。

勝也は祥子のように説教はしないが、祥子と同じく愛情深い人だ。

口ではあんなふうに突き放した物言いをするが、父、勝也は人のことを思ってきっぱりとした決断ができる父親だった。そして、その責任は人生をかけて負うことを身をもって実現している人だった。そんな父の大きな背中を見て育った芽衣子は、責任というものの重要性と大切さを知っていた。人生の問題からは決して逃げてはいけないのだと、立ち向かい、理解し、受け入れる努力をすることを学んだ。

二人とも、芽衣子が尊敬し敬愛するかけがえのない両親だ。

こんな両親を持てて私は本当に幸せだと思っている。

まあ、はた迷惑で人の話を聞かないところがあることは否定しないが、それはそれで、まあ、許容範囲を大きくすればいいだけだ。芽衣子の一番最長説教記録は六時間だったか。今回の雅美は記録更新となるかもしれない。いや、確実になるだろう。

あのときの芽衣子は、足の感覚が飛んで麻痺した上に、意識が半分以上飛んでいた。私は誰、ここはどこ？　と、魂が体から抜けそうだった。だが、正座説教にも耐性がついたと思う。事実、あのときの説教にも耐えられたではないか。経験は人を強くする典型だ。

そこでまた、さっきのような靄が頭に掛かる。

あのときって、いつ？

私、いつか誰かに説教された？　それは母以外に？

ぼうっと記憶を探るように物思いにふける。

「ああそうだ。雅美さん。芽衣子さんに渡したいものがあるって言ってただろう。聞いた感じだと、祥子さんの話が終わってからだと気力も時間もなくなりそうだし、今、ここで渡したらどうかな？」

嶋が雅美の気を変えるべく話題を変えた。名前を呼ばれて、芽衣子の意識も返ってくる。

「あ、ええ、道隆さん、渡すもの、ああ、そうだわ。そうだったわ。えっと、あの、祥子さん、勝也さん、芽衣子ちゃん。私から一つだけお願いがあるのだけど、聞いてもらえないかしら」

雅美は傍に置いていた紫とシルバーのビーズバッグを膝の上に載せ、その中から小さなビロードの真四角な箱を取り出した。

箱を持ったままじっと見つめる雅美の強い視線。箱に注がれる視線は、執着に溢れた悲しい意図が見え隠れする。

その執着を振り切るように、雅美は視線をまっすぐに芽衣子に向ける。何が言いたいのかわからないが、あまりの強さに思わず後ろに下がりそうになる。

「ええっと、お願いってなんですか？」

おずおずと芽衣子が訊ねた。

「これを貴方に譲りたいの。後生だから受け取って欲しい。お願い。芽衣子ちゃんに持っていて欲しいの」

芽衣子の前にずいっと差し出された箱を、眉を顰めて眺めていると、勝也が口を開いた。

「芽衣子、開けてみなさい」

そう勝也に進言されて、芽衣子は机の上に置かれた小さな箱を開けた。

そこには、指輪があった。大きなエメラルドと小さなムーンストーンが周りにちりばめられた美しい指輪。以前に雅美の美しい指に常に嵌っていたのを覚えている。

四角い水晶のようなカットのエメラルドは四カラットくらいあるかもしれない。深い緑の美しい輝きが蛍光灯の光で白く反射する。

「これ、雅美おばさんの指輪でしょう。誠おじさんの家に伝わる由緒正しいものだって以前に聞いたけど」

雅美は、優しく微笑みながら答えた。

「ええ、誠さんから達也を産んだときにもらった大切で大事な指輪。誠さんのお母様やお婆様、先祖代々に伝わってきた指輪なの。本来なら、達也のお嫁さんになる人に渡す約束の指輪」

「それをどうして私に？　以前に、誠おじさんからの愛の証だって自慢してたでしょう。そんな大切なもの、もらえないわ」

芽衣子の否定の言葉に、雅美は苦笑した。

「そうよ。愛の証。でも、私はもうじき、ここにいるこの道隆さんと結婚するの。そうしたら、この指輪は嵌められないし、嵌める資格はないの。これは葛西家の指輪。誠さんの家が守ってきた大切な物。葛西家を出ていく私が持っていていいものではないと思う。

でも、私、この指輪をお墓に入れたくない。この指輪は誠さんから達也に贈られるはずのものだから。達也が心の底から好きだった貴方に、この指輪を持っていてもらいたい。これを見て達也を少しでも思い出してくれたらという想いはあるけど、でも、でもね、貴方の未来の邪魔をするつもりはないのよ。

夢の中の出来事と笑わないでほしいのだけど、達也が言うように、もし生まれ変わったとしたら。無事に生まれ変われたなら、絶対に貴方の傍だと思うから。

貴方の未来で、もし達也に逢えたら、その指輪を渡して欲しいの。馬鹿な母親が、達也に渡せる最後のプレゼントなの。誠さんの一族に伝わる魔よけの石。全ての災厄を退けるエメラルド。芽衣子ちゃんが災難に巻き込まれないように。そして、いつか産まれる達也が無事であるために。貴方にこの指輪を託したいの」

芽衣子は雅美の顔を困ったように見て、そしてゆっくりと微笑んだ。雅美の母心が、達也に対する後悔の念が少しでも解消されればいいと。だが、勝也の声が待ったをかけた。

「芽衣子、私はその指輪をお前が持つことは反対だ。お前はもう、達也くんの死から解放されるべきだ。雅美ちゃん、君には酷のようなことを言うようだが、達也くんは死んだんだ。君の子供である達也くんは、もうこの世界にはいないんだ。たとえ、達也くんに似た子供がどこかで生まれたとしても、その子は達也くんではない。

君が幸せになるためにその指輪を手放したいと思うのは理解できる。だが、芽衣子に達也くんの死の責任をいつまでも被せるのはやめてくれ。君が苦しんだように、芽衣子も苦しんだ。私達は、何日も何か月も生前の達也くんを思い出して眠れず、救えなかったと泣いて苦しむ芽衣子を見てきた。頭の中でずっと達也くんが死なずに済んだ方法を探し続ける芽衣子を、どうすることもできない無力さの中で見てきたんだ。

その指輪を芽衣子が持つことは、芽衣子の将来を、未来をさらに苦しみで染めることになる。いつか生まれる達也くんを探すために、芽衣子の未来を狭めてしまう。

私は親として、この子を今度こそ守りたいと思う。この子には、曇りのない瞳で心から愛する人と巡り合い幸せになって欲しい。だから、雅美ちゃん。芽衣子をこれ以上、達也くんの影に振り回されないようにしてくれ。頼む」

勝也がその頭をゆっくりと雅美に向かって下げた。

雅美が勝也に何も言えずにいると、祥子がさらに言い募る。

「雅美、貴方の夢にでも縋りたい気持ちはわかるわ。でも、芽衣子をこれ以上振り回さないで。この子は、優しい子なの。自分勝手ばかりしている私達から、よくもまあこんな娘が生まれたものだと、感心するくらいのお人よし。何度騙されても傷つけられても、受け入れてしまうの。本当に、世界一、いいえ、宇宙一の底抜けに間抜けな可愛い娘なの。

小さい頃から何度説教しても、一度決めた事は曲げない頑固者。

いつも誰かのために行動して、損ばかりする大馬鹿なあんぽんたんなの。

芽衣子は本当に馬鹿だから、貴方が指輪を渡したら、達也くんを見つけるまで幸せにならないって言いそうで、私は怖いのよ。ただでさえ、背も低くて美人でもなくて賢くもない平凡な子なのに。ほら、身長も、胸も、色気も、高校から時が止まっているように成長してないのよ。

それなのに本人が否定したら、数少ないであろう幸せな道を確実に逃してしまうわ。

達也くんを忘れて欲しくない貴方の気持ちは十分に理解しているわ。でも、指輪の件は貴方の身勝手よ。自分は幸せになるのに、芽衣子の幸せは許さないつもりなの？　その指輪は、誠さんの縁者を探してお返しするか、お墓に入れるかして欲しい。

そうでないと、芽衣子は自分が幸せになる権利を放棄してしまいそうだから。私は、親として、死んでしまったここにいない達也くんより、馬鹿だけど一生懸命に生きてる可愛い娘の芽衣子を幸せにしたいの。だから、それは諦めて。お願い、雅美」

雅美の目から、ポタポタと涙が零れ落ちた。

「……ええ。わかったわ。ごめんなさい。無茶で自分勝手なお願いだったわ。芽衣子ちゃん、ごめんなさい。さっき言ったことは忘れて」

雅美の涙を拭うべく嶋が白いハンカチを雅美の頬に当てた。

芽衣子は、両親の言葉と雅美の言葉を聞きながら考えていた。

確かにこの指輪を私が持つことは、達也を常に思い出すことに相違あるまい。父、勝也が心から心配してくれるのも理解できた。だが、それで私が幸せを諦めるとか本気で両親は思っているのだろうかと、少しだけ反骨心が湧いてくる。

馬鹿で間抜けであんぽんたんで悪かったわね。確かに当たってるし否定できないが、雅美や両親が六年経って変わっているように、芽衣子だって成長したのだ。多分。

身長や体型のことも、そこまで言わなくてもいいではないか。ちっとも成長していないって、心からほっといて欲しい。だが、祥子が貶しながらも確かに芽衣子の幸せを願っていることは、ちゃんとわかった。

しかし、それにしてもあんまりじゃないか。父も母も、私をいつまで子供だと思っているのだ。私にだって分別はある。と思う。色気だって時に応じて出てくるはずだ。多分きっと。

この指輪を受け取っても、不幸な選択はしないとは言い切れないが、幸せになる道を諦めたりしない。世の中は常に挑戦なのだとどこかの先人の偉い人が言ったはずだ。

成せばなる。きっと、そうなるはずだ、多分。

そうだ、未来は前向きに考えれば、よくなるはずだ。

神社の今年のおみくじにもそう書いてあった。

「いえ。雅美おばさん。その指輪、私がもらいます。達ちゃんに会えるかどうかわからないけど、逢えたらお守りだって渡すよ。それならいいでしょう」

私の言葉に、雅美も父も母も、仏先生すらも驚いていた。

「芽衣子、駄目だ。よく考えなさい」

「そうよ。芽衣子、貴方の負担になるばかりなのよ」

「芽衣子ちゃん、無理しなくていいのよ」

「芽衣子さん、落ち着いて考えたほうがいいと思うが」

全員が芽衣子を止めにかかった。

その顔が皆同じように見えてちょっとだけ笑った。

「大丈夫。私、絶対に幸せになるから。達ちゃんの何倍も素敵な男性を見つけて、幸せだって笑ってみせるわ。後で生まれてくる達ちゃんが、しまった、死ぬんじゃなかったって、後悔するくらいにいい女になって、絶対に幸せを掴むわ。だから、心配しないで」

ゆっくりと机の上の箱を閉じて引き寄せて手のひらに収めた。小さなビロードの箱。

勝也がゆっくりと芽衣子に再度聞いた。

「芽衣子、本当にいいのか。後悔しないか？　お前、衝動で言ってないか？　お前の大事な人がその指輪をよく思わなかったらどうするんだ？」

そんな勝也の言葉に、にやりと笑った。その微笑は母、祥子の得意技。私にだって、できるようになっているのだ。まだ顔が引き攣るけど。

「そんな心の狭い男なんか、こっちから願い下げ。蹴ってたたき出すわ。過去も未来も全てが私を作るものだもの。そうでしょう。達也がいた過去も私の一部よ。私を全身で受け入れてくれる人を見つけるわ。お父さんがお母さんを愛しているように、雅美さんを愛している嶋さんのように、素敵で自慢できる人を見つけるわ」

ふんっと腕を持ち上げて、かかってこいとばかりに腕を振る。

母は、ふうっとため息をついて答えた。

「貴方は言い出したら聞かないものね。いいわ。貴方が持ってなさい。そのかわり、今の言葉を忘れるんじゃないわよ。幸せにならなかったら許さないからね」

「うん。大丈夫。お母さんとお父さんの娘だからね。言ったことは責任持つよ。っていうか、お母さん、何気に私の評価酷くない？　可愛い子供をもうちょっと労わるとかないの？」

「あら、私流に可愛がっているのだけど、足りなかったかしら。貴方も今日の説教に参加する？」

いや、いいです。心からすいません。早速、折れました。

首をぶんぶん振って否定する。確かに説教に効果があることはわかっていますが、あえてあの苦行を受けたいと誰が思うものか。

「あの、ねえ、芽衣子ちゃん。本当にいいの？」

雅美の言葉に、しっかりと視線を合わせて頷く。

「うん。雅美おばさんは幸せになって。達也が、誠おじさんが一番に望むのは雅美おばさんの幸せだと思うから」

そう言って、私らしく、にぱっと笑った。

縁側の向こうに月が見えた。綺麗な満月だ。

吹き抜ける風は暖かくなってきていた。春が近くに感じられるような美しい月夜だ。

いつか本当に達也に渡せるその日が来るといい。

そのときは、できれば春の日差しの中がいい。暖かな風に幸せの予感がするから。

本当にそう思った。

鍋を囲んで

一つの鍋を囲むという行為は、仲良くなるための一番の近道だと昔の人は言った。

それは多分間違ってないと思う。同じ釜の飯を食すと一体感が生まれることを意味しているかもしれないが、この場合は、過程にも意味があると思うのだ。

鍋作成は簡単でも、ある程度の手間を必要とする。

そして、それを分担することで達成感を分かち合うことができるのだ。

俗に言うキャンプや遠足と同じ意味合いかもしれない。

まず、父、勝也と仏先生によって、居間の机の上に電気コンロと鉄平鍋が置かれた。

そして、彼らを手伝おうと手を伸ばしかけた雅美をすばやく嶋が引き止め、あたりさわりのない作業を雅美に振る。箸置きや箸、御手拭を並べたり、延長コードにプラグを差し込むとかである。実害が伴いにくい作業ばかりであるが、まあ確かに必要な作業だ。

その上、並べ方が綺麗だと褒められ、雅美は気分よく箸を並べている。本当に嶋は雅美のことをよくわかっている。実に適切だ。

芽衣子と祥子が野菜をザクザクと切って洗ってざるに打ち上げる。水気が切れたところで村井が次々と居間に運ぶ。勝也が運ばれた野菜を手際よく熱した鍋に入れていく。

野菜からじわりと水気が浸み出てきて鍋の底を浸したとき、朝から作ってあった昆布だしを勝也が投入し、さらに煮る。野菜が煮えたらシラタキ、キノコ、豆腐、そして主役の鴨肉を入れる。ピンク色の鴨肉の色が、熱で段々と白くなっていく。村井が勝也の指示で、鴨から出るアクをこまめに掬っていった。

ぐつぐつと音を立てて煮えている白菜や水菜、シラタキにネギに豆腐。三種類のキノコに囲まれて煮えているのは鴨である。中央部分には祥子お手製の鶏つくねがぷかぷかと浮いていた。

白い湯気が鍋からふわりと立ち上り、鴨と昆布の香りが部屋全体に広がる。

目の前には、しんなりとした野菜と白くなった鴨肉に溶けるようなネギやシラタキ。

昆布のだしと鴨肉から出た旨みが溶け合って絶妙に透き通った色合いになる。

芯までやわらかくなった野菜とつくねがほんのりとした茶色に染め上げられる。

口の中の唾液がこれでもかとばかりに溢れてくる。

今にも食べてと言わんばかりの香りに、そこにいるほぼ全員がごくりとつばを飲んだ。

だが、先陣を切って箸をつけようという勇者はいなかった。全員が目の前の鍋奉行の差配をじっと待っていたのである。

意外かもしれないが、芽衣子の家の鍋奉行は昔から父、勝也である。

ちなみに、祥子はその補佐、芽衣子は下っ端の使い走りが昔からの決まりである。

勝也の指示で、祥子が冷蔵庫から瓶ビールを三本持ってきた。村井が人数分のビールグラスを用意する。芽衣子が栓を抜き、勝也と嶋と仏先生に渡した。祥子がコースターを全員の前に置く。勝也の指示で男性三人がビールを全員のグラスに注いだ。とぷとぷと音を立てて注がれる黄金色のビールが透明なグラスに満たされる。よく冷えたビールだったので、すぐにも水滴がグラスの周りにじわりとつく。上に溜まった白い泡が、暖かい部屋の空気に触れてぱちぱちと小さな音を立てた。そうして用意が整ったのか、勝也が漸く口を開いた。

「うん。そろそろいいだろう。乾杯の音頭は仏先生にお願いできますか？」

勝也の勧めに仏先生はにっこり笑い、自身のビールグラスを片手に持ち、すっと眼前に持ち上げた。その仕草を合図に、全員が同じようにグラスを持ち上げる。

「それでは、不肖ながら私が音頭を取らせていただきます。皆さん、これまで本当にいろいろなことがありました。誰もが苦しみ、晴れない暗闇と深い悲しみに長くもがきました。しかし、それらは無駄ではなかった。これは、我々が決して希望を捨てなかったからこそ得られた未来です。この長く険しい道のりを乗り越えたことは、この先、未知なる道を生きる我々の心に、確かな灯火を灯し続けてくれるでしょう。

今、こうして皆さんと祝えることはまさに感無量です。弁護士として、私一個人としても全てが報われた気がします。本当に有難うございます。これからの皆さんの未来に幸多いことを祈って、乾杯！」

全員がグラスを上に掲げて声を上げた。

「「「「「乾杯！」」」」」

ぐいっと煽った最初の一口が、喉をごくりと通り過ぎる。

冷たくしゅわっとする喉越しが実に気持ち良かった。ぷは～っとあちこちで声がする。

その後は、隣同士でグラスを重ねて再度小さな乾杯を繰り返す。

カチンカチンと音が鳴り、ビールを飲むスピードが上がる。

鍋の中では美味しそうな具材が所狭しと踊っていた。

どちらかというと、芽衣子と村井は酒よりも鍋に注意を向けていた。

我先にと鴨肉ばかり皿に盛る村井の足を仏先生が踏み、箸が止まったところで勝也がここぞとばかりに村井の皿に野菜をどばっと載せた。野菜を食べている間に肉がなくなるかもしれないと焦った村井が、かき込むように急いで皿の中の野菜を食べる。

それを見ていた芽衣子は村井のようになるまいと、野菜多め、肉些少で掬う。キノコやシラタキ、豆腐なども バランスよく入れていく。じっと芽衣子の手元を見ていた祥子からは、にっこりと了承の笑顔が向けられた。村井の二の舞は避けられたようだ。薬味を入れて、熱い具材を冷ましながら口に運ぶ。

美味しい。そして懐かしい家の鍋の味。湯気に隠れてじわりと涙が出て、目の前の風景が翳んだ。口元を拭くふりをして、目じりを御手拭で拭う。

長く忘れていた家庭の味、故郷の味だ。芽衣子は夢中で皿の中身を食べていった。

いそいそと箸で鍋を突こうとしていた雅美の手を嶋が止める。なぜ邪魔をするのと口をとがらす雅美に、嶋がからかうようにその唇を指でなぞる。雅美が真っ赤になっている間に、祥子がほどよくついだ皿を雅美の前に置く。真っ赤になった雅美は何も考えずにその皿を持ちゅっくりと食べ始める。下を向いた雅美を余所に、祥子が親指を立てて嶋によくやったと合図を送る。嶋も雅美に見えないように、後ろ手に祥子に親指合図返しである。

嶋と祥子のナイスなコンビネーションである。

なぜここまでと思うかもしれないが、これが最善の策であるのだ。

最悪の場合を仮想して欲しい。箸をいそいそと突っ込む雅美の箸が、どうしてだかわからないが折れる。慌てた雅美の手がかろうじて箸に引っかかっていた鍋の具材を宙に飛ばす。それを取ろうとして慌てた雅美が立ち上がり序に机に脚を引っかけ、机ごと鍋がひっくり返るといった仮想が成り立つのだ。

ちなみにこれは過去何度も雅美がしてきたことで、決して想像の産物ではない。

芽衣子は長年の気心知れた一つの家族のような六人を見ながら、暖かい鴨鍋を、懐かしい家庭の味を、心行くまで堪能していた。

じわりと口の中にしみ込む味が、仲の良い目の前の皆が、心を温かくさせてくれる。

わいわいと騒がしいながらも笑顔が溢れる食事は、楽しく美味しかった。

〝いつものように〟

とそのとき、頭の中にふわりといつもの白い靄が広がる。

わいわい騒がしい食事が、いつものようって、どういうことだろう。家では一人暮らしだし、職場でも騒がしく食べるなんてしないはず。

芽衣子の箸がぴたりと止まり、芽衣子の視界がゆらりと揺れる。

父が座っている席に、違う人間がいた？

父ではない誰かが、これも美味しいですよと私に皿を回してくれる。私はにこやかに受け取って口に入れ、美味しいっと満面の笑みを返す。差し出してくれた人が、満足そうな笑みを返してくれて嬉しくなる。

差し出された料理は平皿。あの料理はなんだったのだろう。

料理に舌鼓を打つ私は、いつもしているように机の端に座る人に視線を送る。

私の視線に気づいたその人が、私を見て微かに口元を上げて笑い、美味いと答える。

その意見は私と一緒だ。小さなことだがとても嬉しかった。

真っ白な靄の中でその人と目が合う。そのことが、無条件に嬉しいと感じていた。

あれは一体どこの風景？　いつのこと？

ぼんやりとその白い靄の誰かの輪郭を探る。

その人が口を開く。その声がもっと聴けるかもと身を乗り出したところで、背中をばんと叩かれた。衝撃で喉の奥が詰まる。口の中に白菜が入ったままだったようだ。思わず吐き出しそうになるところを、ぐっと我慢してごきゅりと飲み込んだ。

次いで咳込む芽衣子に、祥子が御手拭を渡してくれた。

「芽衣子、食が進んでないけどどうしたの？」

芽衣子は、涙目で咳込みながらも祥子に返答する。

「食べてるよ。大丈夫」

「全然、食べてないわよ。箸が止まったままぼうっとしているから、目を開けたまま寝てるんじゃないかと思ったわ」

悪態をつきながらも祥子は心配そうに芽衣子を見ていた。勝也も心配そうに見ている。

ああ、心配させてしまったようだ。芽衣子の様子がおかしいのは、ここ最近の習性？ なのに。あの感覚をどう言っていいかわからないので必死で誤魔化した。それに、両親に心配をかけたくなかった。

「やだなあ、違うよ。久しぶりの美味しさを堪能してたの。独り暮らしだと鴨鍋なんてめったに食べれないもの。それに、さっきも言ったでしょう。私達、あんな大きな草餅食べたばかりなんだよ。それなのに、もりもり食べられる村井さんの胃が可笑しいのよ」

それに対して村井が反論する。

「甘いものは別腹なんだよ。芽衣子ちゃん」

「いや、別腹ってサイズではなかったでしょう、あの草餅」

「実は、僕の胃は牛と一緒で四つあるんだ」

「いやいや、何言っちゃってるの？ それだと宇宙人だよ。牛星人」

私の軽口に、祥子と勝也はほっと安堵のため息を小さくつく。

芽衣子は頭を軽く振って心を切り替える。心配かけてはいけない。私の不確かな感覚を今は見せるべきではない。せっかく、長年の問題が解決したのだ。

そう思って箸を手早く動かして、二杯おかわりしたところで台所に逃げた。追加の野菜を切るためだ。ざっくざっくと野菜の予備を切る。残っていたキノコなどの具材を全て籠に載せ野菜を取りに来た祥子にそれらを渡す。

祥子は何か言いたそうにしていたが、真剣な顔で台所に立つ芽衣子に何も言わず出ていった。考えちゃダメ。今は、駄目なの。何も考えない。出てこないで。

心の中で呟きながら、何度も首を振る。何かしていないとまたあの靄が襲ってきそうで怖かった。だから、そのまま洗い物へと忙しく手を動かした。

居間から追加のビールを頼む勝也の声が聞こえた。村井がビールを取りに台所にやってくる。村井もなにか言いたそうに芽衣子のほうを見たが、芽衣子は村井にビールを押しつけて居間にすぐ追いやった。台所からは、芽衣子が一心不乱に食器を洗う音がずっとしていた。

食べ始めてから一時間後、時刻は夜十時を回っていた。鍋が綺麗に片付いたときには、空ビールが十二本転がっていた。本当にあれだけの量が全てここにいる六人のお腹に収まったことは、脅威に近いと思うしかない。

村井に至っては、まだお腹に余裕があったのか、締めにお茶漬けを祥子にねだってさらに食べていた。本当に、あの細い体のどこにあれだけの食料が入るのだろうかと不思議に思う。それでいて太らないのだから、羨ましい体質だ。本当に宇宙人なのかもしれない。

洗い物も全て終わり、あらかた居間の机も片付いて、台所がどこもかしこも芽衣子に磨き上げられ輝いていた。

一息つくために温かいお茶を入れようと、腕まくりを戻しながら居間に戻る。

仏先生は、うつらうつらと船をこいでいた。嬉しくて楽しくて、ビールを飲みすぎたのかもしれない。村井は部屋の隅で足を伸ばしながら、満足そうにお腹をさすっていた。

勝也は庭の鉢が気になるのか、縁側から外に出ていた。

嶋は食べすぎ、飲みすぎで気持ちの悪くなった雅美の背を撫でていた。

もう片方の手には祥子が用意した胃薬が握られていた。

その様子に、ちょっと苦笑した祥子が芽衣子に声をかけた。

「芽衣子、あとは私がするから二階の客間にお布団を四つ敷いてきて頂戴。客間の押入れに全部入っているから、よろしくね。嶋さん、悪いけど仏先生を客間に運んでくれるかしら。雅美は私が見ているから」

芽衣子は急いで二階に上がり布団を四組取り出して、てきぱきと並べる。旅館の仲居顔負けの早手際だ。何も考える隙を作らないように、芽衣子は一心不乱に目の前のしなくてはいけないことに集中する。

仏先生を嶋が運び、お腹一杯で眠くなった村井がその横に転がった。雅美を祥子が寝室に連れていった。胃薬を飲んだ雅美の顔は蒼白に近い。だが、雅美の意識ははっきりしているのだろう。その白い指は祥子の服をしっかり掴み、祥子の後ろを迷うことなく歩いていた。

その様子では、今晩の説教は明日に持ち越しだろうと推測する。

嶋は雅美のことが心配ではあったが、あえてぐっと我慢して客間の布団に転がった。女の友情に男が口を挟むのは、百害あって一利なしだとわかっているからだ。

芽衣子が全員の布団を敷き終えてとんとんと階段を下りると、勝也が縁側から手招きをした。

月下美人と願い事

外はすでに暗かったけれど、満月の光で庭先はぼんやりと明るい。

足取りも暗闇に戸惑うことなく、まっすぐに勝也の待つ温室に行った。

「芽衣子、やっと咲いたよ。これをお前に見せたかったんだ」

そう言って勝也は体をずらして、大きな鉢植えを芽衣子に見せた。

鉢の大きさはバケツ大くらい。そこに植えられている植物の背の高さは芽衣子の腰よりも高い。多分、一メートルを超えるであろう。

濃い緑の昆布のような葉状茎。その周りに鞭のような細長い触手状の蔦のようなものがひょろりと伸びている。葉のくぼみには、産毛のような刺が生えていた。

これは俗に言うサボテン科の植物だが、西部劇によく映されるサボテンとは明らかに異なる。刺が表面全体を覆ってないところも含めて、なんというか、いかにも弱そうだ。

その葉状茎の上部に近い場所に、梨かリンゴ程の大きな蕾が三つ。

月の光を喜ぶが如くに、三つの蕾がゆっくりとだが確実に頭を擡げ、月を仰ぐように上を向き、一枚一枚の白い花びらがふわりふわりと外の空気を掴むように開き始め、その白い花弁に月の光を受けて、より美しく光り輝きながら開いていく。

「……綺麗」

芽衣子が初めて見るその花は、繊細で美しく、楚々としたたおやかさと同時にどこか頑なな印象が浮かび上がる白い花だ。その大きな蕾が今、ゆっくりと咲き始めていた。

花の開花をその目でじっくりと観察するなんて初めてだった。生命の神秘すら感じられるその開花に、芽衣子は茫然と目を奪われていた。その後ろで、勝也が話し始めた。

「月下美人だ。美しいだろう。今夜一晩咲いたら、明日には萎む。月の光の中が一番似合う、夜の花だ」

芽衣子は、ため息をつきながらも目が離せなかった。蕾は下を向いていた首をまっすぐ起こし、月に寄り添う如くに上を向く。白い大きな花は、ボタンや芍薬に負けないくらいに大きく白く輝き、目を引きつける。

「この花は、この家からお前を見送った帰りに、花屋の店先でたまたま見かけて購入したんだ。店の人が、この花を咲かせるのは本当に難しいと言っていた。だから、よく願掛けにも使われる貴重な植物だと。だが、もし咲いたなら、そのときは、望みが本当に叶うかもしれないと。

あのとき、私はお前が無事にこの家に帰ってこれる日が来ることを願った。六年試行錯誤して、去年の十一月に初めて一つ蕾ができたんだ。だが、あのときは蕾のまま枯れてしまった。

しかし、正月を越した頃に、また蕾が出てくる様子があった。驚いたよ。しかも今度は三つの蕾だ。六年前からずっと願を掛けてきた花が、お前の帰郷に合わせて咲く兆しがあった。天啓だと思ったんだ。だから、この花を絶対にお前に見せたかった」

月の光を浴びて咲き誇る、一夜だけの儚い夢のように美しい大輪の白い花。

月の光を反射して仄かに発光しているその姿は、儚いのにどこか逞しく美しい。

白く淡く光る花弁を震わせるように、少しずつその花弁を広げていく様子は、美しい妖精を思わせる。まるで、現実離れした夢の中で浮かんでいるような、幻想的な美しい光景だった。

「有難う、お父さん」

その美しさに、触れたら壊れてしまいそうな儚さに、芽衣子はただ目を奪われていた。

「蕾は三つだ。私と祥子が一つずつ、残る蕾はお前のだ。私は、願が叶った。お前も良ければ願を掛けてみるがいい。本当に心の底から望むなら、願花が聞き届けてくれるかもしれない」

勝也の淡々と話す声に誘われるように、芽衣子も口を開いていた。

「願花、本当に願を叶えてくれるなら……」

咄嗟に思いついたのは私に始終付きまとうあの違和感の正体を教えて欲しいと言う事。

特に、あの人の姿が知りたいと心の中ではっきりとそう告げていたと思う。だが、呟くような小さな芽衣子の声は遮られた。温室の後ろの戸がそうっと開いて、いつの間にか祥子が入ってきていた。

「ああ、やっと咲いたのね。貴方が言っていたとおり、この花って願花だったのね。勝也さんの願いも、私の願いも叶えてくれたわ。願が叶うこの日に咲くなんて、本当に奇跡のようだわ。なんて素敵な花なのかしら。美しいわ。月の光に揺れて咲く姿は、まるで歌っているみたい。幸せを呼ぶ花は、本当に夢の花なのかもしれない。勝也さん、この花を咲かせてくれて有難う」

祥子は花を観賞しつつ、勝也の腕にもたれ掛かった。その背を抱くように、勝也は力強く祥子の肩を抱いた。二人の視線はまっすぐに月下美人に注がれていた。

雅美と嶋にも負けないほどのラブラブ空気を出し始めた両親から離れるべく、芽衣子はそうっとその場所から離れようと後ずさった。すると、まるで後ろに目があるのではないかと思われる祥子の言葉が放たれた。

「あ、芽衣子、携帯で写真を撮っておいてね。あ、動画もね。この花、お願い叶っちゃったからもう二度と咲かないかもしれないし」

夢の花と称された花へのあまりの言いぐさに勝也もちょっと苦笑するが、祥子は小さく舌を出して、はにかんだ笑みを見せた。いつもどおりの両親の姿に、一息をつく。

確かにこの美しさは貴重で保存すべき映像かもしれない。

父の積年の想いが叶った瞬間でもあるのだから、記念に写真として残しておきたいのは当然だ。そんな両親の願いを叶えるべく、ポケットから携帯を取り出した。

そのとき、ポケットに入れていた小さな箱が転げ落ちた。雅美から預かった指輪の入った箱だ。丸みのある四角い箱は落ちた勢いのままコロコロと床を転がっていく。温室の出入口の小さな段差をものともせず転がり続け、庭の中心部でぴたっと止まった。

芽衣子は慌てて追い掛け、祥子に携帯を投げた。

「お母さんのほうが撮影上手だと思うから撮っておいて」

母は任されたとばかりに、勝手知ったる何とやらで、芽衣子の携帯のカメラを暗視モードに切り替えて、連写撮影、および、動画撮影に勤しんでいる。フラッシュは起動させるなとか、勝也もいろいろ注文を出しているようだ。

そんな両親に微笑んでから、温室を出て箱を拾い上げるべく、庭の中央に足を止めた。

箱の蓋が開いて、指輪が外に転がっていた。芽衣子が箱と指輪を拾い上げたそのとき、月が完全に雲間から顔を出して、その光を一層強めて、指輪を照らし始めた。

白い月の光に反射して深い深い緑のエメラルドが強く激しく煌めく。

月下美人の花びらが、風も吹いていないのに、芽衣子の目の前でくるりと舞った。

月の光が花びらに反射して、エメラルドの光に対抗する。

眩しいと目を細める暇もなく、視界が一瞬で白く陰り、目の奥がちかちかと点滅する。

平面体がいくつも重なっている万華鏡のような視界が芽衣子を覆う。カシャカシャと絵柄がくるくる変わる。鮮やかな緑と純白の色彩が芽衣子の視界を埋めていく。

月の光の間で煌めく、きらきらと輝くどこまでも深いエメラルドの光。あれは、あれは、誰かの瞳の色だ。誰よりも何よりも愛しい緑。私はこのエメラルドの瞳を知っている。


どこからか、りんっと鈴が鳴るような音がした。


これは確かな記憶。私は確信する。私が知っているあの人。あれは誰だった?

大きな黒い影が私の前に立つ。影は逆光で顔がよく見えない。

ふわりふわりと花びらが舞うに従って、影が削られていく。

震える指を押さえて、エメラルドの指輪を月に晒すように当てる。もっと、もっと知りたい。

りんっと音が鳴る。

ああ、声が、聞こえる。

「メイ、お前が好きだ」

あの声は誰？　エメラルドの光が、影となっている男性の瞳に変わる。私の指が、手が、体が、全身が震える。

りんっと音が鳴る。

黒い影の大きな手が、震える私の頬を包む。かさついた硬い手のひらが、優しく私の頬を撫でる。壊れ物を触るように、ゆっくりと丁寧に。

「メイ、お前が愛しい」

耳に届く幻聴は、張りのあるアルトテナー。

この声、温かな手は誰なの？　顔が見えない。お願い見せて！

ムーンストーンが月の光を斜めに取り込み、花びらと一緒にエメラルドをさらに輝かせる。

りんっと音が鳴る。

赤褐色に揺れる髪が、浮かび上がるように視界に映る。艶やかな赤褐色の髪がゆらりと揺れて、私に覆いかぶさる。そして、私の震える唇の上に温かみを残すように押し当てた。

心が、感情が、荒れ狂う歓喜をもって背中を震わせた。影は、そんな私の反応にふっと微笑み、何度も何度も角度を変えて口づけを、熱を与えてくる。

「俺の愛しいメイ。愛している」

痛いほどの切なさが急激に心を襲う。

嬉しい、嬉しい、嬉しい。嬉しくて切なくて苦しい。頭が沸騰しそう。

誰なの？　会いたい。会いたいの。お願いだから、貴方に会わせて！

芽衣子は締めつけられる痛みに胸を押さえながら、エメラルドの瞳を追いかけるようにその影に手を伸ばした。


りんっと音が鳴る。


影は、ぎゅっと激しく芽衣子を抱きしめる。全身の骨が軋むほどに強く強く。

「メイ、俺のメイ。気が狂うほどにお前を愛している」

震えるほど強烈な愛の言葉。あのとき、私も狂ってしまいたいと思った。

ああ、そうよ。泣きそうなほどに愛しい気持ちは貴方が教えてくれた。

感情のままに、心臓がばくばくと大きく音を立てる。自身の心臓の音すら邪魔に聞こえる。

貴方は誰？　どこにいるの？　どこに行ったら貴方に会えるの？

りんっと音が鳴る。

影は私の背中を撫で、首筋に、襟首に口づける。熱さを伴う小さな痛みを残していく。

「メイ、俺はここにいる、お前の傍に」

芽衣子は暖かな胸に抱きしめられたまま、手を限界まで伸ばしてしっかりとその大きな体躯を抱きしめる。エメラルドの瞳と赤褐色の髪は月光できらきらと輝いていた。だが、顔は影のまま。輪郭さえもわからない。傍にいるはずなのに、存在が遠くに感じた。

もどかしさに焦り、その顔を確かめるべく、芽衣子は必死で顔に手を伸ばした。

りんっと音が鳴る。

影の声が耳元で囁く。優しく触れる手が私の髪を撫で、耳を、顎をすべるように移動する。顎に掛かる指先がつっと私の顎を持ち上げる。エメラルドの瞳がまっすぐに私を射抜く。

「メイ、俺はお前が欲しい。お前の人生の全てが」

愛しさと切なさで胸が、心がつぶれてしまいそうだ。こもった熱で息すらできないのに、貴方の瞳から目が離せない。

私も貴方が欲しい。貴方に触れたい。

不意に、月が黒い雲に邪魔されてその光を弱める。影がすうっと引いて、その姿を消そうとする。芽衣子は必死にその腕に追いすがった。

お願い。行かないで！　私を置いていかないで！

貴方に会いたいの！　貴方に触れたいの！　私は貴方を愛しているの！

エメラルドの瞳がきらりと大きく光った。

月が再度雲から出てきて、一層強くエメラルドの光を艶めかした。


りりんっと一層高らかな音が耳元で鳴った。


その途端、パキンッと大きなガラスの割れる音がした。次いで、芽衣子の周囲に覆われた万華鏡のような視界が、がらがらと崩れる。芽衣子の足元が揺れた。いや、芽衣子自身が揺れているのかもしれない。激しい眩暈のような衝撃にたたらを踏む。

視界がぶれ気持ち悪くなるが、絶対に捕まえた手は離さない。

逃がさないように捕まえていた影が、次第にくっきりとした残像に変わる。

暗闇の中に佇む姿は記憶の再生。


「メイ」

そこには、私を呼ぶ私の愛しい彼の姿があった。芽衣子の目から大粒の涙が零れ落ちていた。

私を呼ぶ彼の姿がはっきりくっきりと記憶に蘇る。抜けるような青い空と青い海が世界一似合う彼。誰よりも愛しいあの人を、私はどうして忘れられたのだろう。

「メイ、愛している」

月の光の中、想いを告げてくれた彼を思い出す。苦しそうに切なそうに私を求めてくれたのが天にも昇るくらい嬉しかった。いつの間にか、私の心にいた彼。私の心はいつだって彼だけを求めていた。彼の傍にいたいと決めたのは私。なのに、どうして忘れてしまっていたのだろう。いつも求めると伸ばされる大きな温かな手に逞しい大きな体。

「メイ、約束だ」

ああ、そうだ。必ず帰ると約束した。
彼の傍で、その温もりの中で、必ず伝えると約束したでしょう。
芽衣子の目から涙がとめどなく流れていた。熱情のままに抱きしめられたときに聞こえた力強い胸の音。何も考えられなくなるほどの狂おしい口づけ。熱くて熱くて、幸せで苦しい想いをしたの。与えてくれたのは、彼。ああ、思い出せた。全て本当のこと。欲しかったのは、求めていたのは消されたはずの彼の記憶。愛しい人。私が会いたいのは貴方。

「レヴィ船長」

口に出して残像に震えながら笑いかける。残像は手を伸ばす。

「メイ、帰ってこい」

芽衣子は泣きながら頷いていた。

「はい」

レヴィ船長のエメラルドの瞳は芽衣子を狂おしいほどに求めていた。

そのことが残像であれ芽衣子に歓喜をもたらした。

「メイ、お前に会いたい」

思い出せた喜びの中、芽衣子も答える。

「私も、私も貴方に会いたいです。レヴィ船長」

レヴィ船長の両手が私に向かって大きく広げられた。緑の瞳の中に狂おしいほどに私を求めている渇望が見えて、ぞくぞくとした歓喜の想いが満ち溢れ、心が震える。その腕の中に走り寄ろうと一歩を踏み出した。


そのとき、芽衣子の暖かい涙がエメラルドの指輪の上にぽとりと落ちた。

涙の熱が膜を作り指輪の表面に広がり、見えていたはずのレヴィ船長の姿が消えた。

あっと手を伸ばしたが、芽衣子の手は空を切るばかりだ。空虚な寂しさが一気に襲ってくる。

行き場を失った手を彷徨わせていると、その先には温室があった。そして、真っ白な大輪の月下美人の花からきらっと何か光ったような気がした。花の蜜とかであろうか。

花弁は月の光を浴びてきらきらと光る。その真っ白で美しい月下美人の花が、風もないのにゆらっと揺れて、願いを叶えたとばかりに、ゆっくりと頭を垂れ萎んで枯れた。

「あああ〜もう枯れちゃった〜もったいない〜」

という祥子の大きな声が温室から聞こえた。


なんとなくだが、願花が私の願いを聞き届けてくれた気がした。

芽衣子は枯れた月下美人に向かってお礼を言った。

「有難う、願花。私、やっと思い出せた。もう絶対に忘れない」

そして、手の中のエメラルドを指にはめ、ぎゅっと胸に抱きしめる。

レヴィ船長に会いたかった。会って、あの夜のように抱きしめてもらいたかった。

月下美人は枯れたけど、エメラルドの指輪はきらきらと輝いていた。レヴィ船長の瞳のように。

レヴィウスと最果ての光

暗闇の中で、ぽつんと丸い光が灯っている。

天空に浮かぶ月のような明るい丸い光が、地面を切り取ったように照らしていた。光の大きさは、丁度人一人が収まるくらいの小さな光だ。

それはレヴィウスの足元から始まり、ポンポンッと池の中の置石のように、少しずつ前へと移動する。そしてある程度先に進むと彼を待つようにピタッと止まる。

最初はゆっくり、だが気がつけばレヴィウスは光を追って走っていた。彼の動きに呼応するように、また光が先に先にと進んでいく。月の光は、明らかにレヴィウスを誘導していた。

光を追いながら、不意に周囲を見渡すと何もなかった。暗闇が深すぎるのか、彼の目は月の光以外に何もとらえることができなかった。夜目には慣れているレヴィウスから見ても、その暗闇は異常だった。かなりの距離を走った。走っている間に頭が冷えてくる。この光は以前話に聞いた〝最果ての光〟というものではないだろうかと。

人が人生を終わるときに導くと言われる〝最果ての光〟。

光を追いながらも、いつものように自身の手の感覚から確かめる。

爪が手のひらにあたる感覚は確かにある。力を込めるとわずかだが痛みが呼び起こされる。だが、その感覚さえも微妙にあやふやだった。そこで唐突に理解したのだ。ああ、ここは自身の夢の中なのだろうと。

自分のいる場所は明らかに現実とはかけ離れていた。これほどに何もない無機質な空間は夢であるとしか思えない。

そして同時に疑問を持った。なぜ俺は、あの光を追いかけているのだろうと。あれを追いかけることに何か意味があるのだろうかと訝しみ、脚を止めかけたとき、光がピタッと止まった。

レヴィウスが近づいても光は動かない。光に足先が触れたとき、どこからか声が聞こえた。

（……は誰？）

……この声は。聞こえてくる微かな声に耳を欹《そばだ》てる。
声の出所を探すために暗闇の中に必死で目を彷徨わせる。
足元の光が不意に緩んで、幾分ほど先にぼんやりと光る壁が見えた。いや、突然現れたと言っていいような唐突さだった。

（……が聴きたいの）

小さくて聞き取りづらいが、確かにメイの声だ。どこだ、どこからしている。周囲に広がるのは暗闇のみで、人がいる気配はない。

（……が見たいの）

壁の一部が発光しているように再度ぼうっと光る。その光の中に動く人影が見えたような気がした。その影に、聞こえてくる声に確信する。あれはメイだ。
レヴィウスは、まっすぐ壁に向かって走った。

（……お願いだから）

メイの声が震えている。泣いているのだろうか。

メイの泣き顔が目の前にちらつくように再生される。泣いているであろうその場に自分がいないことに、手を伸ばして抱きしめられないもどかしさに苛立ち、歯をくいしばり、走る。

壁に飛びつくように到達し、鈍く灯る淡い光源に手を伸ばす。触れる感触は平らな平面。扉も、窓も何もない。本当にただの壁だ。だが、壁の光が映しているのは明らかにメイの姿だ。

「メイ！」

なぜそこにメイが映っているのか。原理はわからないが、その光の中にレヴィウスが求めてやまないメイの姿があった。

壁を拳で思いっきり殴りつける。骨に振動が伝わる。だが、壁には何も変化はない。それに、壁の向こうのメイもレヴィウスに気がついたようなそぶりはない。あまりの頑強ぶりに舌打ちしたくなる。

「メイ！　ここだ。俺はここにいる！」

レヴィウスは何度も何度も壁を殴り、蹴った。

拳から、蹴り上げた足から、痛覚を鈍く脳に伝えてくる。変化のない壁に、段々と焦りは強くなる。壁の中のメイは、今にも泣きそうに顔を歪め言葉を落とした。

（……会いたい）

ずくんと胸が音を立てた。
泣きそうに潤んだ瞳は、今までに見たことのないほどの確かな恋情を見せていた。
その言葉が、その瞳が向けられる相手は……俺なのか？　それとも近くにいる他の誰かなのか。会えない間に積もった不安が胸をちりっと焦がす。

（……に会いたいの）

言葉が胸にずしりと響く。メイが会いたい相手がレヴィウスならばと願って耳を欹てる。
だが、メイの相手の名前は聞こえてこない。
そこまで考えて、思わず馬鹿なことをと自分を殴りたくなった。嫉妬に駆られてメイを泣かせたままでいるのは男として最低ではないか。メイが求めているのが自分かどうかなど関係ない。俺がメイに会いたいのだ。それ以外に何が必要だというのだ。

（貴方に、会いたい）

メイが初めて見せる激しい感情。一途でまっすぐな、眩しいほどの想い。

遺跡で別れるとき、メイはレヴィウスのことを世界で一番好きだと言った。あの言葉を疑ったことはない。

だが、メイの好意と愛情の重さはレヴィウスが持つ想いに遙かに及ばない。だからこそ、あそこまで簡単にレヴィウスの前から消えてみせるのだ。だからメイなのだと言われてしまえばそのとおりなのだが、遺跡で火柱を見つめながら無性に悔しい想いを抱いたことも事実だ。

レヴィウスがメイを愛するように、メイにもレヴィウスを求めて欲しかった。

レヴィウスがメイを見つめるように、メイにもレヴィウスしか見えないようになればいい。

どこにも行かないように、誰にも取られないように、レヴィウスの妻にしたかった。永遠の愛を誓う言葉をメイの口から聞きたかった。それは、歓喜を伴った甘い企みだ。

メイは知らないだろう。会いたい気持ちはレヴィウスのほうが何倍も強い。

遺跡であんなふうに別れてから、何度も何度も夢でメイを捜した。

落胆の中で目覚める朝は、メイが傍にいない苦々しい現実で影を落とす。

あのとき、最後に触れたキスの感触が日々消えていく。別れ際の顔が、何度も何度も夢の中で繰り返される。あのとき、どうしてあの手を離したのかと後悔したくなる。

頭では、メイの行動によってディコンは救われたのだからとわかっているが、メイがいない喪失感が、胸にぽっかりと大きな穴をあけた。

レヴィウスにとって絶対に失ってはいけないものを無くした喪失感と、世界が闇に包まれるほどの絶望感が襲ってきて、レヴィウスを打ちのめした。

その都度、レヴィウスに向けられたメイの最後の言葉と、メイの友人であるセイレーンの言葉を思い出して希望を裏打ちする。

大丈夫だ、きっとメイは生きている。どこかにきっと。だから、絶対に会える。

だが、助かったとしても酷い怪我をしているかもしれない。誰かに助けられたとしても、悲しい想いをしているかもしれない。メイを守っていたセイレーンも傍にいないのだ。レヴィウスがメイにたどり着くまで無事でいる保証はどこにもなかった。

不安と心配とが頭を巡り、毎日、思いは募る。

会いたい思いと、会えない不安が、交互にレヴィウスをかき乱した。

メイに会いたかった。あの夜にしたように、あの柔らかい体を思いっきり抱きしめて、首筋に顔をうずめその拍動を感じたかった。

小さな唇が赤く腫れあがるほど口づけをして、苦しそうな吐息が色づく瞬間を夢見た。

頬を赤く染め、とぎれとぎれの呼吸の中で俺の名を呼ぶメイを、もう一度この目に焼きつけたかった。隙間が無いくらいに体を触れ合わせてお互いの体温がそこにあることを、メイが生きているということを確かめたかった。

次に会えたときは、もう二度とあんな真似はしてくれるなと懇願し、お前を誰にも、神にすら渡したくない。俺の傍から離れるなとその瞳を見て告げると決めていた。

なのに。目の前にあれだけ求めたメイの姿が見えるのに、声が、手が届かない。激情のままに殴った拳が悲鳴を上げても壁を叩きつける。この先にメイがいる。邪魔なのはこの壁だ。

（お願い……、行かないで。私を置いていかないで！　私は、…）

その声を聞いたら、レヴィウスは声を張り上げていた。

「メイ、ここだ！　俺はここにいる！　もっとだ。もっと俺を呼べ。もっとはっきりと俺を求めろ！」

壁の向こうでメイが泣いていた。

（会いたい、会いたいの。お願い、会わせて。貴方に触れたい。私は、貴方を愛しているの）

メイの激しい叫ぶような声に、胸がかあっと熱くなる。気がつけば、全身を打ちつけるように渾身の力を込めて壁に体当たりをしていた。

ガシャンッとガラスの膜が割れるような音が耳の奥でして、目の前の壁ががらがらと崩れ落ちる。先ほどまでの壁の強固さが嘘のようにあっけなく壊れた。

あまりのあっけなさに勢いが保てなくなり、一瞬その場に立ちすくむ。だが、壁の疑問はあっという間に頭から消え失せる。目の前にメイが立っていたからだ。

「メイ」

メイを見つめて話しかける。幻ではない証拠にメイの声が聴きたかった。

メイは、月の光を浴びてきらきらと光り輝いて見えた。その神秘的な美しさに、会えた喜びに言葉が詰まる。

久しぶりに会えたメイはまるで別人のように見えた。髪も伸びていて、見たこともないような服を着ている。そして、化粧をしているのか、別人かと見まごうばかりな大人びた印象がある。会えなかった間に変わっていたメイの姿に少し戸惑う。

だが、メイはレヴィウスの顔を見るなり、嬉しさで一気に瞳を輝かせた。黒い美しい瞳が捉えているのは彼の緑の瞳。まっすぐで熱い情念を感じさせる視線が、レヴィウスに向けられている。

ぼろぼろと泣き出したが、それは悲しみでも嫌悪の涙でもない。言葉は無いがメイの感情豊かな表情に答えは出ていた。

あの声は、やはりレヴィウスを呼んでいたのだ。メイが、俺を求めてくれている。

あの、心に響いた声が、甘く脳裏を痺れさせる。


「メイ、愛している」


会ったら一番にあれからどうなったのかとか、怪我はしてないのかとか、聞こうと思っていたことは頭からすでに零れ落ちていた。口から出た言葉は一言だけ。

レヴィウスの言葉を聞いたメイの瞳から止めどなく涙が落ちる。涙が月の光で宝石のように輝いていた。

抱きしめたいが、月の光で輝いているメイが消えてしまいそうで、不安が再度過る。目の前にあれほど待ち望んだメイがいる。だが、このメイは覚えているだろうか。あのときにした約束を。

遺跡から帰ったら、俺の要望を一つ叶えてもらうと約束したことを。


「メイ、約束だ」


憶えているかとの問いかけも兼ねて、口に出す。とにかくメイの声が聞きたかった。

メイの声が愛しそうに俺を呼ぶ。

「レヴィ船長」

耳に甘く届くメイの声。やっと、やっとお前に会えた。もっとその声が聴きたい。

「メイ、帰ってこい」

お前の居場所は俺の傍だ。俺がそう決めた。たとえ神や運命が阻もうとも、俺は決してお前を諦めない。あのとき、約束しただろう。俺の傍にいると。

メイは両手を胸の前で握りしめ、俺の目を見つめたまま答えた。

「はい」

その了承の言葉に心が跳ねる。涙でくしゃくしゃになった顔が愛おしい。泣きながら笑うメイの表情はどこか滑稽で、どうしようもないくらい愛おしい。何度も、惚れ直すほどに可愛い。

ああ、やはりメイだ。この顔は、この表情は、俺のメイだ。俺だけに向けられる歓喜の涙。愛しさが胸に苦しいほど押し寄せる。黒い瞳に俺の姿が映る。

「メイ、お前に会いたい」

先ほどのように、俺に会いたいと熱い想いを載せた言葉を、その口から言って欲しかった。メイは泣きながら微笑み答えた。

「私も会いたい。貴方に、レヴィ船長に会いたいです」

両手を広げてこの胸に抱こうと、メイを迎えに行こうと足を前に一歩踏み出そうとしたとき、レヴィウスは気がついた。足が固まったようにその場から動けない事に。

それどころか、メイを前にしているのに、足元から少しずつ石のように固まっているような、今いる地面が不意に消えてしまうような不思議な感覚が唐突に襲った。

何が起こっている？

心の中でやっと会えた安堵感が一瞬で消え、漠然とした恐怖と不安に襲われ、意識が一瞬だけメイから逸れた。メイがこちらに走り出そうとしたときに、メイの姿が不意に消えた。そして同時に、レヴィウスの足元がふっと崩れた。

見えなくなったメイの存在を求めて手を上に伸ばして、手にひやりとした冷たさを感じてふっと目を覚ました。

目覚めたときに見えたものは、いつもの部屋のいつもの天井。窓から漏れる光は、空が白んできていることを示していた。

ああ、やはり夢だったのかと、起きてすぐに両手で顔を覆いながら大きなため息をついた。

夢なのに。現実ではないのに。

先ほど見たメイの姿を思い出すだけで体が熱くなった。あれは、レヴィウスの想像の産物なのだろうとわかっていても、なぜかあのメイの泣き顔が頭から離れない。

メイがレヴィウスを呼んでいた。会いたいと叫ぶように泣いていた。

会えたら、夢のように歓喜の涙を流してくれるだろうか。

メイの声がレヴィウスを奮い立たせる。

メイを迎えに行く。どこにいようと必ず見つけ出す。

メイが消えてからひと月が経っていた。俺達は明日、この家から出て船に乗る。

メイに帰ってこいと放った言葉に、はっきりした返答はあった。あれが夢だとしても、メイならば帰ってこようとするはずだ。

俺やカース、セランや多くの人がメイの帰りを待っていることを知っているから。

「メイ、俺も会いたい。早く、この腕に帰ってこい」

誰もいない空気を掴むように、レヴィウスの手のひらがぎゅうっと握りしめられた。

思い出した記憶と決意表明

月が棚引く雲に隠れて、庭が暗闇に覆い尽くされる。薄暗い影は濃黒に染まり、手元さえも見えなくなる。確かな明かりは、居間から横に伸びる蛍光灯の光だけ。けれど、芽衣子には手の中のエメラルド自身が未だ光っているように見えた。

先ほどまで見えていたレヴィ船長の姿。このエメラルドのような瞳を思い出しては、愛しさと会えない切なさが募る。

「レヴィ船長、もう絶対に忘れません」

ぎゅっと指輪を胸に抱き締めたまま、何度も何度も記憶を心に上書きする。

レヴィ船長のエメラルドの瞳、優しいカースの微笑、セランの安心できる大きな手、ルディ達と過ごした船での生活。ミリアさんやピーナさんと笑って過ごした街中の毎日。ステファンさん、エリシア王妃様や紫、ポルクおじいちゃんやマーサさんに、いろいろ教えてもらった王城での日々。レヴィ船長のお友達やゼノさんと一緒に入った遺跡の探検。かけがえのない大事な友達である照との思い出。異世界でメイが出会い、たくさんの人と一緒に泣いたり笑ったり転んだりで過ごした記憶の全てが、本当の意味でのメイの大事で大切な宝物だった。

宝物が見えなくなっていたから、ずっと違和感があったのだ。なぜ、忘れたのかとかそんなことはわからない。多分、神様達の都合とか拘りとか難しいことなんだろう。私には理解できない事情がいろいろとあるのかもしれない。

その結果として、私が寝ているうちに記憶が無くなったと。

仕方がないのだろうが、理不尽さにため息をつく。だから、春海はあのとき私が怒るかもしれないって言ってたのだろう。

確かに、異世界から帰ってきたから記憶消しちゃうね〜って、言われて怒らない人がいるならお目にかかりたいものだ。

今度春海に会ったら、とりあえず文句を言うことにしたいと思います。

はあ、でも、本当に思い出せてよかった。同時に、不安をもたらすあの違和感は無くなっている。気分的にかなりさっぱりしていた。

記憶が戻ったら、芽衣子のすることは決まっている。あちらの世界に帰る方法を探すのだ。

こちらの世界に不満があるわけではない。芽衣子の生まれたなじみのある世界だ。言葉も常識も全てが今までに培ってきた記憶の中にある。

異世界の生活はこの世界と違って、全てに文化的に劣っていると言えるだろう。電気もなければ、機械もテレビもない。便利なコンビニもなければ、なんでも揃う百貨店もない。こちらは車や電車、飛行機が発達していて、必要なものがどこからでも手に入る便利社会。

あちらの世界とこちらの世界、比べなくても発展の差は大きい。異世界の人にとって、こちらの世界はドラえもんの未来世界にしか見えないだろう。だけど、芽衣子がどちらの世界を選ぶかと聞かれたら答えは決まっている。レヴィ船長やセランやカースや照が待っているあの世界だ。なぜなら、芽衣子は知ってしまったからだ。

心から芽衣子を必要とする人がいる喜びを。芽衣子も傍にいたいと決めた人の存在を。心が幸福で満たされるその感動を知ってしまったから。

だから、芽衣子は迷わない。あの世界に帰るのだ。

そう、帰る。

私の居場所はあちらのあの人達の傍なのだから。

芽衣子は、決意を新たにして、流れていた涙をぐいっと拭う。

「帰ります。絶対に。約束したもの」

異世界への行き方はわからない。だけど、探すつもりだ。

マーサさんの教えの一箇条。約束は破らないのがいい女の第一条件。できる淑女を目指している私が、第一条件をクリアできないなんて、絶対にあってはいけない。ええ、本当に！

芽衣子は暗闇の中で大きく深呼吸した。

やっと私は、私に成れた気がした。変身したわけじゃないから、今の私が本当の私と言っていいのかわからないが、なんだか生まれ変わったみたいな気分だった。

うん、なんだか空気も美味しい気がしてきた。両手を広げて空気を思いっきり吸う。

「芽衣子、そんなところで貴方何しているの。体操なんて、明日の朝にしなさい。貴方が外でのんびりしているから、せっかくのお花はもう萎んじゃったわよ。すごく勝也さんが手間暇かけてたのに、本当にか弱い花なのね〜願花って言われるのもわかる神秘さだったわよ」

祥子が勝也を伴って温室から出てきた。祥子は芽衣子に、はいっと携帯を返してくれた。

「お母さん、いい写真は撮れたの？」

「ふふん、私を誰だと思っているの？　自称、世界一の自宅カメラマン兼、自宅限定映画監督よ。芽衣子、明日、カメラ屋に行って早速プリントしてきてね。あ、動画はＣＤに焼いてもらってね。よろしく」

「プリントは人任せなのね」

「だって、インク代って高いし自分でやると面倒くさいし、カメラ屋さんだと早いし安いし、お買いもの割引券くれるし、写真として持っているなら綺麗なほうがいいもの。それに、私がそうすることで世界にお金が回るのよ。世の中の役に立っているのよ。そうでしょう？」

なるほど、いろいろと祥子的には選ぶポイントを押さえているということだろう。しかし、世界にお金が回るとは言い過ぎな気もするが、確かに理にかなっていると言わざるを得ない。

「明日にはプリントできるのか？」

勝也の問いに、祥子は頷いた。

「明日、買い物ついでに、駅前の松宮カメラに寄ってくわ。買い物帰りに受け取れると思うの」

ウキウキとしながら縁側から家に入る両親の背中を見ながら、不意に寂しさを感じた。芽衣子が異世界に行ってしまうと、もうこの両親とは会えなくなるのだ。

もしかすると、二度と再会は叶わないかもしれない。これから先どんどんと年老いていくであろう両親を置いて異世界に行こうとする娘は、世界一の親不孝者だと罵られるかもしれない。

育ててもらった恩も忘れて、自分勝手にこの世界を飛び出す芽衣子を、両親は許さないかもしれないと悲しく思った。

でも、許されなくても父と母には話しておきたかった。異世界に行くとは言えなくとも、きちんと自分で決めたことを話したかった。

そこまで決意をして真剣に頷いていると、いつの間にか眉間に皺ができていたようだ。

私の顔を見て、祥子がぷうっと笑った。私の真剣さを嘲笑うかのような大笑いである。

「あははははは。芽衣子ってば、なんて顔しているのよ。若いからってそんなに油断してたら大変なんだからね。そんなに眉間に皺寄せて、気をつけないと皺とれなくなるわよ。ねえ、芽衣子、貴方知ってる？　二軒隣の奥さんのあの迫力の皺って二十代からの継続品ですって」

芽衣子はぎょっとして思わず自身の眉間に手を当てた。

「う、嘘、とれなくなるの？　今伸ばしたら何とかなる？」

芽衣子は慌てて指先で眉間の皺を伸ばす。

「え～知らないわ～だって、私は幸せ皺しか、皺って認めない主義だから」

「えっと、お母さん、意味わからないし」

キャラキャラと笑う祥子に勝也が声をかけ、芽衣子にも部屋に入るよう促した。

「芽衣子、話したいことがある。座りなさい」

「あ、はい。私もお父さんとお母さんに聞いて欲しいことがあるの」

そうかとだけ頷いて、祥子が机の上の急須を芽衣子に差し出した。

「はい。芽衣子、お茶入れて。芽衣子のお茶、本当に美味しかったのよ。すっごく感心したわ。

カテキンパワー百パーセントの威力よ。貴方のお茶は新しい奇跡を起こすかもしれないわよ。お母さん、貴方のお茶を飲むと三歳若返ったような気になるのよ。貴方の皺もとれるわよ」

「え？　本当？」

「多分ね」

美味しいと言われるのは嬉しいし、皺がとれるやら若返るやらと言われて断るはずがない。もちろん、喜んでお茶を入れさせてもらいますとも。

にっこり笑った祥子に促されていそいそとお茶を入れる芽衣子に、勝也が苦笑しながら自分の湯呑も差し出した。

「芽衣子は相変わらずだな。お前の、その騙されやすいところは誰に似たんだろうな」

「え？」

「ああ、勝也さん。酷いわそんな言い方。私が芽衣子を騙している極悪人みたいじゃないの。嘘は言ってないわよ。カテキンパワーってすごいらしいって以前にテレビで特集してたでしょ。それに、私の希望を載せただけよ」

なんだ、やっぱりそうかと思う。カテキンなんちゃらの奇跡は起きないのかとちょっとがっかりするけど、詰まるほどのことではない。

「いいよ。美味しいお茶が飲みたいってことでしょう。褒められたのは確かだし、別に騙されたとか思ってないから気にしてないよ」

熱いお茶を湯呑に注ぎながら、ゆっくりと首を振った。

「うふふ。やっぱり芽衣子は芽衣子ね。さすが私と勝也さんの子だわ。産んでよかった。さすがだわ、私。ねえ、次の子は勝也さんに似た子だと嬉しいわ。芽衣子のように騙されやすいのも不安だから」

「ああ、そうだな。兄弟がいるのはいいことだしな」

は？　言っていることがわからなくて思わず首を傾げる。

「うふふ、願花の威力はさすがだわ。お母さん、今度は男の子がいいなあって思ってたの。そしたら、希望が叶っちゃったの」

え？

「だけど、大丈夫なのか？　芽衣子を産んで随分経ってるし、祥子の体が心配なんだが」

勝也が祥子のお腹に心配そうに手を当てる。

「勝也さん、私の内臓年齢は二十代って先生に太鼓判押されたのよ。高齢出産なんてなんのそのよ。問題なしなしなし」

はい？

「あの～お母さん、お父さん。さっきから何を言っているの？」

勝也と祥子はきょとんとした目で芽衣子を見返した。

「芽衣子、お前察しが悪すぎるんじゃないか」

「あら勝也さん、それが芽衣子の標準装備なんだから責めちゃだめよ。芽衣子を驚かせるっていう、私の人生の楽しみが減っちゃうわ」

私を驚かすのが楽しみって、母よ……。はあ、まあ、いつものことだからそれはいいか。それよりも大切なのは、肝心の議題だ。

「それで、簡潔に言うとどういうことなの？」

私にもわかりやすく言ってください。まわりくどい言い方は推奨いたしません。

「今年の秋には、お前の弟が産まれるということだ」

父は目を逸らしながら、湯呑のお茶をずずずっとすすっている。

「は？　ええええ⁉」

思わず目が飛び出そうにびっくりした。私の反応に祥子がぷうっと再度笑い始めた。

「あはははは。ああ、面白い。芽衣子のその顔。想像していたとおりで笑いが止まらないわ。あはははは、ああ、苦しい」

「え？　これってドッキリ？」

心臓に悪いです。苦しいほど笑わなくてもいいでしょう。加減しましょうよ。

いいかげんに娘で遊ぶのはやめてくださいと、文句を言おうとしたら、勝也が湯呑を机にとんと置いて、祥子の背中をさすって笑いを止めた。

「祥子、いい加減にしなさい。芽衣子、今言ったことは本当だ。嘘でもどっきりでもないよ。お前の兄弟が祥子のお腹にいるんだ」

芽衣子は目を瞬かせた。まさかの弟が生まれる発言に思考回路が付いてこなかったようだ。

「えっと、そこにいるの？　本当に？」

祥子は笑いを止めて自身のお腹をさすった。

「ええ、そうよ。芽衣子、貴方は喜んでくれるのよね」

祥子の顔が少し申し訳なさそうに歪んだ。どうしてそんな顔をするのだろうか。芽衣子は小さく首を傾げながら笑った。

「そっかあ、男の子、私の弟なんだよね。ええっと、確かにすごく驚いたけど、うん、いいことだよ。以前から兄弟って欲しいなあって思ってたから大歓迎だよ。お母さんに問題が無いのなら、神様に感謝したいくらいだよ」

私の言葉を聞いて、父も母もほっとした顔をしていた。

そうか、私の弟かあ。血の繋がった確かな繋がりがもう一つ生まれるのだ。新しい生命の誕生に喜ばないはずがない。

それに、自分勝手な言い分かもしれないが、両親以上に私はほっとしていたと思う。

私がいなくなっても、両親には弟がいてくれる。生まれてもいないのに、他力本願ばかりなお姉ちゃんでごめんなさい。心の底からまだ見ぬ弟に向かって頭を下げた。

「子供用品を揃えないとね。芽衣子のはもう古いし危ないわ。育児用具はレンタルがあるんですって、市役所に聞きに行きましょう。あ、雅美のところもそろそろかもしれないから、一緒に買い物に行こうかしら。荷物持ちは嶋さんと勝也さんで決まりね。あ、村井君にも手伝ってもらいましょう」

うきうきと予定を語る祥子の顔を、勝也が嬉しそうに見ていた。これは、もうじき二人の世界に入るに違いないと芽衣子は確信した。ならば、さらっと私の話も言っておこう。

「あ、あのね、私も話があるんだけど、いいかな?」

そろ～っと片手を上げて、申し訳なさそうに言葉を挟んだ。

二人は芽衣子がそこにいることを今さらに思い出したような顔をして、こちらを向いた。

「ああ、そういえば芽衣子もそんなことを言ってたな」

「もう、芽衣子ったら、雰囲気を読んでくれたっていいのに。でもいいわ。しかたないから聞いてあげる。悩みがあるんでしょう？　帰ってきてからずっと浮かない顔をしてたもの。この母には芽衣子のことはお見通しよ。さあ、言ってみなさい。あ、でも、くだらない悩みなら蹴っ飛ばすから。いいわね」

蹴っ飛ばすって、妊婦は安静にしてください。

「あの、ですね。えーと、私、好きな人ができたんです」

勝也の目が細くなる。

「……ほう」

祥子は目を輝かせ始めた。そして身を乗り出すようにして芽衣子に詰め寄る。

「嘘、芽衣子が、恋話？　これってドッキリ返し？　え？　違う。本当なの？　きゃー素敵、ねえ、どんな人、何歳？　何しているの？　どこで知り合ったの？　背は高い？　収入は？」

芽衣子の湯呑を持つ手に汗がジワリと出てきた。そんなどこかの女子高校生みたいに早口で聞かれても……。

「祥子、そう立て続けに聞くものではないよ。芽衣子、いいからちゃんと話しなさい」

勝也は真剣な顔で祥子を諫め、芽衣子に続きを促した。芽衣子は、祥子の質問の内容を思い出しながら、一つずつ答えていく。

「えっと、歳は三十近くだったと思う。きちんと聞いたことないから知らない。仕事は船長さん。出会ったのは偶然海で、えっと、あとなんだっけ？」

「あら、年上ね。そうね、芽衣子には年上がいいわ。貴方、のんびりうっかりしているものね。それで？　どんなひと？　背は高い？　カッコいいの？」

勝也が祥子の口の前に手を翳した。

「祥子、ちょっとだけ黙っていてくれ。芽衣子、どんな人なんだ？　きちんとお前の言葉で教えてくれ」

祥子は頬を膨らませていたけれど、しぶしぶ口をとじた。

「あのね、とても素敵な人なの。背も高くて、力強くて優しい人。男らしくて、皆に頼りにされていて、責任感の強い人。そこがちょっとお父さんに似ているかな。

彼は、頑張れば何でもできちゃうから、無理を黙ってする人なの。周りに心配をかけまいと、いつも平気な振りして顔に全然出さないの。頭もよくって、危険でもなんでも先んじて一人でこなしてしまうの。周りもそれが当然みたいに畏敬の念をもって彼に接している。皆は言うの、彼は特別だって。彼ならなんてことはないって。そんなことないのに。彼だって他の人みたいに痛みを感じるし、心無い言葉で傷つくことだってある。だって、人間だもの。当然でしょう。

なのに、周りの期待に応えようと感情を殺してしまうの。苦しみも悲しみも全部、内に秘めてしまう困った人。誰にも弱みを言わないで、強くあろうといつも努力している人。でも、いつも頑張ってばかりだと、いつか壊れちゃうでしょう。

私、そんなあの人の傍で、あの人が壊れないように支えになりたい。疲れて帰ってくるあの人の帰る場所になりたい。彼が彼のままでいられる心安らぐ拠所《よりどころ》になりたい。そう思っているの」

芽衣子はレヴィ船長を思い出しながら自分の言葉で、どんな人なのか、どうしたいのかを両親に伝えた。思いを胸にゆっくりと語る芽衣子の顔は、美しく柔らかい一人の女性の顔だった。

「そうか。それで、その相手はお前のことをどう思っているんだ？」

勝也の問いに芽衣子はレヴィ船長の言葉を思い出し、ふにゃりと笑った。

「ずっと傍にいて欲しいって言ってくれた。真剣な目で、私の人生全てが欲しいって言ってくれたの。それで、よく考えてくれって。本当に、本当に嬉しかったの。この世に生まれてきて本当に良かったと思ったの。私はあの人と、一生一緒に生きていきたい。お父さんとお母さんみたいに、ずっと一緒にどこまでもついていきたい。だから、私、あの人の傍に行こうと思う」

決意を胸に、まっすぐに視線を返す芽衣子に、勝也は目を逸らせなかった。

「その人と結婚するということか。お前の口ぶりだと、随分と遠くに住んでいる人のようだが、外国なのか？　いや、船乗りだと言ったな。外洋航路とかの船長なのか？」

勝也の言葉にちょっと顔を歪める。異世界だとは言えない。言ってはいけない気がした。

私が記憶を無くしたように、異世界のことを話すと何か問題が起こるかもしれない。母は今大事なときなのだ。問題が起こってからでは遅い。

なにしろ春海をはじめ神様関連は、予告もなしに事をなすことを大変得意としている。

「彼の故郷は、すごくすごく遠いところなの。一度行くと、なかなか帰ってこれないくらいに遠い遠い場所。私、ちょっと事情があって、返事を保留にしたまま勝手にいなくなったから、返事を伝えるために彼を追いかけないといけないの」

勝也の目がびっくりしたように瞬く。

「追いかけてどうするんだ?」

どうするって、もちろん決まっている。

「お嫁さんにしてくださいって、押しかけるつもり」

勝也の目が大きく見開かれる。しばらく呆然としていたが、祥子に肩をゆすられ我に返る。

勝也は、大きくため息をつきながら、投げやりな口調で呟いた。

「女の子なんて育てるもんじゃないな。やっと一緒に暮らせると思ったのに。あんなに大事にしてても、余所の男にかっさらわれる」

それに対して祥子が肘で勝也の脇を突いた。

「あら、貴方、私の父と同じ台詞を言ってるわよ。父親の心境って、いつの時代も同じなのね。でも、勝也さんは私の父とは違うでしょう。父は貴方を殴ったけど、貴方はどうするの?」

勝也は顎に手を当てて、ふむっと考えた。

「殴るも何も、芽衣子から押しかけるんだ。明らかに迷惑をかけるのはこっちだ。それに、そんなにいい男なら芽衣子が押しかけていっても、断られるかもしれないだろう」

祥子がにやっと笑った。実に意地の悪い笑みだ。

「断られるかもしれないわねえ。泣きながら帰ってくるかもね。子供の頃のように、二人で迎えに行きましょうか。傷心芽衣子のお迎えを兼ねての海外旅行もいいわね。予測では、振られて泣きべそ一年ってとこかしら」

は? ちょっと待て。なんて未来を予測するのだ。

「芽衣子、本当に情けないな。それでも俺達の娘か?」

父も、どうしてそこを否定しないのだ。そもそも振られる前提で話を進めないでもらいたい。そんな未来予想は本当にいらない。泣きながら帰ってくるなんて絶対に嫌だ。そんな情けない真似はしたくないし、絶対にしない。

勝也と祥子を睨みつけるように目つきを鋭くする。そしてぐっと右手を握ってガッツポーズで力を入れた。

「帰ってこない。お嫁さんにしてくれるまで頑張る！　絶対に、絶対に彼と幸せになるの。もう決めた！」

勝也は、ぱんっと両膝を叩き、にっこりと笑った。

「よしわかった。お前がそこまで決意しているのなら、俺は何も言わん。そのかわり、泣いて帰ってきたら家に入れないからそのつもりでいろよ」

勝也の顔は笑っているが、膝を掴む手はわずかに震えていた。強がりを言う勝也に祥子が苦笑いした。

「芽衣子だもの、仕方ないわね。でも、やっぱり血は争えないものなのね。貴方、変なところがおばあちゃんに似ちゃったみたいね」

「おばあちゃん？」

「あら知らなかった？　田舎のおばあちゃんよ。貴方昔からよく懐いていたでしょう。おばあちゃん、有名な押しかけ女房だったのよ。田舎の地主の長男、賢く男前で婚約者もいた男の人を追いかけて押しかけて、見事お嫁さんになったの。財産も地位もお金も持たずに、文字どおり身一つでおじいちゃんを陥落させたの」

まったく知らなかった。そうか。先人がいたのか。おばあちゃんとは小さいときに一緒にお芋を食べたよね。あのおばあちゃんにできたのなら、私にだってできるはず。人間、頑張ればちょっとは可能性があるはずだ。なんだか希望が湧いてきた。

「へえ、知らなかった。おばあちゃんって、実は凄い人だったんだね」

ぜひともそのテクニックを伝授して欲しかった。日記とか残ってないかな。

「まあ、芽衣子と違って、おばあちゃんは知性と美貌に溢れていたけど」

がくっと来た。基本性能が最初から違っていたとは。無い袖は振れないとはこのことだ。

「ち、知性と美貌は無くても、もちろん頑張るよ。頑張って立派な淑女になって、絶対彼の傍に立つの。まずは恋人、その後、お嫁さん！」

夢はどんどん膨らむ。大志を抱けと偉い人は言ったではないか。夢を抱くだけならただなんだから、どんと大きく行こうではないか。

あっちに帰ったら、マーサさんの淑女バイブルを必読しよう。少しでも早く淑女に届くように頑張るのです。

「その意気よ。頑張りなさい！　芽衣子が芽衣子でありさえすれば、どこかに勝機はあるわ。でもねえ、素敵な人なんでしょう。きっと、ライバルは多いわね。胸バーンな美人とか、理知的美人とか、その上、お金も権力も美貌もそろった三拍子ライバルとか」

祥子の言葉にどきっとする。ピーナさんのお店で働いていたときも、王城にいたときも、レヴィ船長のもてっぷりはよく噂で耳にした。

レヴィ船長はイルベリー国の人気独身男性ランキングにずっと入り続けている強者だと、以前に王城の先輩であるローラさんも憧れるぅって言っていた。

胸バーンに理知的美人。更には三拍子なんて、どうしよう。勝てる要素が見当たらない。

「こ、根性だけは、ラ、ライバルにも負けないもん！」

強がりを言いながらも口の端が引き攣ってきた。それを見て勝也が芽衣子に言った。

「まあいい。お前のお手並みを拝見しようか。お前が遠くの国に行くことはわかった。だが、一つだけ。お父さんからお前に頼みがある」

父の真剣な表情に、芽衣子は姿勢を正す。

「何？　お父さん」

勝也はまっすぐに芽衣子の目を見つめて言った。

「絶対に、俺達より先に死なないでくれ。簡単に死を選ぶな。どんなことがあっても生きてくれ。お前はよくわかっていると思うが、親よりも子が先に死んでしまうことは、親にとってみれば身を切られるより辛いことだ。遠い外国の俺達も助けられない場所で、命をむやみに落とすようなことだけはするな。もしそうなったら、俺達はこの決断を悔やんでも悔やみきれないようになる」

もし、私がそうなったら、父も母も言葉どおりに自分を責めるだろう。大事な存在に置いて去られる辛さはよくわかっている。

「うん。わかった」

父の目を見て頷いた。寿命がいつまであるのかわからないが、生きる努力はするつもりだ。

祥子が真面目な顔で芽衣子の手を握った。いつもは温かい母の手が、少し冷たい。軽口に負けないくらいに実は緊張していたのだろうか。

「そうよ、芽衣子。私達は、貴方がどこに行こうと、どこで暮らそうと、貴方が生きて幸せでいてくれさえすれば何の問題もないの。貴方が世界のどこかで生きている。それだけで私達は幸せなの。貴方も親になればわかるわ」

「お母さん……」

祥子はにっこり笑って芽衣子の手の甲をポンと叩いた。

「私達のことは気にしなくていいわよ。元々、芽衣子に老後の面倒を見てもらおうなんて欠片も思ってないから。私達は私達で好き勝手に人生を歩いているのよ。だから、貴方は貴方の人生の真ん中を歩いていきなさい」

芽衣子は、父と母の心の大きさに本当に感謝した。

「うん、有難う。私、お父さんとお母さんの子供でよかった」

「うふふ、嬉しいこと言ってくれるわね、本当に。私達こそ、芽衣子が私達の娘で本当に良かったと思っているわ。ねえ、勝也さん」

「ああ、そうだな。芽衣子、外国に行ったら病気には気をつけるんだぞ。胃薬と風邪薬、ああ、梅干しも持っていけ。それから、お前は考えなしのところが多々あるから、くれぐれも面倒なことに巻き込まれないようにしろよ。いいな、ニュースに報道されるような事件にだけは巻き込まれてくれるなよ」

事件ってテロとかのことだろうか。父の心配は随分と畑違いだ。思わず、ぷっと笑った。

「大丈夫だよ。子供じゃないんだし、十分気をつけるから。それに、そんな危ないところには絶対に行かないようにする」

うん。異世界に行くのだから、こちらの報道番組には決して報道されないだろう。それだけは自信がある。

「勝也さん、心配しても仕方ないわ。芽衣子ですもの。いろいろあっても何とかなるでしょう。あ、でも、私からも一つ言っておくわね。恋路を叶えるのに、大事なものは乙女心と真心よ！色気が欠片すらないところが心配だけど、真心だけは誰よりもしなやかで大きく美しいわ。貴方は、私の自慢の娘よ。貴方の大事な人が本当に素敵な人なら、芽衣子を逃すなんて馬鹿な真似はしないと思うわ。頑張って芽衣子！　あ、悩み相談くらいなら乗ってあげるけどあまり期待しないでね。この子も生まれるし、いろいろと忙しくなるからね。正直言うと、貴方にかまってあげられないかもよ」

そう言われればそのとおりだ。出産までは単調な道だが、育児は生まれてからが大変なのだ。

「お母さん。元気な弟を産んであげてね」

その芽衣子の言葉に母、祥子は抜群に素晴らしい笑みを見せた。

「もちろんよ。私も久々の大仕事を頑張るんだから。芽衣子、貴方も気合いを入れて頑張りなさい。とびっきりのカッコいい息子を期待しているわ」

祥子の言葉に、芽衣子は笑いながら頷いた。

出航とその後のあれこれ

雲一つ浮かんでいない、すっきりとした気持ちの良い青い空。目をくらませるほどの鮮やかな光を放つ眩しい太陽は、もうじき中天に昇る。爽やかな風が緩やかに町中を走り抜けていた。本日は、晴天である。

たくさんのカモメがクワックワッと鳴き声を響かせながら、青い空に真っ白な大きな羽を広げて優雅に舞っていた。よく見ると、カモメ達は海の玄関口である港の浅瀬の部分や、船着き場付近の上空を集中的に飛んでいる。

そんなカモメの視線は、海の上でもなく街の上でもなく、港の海岸縁に集中している。

それは、彼らのエサが海の中の鎖が動くたびに打ち上げられるからだ。彼らの主食は浅瀬に住む小魚で、港の鎖に度々絡んで海に浮かぶ。わざわざ海の沖合に行かなくても、彼らの望む新鮮なエサが労せずに手に入る。ロンメル港玄関口は、カモメ達にとって絶好の食事処であった。そんなカモメには、エサを無事に得るためにもっとも警戒すべき事項がある。それは、人の動きである。

大勢の人間が、昼夜を問わずして彼らのエサ場である港入り口付近をうろうろするからだ。それは時に出航の準備であったり荷物の積み下ろしであったりと用途は様々だが、カモメにはそんな人間の都合や予定は厄介なものにしか映らない。

カモメ達が不用意にエサを求めて降り立つと、船と船着き場に挟まれたり、荷物を担いで右往左往する人間達が足元のカモメに気づかず蹴りつけたり、それを避けても落ちた荷物に押しつぶされたりと至極大変な目に遭うからだ。だから、カモメ達は人間の動向をしっかりと見て聞いてその習慣を、小さな脳みそに記録していた。ゆえに、今もたくさんのエサの姿が波の間に見え隠れしているのに、船着き場はおろか、海上にも降りることはしない。

それは、港中に鳴り響く大きな鐘の音が聞こえていたからだ。


カーンカーンカーンと大きく鳴らされる鐘が三回。次いでコーンコーンと木槌で叩くような音が二回。そして、水路の入り口の一つの見張り台に大きな真っ白な旗が大きく翻る。

これが、船と人が動く合図だ。その水路付近にいたカモメは一斉に羽を広げた。

港に響く鐘の音は、船がドックから出てくる合図。打ち鳴らす鐘の音の数がどのドックから出てくるかを知らしめる。次いで鳴らされる木槌の音が使う水路を教える。

ドックから水路に送られる大きな船と上流で溜め込まれた水源から流される大量の水が、どうぅと大きな音を立てて海に流れ込み始めた。水路口にいた連絡員が、大きく旗を振る。

ゆっくりと水路を下ってきた船は、港の職員の誘導で船着き場に係留される。

それから後、その船着き場で出航までの細々とした作業が行われる。

審査の手順を踏んでから出航までのたくさんの荷積み、操舵人員の判別、そして、搭乗員の身元など詳しく調べられる。普通にやましいことのない船員ならば何のことはない確認作業だが、イルベリー国籍ならば大体三日から五日。他国の船ならば十日ほどかかる。

ちなみにこの作業で、大概の不法脱国者や違法な積荷などが年に千件以上摘発される。それらは国に没収され法に基づいて的確に処理される。そして違法な積荷や盗品などの疑いがある船は出航できない。ちなみに入港に関しては、灯台監査員先触れの書類検査を済ませた船からドックに入り、ドックに常時待機している入国審査会監視員と法制館の役人が、見るからに屈強な警備員を引き連れてきて、降ろした積荷の検品、船員の聞き取り監査を厳しく調べて、問題がない人間のみがドックから出ることができるようになっている。

ちなみにレヴィウスの船が入港したときも同じであったが、船員が出航時と同じ顔触れであること、また、病気などの異常は認められないこと。そして、過去の実績と信頼を考慮しての手早い監査だった。

これが他国の船ならば、灯台監査員先触れの船改めを入港前にとさらなる一手間がある。そしてもちろんドックに三時間は最低でも留め置かれる厳しい監査だ。

これが、実に厳しく徹底した管理の行き届いた港と評判のロンメル港である。だからこそ、安心して船を係留できる安全な港でもあるのだ。

安全な港と信用のおける管理、それなのに他の国々よりも二割は安い停泊料金、そして腕の確かな船大工が揃うたくさんのドックを完備したこのロンメル港は、ほとんどの航海者達がこぞって補給地に選ぶ場所であった。なので、ほぼ連日連夜、港からの出航を前に、毎日約三十隻以上の船が発着所に並ぶ。外洋航路を疾駆する大型船が一堂に揃い踏む光景は実に圧巻である。

そして、本日もまた、無事修理を終えた大型船が一隻。

今度は二番水路の三番ドックからゆっくりと姿を現した。

ドックの中の水路にザブザブと水が勢いよく溜まり、水路の縁ぎりぎりまで水面を上昇させる。そうすると打ち上げられたクジラのようであった船体がふわりと水に浮かぶ。船の修理に携わってきたドックの職人や船大工達のもっとも好きな瞬間だ。

おーいいいと声がかけられて、ほーいいいと声が返る。

ギィィーと軋む音を響かせて、ドックの大戸が観音開きに大きく開かれる。

ドックの後方に備えつけられていた大型ウインチから伸びたロープがシュルシュルと勢いよく外され、船がぎぃっと軋みながら前後に動く。それと同時にドックの後方の水門がゆっくりと開かれ、小さな渦を伴った幾つかの水流が生まれる。このとき、ドックにいる全員の視線が一斉に船上の操舵者に向けられる。

このときに操舵下手な人間が船の舵を取ると、船の壁面をこすることがあるのだ。多少の荒事荒波にも問題ないようにと、船は頑丈に修理されているのだが、せっかく修理した船に人為的なミスによる傷をつけられるのはいい気分ではない。

だが、この船の船長は実に安定した操舵で船の位置を保っている。心配など欠片もしていなかったが、その完璧な操舵技術に感嘆の声があちこちから上がる。

「ほう、さすがだ」

「いいねえ。ほれぼれするよ」

「腕がまた上がったんじゃねえか。他の奴らに見せてやりてえな」

そんな褒め言葉を背後に、表情を全く変えないその船の操舵者は、最初は小さく小刻みに舵を動かして船を安定させていたが、次第に流れを掴み、ゆっくりと前進を始めた。船は水路の壁を全くこすることなく大戸を抜けた。

そのままゆっくりと水の流れに乗り、水路を滑るように河口付近まで移動する。

その船の上、舵輪を構えているのは、赤褐色の髪に緑の瞳の美丈夫。言わずと知れたレヴィウス船長である。

ハリルトン商会所属の大きな船は、本日修理を無事終え積荷を乗せるため、また調査のために待機所に船を置くことになっていた。港の職員の誘導で、予定どおりの船着き所の八番目の待機所に船を着ける。甲板長のバルトの指示で碇が前後二つ降ろされる。打ち寄せる小さな波に揺れていた船は、碇の頸木《くびき》で動かなくなる。

長い橋桁が降ろされて、カースと数人の船員が軽やかに降りて石畳を踏む。カースは、待ち構えていた港の監査官に書類を渡して幾つかの説明をする。一緒に降りた船員達は、船から投げられた四本のロープを船着き場の杭に巻きつけて、さらに船を固定する。

書類の有無を確認していた職員が大丈夫とばかりに頷き、書類預かりのサインをその場で書いた。これで書類は提出され、本日から荷積の監視と船員の調査が始まる。

カースが船に手を振って合図を送る。レヴィウスが頷いてバルトに視線を送った。

バルトは大きな声で船員全員に号令を出す。髭もじゃの大男の号令は、一見熊が吠えているようにも見えそうだ。

「おおい、全員降りるぞー。荷物の積み入れだー。積荷を一番下の層から順に入れていくぞー重い物はロープで吊ってウインチで持ち上げる。アントン、甲板に上がったあとは、いつものようにお前に任す。バース、お前達はレナードの指示を受けて食糧の運搬を。ジャド、お前達は下で待っている作業員と一緒に積荷を運んでくれ。こんなところで馬鹿な怪我しないように、十分に気をつけて運べよ」

「「「「おお」」」」

船員達の逞しい返事が甲板から聞こえ、どかどかと筋骨逞しい大男達が橋桁を降りていく。

船着き場の道を挟んだ真向かいには、八と大きく書かれた倉庫があった。その倉庫の中には、今朝早くからたくさんの荷がカレンの倉庫から運び込まれていた。

発着所で待っていたカレンのところの従業員がカースに倉庫の鍵を渡して、その場で倉庫を開ける。倉庫の中に入り、荷物の数と状態を確認してカースが受け取りのサインをした。

倉庫の中の荷物は、大小の木箱や樽などざっと見積もって三百個ほど。それに加えたくさんの麻袋がどさっどさっと作業員達に降ろされている。

木箱には大きくハリルトン商会船倉行きと、船長の頭文字が赤いチョークで書かれている。今回の航海のために集められたハリルトン商会関連の積荷である。これらはこの大陸だけでなく、もう一つの大陸のいくつかの国々の取引先に運ばれる。

レヴィウスの船は、過去何度も大海原を駆け抜けてきた実績のある船だ。海賊に遭ったり嵐に遭ったりと危険な逸話も数多く聞こえてきたが、必ず無事に積荷を届けてきた経歴がある。

その結果として、確実な腕と経験に多くの積荷が寄せられる。大勢の商売人の人生をかけた大事な積荷だ。中には大金を生むものも多い。だからこそ、厳重に慎重に倉庫管理商会であるカレンの商会に管理され、監査当日の今日、港のこの倉庫まで運び込まれていた。膨大な積荷を見ても副船長であるカースの眉はピクリとも動かない。いつものことなのだろう。

船員達の大きな声があちこちで飛ばされて、次々に荷物が船内に運び込まれていく。活気のある港の船着き場ではよく見かける光景だ。だが、そこに異質の男達がひょいと現れた。

「おーい、レヴィウスーお前のお兄ちゃんだよー降りてこいよー」

「カッコいい自慢の父親もここにいるぞー」

「一体幾つの子供ですか貴方達は。せめて、レヴィウス船長が顔を出したくないような掛け声は止めましょう。私も一緒にいるのが恥ずかしいですし」

彼らの服装は軍部のそれであり、イルベリー国でも言わずと知れた英雄ゼノ総長と、その息子ルドルフ軍部遊撃隊一番隊隊長、そしてゼノの右腕にして副官の苦労性で知られたロイド軍団長であった。

「まあまあ、ロイド軍団長、いつものことではないですか。偉ぶらないところが総長やルドルフさんのいいとこですし、レヴィウスは特に気にしないと思いますよ」

ゼノの応援に回ったのは、レヴィウスの幼馴染のトアル。

「だけどあれ、自分にされたら俺なら出てこないね」

「まったくだ。俺も絶対他人のふりだな」

ぼそぼそと、けれども誰からも聞こえる声で話しているのは、コナーとレイモンだ。

コナーは右足に大きな包帯をこれでもかと巻きつけている。右足の骨にひびが入っていて、全治一か月らしい。その包帯には、早く良くなりますようにと友人達が願いを込めて一筆。もとい、我先にと落書きをしていて白い部分を探すのが難しいほどだ。ちなみに一番大きなへたくそな字を書いたのは目の前のレイモンだ。そこには、俺は最強の船大工、と書かれてある。コナーの足に何の願いだと思わず言いたくなる。

「全く、お前達も馬鹿なことを言ってるなよ。ほら、レヴィウスが気づいたぞ」

二人を呆れたような顔で見てたしなめているのはディコンだ。オッドアイの整った顔立ちの男性である。以前は、長髪を無造作に後ろで束ね、片目を隠すようにやや前髪を流していたが、今はなぜかばっさりと髪を切って、さっぱりとした男らしい髪形、一言でいうと角刈りだ。実に、思い切ったイメージチェンジである。以前にあった優男的な印象が、どこか男らしく爽やかな印象に早変わりである。

なぜその髪形にしたのかという理由の一つに、本人は髪が鬱陶しくなったと言っていただけだったが、ある噂によると違うらしい。

溜まりに溜まった仕事を片付けるため、鬼のように働いているディコンの仕事ぶりを見に来た、いや、一見遊びに来たとしか思えないポルク爺さんが呟いた一言にあるとも噂されている。

ちなみに噂の発信源は、ディコンの傍で手伝いをしていた暇人コナーである。

それは、「確か、あの子は、男らしい角刈りが好きじゃったのう。長い髪だと女性を連想するらしいのう」だったとか。自称メイが最も尊敬している最年長保護者の言である。

その言葉の真偽はメイ本人がいないため確認できないが、ディコンの今の姿を見て男装の麗人を思い浮かべる者は、もう誰一人いないだろう。

実際、髪を切ってからというもの、街中の女性達によるディコンの支持率は急増している。

何の支持率かというと、この町の女性の心の潤いという名目の人気男性順位一覧である。

誰がつけているのか、またどうやって票を集めているのか皆目わからないが、この町の女性なら、いや他国の女性でも知っている輝かしい一覧である。ランクは一位から百位まで。ディコンはこの晴れやかなる独身男性の部の二十位以内に近日入ったところだった。

つまり結婚したい男二十人の中の一人となる。ちなみに、本人達は与り知らぬことだが、レヴィウスとカースも上位十位以内で、ここ十年の不動の位置だそうだ。

既婚男性ランクの中にはゼノもロイドもその名を連ねているが、既婚男性のランク表に対しては、いささか熱が薄いものだ。

さて、話が逸れたが、本日は、遺跡から帰って三週間後。

全員が無事街にたどり着いてから、それはもういろいろあった。

コナーの帰宅と同時に始まったウィケナの出産。ウィケナは立派な男の子を産んだ。

ウィケナの青い瞳と小麦色の金髪、コナーの肌の白さと顔立ちを持った子だ。

この子は、将来どんな大人になるのだろうと、コナーとウィケナは色々想像して赤子を愛でつつ過ごす毎日。ああ、生きて帰れて本当に良かった。コナーは心の底から幸せを噛みしめる。

産後の経過も順調で、母子ともに健康だ。ちなみにコナーは帰ってきた早々に、妹デリアからそれはもう見事な手形を両頬にもらっていた。散々心配をかけたのだから仕方ないのだろう。

レイモンは船大工の仕事が溜まりに溜まって連日連夜の仕事漬け。体力だけはあるレイモンもさすがにバテ気味だったらしい。寝ないで一日六食の勢いで食べては仕事をしてと、かなりのハイペースで仕事を片付けていた。そんなことをしていたら、誰だって疲れるだろうが。

ディコンもロンメル港の管理責任者の一人として書類が山積していた挙げ句、彼を心配していたたくさんの同僚や仕事仲間の激励と叱責を受けて息も絶え絶えになっていた。無断で仕事を休んだ彼は仕事を失うかと思っていたのだが、仕事先や仲間からは、ディコンの必要性を改めて認識されており、帰ってきてくれて本当に嬉しいと頬ずりしそうな勢いで迎えられ、無断欠勤については、厳重注意と減給だけの罰で済んだらしい。

トアルは今回の遺跡での特大のネタを記事にするために嬉々として奔走していた。毎日の新聞には、遺跡の事件が少しずつだが記載されている。トアルが指示した遺跡の様子を描いた画家のリアルなタッチが好評だ。ちなみにトアルの似顔絵は本人の五割増しでワイルド調に仕上げられていた。本人は気に入っているらしいのだが、誰一人町を歩いていてそれが彼だと気づかないらしい。コナーは足が足なので家でもすることがなく、一人暇を持て余していたため、ディコンの書類整理の手伝いをしていた。

コナーは本来の歴史学者としての学会手続き等したいことは山積みであったが、今回の件は遺跡そのものが問題なため、しばらくの間、発表を国から止められた。そのため、大変手持ち無沙汰になってしまったコナーをディコンが引き取っている形だ。

コナーは、本来ならウィケナを助けていろいろと家で動きたいところだが、今現在、足の不自由な彼は日中の家に居場所がない。泣きわめく怪獣に、それに振り回される妻、バタバタと走り回る妹とその友人が、絶えず家の中を右往左往しているからだ。

自分の食事や頼みごとは常に怪獣の次だ。それどころか邪魔だからどこかへ行ってきてと追い出される。文句を言いたくなる気もするが、長らく行方不明となった自分には荷が重い。その上、怪獣の出現要素に一役買っていた自分としてはもはや何も言えまい。

子供の父親になるということはここまで忍耐が必要だったのかと、改めてコナーは大きなため息をつくとともに、自分という子供を育てた自身の親を尊敬しなおした。

だが、怪獣が眠りに落ち天使に変わると、そのコナーの悩み辛みは些少な出来事となる。気がつけば、ウィケナと共に満面の笑みで子供の寝顔を飽かずに眺めているのだ。誠に赤ん坊の魅力とは不思議なものだ。

そんなコナーの目下の野望は、パパと子供に呼ばれることだ。だから、子供の耳元で睡眠学習のように耳元でパパですよ~と呟いている。実に親ばかな計画である。

子供の寝顔を思い出しながら、にんまりと笑みを浮かべ眉を極限まで下げたコナーは、日中はディコンの執務室で手伝いをしている。

ディコンはそんなコナーを気持ち悪いとは思いながらもあえて黙っている。突っ込むと親ばか上等な自慢話をたらたらと立て続けに述べるコナーから、反撃を何度も食らったからだ。

彼の執務室には紙のめくられる音と、さらさらとペンを走らせる音のみが響く。実に静かな仕事風景である。

そんな感じで四人はそれぞれに幸せな日常に戻っていた。


そして、ゼノやロイド、ルドルフが遺跡から帰ってきたのは昨夜だ。あの後、地震と噴出した間欠泉のおかげで、本来なら里の人間と一戦を交える予定だった軍部は、あっという間に住人救護のための人員となった。

なにしろ里の住人は、里が水で溢れているのに寝たままで全く起きない非常事態。やっと目覚めても、溢れ出る熱い湯になすすべもなく、ぷかぷかと浮くか、がぼがぼと溺れていたのだ。

ゼノの指示で簡易の筏《いかだ》がその場で大量に作られ、大勢の里の住人が助け出された。里の住人の大半は湧き出た湯を大量に飲んでおり、抵抗する様子すらない。

まあそれも当然かもしれない。噴出した温泉は百度前後。冷たい岩盤の上を滑って広がり、やや冷えたとはいえ、四十度から五十度くらいの温水である。火傷ならずもそこに寝たままで浸かっていれば、湯あたりしても可笑しくないだろう。

差し伸べた手が彼らの天敵であるイルベリー国の軍人であるにもかかわらず、ぐったりと力なく黙って介抱されるに任せていた。

間欠泉から噴き出た湯は、里のありとあらゆるところを浸水させた。もちろん、ゼノが用意していた遺跡各層の爆薬も湯水に浸かって埋没した。湯に浸かった爆薬は当然だが使いものにならないだろう。

遺跡の大部分は浸水が激しく、誰もその最下層には当分行くことはできないし、里の広場の中央には、間欠泉という大きな温泉だまりができていた。

このお湯ならばメイが言っていた温泉卵ができるかもしれないと、ゼノがふとやってみたらロイドに酷く怒られた。しかし、温泉卵は旨かった。癖になる。持ってきた塩を振って食べたが二個三個とパクパクいけた。これなら主食なしでもいけそうだ。

見張り番の若者数人を密かに引き入れて、交代で卵入りの籠を日に一度温泉に数分沈めることと極秘任務を言い渡してきた。見張り番にも温泉卵を試食させ、今は着々と同士を募っているところだ。どうせ怒られるなら、皆で旨いものを食べて怒られるのが一番良い気がする。

そんなことをつらつらゼノが考えていたら、レヴィウスが橋桁を降りて何事もないような顔で目の前に現れた。斜め後ろにはカースも控えている。

「レヴィウス、久しぶりって言うのも変か。お兄ちゃん達が無事に帰ってきたぞ。感動の抱擁をしてやろう」

「おいおい、それを言うなら父親が先だろう。順序を守れ。年功序列だ。お前は二番目以降だ」

二人の会話にはまったく取り合わず、レヴィウスは無言のままロイド軍団長に視線を向けた。

「ご苦労様です。相変わらず見事な操舵技術ですね、レヴィウス船長。そろそろ出航と聞いて馳せ参じました。例の件について結果をお知らせしておきたいのですがよろしいでしょうか」

ロイドはにこやかに、かつ丁寧にレヴィウスに話しかける。ゼノやルドルフに対する態度とは明らかに違うがいつものことだ。

その例の件という行でレヴィウスがカースに視線を向ける。カースは心得たとばかりにディコンに合図を送り、ディコンの案内で全員が港の監査局の一室に移動した。

港の待機所や倉庫奥の部屋は、大勢の人間が利用するため、いつも大声が飛び交って、正直内緒の話をするには向かない。大事な話をするときは船の中か、もしくは監査局の部屋を使うように申請できる。監査局は港の灯台付近と港の待機所付近に幾つか建物があり、今回ディコンが用意したのは待機所から徒歩五分のところだ。

ディコンは監査局の許可を差配する役人でもあるため、常に鍵を所有している。

二階の使われていない部屋に移動して内鍵をかけた。長机と二十人ほどの椅子、そして大きな黒板があるだけの部屋だ。全員が思い思いの場所に座り一息ついた。

集まった面々を前に口火を切ったのは、カースだった。

「それではロイド軍団長。早速ですが結果をお知らせいただけますか？」

カースの青い目がまっすぐにロイドを見据えた。

「おいおいカース坊、せっかちは損だぜ。いい男は、余裕をもってだなあ」

「そうそう、余裕って大切だぞ～このいい男が言っているんだから、間違いない」

面白そうな顔をして茶化してくるゼノとルドルフに、カースが堂々と舌打ちする。ロイドは横やりを入れようとするゼノ達を無視して答えを返した。

「もちろんです。私はそのために来たのですから。ああ、邪魔はしないでくださいね。邪魔したら、二人ともこの後十日間は書類の山に埋もれてもらいますからね」

犬を追い払うような仕草でゼノとルドルフを会話から締め出すロイド。昔からよく見た光景である。だから、ふてくされたように頬を膨らますルドルフも、不満顔で唇を突き出しているゼノも、誰もが横目で見ながら苦笑していた。

とんとんとレヴィウスが机を指で叩く。その音で全員の目が集中すると、レヴィウスが口を開いた。

「続きを話してくれ」

その言葉を受けてロイドが数枚の書類を胸元から取り出した。そしてそれをカースに渡した。

「まずはこれをお納めください。こちらは今回の件について、貴方がたへ国からの報奨です」

カースは一枚一枚に書かれた名前を確認して、コナー、レイモン、トアル、レヴィウスに渡した。それを見て、一番に反応したのはレイモンである。

「おわ。報奨金って、こんなにか。これだけあればずっと欲しかった工具が買える」

次いで声を発したのはコナー。

「もらえるものは何でももらうけどね。これから子供の養育費とかいろいろかかるし。でも、なんだか意図が見え透いている感じがするね」

トアルがその言葉を続ける。

「僕達に黙ってろっていう意思表示も兼ねているってことかな。で、どこまでなら公表していいのかな。僕は今、独占記事を書いている真っ最中なんですけど」

カースとレヴィウスは紙を見ながら、ロイドでなくゼノに視線を向けた。

「ああ？　なんだよ。俺の仕業じゃあねえぞ。くそ爺どもの決定だ。つまり、国の公式発表以外のことは話すなということだ。神の力とかおかしげな薬での洗脳とかのことだ。どこかの誰かが、それを探しにあの里に乗り込みかねない事態を避けるためだ。お前達だって余計な火の粉は被りたくねえだろ。いいから黙ってもらってろ。それだけあれば、家でも馬でも適当に買える。レヴィウスもカースも黙って受け取れ。これからメイちゃんを捜す際に金が必要になるかもしれんだろ」

その言葉に、レヴィウス達の手がピタリと止まる。

「メイを捜しに行くとは、貴方に一言も伝えてないはずですが」

カースの目がじろりとディコンを睨んだ。ディコンは黙って、首をぶんぶん振って否定する。

「ご友人からではありませんよ。闇の影の男からの情報です。彼は、彼女の護衛の仕事を受けていたので、報告と一緒にある程度の情報を置いていきました」

ロイドが苦笑しながらカースに言った。闇の影の男という一言に、カースの眉間に大きな皺が寄る。そんな彼らを見ていたトアルがぽそりと呟いた。

「ねえ、メイさんは本当にまだ生きているんだろうか。もしかしたらあの遺跡の中にまだ埋まって……」

「ば、馬鹿野郎、そんなこと口に出して言うな。レヴィウス達の気持ちも考えろ」

トアルとレイモンの言葉に、ロイドが笑って首を振った。

「彼女、メイさんが、まだあの遺跡にいる可能性はほとんどありません。遺跡の最下層まで潜らせて調べました。最下層は地面に吸い込まれていましたが、あの部屋の大きな石の造形物が、地盤沈下を食い止める形になり、部屋そのものは残ってました。流れてきた死んだ奴隷も、里の住人も全てを回収しました」

その言葉で、トアル達の顔がほっと緩んだ。だが同時に疑問が湧き、再度その顔を曇らせた。

「なら、メイさんは一体どこに行ったんだろうか」

ぼそっと呟かれた言葉に半数以上が同じように顔を歪ませた。

しかし、彼らの心配を払拭するようにレヴィウスが口を開いた。

「メイは必ず生きている。俺達は彼女があの光の柱に乗って飛ばされたのを確認している。そして、飛ばされた先がこの大陸でないことも。だから、迎えに行く」

緑の瞳が真剣な光を携えて全員を見回す。

「そうですね。情報では貴方がたは彼女を捜す手段をお持ちだとか。それがどんなものかわかりませんが、一個人として言えば、彼女が無事に見つかることを期待しております。帰ってこられたら、メイ様を連れて、ぜひ王城にお越しくださいとの伝言もございます」

ロイドの優しい微笑と共に繰り出される未来の面倒事。それらにカースは嫌そうな顔をし、ゼノすらも顔を歪めた。が、レヴィウスはただ肩を軽くすくめただけだった。

「先のことは先のことだ」

レヴィウスの言葉にコナーの言葉が続く。

「ああ、そうだね。そのときが来たら考えればいいよ。レヴィウスがそこまで言うんだ。彼女はきっと無事で見つかるさ。それより、遺跡はどうなったんですか？　里の住人の様子は？」

コナーの問いが話題を変えた。歴史学者のコナーにとってかけがえのない古代遺跡である。あんなひどい目に遭ったのに、その有無が気になって仕方ないのは当然かもしれない。

「遺跡は、半壊どころかほぼ全壊です。あちらこちらに穴をあけていたのが原因の一つですね。湧き出した湯に押されて流れてきた出土品のいくつかは国に治めました。土の人形とか鏡とか絵皿とかですが。その価値等はわかりませんが、後日、学術研究会から発表があるでしょう」

そのロイドの報告でコナーは泣きそうな顔を歪めた。なんとなくわかっていたことではあるが、悔しくて仕方ないって顔だ。

「おい、仕方ないだろ。諦めろ。お前、あそこを逃げ出す際に風呂敷一杯のガラクタを持ち出したじゃねえか。あれで我慢しろよ。ほくほくと笑いながら帰ってきたじゃねえか」

レイモンが、項垂れているコナーの肩に慰めるようにそっと手を置いた。

「そうだよ。大体、今回の事件の発端はコナーなんだよ。少しは反省して欲しいんだけど。わかってるのかな」

トアルがコナーを咎めるように口をとがらすと、コナーはうっと詰まる。

「わかってる。わかってるよ。あれから毎日毎日、どれだけデリアやポピーに絞られたと思ってるんだよ。ウィケナは悲しそうな顔で、私達を置いていかないでって、目に涙を浮かべてお願いしてくるし、子供は怪獣のように泣くし。あ、そうだ、夜泣きは頭のいい証拠だって知り合いが言ってたんだ。賢い瞳をしているし、あいつは俺に似ていい男に将来なると思うんだ」

いつの間にか子供自慢になっているコナーの言葉をディコンが遮る。

「そんな二人のためにも、無謀な行動は慎むべきだな。俺はもう捜しに行かないからな」

「俺も嫌だぜ。馬車はこりごりだ」

「僕も今回は疲れたよ。コナーは当分大人しくしてくれよ。次は平和的に家族揃って公園でピクニックとかにしといたら」

三人の言葉に、コナーは笑って答える。

「ああ、いろいろ有難う。しばらくはそうするよ」

黙っていたレヴィウスが、またもやコンと机を叩く。

「里の住人はどうなった」

その言葉でディコンが顔を強張らせる。現在、里の長であるディコンの祖母、アルナはゼノの監視下にあったからだ。

ゼノはロイドの言葉を制しながら頭を軽く掻いた。

「俺の部下で里に潜入させてあった奴が、薬の手がかりを掴んできた。薬師の爺によると、あの洗脳薬にはどうやらクコルの実と、偶然だが湧き出した湯の成分が効くらしい。大量に湯を飲んだ住人は洗脳から目覚めていた。メイちゃんが言っていたとおりだったな。温泉水は薬になるって。本当に大したもんだ。体のほうは、クコルの実や薬を煮詰めた丸薬を与えて様子を見ているところだ。里の中に若いが優秀な薬師がいてな。そいつに協力してもらっている。里の住人は、ほとんどが国立病院に収容された」

ディコンが、言葉に詰まりながらも訊ねる。

「あ、あの、お婆様は、いえ、長は、どう……」

その言葉を聞いて、今まで黙っていたルドルフが答えた。

「あー、アルナ婆さんは俺の家だよ。もちろん元気だ。毎日、家と病院を往復している。俺の嫁候補の美人が来ると思ったのに、しわくちゃ婆だなんて。親父や軍団長は鬼だと思わないか？」

そんなルドルフの非難の声をあっさり無視して、ロイドが補足説明をした。

「里長の女性は、毎日病院に通われながら、里の住人が持つ我々への遺恨を取り除こうと説得をしていらっしゃいます。大変ご立派な行動です。彼女の努力で、住人の幾人かは態度を軟化させてきています」

元気そうな祖母の様子を聞いて、ディコンがほっとした表情を見せる。

「そうそう、問題は一人だけだね。あの熊男。あれ、どうすんのって感じなんだけど。吠えて暴れて手を付けられないって感じだよね」

ルドルフののほほんとした言い方には、緊迫感というものが感じられない。だが、熊男の表現で、ああ、あの男かとレヴィウスとカースは当たりを付けた。

遺跡でメイを助けに行ったとき、一人でレヴィウスとカース、そして闇の影の男を相手取った恐るべき強力の男だ。

確かエルバフと言っていたと思うが。カースは記憶の中の彼の名を引っ張り出す。

「ああ、彼は軍部のゼノ総長の直属部隊に配属されます」

ロイドの言葉で、ゼノが、はあ？　っと驚いた顔をした。

「俺んところか？　面倒だな。ロイドのところにしろよ。ルドルフのところでもいいぞ」

「野獣と変わらないような脳みそしか持たない筋肉馬鹿や、性格に一癖も二癖もある連中が集まった貴方の直属部隊が適任ですよ。類は友を呼ぶと言いますからね。いえ、むしろ貴方にしかあいつを手なずけることはできないと思いますよ。私達では荷が重すぎます。ご立派なゼノ総長の手を煩わすのは忍びないのですが、貴方が頼りなのです」

明らかなロイドの太鼓持ちに、あまり褒められ慣れてないゼノはあっさりひっかかる。

「あ？　そうか？　まあ、俺様なら朝飯前だろうな。わははは。俺が頼りだって。やっぱりロイドは副官だけあって俺の真価をわかっているよな」

ルドルフの背中をばんばんと叩きながら、ゼノはご機嫌にロイドの策に乗る。ロイドはにこやかにその答えを聞いた。

「ええ、お願いしますね。問題の彼は、本日付で貴方の部隊に引き取りを要請しましたから」

その手回しの良さに、おおっとトアル達から感嘆の声が上がる。長年このゼノの副官をしているだけある。流石だ。ゼノはご機嫌なままなので、あえて誰もつっこまない。まあ、ゼノのことだ。なんとかするだろう。

　大体の報告が終わり、ロイドが巻紙と鉄片を取りだした。そして、レヴィウスに渡す。

「これを、貴方に預けます。メイさんの新しい身分証明書と国の保証書です。他国に飛ばされた彼女を助けるために、この国の力が必要ならばお使いくださいとのことです」

　一枚の羊皮紙。そこには、この者の身分をイルベリー国王の名のもとに保証する文面。そして、彼女の占有権は保護者を要するイルベリー国に帰属するともある。

　レヴィウスから渡された文面を読んで、カースが思わず声を上げた。

「これは……」

　それに対してロイドもゼノも深く頷いただけだ。

　メイが、万が一他国で奴隷に落とされていた場合、買われた先との交渉での鍵となるはずだ。彼女が無理やり、他国の誰かと結婚させられていても、国の占有権と所属から無効にできる。正に印籠のごとしである。

「王妃様やシオン様、紫様、ポルク様、そしてゼノ総長たっての願いを王が聞き入れました。また、今回の最大の功労者である彼女に対する国の誠意です。ぜひ、お持ちください」

　ゼノをまっすぐに見据えて、レヴィウスがその頭を下げた。

「感謝する」

　次いでカースも同じく頭を下げる。

「有難うございます。必ずメイは無事に連れて帰ります」

　二人の言葉に全員が頷いた。

メイを連れ帰るための大きな伝手は、メイが育んだ人の輪を元に強く根づいていた。メイが与えた影響がそれほど大きいということだろう。

もちろんレヴィウスやカース達の上にも。

「ああ、それともう一つ、ポルク様から仕事の依頼を承っています。こちらの書状を、貴方達の最終寄港地であるマッカラ王国にお届けくださいとのことです」

そう言って手渡された手紙の宛て先はマッカラ王国の賢者の塔宛てであった。

その言葉にコナーがいち早く反応する。

「マッカラ王国？　賢者の塔だって！　お、俺も行きたい。レヴィウス、俺も連れていってくれ。なんで？　ポルク様はあちらに伝手があったの？　ああ、知識の宝庫、研究者の憧れの国だよ。死ぬまでに一回でいいから行ってみたいと思っていたんだ」

コナーはすぐさまディコンとレイモンに後ろ頭を殴られる。

「お前、さっき言ったこと忘れたのか？」

「阿呆、馬鹿も休み休み言え」

二人に交互に力いっぱい殴られて、コナーは涙目で頭を抱える。

「ご、御免。つい、……」

そんなコナーの様子を横目に、カースが眉を寄せながらロイドに訊ねた。

「賢者の塔にですか？　我々では塔の外壁にすら入れませんが」

カースの問いにロイドは胸元から一つの薄い木切れを取り出した。

「こちらを門番にお出しくださいとのことです。マサラティ様へ取次の許可印が刻まれたものです。門番はこれを見せれば決して拒まないそうです」

カースが開いてみた木切れには、朱色の花押のような印がはっきりと刻まれていた。十二賢者の筆頭であるマサラティ老師とポルクとは、かなりの親密な仲なのだろう。そうでなければ、このような花印を預けるはずがない。改めてポルクの人脈の広さに感服する。

メイの保証書を提示した矢先での仕事依頼。これを拒否することはできないと無言のままにロイドは視線で告げていた。

カースはレヴィウスにその木切れと手紙を渡して、視線で許可を求める。レヴィウスは木切れを受け取って花印を見つめたあと、カースにしっかりと頷いた。

「わかった。賢者の塔のマサラティ老師に確実に届けよう。カース、調整を頼む」

レヴィウスの了承の言葉に、ロイド軍団長はほっとした顔を微かに見せた。ゼノがその様子に眉を寄せて難癖をつけ始めた。

「あーあー、それってもしかしなくても、俺達が遺跡を壊しちゃったんですの報告書だろ。そこにいた当事者を連れての報告ってことかよ。くそ爺、相変わらずえげつねえことをする」

だが、ロイドはゼノの言葉をすぱっと断罪するように言葉を重ねた。

「総長、里と遺跡は自然災害で壊れたんです。過程はどうあれ、我々は一切関知していません。いつも言ってますが、仮にも国の責任の一端を担う者としての立場を持って、確たる言動をお願いいたします。レヴィウス船長、カース副船長、ではよろしくお願い致します」

つまり、余計なことは一切話すなということだろう。

レヴィウスもカースも黙ったまま頷いた。

ボルクからの手紙は、レヴィウス達にとって面倒な仕事となりそうだと、レヴィウスの友人達一同揃って、心の中で声援を送った。

ロイドに叱られたゼノはしばらく口を尖らせてむくれていたが、何かいい案を思い出したように、おっと声を上げ、手を叩いた。

「そうだ、レヴィウス、いいこと教えてやる。以前に爺から聞いた話だが、マサラティ老師は幼女っぽい平凡顔が好みらしい。さらに胸も腰もないつるぺたなのに、実は大人というのが好いそうだ。俺にはわからん趣味だ。だが、ぴったり当てはまるのがいるだろう。老師に会う前にメイちゃん捜し出して、老師対面時に目の前に置いておけ。にこにこ笑うメイちゃんを前に老師の目と鼻の下が下がっている隙に、さっさと撤退。どうだ、いい作戦だろ」

ゼノの言葉に、ロイドは今度こそ後ろ頭を思いっきり叩いた。パカーンととても良い音がした。ゼノは痛かったのか本気で涙目になっている。

そんなゼノに対して、レヴィウスは目を緩めるだけだ。先ほどのゼノの言葉は、好意的に解釈すると、早くメイに会えるといいというゼノなりの声援ということなのだろう。

レヴィウスはメイの明るい笑顔を思い出して心が焦る。

夢に現れたメイの姿がレヴィウスの脳裏に張りついて離れない。涙目で愛を携えた美しい微笑。目を瞑ると、そこにメイがいるような気がして夢で何度も手を伸ばした。

メイ、お前はどこにいるのだと。問いかける声に返す声はいつもない。

あの小さな体を想いのままに抱きしめたいと、手の届かない悔しさにいつも拳を握りしめる。

ああ、早く見つけなければ。早く、メイをこの手に。

その想いに突き動かされるようにレヴィウスの足は立ち上がる。同じような音を聞いて横を見ると、カースも立ち上がっている。レヴィウスとカースはいつものように目で意志を交わす。

「出航の準備に戻る。トアル、レイモン、コナー、ディコン、ルドルフ、ロイド軍団長、父さん。皆、今日、ここに来てくれたことに心から感謝する」

レヴィウスの言葉に続いてカースがお礼を言う。

「王城の皆様に、いろいろとお骨折り頂き誠に感謝いたしますとお伝えください。ゼノ総長とロイド軍団長にも感謝と慰労を申し上げます。ルドルフ様と皆も、いろいろご心配おかけいたしました。皆のご恩情に報いるためにもこの報復は、きっちりといたします。メイを捕まえたら、帰る間中説教苦行を課します。無茶しないと脳裏に刻むまで、言い聞かせてみせましょう」

カースの絶対零度の微笑が、その部屋の空気を酷く凍らせた。

その微笑と言葉で、そこにいたほぼ全員がカースの笑みの意味を理解した。

カースは怒っていたのだ。

誰に？　もちろんメイにだ。

そこにいる全員が、見つかった、いや捕まったあとのメイのその後を想い、ごくりとつばを飲み込んだ。ロイドとレヴィウス以外はほぼ全員と言っていいほどに、カースの心折られる説教を聞いて育った年数は長い。その上、最近ではほぼ三日間に及ぶディコンへの説教調教。ディコンは最後には、涙目と白目を交互に繰り返していたそうだ。その記憶はまだ新しい。

そのカースの進化した怒りの説教地獄。

神を信じることのない無神論者ばかりの集まりであったが、このときばかりは、哀れなメイのために、どこかの神様にちーんと鉦を鳴らしてもいいかもしれないと思っていた。

レヴィウスの声が、部屋の冷気を突き破る。

「メイを捜すぞ。出航の準備だ！」

決意に満ちた緑の瞳が、メイの幻を追うように窓の向こうを見つめる。その先には、レヴィウス達の船に、ドンドンと積み込まれている積荷群。見慣れた心強い仲間という名の船員達。

もうじきだ。待っていろ！

レヴィウスとカースは、空の向こうにメイの笑顔を追い求めていた。

当てが外れた日常

ひゅるるるる～と肌寒い風が首の後ろを通り過ぎていく。そして、風の動きに合わせて落ちていた枯れ枝がかさかさと舞い踊る。季節はもう四月も終わろうというのに、この寒さはなんなのかと誰かに問いたくなる天気だ。日差しは暖かく参道の敷石はきらきらと光っているのに、冷たい風がその熱を全て奪っていた。

「はあ、春って一体いつからいつまでのことなのかしら。というか地球温暖化って言ってるくせに、この寒さは異常だよね」

街中では春色の展示物がすでに消えかけており、水玉や青色が主流の夏色に変わりつつある。

春の代表格である桜は、あっという間に散り、緑のカエルがどこからか出てきて、ケロケロッと鳴いていた。初夏なのか晩春なのかわからない気温に、ため息が出そうだ。

去年の今頃、四十パーセントオフの赤札でついつい買ってしまった春物のコートを箪笥《たんす》の肥やしにしてはいけないと引っ張り出して着ているが、帰り道の寒さに毎日手袋マフラーは手放せない。

ため息をつきながらも、体は慣れたように竹箒を緩慢に動かし、いつものように神社の参道の掃除をしていた。そして、力ないままに階段の傍まで掃除し終わると、目の前に広がる町が一望できる景色を見て、またため息をついた。

「確か、あのあたりに見えたはずなのに、なんで無いんだろう」

竹箒の柄に両手を組んで載せ、その上に顎を載せるようにして、じっと町の風景を見つめながらぼそっと呟いた。

芽衣子の記憶では、あのあたりに確かにあった竜宮堂古書店は、今は見る影もないというか、どこにもない。引っ越ししたのかと慌てて周り近所に聞きまわったが、可笑しなことに誰一人その存在すら知らなかった。

「あのあたりに住んでいる人に聞いても、ここ何十年も本屋なんてあった試しはないって」

どういうことなのか、さっぱりわからなかった。

芽衣子は目の前の景色を打ち消すように目を瞑り、またもや大きなため息をついた。

実家から帰った芽衣子は、すぐさま異世界に帰るべく行動を起こした。

帰る新幹線の中でも、春海に会って言うことや伝えたいことなどを箇条書きにして書き連ね、意気揚々と竜宮堂古書店に乗り込むつもりだった。

しかし、芽衣子が覚えている唯一の手がかりである竜宮堂古書店は、この世界には存在しないとばかりにその姿を消していた。

芽衣子が方向音痴であった試しは過去に一度もないのだが、私のことだから妙な勘違いもあり得るかと、何度も何度も石段から確認しては、地図を照らし合わせて肩を落とした。ならば現地調査に行くぞと民家と細い路地の間を右往左往した。だが、本屋は見つからない。

目で見える半径一キロ圏内を隙間なく捜したが、それでも見つからない。範囲を広げて二キロ先までも捜索したが、どこにも無かった。

建物が無いならば、元凶である春海を捜してみようと思い、人通りの多い街中や、学校、スーパーやショッピングモールまで行き、じいっと人の顔を見て過ごした。あまりの視線の強さに敵でも捜しているのかと、いかにもヤクザふうの怪しいおじさんに注意された。失敗だ。

その反省を元に、駅近辺では駅前の某ファストフード店二階に粘って捜したが、春海は見つからない。結果としてその店のメニュー全てを制覇してしまった。最近のマクｘｘｘドは結構おいしい。おかげで私のお財布はかなり薄く軽いものとなった。くぅ、悲しい。

仕事前と後、そして休日全てを使って捜したが、誰かが通報したのか、怪しい人認定で警察官に職務質問され、店窓からの見張りは断念した。

似顔絵を描いて張り紙をしてみるかと挑戦したが、こちらは早々に諦めた。

そういえば子供の頃、お友達の絵という題材で達也の顔を描いたら、パンダだ、熊だと評価されたことを思い出した。達也は笑って、絵は芽衣ちゃんには向いてないねって言っていた。

ちなみに達也が描いた私の似顔絵は、金賞を取って職員室の壁に一年展示された。

幼馴染み自慢ではないが、絵の才能は私には欠片もないとわかったときだった。わかっているが、こういうときには才能があって欲しかったと思う。

異世界の手がかりは、芽衣子の記憶だけ。他は何一つ無いのだ。

最初は楽観的に考えていた芽衣子だったが、今は本当に途方に暮れていた。

最後の頼みの綱とばかりに、最近になって芽衣子の勤め先である神社で、拭き掃除のあと、念を込めるように毎日神頼みをしているが、効果はあらわれていない。

神主にもらったお守りを肌身離さずつけているし、大願成就のお守りも一緒にセットにして服のポケットにいつも入れている。お守りがGPS代わりというわけでもないだろうが、神頼みを神様が見逃す隙はないはずだ。そんな状態なので、芽衣子のため息は一層深くなる。

あれは全て夢で、あの世界は芽衣子の想像の産物だとしてしまうのは簡単だ。

だが、芽衣子は芽衣子自身が決めた人生の選択を諦めたくなかった。

なんとしても、あの世界に、レヴィ船長がいる場所に帰りたい。

だから、精一杯足掻いているのだが、なんともはや。今は、ため息が芽衣子の特技になりそうなくらいにため息をついている自覚はある。

その結果として、実家から帰って二か月近く経つのに、芽衣子はいまだに今までの生活をずるずると続けていた。

最初の頃は立つ鳥跡を濁さずで芽衣子のアパートの掃除や、永遠に誰にも見せられない物体X（青春の日記帳等）を片付けたり、何があってもいいように、アパートの更新を月極め更新にしたり、冷蔵庫の中や押入れを片付けたりと意欲的にいろいろしていた。

片付けている間は余計なことは考えなくて済む。だから助かっていたのだが、今では、必要最低限の物しかそこにはない。片付ける物すらないのだ。

いつか異世界に飛び出すための布石であるがゆえであったが、がらんとした空間を見るにつけ寂寥感が襲ってくる。芽衣子がそこにいたという軌跡が消えるような気がして、自分の部屋なのに、とても居心地が悪い。今までは、もうじき異世界に行くのだからと前向きに考えていたが、こうも当てがないのでは、心がへたれてしまいそうだった。

「もう、どうしたらいいのかなあ」

異世界に繋がるものが何一つ見つからないのだ。はあっとため息を再度つき、そしてがっくりと肩を落とした。

「芽衣子さーん、そろそろ時間ですよ。用意してくださいね～」

背後の社務所から、神主の奥さんが芽衣子を呼んだ。

はっと気がつけば、いつの間にか両手は下に落ち、顎に食い込むように竹箒の柄が赤い輪を作っていた。痛みはあまりないが、顎の関節あたりがやけにかくかくする。

「うぁ、ふぁい。ひゃない、あー、あいうえおかきくけこ。はい。今、行きます」

芽衣子は、顎関節の動きを確認してから、急いで竹箒を抱えて石段から離れた。

そうだった。今日は、こんなところでのんびりと感慨にふけっている時間はなかった。

本日は、大安吉日。地元に愛されているこの神社はこれでも結構忙しいのだ。

竹箒を用具室に放り込むようにしまい、社務所に急いで入った。

芽衣子の机の一番下の引き出しから布の鞄を取り出し、奥の六畳の和室に飛び込んだ。

そこには神主の奥さんと、今日の主役、白無垢姿の花嫁さんがいた。

そう、本日はなんと、ここで〝結婚式〟があるのです。

大きな白い角隠しに、見事なまでの白鶴の刺繍が浮かび上がる絹織物の白無垢。

血色の好い健康的な肌の上にうっすらと白粉がはたかれ、目尻には赤いアイライナー。

そして、苺のような赤い紅が絶妙な色気を伴って、実に美しい。

「うわぁ、綺麗だね～本当に素敵です。世が世なら、三国一の花嫁って呼び声が聞こえてきそうですよ」

思わず口から出た私の第一声が、下を向いて緊張していた花嫁さんの顔を緩ませた。

「あ、有難うございます」

小さな声で芽衣子に礼を言う花嫁は、頬をうっすらと赤く染め、初々しく可愛らしい。

日本古来の伝統美を名実ともに備えた、楚々とした美しい花嫁さんだ。こんなお嫁さんをもらえる男性は鼻高々に違いない。

そういえば、ミリアさんの結婚式はどうだったんだろうか。ミリアさんの花嫁姿はすっごく綺麗だろうな。見たかったなあ、写真とかあっちにないから、あとで見たいと言えないのが残念で仕方ない。美しいミリアさんに、カゼズさんは二度惚れするに違いない。姪を溺愛しているオーロフさんは、涙が止まらなかったかもね。

オトルさんの特別料理は美味しかったのだろうか。逃したのは、とてもとても残念だ。

芽衣子が一生懸命に布で作ったお花のコサージュ。大体は完成していたが、あの騒動で荷物に入れっぱなしになっているだろう。遅れて渡してもミリアさんは怒らないだろうが、どうせなら結婚式に間に合わせたかったなぁ。

芽衣子が花嫁姿からいろいろと連想していたら奥さんに叱られた。

「ほら、見とれてないで。そろそろ芽衣子さんも着替えてくれる？　そこにいつもの装束を用意しているから」

座敷の隅に目を向けると、平たい黒漆の長持の上にいつもの巫女装束が置いてあった。花嫁の支度を終えてバタバタと右往左往している奥さんも、もちろん着物を着ている。

芽衣子は衝立の後ろへ入り、手早く装束を身に着ける。

芽衣子の衣装は、正月にも着た巫女さん装束だ。

この神社では、正式な巫女さんは神迎えの儀式のときくらいしか雇わない。あとは、仮の巫女、つまり芽衣子のような者が儀式の進行の補助をする形で手伝うのだ。

芽衣子は、手早く着替えて衝立の中に置いてある鏡台でささっとお化粧を直す。

手抜きだと思われるくらいに薄化粧だが、本日の主役は花嫁だ。こんな芽衣子の姿にいちいち目くじら立てる者は誰もいないだろう。鏡台の横に荷物を置いて、着ていた服を長持の上に畳んで置いて部屋を出た。

「さあ、お式に向かいましょうか」

奥さんの言葉を先触れに、芽衣子が花嫁を先導して神殿に向かった。

神前結婚式は最近ではよくあるので、芽衣子もなんとなくで慣れたものだった。

神殿のほうから、笛と鈴の音を合わせた優美な雅楽の調べが聞こえてくる。ゆっくりと白打掛を引きながら進む花嫁の後ろを、神主の奥さんが高坏を掲げ持ってついてくる。高坏に載せてあるものは、三三九度用の杯だ。神殿の入り口を挟んだ反対側の廊下から、紋付き袴姿の花婿が進んできた。

雅楽の調べが流れる中、花嫁花婿が顔を合わせ神殿に入ると、拝殿正面に神主がいた。芽衣子は雅楽を流しているCDデッキのスイッチを切り、脇に控える。

新郎新婦は神主の前で頭を垂れ、神主の上げる祝詞を拝聴する。

この詔って、正直に言うととても不思議な韻を踏む。確かに日本語なのだが、聞けば聞くほど眠くなる。日本語なのに、時折、外国語のように何を話しているのかわからない。高天原なんちゃらから始まって舌を噛みそうな神様の名前の羅列。そして多分、古語。

古い言葉って、なんだかちょっとした呪文って感じだよね。神様は呪文が好きなんだろうかとふと思った。もしそうなら、神様にしかわからない暗号とかあったらちょっと面白いかも。

そんなことをつらつらと考えていたら、シャッシャッと神主さんが新郎新婦の前で榊の枝を振った。そして、芽衣子が三三九度の杯に拝殿のお神酒を注ぎ二人に渡す。ここでお神酒と言っているが、あれは実は水。お酒で前後不覚になってもいけないので、希望者は水に変えているのだそうだ。

御神酒じゃなくて大丈夫かと言いたいところだが、本来は婚儀の杯は水が主流だそうです。祝い事だからと酒が使われるようになったのは、御貴族様の雅な趣味が混ざった結果らしい。

ほとんどの神社は、神水を用意するのだそうです。水道水などは使いませんよ、もちろん。こちらの神水は、この神社に昔から使われてきた井戸の水です。

この高台にまで届くとてつもない深い井戸。水がこんこんと湧き出ているので、どのぐらい深いかはわからないが、夏場でもキンキンに冷たい。奥さん曰く、スイカを垂らしてみるとあら不思議。三十分もしないうちに冷蔵庫よりも冷えるらしい。電気代節約な天然冷水の神水です。おかげで夏には美味しいスイカが食べられる。ここは神様に感謝である。

そんなお水の味はまろやか天然軟水です。うーん、だからここのお茶美味しいんだよね。

あ、お水談義をしているうちにお式が終わりました。三三九度も無事に終わって、新郎新婦もほっとした顔をしている。

奥さんに手を引かれて、花嫁さんがお色直しに出ました。その後、写真撮影。

プロの写真家がパシャパシャと撮ったあと、芽衣子は親類縁者がひっきりなしに差し出してくるデジカメを次々に構えてハイチーズ。幸せの記録は残しておきたいですよね。

そして、出席者へのご褒美ともいえる披露宴があります。今回は親族と親しい人だけを招いての式とのことで、出席者は全員で三十人足らず。

お披露目会場は、神社のすぐ真下にある和食のお店。神主さんの妹さんが経営しているそのお店は、普段は旅館スタイルの定食屋。昼定食が千五百円からとちょっとお高めな限定三十食の人気店です。芽衣子も一度しかお店で食べたことはないが、とても美味しかった。特に、がんもどきと里いもの煮つけの美味しさに感動して打ち震えた。

そして、こういった祭事に関しては、料理一切を取り仕切る和懐石の割烹でもあります。

実はこのお店はこのあたりでは知らない人はいない老舗。

伝統を重んじつつも、創意工夫を凝らした和懐石と、完全予約制のおもてなし旅館。雅な日本古来の日本庭園に重厚な趣のある日本家屋。

こういった祭事のときはお泊まりもセットになっていて、完全に貸切状態となるが、その至れり尽くせりのサービスには誰もが満足と答えるらしい。だから、この神社と冠婚葬祭とセットになった旅館サービスは、地元はもとより、県外でもかなり人気が高いらしい。

神社も旅館も潤い、地元にも還元される。これぞ本当にいい循環商売です。

で、なにが言いたいかというと、こういった祭事のときには、料理のおすそ分けが必ずあるのです。ふふふ、今日の夕食は和懐石〜季節の旬を取り入れた絶品料理。ああ、なんでしょうか楽しみです。今の時期だと筍、山菜でしょうか。

花嫁花婿が着替えて荷物を車に、下の旅館に全員が移動。拝殿の簡単な掃除をささっと済ませて全ての片付けを終えたら、奥さんに頼まれて下のお店までお持たせのお弁当を取りに行った。急がないと旅館業務が立て込む時間になるので、巫女装束のままだ。

いつものように裏口から入り、勝手口から台所へ直接向かう。お勝手の机の上には小さな朱塗りのお重が五つ。これらは宴会に出席しない神社関係者に、だそうだ。

鼻を近づけると、ふわっと出汁のいい匂いがした。ああ、美味しそう。今日はよく働いたので、すでにお腹の皮と背中の皮が引っつきそうだ。それを持ってきた紙袋に入れて持ち上げると、くう、結構重い。

「ああ、やっと来たのか。遅かったな、本当に待ちくたびれたぞ。焦ると怪我の元だ。くれぐれも取扱いは慎重にしろよ。それから、そうだな。えーと、まあいいか。これはあんたにやるよ。幸せのおすそ分けって奴だな。苦労して作ったが、これをお使い賃にあんたにやろう」

ひょいっと台所から出てきた新人であろう若い料理人。初めて見る顔だけど、職人にしては線が細い。眉が細く、目もくりっと丸い。ジャニーズ顔な和食料理人だ。見た感じ、背が低く、少年にしか見えない。でもここで働いているということは、立派に成人しているのだろう。人は見た目ではわからないからね。でも、新人の癖にやけに偉そうだ。両手を組んで胸を張って出す。その様子は、子供が威張っちゃって可愛いねえって頭を撫でたくなる。彼は、小さな包みを放り投げるように私にくれた。

「あ、はい。有難うございます」

結婚式の引き出物の残りといったら、やはり紅白饅頭《まんじゅう》だろう。何度も引き出物の残りをもらった経験から間違いはない。大きさも紅白饅頭用の十センチくらいの長方形の箱。中身は、五百メートルほど先にある和菓子の老舗店の上用饅頭に当たりだ。あれは本当に美味しいのだ。白い包みから透けて見える熨斗紙と水引がいかにも引き出物っぽい。

あんこ、いいよね。今日は疲れているので、甘いものは正直ありがたい。

芽衣子は巫女装束の袂にその包みをいそいそと入れ、重い紙袋を抱えたままよたよたと階段を上がり、奥さんに料理のお重を無事渡した。

奥さんは、手際よく別の紙袋にお重を入れて、引き攣った腕をもんでいた芽衣子に一つ、力仕事を終えた武男さんと信夫さんも一つずつ。彼等も嬉しそうに紙袋を受け取っていた。

「はい。芽衣子さん、今日は本当にお疲れ様。これは夕食に食べて頂戴ね」

ずしっと重い紙袋をほくほくとした顔で受け取って、巫女装束を着替えて帰ろうとしたら、どうしたことか奥さんが困った顔をした。

「あのね、芽衣子さんの服って長持の上に置きっぱなしだったでしょう。だから、片付けの際に花嫁さんの荷物と、どうやら混じっちゃったみたいなのよ。鏡台の傍にあった荷物はここにあるのだけど、どこを探しても芽衣子さんの服がないのよ。あちらのご家族には連絡したから、多分二、三日でうちに戻ってくると思うのだけど。そういうわけで、今日はそのまま帰ってくれる？　何だったらタクシー使ってもいいから。あ、序に装束は近いうちに駅前のクリーニング店に出しておいてね」

ああ、花嫁さんの衣装や着換えでばたばたしていたから。まあ、しかたないかな。

時刻は今、夕刻の六時前。日がやや長くなってきたので、まだ外は明るい。

おそらく駅前はたくさんの帰宅者で溢れている時間だ。タクシーを呼んだとして、ここに来るのは一時間を過ぎるかもしれない。だが、私のお腹の音は段々と大きくなってきている。

電車で二駅の距離にタクシーなんてもったいないし、電車の方が早く家に着く気がする。

とりあえず本日着てきた春物のコートが事務所にある。あれはひざ丈まであるトレンチタイプなので、しっかり着込めばそこまで目立たないだろう。

「あ、大丈夫です。長丈のコートがあるので。あれを羽織れば、問題なく電車で帰れます」

「そう？　芽衣子さんがそう言うのならいいけど。気をつけて帰ってね」

武男さんと信夫さんが車に乗せようかと言ってくれたけど、彼らの家は私とは正反対の上に、少し遠方だ。それに、今日は一日結婚式のお支度で大変だった。芽衣子ですらここまで疲れているのだから、花嫁花婿の送迎から始まって力仕事を含む雑用をこなしていた彼らはもっと疲れているだろう。そんな彼らの至極の夕食タイムを邪魔するのは気が引けた。

紙袋と布のトートバッグを手に持ち、ベージュのコートを羽織り、社務所を出た。

参道の向こうに見える太陽が、ゆっくりとその姿を住宅地の影に沈めようとしていた。

「わあ、綺麗〜」

斜めに過るオレンジの光が、階段の石段を橙色に染める。空の色が、赤からオレンジ、ピンクに薄紫、グレーに濃紺と、次々に重なるグラデーションは、黒い住宅地の影を影絵のように際立たせた。ここで働き始めて何度となく見た風景だが、今日は特に綺麗で目が離せない。

自然がもたらす荘厳な雰囲気に飲まれたように、芽衣子はぼうっとそこに立ち尽くしていた。

素敵〜夕日って、どこか物悲しくてノスタルジック気分に浸れる贅沢な風景ですよね。影の色合いがどこかロマンチックで、何か崇高な気分に浸れるというか。

ぐぅ〜きゅるるるるぅ〜。

芽衣子のお腹の訴えが耳に届いたとき、気がつけば、太陽はその顔を地平線に隠していた。見上げると、薄闇がゆっくりと空を濃紺に染め、空に金星が光っていた。

ちっとも崇高な気分に浸れない芽衣子のお腹は、今、最大限に文句を言っていた。

「うう、お腹すきすぎて気分悪いかも。今日忙しくて、お昼におにぎり一つだったから。家に着くまで、お腹の音、我慢できるかな。電車でこんな大きな音が鳴ったら、顔をハンカチで隠して帰らないといけないよ。でも、ごちそうを前にしてコンビニで何か事前に食べるのもねえ。かといって、ここで重箱広げるのは嫌だし。あ、そういえば、紅白饅頭もらってた」

袂に入れたままだった箱の包みを取り出した。豪華な和紙に包まれた小さな箱。手に持った感じでは紙箱ではなく、きちんとした木箱なのだろう。

下の割烹旅館では、おもてなしお土産サービスとかいうのを最近始めたらしく、手間暇かけた素敵なお土産のお菓子を小奇麗な箱や包みに入れて出していると聞いた。芽衣子の手の上に載る箱も、金魚のヒレのようにひらひらしたリボンと、これでもかとばかりにきらきらと光る和紙で覆ってある。宝石箱を包むような包装を開けると、これまたキラキラな水引。

箱の色は綺麗な水色でした。最近の紅白饅頭の箱は意外に季節を取り入れたものなのかしら。水玉とか柄物ではないのは、やっぱり慶事のお土産だからかな。黒漆の裏打ちに水色の塗り箱。うん？　随分豪華すぎませんか？　今までの紅白饅頭は精々桐の箱でしたが。

はっ！　もしかして……。そう思って、くるりと箱の後ろを見る。

うん、裏には何も書いてありません。赤い箱ではないですし。

良かった、違うよね。うんうん。ふふふ、私だって、学習しているのですよ。

ほら、前みたいに問答無用で飛ばされるのは極力避けたいと思っていましたから。

だから、あれから怪しい箱を見つけると、必ず裏を必ず見るようにしているのです。

だって、きちんと話をしてから準備万端の上で、綺麗に旅立ちたいではないですか。

事実、春海に聞いて欲しいことリストをちゃんと作成している。

新幹線の中で考えていた春海への要望書の筆頭は、海で遭難はやめてくださいというものだった。できれば地に足がつくところがいいと言おうと決めていた。

あの遭難事件は、意外にトラウマっぽいものになっているんですよ。

まあ、それはさておき、この箱の裏には何も書かれてない。ちょっと安心です。

今、飛ばされて海で遭難すると、この巫女服をクリーニングに持っていけないですからね。

やはりこの箱は、私の推測通りに紅白饅頭ですね。箱には、熨斗紙と金銀の水引がかけられている。その水引にくくりつけるように、小さな封筒がついていた。

ふむふむ、メッセージカードというものですね。私達の結婚式に来てくれて有難うとかいう、花嫁さんからのメッセージだろう。

芽衣子は結婚式の招待客というわけではないので、そのメッセージを読むのは違う気がして、さっさと水引の紐を解いた。ぐぅぅぅとお腹の音が後押ししたのはもちろんだ。

「いただきま〜す」

そして、ぱかっと開けたらぼふっと真っ白な煙が芽衣子の眼前で弾けた。

突然の煙に思わず目を瞑りかけた芽衣子の目にとっさに入ったのは、ひらひらと煙に舞う熨斗紙ならぬメッセージカード。

『注意！　開けると帰ってこられません。幸せになりたい方は決して開けないでください』

水色の塗箱に映える綺麗な白いメッセージカードに、くっきりと黒い字。

『異世界行きを考えるなら、こちらまで』

お店の地図っぽい絵も挟まれている案内状。ご丁寧にどうも。あ、綺麗な飾り文字ですね。

……じゃない。嘘！　これ、玉手箱！

水色箱もあったのですね。赤い箱ばかりと注意していたので、盲点です。

ああ、そういえば注意書き。以前に裏に書くなって苦言を言ったからカードに書いたのね。

って、包み紙で包んでいた上、あんな風にくくりつけていたら見ないでしょう！

ていうか、どうして？　この箱をくれたあの男の人、春海ではなかったよ。

だって、春海ならもっと警戒して、受け取りを段階的にとか。いやいやいや、待って！

何で⁉　いや、それより私の紅白饅頭はどこに行ったの？

煙を追い払うべく片手を大きく払うと、足元がぐらりと揺れた。

え？　と思った矢先に、芽衣子の周りの景色がぐにゃりと歪む。

その途端に、芽衣子の体が天地さかさまになるかのようにぐるりと回った。

回って回って、捻れて返って、足下が天に、空が暗闇から光の螺旋に変わっていく。

目がちかちかして、あれ？　と思ったのを最後に、芽衣子の意識がぷつりと途絶えた。

そうして再び異世界に

気がつくと、そこはちょっと風変わりなお店としか言えないような場所でした。なぜか私は、その小さな店の中央にぽつんと立っている。

何度も目を瞬かせて、瞼の筋肉が痛くなったが、景色が先ほどから変わらないことを確認する。強張っていた肩から力を抜き、ゆっくりと周囲を見回した。

どこか見覚えのある十二畳ほどの空間なのに、明らかに違和感を感じる。

眩い輝きを放つ家具や雑貨、キラキラした布やレースにサテンリボン。細かい飾りや丁寧な細工がやけに凝っていて、高価そうにも見えるが、同時にブリキのおもちゃやビー玉が入った金魚鉢や、煤けたアンティークランプもあり、ちぐはぐなのにどこか高級そうな印象を受ける。

無造作に置かれている中央の丸い白テーブルは、優美な流線型なフォルムに、磨きこまれた木が持つ滑らかな質感。要所要所にはめ込まれた金の装飾に負けない存在感。

鑑定団に頼まなくてもわかる。これらは絶対、安物ではないですね。なぜこんな高そうなものが、こんな小さな店に所狭しとあるのか。

壊して弁償になると心も財布もさらに薄くなるのは確定なので、ちょっとだけテーブルから後ずさり。こつんと踵に何かが触れた。振り返ると明らかに場違いで、大きな物がどーんとあった。一歩右後ろに移動して、目線を下から上へ向けた。

これはそう、巨大コアラの縫いぐるみだ。なぜ、コアラ?

その上、コアラは、お相撲さんの金看板である化粧まわしをしている。ちなみに化粧まわしは、金銀の刺繍が入った昇り竜だ。ふむ、なかなか渋い趣味ですね。お相撲はテレビでしか見たことないですが、あれもまぁ、男性の世界って感じですよね。一応国技だし。

刺繍の昇り竜はカッコいいです。いつか、あんな刺繍に挑戦してみたいですね。

以前に王城で保護、いえ、侍女見習いとして働いていた時、基礎の基礎ですと、マーサさんに幾つか簡単な図柄を教わったのだ。淑女のたしなみの一つとして、刺繍は定番らしい。

昔は、危険に立ち向かう愛する人の無事を祈るために、愛する人や大事な人の服や持ち物に刺繍を入れたらしい。命を守るようにと胸元や首回りに入れていたけど、時代が変わって今は、襟元とか、裾や袖口にワンポイントのように入れるのが主流だとか。おしゃれですし、いい話ですよね。いつかしてみたい。でもあの昇り竜ってどう見ても難易度高いよね。下手な人がすると鯉のぼりにしか見えないかもしれません。これは練習が必要ですね。

となると初心者練習用に、幾つか小さなパーツに分けて刺繍してみようかしら。見えるところの刺繍はハードルが高いから、やっぱり靴下かな。見えないお洒落ってものですね。

靴下のワンポイントはカースやレヴィ船長は怒るかもしれないから、私の靴下やハンカチから始まって、セランの靴下とかで練習しようかな。

で、上達したらレヴィ船長やカースの服の裾や襟にこっそり入れるのです。昇り竜、いいね。うーん、カッコいい。

そしてとても上手になったなら、いつか背広っぽい上着とか、ベストに刺繍してみたいです。で、最終目標は、船の旗、なんてどうかしら。

うふふふ、なんとなく、野望が膨らみますね。ちなみに子コアラは白まわしです。

修業中でしょうか。あ、話題が逸れました。

でも一般的に言って、こういう店ならテディベアとかではないのかしら。

……いやいやいや、他人の趣味にはとやかく言うべきではないよね。この店の主人の好みがコアラなのだろう、熊ではなくて。そうそう、コアラ。いいではないですか。ユーカリ食べて健康的だし。有名なスナック菓子もあることだし。どこぞのコマーシャルでもシャバダバ歌っているではないか。

ちょっと投げやり気味だけど、その趣味を否定したわけではないですよ。よし、ちょっと頭を切り替えよう。淑女の道も一歩からだし。にこやかに笑って流せるスキルを、いつか手に入れたいものです。さて、気を取り直して考えたいと思います。

今さらですが、ここは一体どこなのでしょうか。

店自体は、高級な雑貨屋とおもちゃ屋が混ざった感じだ。

で、どうして私はここにいるんでしょうか。まずは、記憶を遡《さかのぼ》ってみましょう。

確か、そう、結婚式があって、忙しくてお昼が食べれなくて、服がなくなって、春のコートを着て、神社から帰るときに、お腹が鳴ったのよね。あ、思い出したらお腹がすいたかも。

それで紅白饅頭が、水色塗箱入りで裏に注意書きがなかったから安心して開けたら、煙が出て、カードが舞って、やっぱりそれが、玉手箱で……。

うん？　紅白饅頭はどこに行ったのかしら？

じゃなくて、なんで私はここにいるのでしょうか。玉手箱を開けたのだから、当然ここは異世界だよね。以前は海の上だったけど、今回はご案内に描いてあったお店ですか？

それとも、宝珠の近くに出現すると以前に春海が言っていたような気がするので、この部屋のどこかに宝珠の持ち主がいるのだろうか。

きょろきょろ見回したけど誰もいない。いるのは私とコアラ達だけだ。

なぜ私はここにいるのか。頭を限界まで捻るがさっぱりだ。実は私が無意識にコアラを求めていたとか。いや、無いね。私にはコアラに対する愛はこれっぽっちもないよ。

私の友人がお菓子のコアラの眉を探す運試しをしていた記憶はあるが、あれは所詮消え物だ。消え物はお腹に入るからこそ愛しいのだ。まあそれはともかく、私は、コアラはもとより雑貨に至っても、最近の貧乏が輪をかけて百円ショップの常連だ。

確かに可愛くておしゃれで高価な物は正直心惹かれるが、窓の向こうで眺めているだけでも十分乙女心は満足する。それに、最近の百円ショップは、意外とおしゃれなものが多いから、お得感に満足感が加わってなかなか良いと思うのよ。安いから、なんとなく安心だし。

というか、こんなきらきらした乙女チック満載な空間は、正直敷居が高い。

キラキラ達も私みたいな貧乏人に買われて擦り切れるまで酷使されるより、宝石箱に大事に仕舞ってくれる人に買われる方が幸せに違いない。

そうだそのとおりだと、腕を組みながらうんうんと頷いていたら、ちりんと甲高い風鈴の音がした。音の出所は、店の入り口付近にぶら下がっている江戸風鈴だろう。赤や青などの色彩豊かな絵が、お椀型のガラスに可愛く描かれている。

風鈴といえば窓なのに、この部屋には窓が無い。その上、風が吹いているわけでもないのに、なぜ鳴るんだろうか。

疑問が頭に過ったが、ごとりと頭上から音がしてとっさに見上げた。頭上は大きな吹き抜けで、天井が全く見えない。そのときに気がついた。この空間って、以前に春海がいたあの空間に似ている気がすると。部屋の内装は全く違うが、天井が見えない大きな吹き抜けと、部屋の間取りはそのままだ。

ぽけ～っと、上に視線を固定していたら、首が痛くなってきた。

ちなみに、部屋の壁は、飾り棚兼陳列棚です。商品の一つを手に取ってみると、正方形の薄い板。これはレコードだ。表紙の絵は外国人のようなので輸入盤というものだろうか。

「ねえ、ちょっと」

そういえば、某昔のアイドルのレコードが、とても高値で取引されているらしい。

「あんたさあ、こっちに気がついてるでしょう」

うーん、これも高価な札がつくかもしれないよね。だったら、触ると危険とかのぼりでも立てておいてくれないだろうか。よろめいてガシャンとかになったら、私の繊細な心臓がきゅっと驚いて寿命が短くなってしまうかも。

「僕、言っておくけど気が短いんだよね。頭単細胞かつ平凡で特徴もない馬鹿女の妄想に付き合っていられるほど、僕は暇じゃないんだ。十秒以内にその現実逃避をやめないと、頭の上にあるもの落とすから」

へ？　あ、あるものってなんですか？　つい考えごとにふけりました。すいません。だから落とさないでください。というか、いつの間に貴方そこにいたんですか？　気配というか存在感が全くなかったです。多分、お店の人ですね。ああ、びっくりしました。

しかし、今のは結構な攻撃力でした。頭単細胞って、平凡って、特徴もない馬鹿女って。う、単体でも否定できなくて凹むのに、三つコンボって、穴掘って埋まれってことでしょうか。

「ああ、やっとこっち向いた。まったくアホの相手は手間がかかるね。穴掘って埋まるのはあんたの勝手だけど、僕の用が終わってからにしなよ。それにしても、やっぱりこの手引書は間違ってるじゃないか」

手引書？　その微妙に薄っぺらいその本のことですか？

「そう、基本は素直で正直で愛らしいって、どこがだ！」

ええ！　なんですかそれ？　その薄い冊子に私への褒め言葉が書いてあるのですか？　ぜひ、見せてください。

「これは竜宮の宮の管理者からの手引書の一つだよ。これは、あんたに関する特別重要事項明記書。えーと、書いたのは竜宮の宮次官の春海って方」

春海？　なんと！　あの春海さんが私のことを大絶賛です。思ってもみませんでした。私の中で春海の好感度がかなり上昇しましたよ。明日からは友達って言ってもいいかも。

あ、もしかして貴方は春海さんとお知り合いですか？

「まあ、会ったのは一度だけだけどね。僕は天空の宮からの管理者だよ。このたび、この境界の空間を引き継いだんだ。竜宮の宮の責任者達は任期満了のため、目出度く竜宮の宮に帰ったよ。その際に、以前の管理者から、あんたの手引書を一緒に渡されたんだ」

境界の空間って、この店？

「そう、あんたも何度かここに来たことあるはずだよ。そのときは多分、地味な爺趣味満載の部屋だったと思うけど」

やっぱり。竜宮堂古書店と空間的には似てる造りだと思ってた。

でも、古本屋は爺趣味って言うのだろうか。私的には、全体的に落ち着いた雰囲気で、シックで大人っぽくて、居心地の良い本屋でしたよ。

「色とか、装飾とかなんにもなくてさ。ほんっと地味だよ。僕の好みじゃない」

そうですか、つまりこの店の内装は貴方の趣味だと。コアラが……。

いいえ、個人の趣味にとやかく言うのは淑女の礼に反しますからね。言いませんよ。多分。

うーん、でも任期満了ということは、春海はもうここにいないんですね。転勤先はどちらなのでしょうか。いろいろお世話になったような、なっていないような。でも会えないと思うと、ちょっと寂しい気がしますね。まだ一緒に食べたいおやつもたくさんあったのですよ。ちょっと残念ですが、いつか会えるといいね。

「前任者について詳しいことは知らないけど、僕は十日前にここに着任したんだよ。天の神が、この僕に！　直々に！　指名！　されたんだ。あんたは知らないと思うけど、これはとっても名誉なことなんだからね。僕が、天空の宮で、天神にもっとも信頼されている証しなんだから。まあ、あと同僚が三人ほどいるけど、これは些細な事さ」

そうですか、お役目ご苦労様です。

「うむ。殊勝な態度はなかなか良い」

それでは、早速ですがお聞きしてもよろしいでしょうか。

「なんだ？　気が向いたら答えてやってもいいぞ」

貴方、神社の下の旅館で新米料理人Aをしてませんでしたか？

アイドル顔で、態度も動作も大きい子供。あのときは白い三角巾を頭にしてたから気がつかなかったけど、多分、三角巾の中は綺麗な金髪。プリンになってないとこを見ると多分地毛。目鼻立ちは整っているけど、言動が横柄な子供に、目が一瞬点になった記憶は新しい。うん、まちがいない。

「うん？　なんだ今頃。やっと気づいたのか。やはり鈍いな」

う、鈍いって、子供に言われた。

「僕は子供ではない。僕の本来の姿はもっと麗しく美々しい、そう、誰しもが羨む、心技体、全てに秀でた成人体だ。だが、思っていたよりもこちらの世界の力場が強、いや歪みすぎて本来の力が阻害されてるため、このような体型しかとれないだけだ」

そうですか。でも、春海はきちんと大人でしたけど。

「あ、あれは長期間の力の底上げ条件が適った結果というか、そもそも竜宮の宮は任期が長かった上、溜め込んだ経験値が他の追随を許さないくらいに多いから当然というか。だがまあ、いずれ僕も、いや、素質としては、僕の方がもっと上だからして……」

ああ、なるほど。春海のほうが力量は上であったと。

「う、煩い。わかっているなら言葉に出すな。黙っていろ。だから平凡顔の地味女なんだ」

あのですね、ここでは、私の言葉は今頭に考えていることが、そのまま垂れ流し状態なんですよ。だから、言葉に出しているわけではないんです。わかりましたか？　新人さん。

立派な管理人になるため、頑張ってくださいね。

「くぅ～だから、子供扱いするなと言っているだろうが」

目の前の彼は顔を顰めて地団太を踏みつつ抗議する。はあ、完全に子供モードですね。

自分が大人だと言うのなら、きちんとお仕事モードに入りましょうよ。

「くっ……そうだな。仕事を投げては子供と言われても反論できない。よし、大人は仕事だ、仕事。えーっと、手引書1と2は終わったから、次は、3の説明と4の手続きと5の実行だな」

素直ですね。子供は素直が一番です。

で、本当に何ですか、その書。私に対する美辞麗句だけではないですよね。

「ああ、これはあんたに対しての手引書だよ。この僕が、引き継ぎでとても忙しい中なのに、この手引書をきちんと読んだおかげで、今、あんたが、無事に、ここにいられるんだから。あんたは、僕に感謝したらいいよ」

私に対する手引書？　なんだか危険人物取扱書みたいな括りですね。

「白覚無いわけ？　頭の上にやっぱり何かを落とそうか。だってあんた、前回と同じことを繰り返すって、単純で騙されやすいってだけじゃなくて、やっぱり馬鹿じゃないか」

は？　単純で騙されやすいって、……う、心当たりありすぎて言い返せない。

でもね、今回は、箱の裏には注意書きが無かったよ。ちゃんと確かめたもの。うん。

「箱の裏になんて書かないよ。前任者じゃあるまいし。ちゃんと目立つように箱にカードを付けてたでしょ。あのカードに箱を持って指定の場所に来るようにって書いてあったのに。普通、箱を開ける前にカードが付いていたら先に読むよね」

あ、カード！　確かに付いてたね。てっきり花嫁さんからのお礼状だと思っていたよ。だって、あの箱の中身は紅白饅頭だと思っていたからね。

「僕が、君に、直接、手渡したんだよ。その時に、饅頭なんて一言も言ってないよね」

あ。言われてみればそうかも。

「あのカードを開いたら、この場所への案内が書いてあったんだよ。前みたいじゃなくて、きちんと手順を踏んでから、あんたと一緒に世界の選択をする手筈になってたんだ。持っていきたい手荷物とか心の準備とかあると思って。なのにあんたときたら、ことごとく僕のせっかくの気遣いを無駄にして、本当に腹立たしいことこの上ないよ。

もし僕が何もしてなかったなら、以前の管理者のように、アンタを世界中を探し回るところだったんだよ。そうなったら、どうしてくれるんだよ。優秀なこの僕に心から感謝して欲しいね。

まあ、今回は、前任者からの手引書で、万が一を考慮して箱の開封時に必ず呼び込むように設定することって言伝があったから何とかなったけど」

そうですか。だから、今回は海で遭難ではなかったのですね。それは春海さんに感謝ですね。でもまあ、なんとなくですがわかりました。貴方も、春海さんも、迂闊な私のためにいろいろしてくれたのですね。心から感謝しましょう。特別なご配慮を有難うございます。

「え？　ま、まあ、いいけど。これも僕の仕事だし。本当は竜宮の宮の管轄だったんだけど、期限切れで僕に引き継がれたんだ。あ、そうだ、これも言っとかなくちゃ。ねえ、わかってる？　期限切れだよ。何度も言うけどあんたのせいで期限切れになったんだよ。ちゃんと理解してよ。で、しっかり反省してよ。あんたのせいで力が妨害されて届かなかったんだから」

ええ？　私のせいって私が何をしたというのですか。

「僕達の力を阻害する媒体を、あんたが常に身に着けていたからだよ」

媒体？　何？

「えーと、なんて言ったっけ？　ああ、そうそう、お守りだよ。あんな強烈なものを持ってたら僕達の世界の力なんて届くわけないでしょう。わかってんの？　ちょっと」

は？　お守りですか？　で、でも肌守りはともかく、大願成就は竜宮堂古書店が見つかりますようにって、念を送っていたんだけど。

「はあ？　何を言ってんの？　明らかに大願成就の意味を間違ってるだろ。大願成就とは、その人に神が相応しいと決めた運命が叶うよう力を送る媒体だよ。基本、人間の運命を叶える力はその人間自体に備わっているんだ。それを怠けて神に縋ろうって考えがおこがましい。お守りは、神の願いを叶えるために人の運命の一端を担う神の力の一部なんだから」

うん？　そんな難しいことをさらっと言われても。

それって私のお願いが叶うとかではないの？

「神域で働いていたくせに何で知らないんだよ。お守りとかお札っていうのは、神の御心に叶うための運命を引き寄せる力の一端に決まってるだろ。何で御神が小さなゴミみたいな存在に気を留めないといけないわけ。神の力は、常に世界のためにあるんだ。たった一人の人間のために神が力を振るうって考えは傲慢だろ」

つまりお願いは神様が気に入らないと叶えられないってことですか。なんと、初めて知った。お賽銭に五百円も奮発したのに。

「あんたの場合は特に阻害されたんだよ。せっかく帰ってきた魂を異世界にやるのは気に入らなかったんだろ。神があんたを異世界にやるのを望まないから、お守りの効力は俺達の存在を見えなくしたんだ」

そ、そんな。私の並々ならぬ苦労が、お守りのせいでぽしゃっていたと。くっ、盲点でした。

「あんたも気に入られたもんだね。平々凡々の単純馬鹿女のくせに、御神を交渉のテーブルにつかせたんだから」

神様同士の交渉？　ってなんですか？

「つまり、簡単に言うと、完全にあんたを元の世界から切り離さないことを条件に、あんたが僕達の世界に移住する許可が下りたということだよ」

許可？　誰の？

「あんたの世界の御神だよ」

え？　私が異世界に行くのに許可がいるの？　以前聞いた話だと、箱を開けたら問答無用で異世界に行って帰れないって。帰るには白玉で宝珠集めしないといけないって聞いたけど。

「そうだよ。今までは、あんたのところの神様は何人異世界に落ちようが、帰ってこなかろうが、契約どおりなら何も文句を言うことも、こんなふうに力を使って阻害することもなかったんだ。だけど、あんたが自力で帰ってきたことで珍しく関心を持ったらしいね。あんたに対する権利を要求してきたんだ」

け、権利って、もしかして、私は私のものじゃないの？

「当たり前だろう。世界に所属する以上は、どこまで行っても全ての生命は神の所有物だよ。そんなの常識だろ。何を言っちゃってんの？」

う。そうでしたか、知らないとはいえ、私は私のものではなかったんですね。

「うん。そう。だからね、幾つかの契約があんたに関してのみ書き換えられたんだ。僕が伝えるのはその書き換え部分」

はあ、契約ですか。何でしょうか。私にもわかるように簡単に説明してください。

「1．神の加護を持つ守護者として世界に散らばっている宝珠集めを続けること。
2．宝珠集めが終わったら、その都度里帰りをさせるので、きちんと戻すこと。
3．人生の終焉をむかえたら、その魂はもとの世界に帰属すること。
4．できた願玉はそのときの管理者の宮の責任管理とすること。
5．あんたの生命においての理は運命の神が責任もって管理すること」

え。つまり、私はこれからもずっと神様の守護者なの？

「そ。これは決定事項だから。ちなみに、あんたに拒否権なんて最初からないから」

そ、そうですか。やっぱり拒否権はないんですね。

なんとなくわかっていましたが、ちょっとがっくりします。

あ、でも、里帰りってまたこちらの世界に帰ってこられるのかしら。

「うん。よかったね。願玉が完成するごとに帰れるよ。本来は、こちらに来た異世界人は世界を選んだときに記憶も段々と風化し、時間もこちらの世界に合わせるように年を取るんだけど、あんたは例外。今回も仮移住って形になるから、元の世界の記憶も消去しないし、体感時間も、普通の成長速度からやや遅いくらいになるはずだよ」

ふうん。よくわからないけど、たまに里帰り可能ならいいか。両親や弟の顔も見たいからね。

「これからのアンタの寿命は、僕達の世界の運命の神様の管理になるからね。アンタ、この世界で人類史上最高齢の長生き婆になること決定だから」

つまりポルクお爺ちゃんのように長生きするということですね。いいですね。長生き万歳。

「で、そういう理由があって、今回はアンタの守護が増えたんだ」

うん？　増える？

「そう、以前と同じ四つ柱の神様達からの加護強化に加え、運命の神様、豊穣神様、死の神様、セルジュ様がアンタの加護に名乗りを上げたんだ。今までにない八神の加護だよ。その上、この優秀な僕が、ポンコツなアンタのサポート役。光栄に思うべきだね。拝んでもいいよ」

はあ、そうなんですか。あ、でも運命の神とか豊穣神とか、カッコいい名前ですね。四つ柱の神様の他にもいらっしゃったんですね。もしかして、八百万いるとか？

「アンタのところの世界みたいに力が有り余っている世界だけだよ。そんな数の神だなんて」

そうですか。ちょっと物騒な名前の神様もいましたけど、それは置いといて。えーと、その加護を持っているとどうなるの？　お得な特典はあるの？

「運命の神の加護は、運命の導き。死の神は、死亡時に平穏を得られる。豊穣神は新しい神だからそんなに力はないけど、天気予報くらいかな。セルジュ神は、この世界の創造神だよ。こちらは四つ柱よりもっと昔からおられる神様で、実は宝珠製作に携わったお方だ。神の魂を世界に定着させるためにずっと眠りについておられたのに、たまたま起きたときに名乗りを上げられたんだ。で、その後すぐにまた眠りについたから、特に加護の効果はないかも」

あの、つまりは、簡潔に言うと？

「運命の糸線が指し示すままに刻を巡り、命運の強化もなされるってことだから、ほっといても寿命が尽きるまで死なない頑丈な皺くちゃ婆になれて、死ぬときは、ぽくっと楽に死ねるってこと。多分」

び、微妙ですね、はっきり言って。だって、多分とか、ほっとくとか言っちゃってるし。

つまり、今までの四つ柱の神様の死なない保障強化版と、新しい神様の死ぬとき保障というものですか。ええっと、所謂、生存給付金と死亡保障っぽい商品ですね。

でも、なんだか微妙な保険商品だと思うのは私だけでしょうか。

運命線って、運命の神様は占いに凝っているのでしょうか。大吉！　とか？

創造の神は立派なお名前なのに名前だけだなんて。もうちょっと起きていてもいいのにね。

それに豊穣神の天気予報ってなに？　私にお天気おねえさんになれというのでしょうか。

「まあ、それぞれの加護に応じた何かの特典が、おそらくあると思うよ」

実に大雑把に纏めましたね。もしもし、管理者として、それでいいのですか。

「仕方ないだろう。過去にもこんなにたくさんの加護が与えられた人間なんていないんだから」

ふうん。まあ、いっか。異世界にいる条件が、前と同じ宝珠探しっていうのが顔が引き攣りそうだけど。自然と集まってくるのは仕方ないもんね。前も基本がそうだったし。

本当は、宝珠集めなんてもう二度とするつもりなかったけど、それをしないとこの世界にいられないなら仕方ない。

この世界にいる序に宝珠探し。更に、おまけでときどき里帰りできるなら言うことない。

宝珠が集まることで、神様も世界も皆も幸せになれるのなら、私が異世界に移住することにも多少は意味があるってもんだわ。

それに、こんな私でも誰かに頼られるっていい気分ですよね。

そう考えたら、なんだか頭の霧がぱあっと晴れた気がします。

ええ、いいでしょう。神様の守護者続けますよ。

あ、でも、あんまり痛くないほうがいいですので、揉めごととか事件とかはなるべくない方向で、できればお手柔らかにしていただけると有難いのですが。

「そんなの知らないよ。大体、以前に宝珠集めていた他の異世界人も知っているけど、アンタみたいにいろいろ災難に巻き込まれる人間なんていなかったよ」

え？　で、でも、実際に……。

「うん？　ああ、そうか。災難はアンタが呼んでいるのか。だから元より波乱万丈な運命の糸線なんだろう。なら、アンタの責任だろ」

がーん。私？　私が呼んでいるの？

あ、そういえば達也も私のこと問題児みたいに言っていたような気がする。

それでは、全ての原因は白い球ではなくて私にあったと。

くう、この場合、恨み辛みならぬ愚痴を言う相手は、鏡に映った私自身になるということでしょうか。なんだか納得できるような、納得したくないような気分です。

「で、前任者によると、アンタは僕にご馳走してくれるはずなんだけど」

は？　ご馳走？　今の私は、ご馳走するほどお金を持ってませんよ。

「金？　何を言ってるのさ。前任の管理者と一緒に随分と美味しいものを食べたって話を聞いているんだから。誤魔化しても駄目だからね」

ああ、そういえば、春海のときはコーヒーとかクッキーとか、鈴カステラもあったね。

でも、あれは春海が出したので、私ではないですよ。

「この空間は、アンタが思い浮かべたものが再現できるんだよ。さあさあ、考えて。あまり時間がないんだから」

え？　そんなこと急に言われても。美味しいもの美味しいもの。あ、食べそびれた紅白饅頭。それに濃茶。芽衣子の頭に浮かんだものが、ぽんぽんとテーブルの上に現れる。おお、こんなふうになっていたのですね。なんだ、春海に頼んで出してもらっていたのではなくて、私の想像の産物だったなんて。ということは、これからは想像し放題ってこと？　やった！　万歳！

ああ、とっても会いたかったわ、紅白饅頭。もっとたくさん出ないかしら紅白饅頭。そう考えれば、紅白饅頭が机の上で細胞分裂しながら数をぽこぽこ増やしていた。やったー増えたー。

「ちょっと、どうして饅頭だよ。アンタの世界にはもっと美味しいものが溢れているだろう」

どうしてと言われても、そんなの私にもわかりませんよ。

強いて言うならば、一番最近の食べたいもので頭の中に残っていたからではないでしょうか。

それよりも饅頭ですよ。これがあの、一度食べたら幸福間違いなしの紅白饅頭です。

彼は、テーブル横の子コアラのお膝の上に乗っかるように座った。なるほど、コアラはソファなのですね。私も正面の親コアラのソファに。うん、なかなかな座り心地です。

それでは私もと、机の上の湯呑を右手に取って、左手で饅頭をぱくりと口に入れた。

くうぅ、美味しい。やっぱり絶品です。さあ、貴方も遠慮せずに食べたらいいですよ。これが噂に名高いあの紅白饅頭。このなんともいえない甘さ加減が絶妙なのです。押しも押されもせぬ名店が誇る隠れた一品。老舗旅館が誇る和菓子の粋を極めたこのひと品。見かけも可愛く、優しいピンクと白の饅頭の天辺には祝い事の金粉と寿の文字がきらきらで、餡子《あんこ》はこしあんなのに、自然な甘みの豆の味と砂糖の甘さが絡み合って、くどすぎず甘すぎない絶妙な味加減、口当たり滑らかな餡は舌の上でとろけるように甘味を残すのです。そして、饅頭の皮は蒸し生地の柔らかさを残したままなのにかすかすしておらず、生地はしっとり、表面は艶艶《つやつや》ぽふん。はむっと食べたときのもちもち感、鼻に抜ける優しい味。はぁ、最高なのです。これはそこらの菓子屋では太刀打ちできない代物なのです。

「……そこまで言うなら食べてやってもいいい」

はい、ぜひ和菓子の美味しさにはまってください。ビバ和菓子ですよ。

紅白両方を無事に食べ終えてお茶を飲み、ほうっ、と一息。目の前の彼は、気がつけばばくばくと怒涛の勢いで食べている。

ふふ、気に入ってもらえてよかったです。次回会えるときは洋菓子にできるよう気をつけますね。新しい管理者さん。

「ふん、僕の名前は晴嵐だ」

ああ、はい。晴嵐ですね。私は芽衣子です。これからよろしくお願いします。

晴嵐は、口に入った饅頭をしっかり飲み込んでから、ぴっと背を伸ばした。

顔はしっかり大人モードの真剣顔です。そして、私の目の前にずいっと手を差し出した。

私が首を傾げていると、怒鳴られた。

「早く、手を出して」

あ、はい。

芽衣子が慌てて出した手のひらの上に置かれたものは、あの白い球。しかし、以前と違うのはすでに二色の色がついています。ちょっと細いけど色は赤と黒ですね。

うん？　これって初回限定サービスかしら？

「そんなわけないでしょう。アンタの体に残っていた分だよ」

体に残る？　は！　もしかして。

芽衣子が慌てて自身の胸を見下ろすと、買ったばかりのＤカップ下着の間に、確実な隙間という名の空間ができていました。

ガーン。ショックです。玉手箱に驚いたときよりも、もっと大きな衝撃です。

床に手をついて、くっと悔しさに臍をかみます。ああ、短すぎる夢だった。

「何を打ちひしがれてんの？　やったねって、飛び上がって喜んでもいいんじゃない？　以前に回収できなかった二つの宝珠があんたの身に入っていたから、今、回収しといた。これであと三つだろ。ああ、よく見るとこの宝珠には力が余りないからあと四つは必要かもしれないな。他の異世界人のペースだとたっぷり十年はかかるけど、あんたなら数年でなんとかなるんじゃない。いや、なるべく早く何とかしてね。だって、前任者の竜宮の管理人がこの短期間で願玉を手に入れられたのに、僕がそれ以上に時間がかかるってどうなのって話もあるかもだし。そういう訳だから、キリキリ頑張って。僕と我が神のために、いや、この世界のためにね」

ううう、せっかく下着を新調したばかりなのに。なんとなくですが、わかってましたよ。私の胸が大きくなったのは宝珠のおかげなのだろうって。

いや、もともと無いものだと諦めるしかないとわかっているのですが、無くしたものの大きさに涙がこぼれそうです。

「でね、その球の説明はもういいよね。じゃあ、時間がないから送るよ。あ、出現場所の希望はある？　早く言って。ないなら送るよ。では、いってらっしゃい」

晴嵐は、右手に饅頭を持ったまま軽やかに手を振った。そうしたら、晴嵐の姿が、目の前から段々と薄れて消えていく。これは、私の目が覚める前兆ですね。つまり異世界レッツゴー？

慌てて出現場所の希望を叫びました。

「か、海上遭難は嫌です～」

叫び終わったとき、芽衣子の意識はぷつりと切れたように暗転した。

「え、そうなの？　面倒くさいなぁ、でも、最初だからね、よし、君たち、よろしく頼むよ。ふふふ、さすが僕、優秀じゃん。じゃあ、またね～」

そんな声が、芽衣子の居なくなった空間でしたようだが、芽衣子には聞こえなかった。

貴方に会いに行きます

青い空に、真っ白な雲、そして、穏やかな風に吹かれる帆と帆柱が立てる軋み音。

進む船の尖頭が真っ白な波をかき分けながら、一艘の大型商船が海を進んでいく。

三百六十度見渡しても、いつもと変わらぬ風景に、本日の見張り番であるコリンが、マストの尖塔にある見張り場で、大きなため息をついた。

「はぁ～」

幾度となく発せられたため息は、甲板で網の修理をしていたゾルダックと上司のアントンに拾われたようだ。

「コリン、てめぇ、堂々と張り番さぼってんじゃゃねぇ」

「何かあったらどうすんだ。もっと緊張感を持てよ」

甲板で、そうだそうだと幾つかの声が重なる。コリンは望遠鏡を持って、ぐるりと三百六十度の周囲を観る。

「見張りはしてるって、あ、クジラの群れ発見。バルト甲板長、左舷前方にクジラの群れです」

コリンは尖塔に設置された通信管に向かって叫んだ。通信管より、バルトののんびりした声が返ってくる。

「おぅ、こっちでも見えた。子クジラもいるな。左前方一時間ってとこか、進路は問題ねぇな。そのまま見張りを続けてろ」

「はい！」

下に向かって、コリンは胸を張って言った。

「な？ 俺、ちゃんと見張りしてるだろ」

アントンは苦笑しつつ、上に手を振った。

「ああ、わかった、わかった。その調子で頑張れよ」

コリンはニカッと笑いつつ、姿勢を正す。だが、変化のない景色を見ていると、正直眠くなる。だが、ここで寝たらどうなるかは、コリンが想像しなくても解る。雷が落ちてはたまらんとばかりに、眠気を払うために大きく伸びをした。青空の下で、誰よりも高い所にいる。この爽快さはたまらなく気持ち良い。だが、ポカポカ陽気に気持ち良い海風。瞼が重くなってくるのは、やっぱり止められない。

「おい！ コリン、やっぱりテメェ、寝てんじゃねえか！」

下から怒鳴り声が聞こえて、背がビクリと震えた。

「ね、寝てないって。ただ、こうも景色が変わらなくて何もないと、だれるんだよなぁ～」

口を尖らせて、ぼそりと言い返したのだが、これも聞こえたようだ。

「馬鹿野郎、何かあればそれこそ大変だろうが。暇って言うならそこで雲でも数えてろ。以前のように嵐が突然襲ってくることだってあるんだからな」

「そういやあのときはメイが見つけたんだったよな。あれって雲を見てたのか？」

「そうだろ。だって、あの時の雲はすげえ真っ黒だったし」

そういやそうだ。あの嵐はとんでもなく酷かった。海が大荒れに荒れて、雨風が半端なくて、体を柱にくくりつけたのに、胃が逆流して吐きそうになったっけ。後で聞いたら、あの嵐で何隻も船が沈んだんだって。同じ海域に居た他の船は粗方駄目だったのに、俺達の船だけが無事に港にたどり着けたらしい。酒場でも幸運にあやかりたいって、沢山知らない奴らから酒をおごってもらえたんだった。あれはおいしかったな。

「でも、アントンさん、雲の数って、微妙じゃねぇですか？」

だよな。だって、雲って微妙に繋がってんだぜ。

「毛玉みたいなのもあれば、鱗っぽくて目が痛くなったり」

「俺は雲を見てると余計に眠くなるんですが」

「あ、俺も俺も。絶対に張り番中でも寝る」

次々と返される部下達の返答に、アントンは眉間に手を当てて軽く首を振った。

「なら、メイがしていたように、歌でも歌ったらどうだ？」

ふと出てきた思いつきに重なるように誰かが呟いた。

「歌かぁ、どんなんだっけ？」

「特に上手いってわけでもなかったが、やけに耳に残る歌だったよな」

「そうだな、聞いたことのない曲だと思うんだが、どこか懐かしい気がした」

「懐かしい。確かにそんな感じだ。あれはあれで、良かったよな」

「ああ、なんだか落ち着く気がして、俺、よく早朝に起きて聞いてたよ」

「あぁ？　お前もか。俺もときどき甲板の隅っこで寝転がって聞いてた」

「そりゃあ、お前は前夜から酔っぱらって甲板で寝てただけだろ」

ゲラゲラと笑い声が溢れるなか、誰かがぽつりと呟いた。

「なぁ、メイって、行方不明なんだろ」

「あぁ、副船長によると、とんでもない面倒事に巻き込まれて連れていかれたとか」

「裁判で証言に立ったって聞いたけど、そのせいか？」

「そういえば、新聞に出てたよな。あの顔は確かに酷かった」

数人が顔を見合わせて苦笑した。

「どうせ新聞に顔を描いてもらうなら、もっと美人に描いてもらえばいいのによ」

「いや、無理だろ。新聞屋所属の画家は、一切の誤魔化しや修正をしないって話だ」

「ひでぇ怪我してたよな。仮にも女の顔を殴るって、どんな畜生だ。このやろう」

「あれ、やっぱり殴られたんだよなぁ。メイは転んだって言ってたけど、無理だよな」

「転んだだけじゃあ、あそこまでにならねぇよ」

「お前達だって知ってんだろ。誰かに明確に殴られなきゃ、あんなふうにはならねぇ」

劇画タッチの似顔絵は、顔のあちこちが腫れて痣や傷跡がくっきりと描かれていた。

悲惨なまでの顔描写は、一部でかなりの同情票をかっていた。

「軍や騎士様が、護衛に付いてたんだろう」

「やっぱり王城には、船長や俺達みたいな腕利きがいねぇってことだろうな」

「おうよ。俺達がいたらメイの似顔絵はもう少しまともだったはずだ」

全員が、うんうん、と頷いてよくわからない憤りを感じていた。

やはりメイを守れるのは俺達だけだろうと。特に、レヴィウス船長やカース副船長がついていたなら、メイは一筋たりとも怪我などしていないはずだ。

「そういや、メイがこの船に拾われたのは、この辺の海域だったよな」

誰かが、ぼそりと呟いたとき、見張り台のコリンが大声を上げた。

「うぉ！　た、大変だ！　あれ、あれ」

誰しもが大変にメイを絡めて、思わず笑った。

「なんだ、コリン、落ち着いて言えよ。まさか、メイがまた漂流してたってのか」

「それこそまさかだろ」

「いや、ここでこのタイミングだから、もしかして」

「そうそう、もしかしてじゃねぇ？　コリン、どうよ」

「メイがいたのか？」

コリンは、海の上を指さして、大声を上げた。

「ち、違う！　あれ、あれは、か、かかか、海賊船だ！」

コリンは通信管の蓋を開けて怒鳴る。

「甲板長！　船長！　大型二隻と中型二隻の海賊船、旗印は雄牛の頭蓋骨に薔薇。バンダービルト海賊団だ。各国で懸賞金がかかっている海賊女帝が率いるあの海賊団だ！」

コリンの大声に、全員の顔つきがガラリと変わる。

あの海賊団は、襲った相手は皆殺しで有名だ。乗組員はおろか、身代金をとれそうな金持ち以外は容赦なく殺して財産と食料を根こそぎ奪う。金のある商船ばかりを狙うところも懸賞金が跳ね上がった理由でもある。だが、例の海賊団にしては、船の数が少ない。大型二隻と中型二隻しかいないとは。どこかに本陣が隠れているのだろうか。

頭である海賊女帝に、絶対の忠誠を誓う大海賊団だ。逆らう者には容赦しないが、仲間意識が強く、囚われても口を決して割らない。そして、女帝の指示の元での海戦は、他を圧倒するほど大火力と素早さに特化した特徴的な流線型の船団の一糸乱れぬ動きは見事と言うしかない。その中央で不敵に微笑む冷酷で美しい女帝の圧倒的カリスマ。

それらを観た人間は皆、口をそろえて言う。

あの死神女王の冷たい微笑みからは逃げられないと。

つまり、平和に旅を続けたいならば、海上では決して会いたくない海賊団なのである。

だが、今回はどうにも勝手が違うように見える。

まず、集団戦を得意とする海賊の船が四隻だけというのも可笑しい。

一番大きな船は、もしや略奪した船だろうか、大きい割に動作が鈍い。他三隻がぐんぐんと距離を縮めてくるのに対し、一隻だけ方向転換が後れ、やや後方にいるのが妙だ。

「全速で逃げたら、いや、無理だ！　この速さだと逃げられない！」

船長室から飛び出てきたカース副船長が大声を上げた。

「鐘を鳴らせ、襲撃だ！」

カースの叫びで、へらへらと笑っていた全員の顔に緊張が走る。飛び跳ねるように立った船員が、一直線に鐘に走る。

「海賊だ！　皆、準備しろ。武器を持て！　戦闘になるぞ！」

「大砲の用意だ。腕に自信のあるやつを甲板に上げろ」

全員が慌ただしく甲板を駆け巡る。船内でも慌ただしく音がしている。

甲板にのそりと毛むくじゃらの甲板長、バルトが現れて声を張り上げた。その手には、バルトの長年の相棒である鋲付の鉄の棍棒が握られている。

「おう、アントン。船倉の下にアレがあるから持ってきてくれ」

アントンが、アレと言われて一瞬首を傾げたが、思い出したのかポンと手を叩いた。

「ああ、虎の子で買ったアレか。使うのか？」

バルトがにやりと笑った。

「アレを今使わなくて、いつ使うんだ。結構重いから四、五人で」

アントンは、了解と頷いて、部下数人を連れて船内に駆けていった。

船長室から船長であるレヴィウスとカースが出てきた。船長の腰には大振りな剣と小型のカットラス。カースの手には中型の剣と腰だめには最新式の銃。

「バンダービルト海賊団か」

「ええ、半年前にも奴らに小船団が襲われて、積み荷を奪われた挙げ句、貴人数人が莫大な身代金をむしり取られた上で、小舟に乗せて放置。反抗した幾人かと身代金が払えない者は斬殺されたそうです。船長他、その部下達もそれなりに腕が立ち、金回りもよく、組織立って動いているので、派手にやっているそうです。どの国でも懸賞金をかけているのに、捕まえられない。逃げ足が速く、シッポを掴ませない、ふてぶてしいどぶ鼠《ねずみ》。醜悪で狡猾な、自称義賊まがいの厚顔無恥な海賊団です」

元はどこかの国の海軍上がりが結成した海賊団らしい。無抵抗な女、子供には手を出したとは聞かないが、やっていることは強盗、殺人、誘拐に脅迫。数多に存在する一般の海賊と同じ手合いだ。過去に一瞥があるカースの言葉は、当然だが辛辣だ。

「となると、足を潰すのが先か」

レヴィウスの言葉に、カースが頷いた。

「先ほどバルトが例のアレを取りに行きました。高い買い物でしたが、此処で使えるならよしとしたいですね」

そうこうしているうちに、どんどんと海賊船は近づいてくる。

「風は右から、船を左舷に四十五度。まずは左の船を盾に使う」

レヴィウスが、操舵を握って、からりと回す。船がジワリジワリと傾いていき、そして、進路を斜めに位置するように船首が動く。船内から腕自慢の船員がそれぞれに得意な武器を持って上がってきた。それを見て、カースが声を上げた。

「あちらは私達をただの商船と侮っているようです。海賊旗を堂々と掲げての襲撃です。あの鼠どもの髭を首ごと削ぎ落として海の藻屑にしましょう」

おう！　と元気な声が返ってくる。

「レヴィウス、左ってことは」

バルトの声に、レヴィウスが頷く。

「ああ、わかってる。足を止めるには絶好の流れだ」

「左の船を盾にするなら、かぎ爪部隊に他に、誰か身軽な奴がいるな」

レヴィウスは甲板に出ている船員を見回し、甲板に出ていたルディが手を上げた。

「船長、俺が。俺に任せてください。身軽さなら誰にも負けない」

ここ何か月かで、ルディの背はかなり伸びた。身長だけならアントンより高い。ひょろりとしたやせっぽちだが、誰よりも身軽だ。少しだけ躊躇したが、すぐにレヴィウスは頷いた。

「わかった。お前に任せる。すぐに登れ！　コリン、飛ぶタイミングを計ってやれ」

ルディはすぐにマストに飛びつき、するすると尖塔の見張り台に到達する。その顔は男らしく興奮し、やる気に溢れていた。

「はい。了解しました。ルディ、無理だと思ったら先に下りろ。お前が成功すれば楽になるが、どうしてもってわけじゃねぇ。気を楽にして、まっすぐ前を向いてろ。いいな。もし失敗したら、すぐに逃げろ。お前はまだ荒事には不慣れだからな。かぎ爪部隊に任せりゃ問題ない」

うんうんと頷きながら、ルディは腰の短剣と革袋を確認してポンと膝を叩く。

「わかった。ロープとアレはいつものところだ」

見張り場の大きな革袋中には非常事態のための道具のアレコレが入っている。

「このロープは、クジラの髭と樹脂を寄り合わせて作った一級品だ。それから、アレはこの中だ。柱に沿うように流せよ」

ルディに渡されたロープは、遠目では判別できないほど無色透明で、手の中でピンッと張られた強度は、実は麻のロープよりも強い。ここ数年でアントンが試行錯誤して開発した見えないロープってやつだ。

「船長の指示で用意してあったけど、こんなに早くこれを使うなんてね」

張り番の当番になる数人には、どう使うかちゃんとカース副船長から聞かされていた。ルディも先日から張り番の当番表に名前が載ったから知っている。そのときからルディは思っていた。それなら僕にもできるかもしれない。いや、僕なら確実にできると。

甲板で大声が叫ばれる。

「来たぞ！　大砲だ！　網で絡め捕れ！　漕ぎ手！　全速前進だ！」

ドンドンと海賊船から音が鳴る。ヒュルルルと音を立てて大砲の弾が空を飛ぶ。

船の近くに大砲が落ちて、水面から大きな水柱が上がる。その勢いで船の横木がギシリと音を立てる。

ここで役に立ったのが、今回バルトが乗せた新型の投網だ。細い樹脂繊維を編みこんだ錘付の網で、大きな網の目の内側に小さな網が格子状に編んである。大砲の弾だろうが、大きな魚の群れだろうが、絡んだら逃さないのは実験済みだ。

高価なものだが、ここでその威力を十分に発揮する。帆は巻き上げられ、投網の邪魔をするものはない。かぎ爪隊が次々に飛んでくる大砲に合わせて空に向かって網を投げる。船に当たりそうになる球は、甲板からの投網でことごとく絡み取られ無効化される。

更には、捉えた大砲の球は、地にも海にも着弾すること無く、網に絡めたままその場で、持ち手がくるりと一周して球を投げるように反転させると、球はスルリと網から外れ、相手の船に向かって飛んでいった。これは、網の構造と網先につけられた錘に工夫があり、漁師達の網からヒントを得たとある細工師が作った面白投網である。数も沢山は無い上に、修理が面倒、更に高額とあって一般の船主からは見向きもされなかったが、バルトが使えると踏んでの実戦投入だ。使っている様子を見るとなかなか良い手応えだ。

網の届かない場所には容赦なく大砲が飛び当たるが、この船の横木の裏には鉄板が張りつけてあるため、さして大きな被害はない。そうこうしているうちに、船はするりと回って左舷の敵中型船にほぼ並行すると、レヴィウスが声を張り上げた。

「今だ！」

カースが手を振り下ろすと、一斉にかぎ爪が付いたロープが中型船の横手に投げられ、中型船とこちらの船の行き来が差止められる。こちらの船よりも断然小さい故に、動力がこちらに引っ張られ、中型船はゆっくりと後退しつつ、海賊船との間にピタリと収まった。

「よし、行け」

コリンの合図で、ロープと革袋を腰に巻いたルディがマストの横柱を一気に走って、中型船のマストの横柱に飛びついた。そしてそのまま、マストが動かないように、中柱まで走ってロープをぎゅっと結びつける。

中型船の船員が潜入に気がついてマストに上がろうとしたが、ルディが素早くマストの中柱に、革袋の中身を流すように落とす。

「なんだこの黒いの。げっ、油だ！　ダメだ。うわ、ずるずるだ。滑る。落ちるぞ」

下から上っていた海賊は、つるりとした感触に手を滑らせて落ちていく。

アレとはこの油のことだ。魚油の再利用という考えで作られた粘着性の高い真っ黒な油だ。実は、船の下っ端コックであるマートルが新メニュー開発時に作った失敗作だが、臭い上に、溶けた飴のようにベタベタで、油の他に何を入れたのか、酷くズルズルで料理に使えない食せない厄介品だ。だが、面白いと船長が取り置きしていた代物だ。捨てるしかないと思っていたのにこんなところで使われるとは、レナードもマートルも思わなかっただろう。

袋の中身がスライムのように柱を伝って下に落ちていくのを確認して、ルディは横柱を中腰で走りながら、短剣で帆布の結び目を切って落としていく。そうして全ての結び目を落としたあと、中型船から隣の海賊船のマストに飛び移る。ルディの足は迷うことなく、マストの横柱の上を走り、ロープの先を同じように結びつける。そして、またもや油を上から流した。全ての作業を終えて、海賊がロープを手繰って昇ってくるのを見たので、マストから延びたロープを短剣で切り落とした。そして、さっさとルディは元の船に向かって走り、来たときと同じように飛んで戻った。するするとマストを降りたルディが、晴れやかな笑顔で船長の前に立つ。

「船長！　僕、やってやりました！」

レヴィウスは嬉しそうに笑い、その頭をポンと叩いて頷いた。

「よくやった！」

カースもその横で頷いていた。

「ええ、次の航海からは雑用卒業ですね」

その言葉に、ルディは満面の笑みを浮かべて両手をぐっと握り締めた。

「やった！　ありがとうございます」

その時、敵海賊船から大きな雄叫びが聞こえた。

「漕ぎ手に鞭を打て！　そっちの船は大きく右に取れ。奴らの船を挟み込め。俺達は正面から奴らの鼻面を叩き折ってやる」

ふと波間を見ていたバルトが、くいっとレヴィウスに海の上を指し示す。

ある生き物を示す大きな群れの影が、すぐそこにいた。

レヴィウスはそれを認めて、にやりと笑った。

「なるほど」


「かぎ爪部隊、縄を切れ！　急げ！　巻き込まれるぞ！」

バルトの指示でプツリプツリと海賊船とを繋いだかぎ爪部隊の放ったロープが切られて、ゆらりと船が空間をあけていく。レヴィウスは、大きく舵を切っては、小さく戻すを繰り返し、ゆらりゆらりとレヴィウス達の船が海賊船から距離をあけていく。

乱暴な力任せに漕ぐ海賊船は、ギイギイと大きな音を上げて船尾を揺らし、獲物を逃すものかと追いすがろうとした時、ゴゴンと海賊船の船底から大きな音がした。

「船長、大変です、舵が利きません。クジラの群れに囲まれてます」

「なんだと！　畜生！　こんなときに！　なんて悪運の強さだ！」

海賊船は舵を取られた上に、ルディが繋いだロープに絡まって右往左往状態だ。

「船長、船が言うことを聞きません。うわ、ぶつかります」

見えないロープに引っ張られるような感じで船同士がぶつかり合いを始めていた。こちらの船に乗り移ろうとしていた海賊数人が、海に落ちた。それを見て、甲板長のバルトが髭を掻きつつ笑っていた。

「ここまで大きなクジラの群れは強い海流を生み出す。大型一艘ならともかく、中型船を繋いだ状態で、その海流に逆らうのは混乱しか生まねぇな」

ルディは船長の指示で急いでマストの上に戻る。

「乗り移れ！　梯子をかけろ！　卑怯にも隠れている奴らを叩きのめせ！　イルベリー国の商船だぞ！　タンマリあるお宝を手に入れろ！」

「おおお！　殺せ！　奪え！　血の雨を降らせろ！」

「役付の首を上げた奴には、娼館で一番の女を抱かせてやる！　張り切って行って来い！」

野太い声があちらこちらで雄叫びを上げる。だが、こちらも意気揚々だ。

カースの号令で、マストから数本のロープが投げられる。

「やってやるぜ。此処がお前達の地獄の一丁目だ」

「船長！　ここでいいとこ見せたらきっちりボーナスくださいよ」

レヴィウスはにやりと笑って、すらりとカットラスを引き抜く。

「第一隊、俺に続け！　あちらの船に移って出鼻を叩き折るぞ。カースは残って指示を」

「「「「「おう！」」」」」

「ええ、わかりました」

カースも頷いて、腰から剣を抜く。

「第二隊以降は、俺と一緒に乗り移ってきた奴らの目を潰して海に叩き落とせ。海の掃除屋の群れに出くわしたんだ。折角なんでゴミ掃除としゃれこもうぜ」

バルトの言葉に、船員達がニンマリ笑う。

「いいですね。腹が空いた鯨は大喜びでしょうさ」

「一緒に落ちないようにしろよ。ここでは流石に拾えねぇからな」

「おうさ、やってやるぜ」

「おうよ、俺達を舐めた海賊どもに悪夢を見せてやる」

あちらこちらで鬨の声と刀を打ち鳴らす音が聞こえ始めていた。

帰ってきました

「ねぇねぇ、重いのよ」

「そうそう、重いわね」

バッサバッサ、ビュウビュウ。

「ねぇねぇ、まだかな」

「そうそう、まだね」

バッサバッサ、クワックワッ。

「でもでも、重いのよ」

「やだやだ、重すぎね」

バッサバッサ、グワグワ。

「ねぇねぇ、ここでもういいかしら」

「そうそう、もういいんじゃない」

バッサバッサ、ブルブル。

「でもでも、この下は海よ」

「やだやだ、この下は海ね」

バッサバッサ、ブルルンブルルン。

「ねぇねぇ、島はまだかしら」

「そうそう、まだ見えない」

バッサバッサ、クオンクオン。

「でもでも、晴嵐様のお願いだし」

「そうそう、晴嵐様のお願いは大事」

バッサバッサ、グワ、ブルルル。

「でもでも、疲れたわ」

「そうそう、疲れた」

バッサバッサ、クワックワッ。

ええっと、もしもし？　重いのはわかりますが、もう少し頑張ってください。お願いします。

はい、メイです。今、私がどこにいるかというと、一言でいうと空の上です。

一面は真っ白。というか、雲の下というか。私の上下にはカモメの群れがいます。というか、カモメに囲まれて空を飛んでます。

鳥に運ばれて空を飛ぶ。これだけで言えば、ファンタジーとか、素敵とか思うかもしれません。ですが、私の今の状態は八羽のカモメ達の爪に服を掴まれて、前後左右で持ち上げられている状態です。

あ、肩の肉とかもちょっと掴まれて痛いのですが、動けません。実は、痛いと目を覚ましたときには、もうこの状態でした。そのときに少しだけ動いたら、驚いたカモメに手（足）を離され、もう少しで落ちるところでした。

慌てて他のカモメが助けてくれたのですが、私は今、宙吊り状態なのです。

救いは、私が着ていたのが春コートだったことでしょうか。丈夫な布なので、宙吊り状態でも割と安定性がある。これが薄い生地だったらと考えたらぞっとします。

ということで、私は今、カモメ達が運んでくれているのです。

どこへ向かっているのでしょうか。

彼らの会話から察するにですね、晴嵐のお願いで、どこかの島まで運んでくれるらしい。

うん、確かに海で遭難は嫌だと言いましたよ。でも、だからと言って、海の上をカモメに運ばせて飛ぶなんて、思いつきもしませんでした。

島って、無人島だったら、私はどうやって生きていけばいいのでしょうか。

無人島サバイバルって番組を見ておくんだった。でもまぁ、海の上で漂流よりはましだろう。あのときは炬燵の天板があったけど、今は何もない。あえて言えば、持っているのは重箱入りの紙バッグにトートバッグ。浮き輪代わりにもならない代物です。

まぁ、これからのことは着いてから考えよう。今はこの現状で動かないように、無我の境地で。と思っていたが、空を飛んでいるとこれが寒い。カモメは羽毛を着込んでいるので暖かいかもしれないが、私の防寒具である春コートは宙吊り隙間風入り放題です。飛ぶのに向いてない服で、つまり、寒いです。ですが、ここは歯を食いしばって我慢するところです。海の上に落とされた挙げ句に、魚の餌になりたくないですから。

「ねぇねぇ、この辺でいいかな」

「そうそう、この辺ならあと少し」

「でもでも、あと一日くらい」

「やだやだ、あと一日と少しでしょ」

頭上のカモメ達が一斉に騒ぎ始めた。羽毛がふわりふわりと舞い落ちる。

ちょ、ちょっと待って。駄目よ、絶対、無理。

一日と少しの距離で落とされたら、絶対に生きて島までたどり着けない。

「ねぇねぇ、人間って泳ぐのよね」

「そうそう、人間は泳ぐでしょ」

「でもでも、約束は大事」

「やだやだ、約束も大事だけどね」

あ、鼻がムズムズする。ここでクシャミしたら、駄目だ。

先ほどと同じように落とされるかもしれない。いや、絶対、落とされる気がする。

「ねぇねぇ、休憩しない？　クジラの群れよ」

「そうそう、休憩しよう。クジラの群れだ」

「でもでも、美味しそうな群れもいるわ」

「やだやだ、あっちに美味しそうな小魚の群れよ」

え！　ク、クジラの上で休憩？　もしもし、皆さん、小魚の群れって、美味しそうって、食欲に負けてませんか？

「ねぇねぇ、お腹すいたわ」

「そうそう、すいたわねお腹」

「でもでも、今なら間に合うかしら」

「やだやだ、今すぐなら間に合うわ」

ちょ、ちょっと、皆さん？　声をかけたら驚いて落とされる？

でも、声をかけなければ、クジラの上に置き去りかな。クジラって潜るよね。

というか潜ったら私死んじゃうよね。

バッサバッサ。

うわ、鼻が。こういうときに限ってムズムズが収まらない。

我慢だ、私！　色即是空、私の鼻よ、蓋をしろ!!

「ブエックション、クション、ヘックション、クシャン」

……駄目でした。

そのとき、やはりと言っていいのでしょうか。全羽が私の服を離しました。

で、当然だけど、うん、落ちるよね。

「ひ、ひぇぇぇぇ」

フリーフォール、なんて、大嫌いだ〜。


ぎゅっと目を瞑って、体に縦に感じる風を受けてまっすぐに落ちていく。

でもその速度はというと、不思議とやや緩めになってきた。

これが、空で死なない加護というものでしょうか。空気が体の周りで膜を張って、落下速度を下げてくれている感じです。まぁ、落ちていくのは変わらないけどね。ほっと一息。

ちょっと拍子抜けしたのは本当。安心と共に初めて感じる加護の力。

空でも安心スカイダイビングパックといったところでしょうか。

コートの端を持って、パラシュートのようにゆらゆらと。

それに、海の上でも死なない加護があったはず。ならば、無事にクジラの上に着地できるかもしれない。クジラにどこかの島に運んでとお願いしたら、うん、ファンタジー。無理かな。

そう思っていたら、下からゴゴンとかガツンとか、大きな何かがぶつかる音がして、人の争う声、甲高い金属がぶつかり合う音が耳に飛び込んできた。

え？　この大海原に人の声？

ぱっと目を開けると、そこには団子状態になった船が数隻。

ちなみに船の下にはクジラの群れが。良かった。船の上に落ちるならクジラの背よりも数倍よい。で、私はヒュルヒュルと相変わらずで落ちているのだけど、このまま落ちたら怪我、するよねぇ、やっぱり。あ、落下地点にクッション的な何かがあれば命は大丈夫だ、と思う。

さて、足元落下予定地はと下を見たら、なんと海賊らしき人達がチャンバラしているではありませんか。

うん、海賊なら足蹴にしても丈夫そうだから死なないだろう。あとでごめんなさいとしっかり謝っておこう。そうしよう。

そう思っているうちに船のマスト付近を通り過ぎ、あれ？　あちらの船に見覚えが。

船の尖塔にいるのって、ルディとコリンさんでは？　え？　なんで海賊船と一緒にいるの？

「は？」

「メイ？」

海賊のチャンバラ相手って、ハリルトン商会のレヴィウス船長の船？

首を傾げて落ちていたら、鮮やかな赤褐色の髪の毛が目に入る。あ、このままだとレヴィ船長の真上だ。私の体重で押し潰したら、レヴィ船長が怪我をするかもしれない。ここはちょっと軌道修正をば試みよう。よっ、はっ。

で、ドスン。

「ガッ、ぐえ」

ナイスヒットです、私。目の前には、明らかにびっくりしたエメラルドの瞳。

「は？」

「え？」

「なんで？」

周囲から呆然とした声がちらほら。私の足元で背中を踏まれている海賊がうめき声をあげていたが、落下の際に再度踏みつけたことで、意識を失ったみたい。ごめんね、海賊さん。

謝ろうと視線を逸らしたら、脇の下をすっと持ち上げられた。

「メイ？」

視線を戻すと、子供のようにレヴィ船長に持ち上げられている。あの、重いですよ私。

さっき海賊すらプレスした威力ですから。

「これは夢か？」

夢、そうです。先ほどのようにふわりゆっくり浮かべば軽く感じるはず。

空の加護が今働けば、鳥のように軽くなれ！

「暖かい。夢、ではない。ならば、現実か」

無理でした。船の上に着地したので、空の加護は効かないのだろう。

「メイ、何か言葉を」

焦ったような声に視線を合わせて、久しぶりに会えたレヴィ船長に微笑む。

何かって、何を言えば、ああ、そうだ。一番初めはこれだよね。

「ただいま、レヴィ船長」

レヴィ船長の頬がゆるりと緩んだ。

「ああ、お帰りメイ」

帰還の挨拶もそのままに、私はレヴィ船長の胸にぎゅっと抱き込まれた。

潮の匂いとほのかに香るサンダルウッドの香り。ああ、レヴィ船長の香りだ。

温かい。背中に腕を回して、私からもぎゅっと抱きしめる。

会いたかった、会いたかった、会いたかった。

世界を超えても諦められないくらい、焦がれていた。貴方の傍に帰りたかった。

「……会いたかった、メイ。ずっと捜していたんだ、お前を」

レヴィ船長の小さな声が、耳元で温もりを残す。

「……はい。私も、会いたかったです、レヴィ船長」

抱きしめられるまま、その胸に頰を寄せる。心臓の音がする。ああ、現実だ。

「苦しかった。毎晩のようにお前を夢に見た」

レヴィ船長が私の夢を？

「でもいつも手が届かず、何度も空を握り締めた」

ああ、私と一緒だ。記憶を取り戻してからは、ほぼ毎日のように皆の、レヴィ船長の夢を見た。その瞳に映りたくて駆け寄るけど、レヴィ船長には届かない。

悲しくて悔しくて、泣き叫びたかった。

置いていかないで！　連れていって！　と何度も夢の中で泣いた。

「柔らかく温かい。こうしてずっと、お前に触れたかった」

嬉しさにつぅっと涙が出る。人間って嬉しすぎても涙が出るって本当だったんだ。

今の私は、ほんのり温かくらいでしょうか。空の旅行は寒かったから。

「はい、レヴィ船長の手は温かいです」

レヴィ船長の大きな手が掬い取る。

「メイ、覚えているか？　俺とした約束を」

優しい指使いに頬が緩んで、その手のひらに頬を擦りつけて甘える。

「はい？」

以前に、レヴィ船長とした約束。

レヴィ船長が私に何か望みがあって、私は、レグドールの人達の問題を解決してディコンさんを無事に助け出したら、その望みを叶えるべく精一杯頑張りますと答えたアレのことだよね。

「やっと言える。ずっと願っていた。会えたなら必ず伝えるつもりだった。愛している、メイ。他の誰でもないお前を。どうか俺の妻に」

「え？　つ、妻？」

恋人とか妻とか、贅沢は言わない。でも、レヴィ船長にとってかけがえのない存在になれたならそれでいい。そう思っていた。

確かに告白らしきものはされたけど、恋人をすっとばかして、プロポーズ。で夫婦ですよ。

これは、夢？　私の都合のいい夢でしょうか。

思わずぎゅうっと頬をつねったら、その手を取られた。

「メイ、返事を」

「い、痛いってことは現実？　本当に？　プ、プロポーズ？　妻って、夫婦って、夫がレヴィ船長で。レヴィ船長の妻って、ボンキュッボンの美人で、カースくらいの美人で。あれ？」

何を言っているんだろう、私。

痛みと嬉しさと悔しさと情けなさとが混ぜこぜで混乱し始めた。目を回し始めたら、レヴィ船長の顔が近づいてきて、唇に優しい感触がした。

何度も何度も、角度を変えてのキスの雨が降る。

私の瞼が閉じられて、キスもどんどん深くなり、絡められた舌がジンッと痺れる。

周囲の喧騒も唇から伝わる熱で聞こえない。

ああ、顔が、全身が熱い。体中の水分が蒸発しそうです。

ようやく唇が離れたとき、顎が持ち上げられて、ぼんやりと瞼を開けたら、そこには透き通ったように美しい翠の強い輝き。

「返事を、メイ」

翠の輝きに絡め捕られるように、自然に口が了承していた。

「は、い。レヴィ船長の、お嫁さんに、して、ください」

私の返事を合図に、周囲からワッと歓声が上がった。私は、ぎゅっとレヴィ船長の腕の中。

ああ、幸せって、こんなにも温かい。

おめでとう。良かったな、頑張れよ。などなど激励の言葉がかけられる。

クジラの背に落ちると思っていたらレヴィ船長の船の上だったなんて。ナイスです、カモメ達。さらには、プ、プロポーズですよ。私がレヴィ船長の妻で、レヴィ船長が私の夫ということです。ああ、なんて幸運だろうか。もう一生分の運を使い果たしたかもしれない。

出会えた感動と、突然のプロポーズに身を任せて、降ろされた場所でジタバタ地団太してい
たら、私の足元で伸びていた海賊が目を覚まして、唸り声を上げた。
「ぐっがっご、こ、この、黙ってりゃあ、人の体の上でいつまでもイチャついてんじゃねぇよ！」
はっと気がついてその場をよけたら、がばりと勢いよく顔を上げた海賊は、そのまま私の足
をさらうように曲がった刀で横から切りかかる。ぎらりと光る切れ味のよさそうな刀。
「人をコケにしやがって、死にさらせ！」
嘘、死んじゃう？ いや、加護があるから簡単に死ねないはず。ということは単純に、足、
チョンパ？ せっかく幸せが降ってきたのに、これってどうなの。
そんな動けない鈍い私と違い、有能素敵なレヴィ船長は、刀が私の足に届く前に、私の両脇
に手を入れて、刀の軌道から、すっと持ち上げた。
刀は、私の真下を右から左に流れ、レヴィ船長の長い脚が、体半分がうつぶせになっていた
海賊の背中を、バキリと踏みつけた。うん？
今の音はと首を傾げようとしたら、さらなる追加音。バキッ、ミシ、ベキベキベキ。
「あぐあ、ぎゃあぁ、ぐあぁ、げぼっ、や、やめ、ぐぼっ」
レヴィ船長の足の下にいるまだら髭の汚そうなおじさんが、器用に濁音悲鳴を使い分ける。
そしてピクピクと動かなくなる一歩手前までいったかなってところで、
「ちょっと、メイに何するのよ！」
甲高い子供のような声がして、目の前の海賊が一瞬で水に包まれた。さらには、甲板からシ
ュルシュルと伸びた蔦が、海賊という海賊を一斉に捕縛する。

「え？」

「は？」

「お？」

混乱する声を背景に、あっという間に芋虫状態の海賊がゴロゴロ。意識を刈り取るためか、芋虫海賊の頭部分にはバスケットボール状の水球が張りついていた。暫く苦しげに震えていた海賊達は、次第にぐったりとして動かなくなった。

えーと、死んでないよね。恐る恐る振り返ったら、私の顔に、ビタンと何かが引っついた。

「キュイキィ」（お帰りなさい、ご主人様。ずっとお待ちしておりました）

聞き覚えのある二重音声は、樹来の声。おお、お久しぶり、元気だった？

「ちょっと、私より先にメイに引っつかないで。離れて！　離しなさいよ、もう。あの、お帰りなさい、メイ。私、ちゃんと貴方のお願いを果たしたわよ。すっごく苦労したんだから。だからあのね、その、しっかり、沢山褒めてくれてもいいのよ」

このキンキンと響くてれてれ声は、照ですね。会えて嬉しい。可愛いな、もう。

視界がふさがれつつもごもご言ってたら、張りついていた猿をレヴィ船長がはがしてくれた。

「照、樹来も、ただいま」

両手を前に広げたら、手のひらの上に二人がそっと乗った。なので、二人の頭を優しく撫でていく。ちなみに、今の照は、以前の手のひらサイズ。相当力を使ったのかもしれません。

「メイ、そこにいるのはメイですか？」

カースが泣きそうな顔で走ってきた。

「はい。カース、ただいまです」

笑って言うと、そのままぎゅっと力の限り抱きしめられた。

「どこから、一体、もしやこの海賊船に、なんてことでしょう。どうして、いえ今は、……はい、おかえりなさい」

く、苦しいです。力の加減をプリーズ。背中をタップしていたら、苦しそうな声が聞こえた。

「……もうどこにも行かないと約束してください。貴方がいない日々は暗闇に閉ざされた地獄のようでした。もう嫌です」

カースにとって妹はかけがえのない存在ですものね。過去に失った妹の代わりになると言ったのは私だ。その私がいなくなったことで、カースのトラウマが蘇ったのかもしれない。

よし、ここは責任持って、一生家族になるよ。

「大丈夫、此処にいるよ。私はカースの妹だもん。言ったでしょう。兄妹の縁は絶対に切れないんだよ。どこにいても何をしてても、ちゃんと私はカースの妹だから、どんなところに行っても絶対に帰ってくるよ」

そっとカースの腕が緩んで、泣きそうに顔を歪めたカースの顔が見えた。

家族だよ、一緒にいるよと言ったのに、なぜそんな顔をするのだろう。

首を傾げていたら、レヴィ船長がカースの肩をぽんと叩いた。

「カース、とりあえず今は、メイを船に連れて帰ろう」

「ええ、そうですね。不良な妹がどこで何をしていたのか、ちゃんと聞きださなければ」

ゲ！

「よし、全員撤収だ」

「でも、船長、此奴らはどうしたら」

レヴィ船長の肩の上に、スルスルとお猿な樹来が上って座る。

「問題ない。二、三日は目が覚めないそうだ」

テルの海水球攻撃はともかく、樹来の蔦は、強烈な眠り作用のある蔦だそうです。契約者である私が無事に戻ってきたことで、強い力を使えるようになったとか。あれ？　私って、樹来とも契約してたっけ？　ていうか、樹来、レヴィ船長とも話をしてませんか？　二重契約？

「出航！」

レヴィ船長の号令を受けて、ゆっくりとだが、クジラの群れの海流から抜けていく。

青い空に白い雲、風にたなびく大きな帆船。大好きな人達の傍に。

私、やっと帰ってきました。ただいまです。

管理者の事情

芽衣子を送り出したあと、晴嵐はくるっと上を振り仰いだ。

「おい、本当に会わなくて良かったのか？」

吹き抜けの天井から茶色の髪の青年が降りてきた。

青年はテーブルの前にそっと音も立てず降り立つ。

「もう、私は管理者ではないですからね。彼女の新たなる旅立ちを見送れただけで満足です」

そう言って、春海は芽衣子が先ほどまで座っていたソファを嬉しそうに見た。

「貴方の感性と彼女の感性が混じりあった結果が、この縫いぐるみですか。随分と賑やかになりましたね」

「僕は美しさに可愛さを残したソファを希望してたの。これは絶対にあの子のせいだからね」

そう言って晴嵐が指さしたのはコアラがしている横綱まわしである。コアラが違うとは言わないところが正直だ。新しい管理者は若いだけあって感情がわかりやすく、底が見えやすい。

「私は、もう管理者ではありません。ですが、この世界の彼女の最初の友人であると、自分では思っています。今の管理者でない私は彼女の様子を常に窺うことはできません。残念ですが、仕方ありません。貴方に、そんな私からの忠告であり、お願いがあります。彼女から決して目を離さないようにしてください。守護や加護があっても死にかけるのはよくあることですので」

「ああ、そういえば、彼女、五つの宝珠を集めるのに、何度も癒しを受けているんだったな。わかった。気をつけるようにしよう」

新しい管理者は年若く心許無い。だが、春海にはもうどうしようもないのだ。

管理者という立場を神々に取り上げられたのだから。

「あとそれから、彼女には、このたびの急な管理者交代の本当の理由は、問われても言わないようにしてくださいね」

「うん？　三つ柱の神様が願玉欲しさにもめて、竜宮の宮に押しかけた結果こうなったって、言ったらまずいのか？」

晴嵐の饅頭を食べる口がぴたっと止まった。

晴嵐は春海の意図することを全く理解しておらず、首をひねって春海の顔を見返した。

「当たり前でしょう。彼女がこの世界を望んだとはいえ、本当なら守護者である必要も、宝珠を集めて願玉を作らないといけない必要はなかったのです。だって、彼女はあちらの世界に帰る意志はなかったのですから。帰るための願玉や里帰りなんて、彼女には必要なかった。あちらの神の要求は、彼女の魂の管理と回収。それだけです。あとの条件は皆こちらの四つ柱の神が付けたものでしょう」

「それのどこがまずいんだ？」

この若い管理者は人間の心というものをまだ理解していない。これからの芽衣子の苦労を思うとため息が出そうだ。

「しなくていいことを強制することに対して、人間は反抗心を持つものです。芽衣子さんだって、例外ではありません。里帰りしなくていいのであれば、宝珠を集める必要なんて全くないと気がつけば、普通なら反抗して抗議し、撤回を求めるでしょう。……いえ、芽衣子さんですからね。あとで気がついても気にしないかもしれませんが。ともかく、よりよい相互関係を保つために、遺恨を残すような言葉は慎むべきでしょう」

年若い管理者の晴嵐は、なるほどそういうものかと頷いた。そして、饅頭を食べ始めた。

「ふうん。貴方は人間のことに詳しいのだな。僕は貴方の言うことは半分も理解できないが、貴方がそう言うのならば、気をつけて接するようにしよう。時に、貴方に質問があるのだが」

「なんでしょう」

「彼女のような平凡な人間よりも、優秀な人間のほうが宝珠をより早く集められるのではないか?」

春海は、にっこり笑って答えた。

「どうでしょうか。過去に何度か、天才と呼ばれるような優秀な異世界人も渡りましたが、無事に集められたのは彼女一人だけです。何をもって優秀とするかはわかりません」

晴嵐は眉を顰めつつ頷いた。

「なるほど。彼女についての詳しい検証が必要ということだな。だが、今回の成功を元に、資料を読み、あちらの世界を見て思いついた。あちらの世界で心療内科等の職種に就いている者を連れてきたらよいのではと。人の内面の酸い辛いを診た人間なら、より多くの結果を残せるのでは。より多くの悩みを解決できて、簡単に宝珠が集まるやもしれないだろう。どう思う?前任者の意見を聞きたい」

晴嵐の手からは、あちらの世界の新聞や雑誌が現れる。色鮮やかな表紙の雑誌や、週刊誌のようなものもある。資料とはそれか。春海の眉が少し上がる。

「そうですね。ですが、そういった人間は異世界に行こうとは考えません。ましてや、怪しい幸運の箱など手に取りもしないでしょう」

地に足をしっかりつけている人間や、現状に満足している人間、そしてあちらの世界に執着している人間には、我々の存在はおろか、そもそも箱すらも見えないのだから。

「だが、人には気の迷いというものがあるらしい。そのときをねらえば、誘えるのではないか?」

「強引な勧誘は、あちらの神の怒りを呼びます。特に、知らず天啓を授かっている人間に手出しをしたら、境界の門すら閉じられてしまうでしょう」

ごく稀にだが、事を動かす駒となる人間がいる。それらは、総じて優秀であったり、意志が強い。小さくとも神の正式な駒というものだろう。異世界の神が関与しようものなら、手ひどい返礼を食らうだろう。

「ならそこそこ優秀で、誘惑に乗りそうな人間なら大丈夫だろう。早速、あちらで観察しつつ接触を試みてみよう」

あちらの世界に行くには、多くの神力を使う。だから、夢を媒介にしたり、古書店に呼び寄せたりと、ここぞと思うときしか春海も行かなかった。まだ年若の無鉄砲ゆえか、天空の宮育ち故の自由奔放な行動力か。だが、その柔軟な姿勢は天神の信頼を得た特筆すべき点であろう。

「天神のご要望どおり、いやそれ以上を成して見せる。任期中に幾つもの願玉を集めれば、僕は最も優秀な者として寵愛されるだろう」

妄想交じりに明るい将来の展望を溢れさせる晴嵐に、春海は苦笑をもって答えた。

まだまだ不安は尽きないけれど、芽衣子を通して人間世界を見ているうちに、多分、この若い管理者も人間というものを知ることになるだろう。

そして、これから先、新たに箱を開けた別の異世界人と相対することで、なぜ、彼女の魂を神が欲するのかわかるはずだ。

真っ白な、何物にも染まらない眩しい光のような魂。

神々のような永遠の命を持つものでは、決してありえない美しい魂の響き。

生きることに対しての貪欲さだけでは決して持てぬ力強い輝き。

その眩しさに多くの神々が魅せられた。春海もまた芽衣子の輝きに惹かれた一人である。

先ほどの彼女の思考から、春海を友人として親しく思っている気持ちが聞こえてきた。

自分も友人として彼女に何ができるのか、これからじっくり考えよう。

そして、いつか会ったときに先ほど言えなかった言葉を言うのだ。お帰りなさいと。

「せっかくだから、貴方も一つどうだ」

春海は、紅白饅頭を一つ手に取り、ぱくりと齧りついた。

「これは旨い！」

「だろ？　和菓子って地味な感じだったけど、これは確かに美味い」

山盛になっていた紅白饅頭はこうして二人によって食べつくされた。

余談だが、晴嵐が同僚三人に食べてみたかったと愚痴を聞かされるのはあとのことだ。

食べ物の恨みは、世界共通なのである。

ふと、春海はくるりと振り返る。この部屋のドアに当たる境界の門を。

そして、ふぅっと一つの言の葉をあちらの世界に送った。

これが、本当に最後の力の行使。

元管理者から、あちらの世界に向けての最後の餞《はなむけ》。

さぁ、この本を読んでいる皆さん。そう、貴方のことです。晴嵐は新たに候補者を探しています。もしかしてと思う人は、探してみてください。もしかしたら貴方のすぐ近くにいるやもしれません。そうして箱を持って現れる管理者にもし会えたなら、貴方はどうしますか？我こそはと思う方、芽衣子さんのように、いえ、自分ならもっとできると思われる方、ぜひ声をかけ、箱についてお尋ねください。そうならば、その管理者は貴方に言うでしょう。

「では、この箱を差し上げます。開けるか開けないかは貴方次第」と。

箱を開けてみたい。でも、少し迷うかも。

そう思ったそこの貴方に、今の私が残した言の葉がこうささやくでしょう。


さぁ、「箱をあけよう」と。

エピローグから始まる物語～シャラザイアの復讐

「お前は、間違っている」「なぜ、皆と同じように従えないのだ」「私は貴方をそのように育てた覚えはない」「正義とは絶対的なものだ」「なぜ、そんな些末なことで騒ぎ立てるのか」「我々と貧民とは違うのだ」「選ばれた民だけが至高な存在たり得る」「心まで醜い女だ」「ごめんなさいねぇ、だって貴方が悪いんですもの」「お前の存在自体が罪だ」

黒い影が、いくつも重なり合っていつものように彼女を囲み、醜く罵る。

そんな影相手に、彼女は手のひらに持つ大きな剣に力を入れて、一気に叩き切る。

ザクリザクリと手のひらに剣から肉を断つ感触が伝わる。どこかで悲鳴が聞こえる。

血のにおいが体中にまとわりつくが、全く気にしないで単調な仕事のように切っていく。

そうすると、ザワリザワリとざわめきながら、影はいつものように力なく消えていく。

最後に一言、いつもと同じ。

「何故、お前だけが生きている。我らと同じ地獄へ来い」

それに対して答える前にじわりと黒い手が伸びて足先にすがる。

「…………」

そして、夢が覚める。最後の言葉は、いつも聞こえない。覚えていない。解らない。

これは、いつも見るシャラザイアの夢。


ザザン、ザザンと打ちつける白い波に運ばれ積み重なる白い砂浜。

シュロの木々が風にそよぎ、サワサワとその葉を揺らす。

一枚の切り取った絵画のように美しい風景に、最も似合う東屋があった。

シュロの葉で葺《ふ》いた屋根にどっしりとしたシュロの木材を使用した六本の柱。

潮騒の心地よさと流れる緩やかな風を感じながら休むのに最も適した東屋だ。

その中央に、一人の女性が長椅子に寄りかかるように穏やかに寝ていた。

うねるように艶のある長い黒髪に、褐色の肌、横になっているその体は、トーガのように白い大きな布に包まれているが、誰も文句のつけようがないほどにメリハリのきいたダイナマイトボディだ。大きな張りのある胸になまめかしい腰つきから伸びる長い足。時折、そのスラリと長い足を交互に組み替え寝返るが、穏やかな寝息は変わらない。美しい長い睫は揺れず、その瞼も閉じられたままだ。

いつもは女帝のように威厳のある女性、シャラザイアの寝顔は、どこかあどけない少女のようで、彼女の傍にいた二人の青年は小さく微笑んでいた。

金と銀の宝石のような美形と称されている年若い双子の侍従。

金髪の青年は大きな団扇《うちわ》で彼らの主人の心地よい眠りを誘うように扇ぐ。

銀髪の青年は彼らの主人がいつ起きてもいいように、静かに冷たい飲み物や軽食の用意をしていた。主人である女性の一挙一動を見つめるその青い瞳は一見穏やかで優しげだが、どこか暗い恋情に似た色を隠しきれていない。

今日は、久しぶりの休みで、ここは彼らの主人であるシャラザイアのお気に入りの場所だ。

海図にも載っていない彼らの主人が持つ小さな島の砂浜だ。小さな島の北半分にはシャラザイアの部下やその家族が集落を作って暮らしているが、南側は彼女だけの場所であると決められたからには、シャラザイアの許可なく誰も入ることができない。

それに、休暇を邪魔する奴は、三枚おろしどころか生きたまま皮剥いでサメの餌にしてやると常日頃からシャラザイアが宣言しているだけに、誰も邪魔する者は来ない。

ここは、穏やかで心地よい空間を堪能するためだけに作られた主人専用の東屋だ。

金髪侍従の青年がついっと雲の動きを見ると、太陽の位置が中天からやや横にずれている。そろそろ昼食の時間を過ぎた。彼らの主人が目を覚ます頃合いだ。

銀髪侍従の青年は、寝椅子の横にシャラザイアのお気に入りな赤いサンダルを揃えて置いた。

その気配に気づいたのか、女性の長い睫がピクリと震え、形よい眉の位置がやや中央に寄った。女性は大きく息を吸い込み、そして大きく息をつくと、大きな瞳が緩やかに開いた。

「んんんんん〜」

はぁっと大きな息をついて胸をフルリと揺らしながら、ゆっくりと女性が体を起こす。

そして長い睫に飾られた瞼がゆっくりと開いた。

その瞳は、太陽のようにきらめく眩しいまでの金の光彩。

彼女に相対する誰もがその瞳が持つ力強さに息を呑むが、その美しさは瞳だけにあらず、焼きつける太陽のように熱く激しい彼女そのものであることを彼らは知っていた。

寝起きの彼女の前に、銀髪侍従がすっと氷の入った冷たい飲み物を差し出した。

「あ〜、なんだか寝違えちまったかねぇ、ちと首が痛ぇや。金、風はいいから、ちょっとこっちを揉んでよ」

ゴクリゴクリと冷たい果汁水を飲み干した女性の肩に金髪侍従が、優しく手をあててゆっくりと揉んでいく。

「あ〜、そうそう、その辺。そこでぐっと。いい、いいねぇ、金、お前、腕をあげたねぇ」

目を細めてトロンとした顔で褒める主人に、金はうっそりと小さく笑う。

「練習しましたから」

「おや、私以外の誰を相手に練習したのかい?」

金の台詞に、やや気分を害した様子の主人に、足下に控えていた銀がクスリと笑う。

「俺ですよ。俺は割と肩こり気味なので」

銀の言葉に、シャラザイアの寄せた眉間の皺が伸びる。

「そうかい。銀相手ならいいよ。お前達は私の大事な宝石だからねぇ」

その言葉の意味を、彼ら自身も、そして周囲の人間で知らない人はいない。

かつて軽い気持ちで彼らを害した人間は、もうこの世のものではないからだ。

とある奴隷商のオークション会場で、首輪をつけられ見世物のように連れ回されていた彼らを一目見て気に入ったシャラザイアは、金と銀を見たこともないほどの金貨の山を積んで有無を言わせず買い取った。彼らをかつて痛めつけ搾取していた奴隷館の主人は、大金に目がくらみあっさりと手放したのに、あとで惜しくなったのかシャラザイアの後をつけて、破落戸《ごろつき》を使ってシャラザイアを襲ったので、彼女と部下とで念入りに返り討ちにしたあと、喉を焼いて悲鳴が出ないようにしてから、デップリと太った体躯の脂肪をそぎ落とすように切りつけ、生きたまま吊られハゲタカの巣近くに放置された。見張りの部下曰く、三日三晩嬲《なぶ》られたあと、ようやく死んだらしい。いい気味だ。

かつて、幼い金銀に懸想し、彼らの両親を殺して攫った上で薬を盛り、挙げ句に、言うことを聞かないからと奴隷に売ったどこかの国の身分ある高貴な貴族女性は、密かに薬を盛られて連れ去られた先で、待ち構えたシャラザイアに足の腱を切られ歯を全て抜かれ、逃げられないようにしてから彼女の部下に散々にもてあそばれた。その実家は過去からの全ての罪を暴かれ、暴徒と化した臣民に追われ、一家離散の上で隠れていたところを捕まり、飛んでくる石と怨嗟の声を聞きながら首を刎ねられた。そして、その女本人は、かつての高貴な貴族女性として被虐趣味客が集まると評判の娼館に売りとばされた。その後のことは知らないが、その女やその一族を恨む人間は多くいた。ただ首を刎ねるだけなど生ぬるいと憤り怨嗟の炎をいまだ燃やし続ける人間も多かった。そんな人間に、シャラザイアとその部下が、こっそり情報を売っていく。その結果など、今は知る必要はないだろう。あの娼館を生きて出た商品は存在しないのだから。もし今も生きていたとしても、その生が幸せであるはずがないと予想はできる。

金銀は、そうしてシャラザイアの宝石になった。

「ああ、寝過ぎちまったかねぇ。もう、昼時かい？」

太陽の光を手のひらで遮りつつ、シャラザイアが尋ねると、金がこくりと頷く。

「はい、食事になさいますか？」

金の手を肩から外して、シャラザイアは足をサンダルの上に下ろすと、銀が素早くサンダルの赤い編み紐でふくらはぎを覆うように交差していき、膝裏で小さく括る。

「今日は、ベリーのソースがかかったステーキです」

金が、食事の載ったカートを引いてきて、パカリと蓋を開ける。

ほわりと小さな湯気が上がり、周囲に美味しそうな匂いを振りまく。

じわじわと油が染み込むようにと作られた特性の耐熱皿の上に載せられた分厚いステーキ肉の上には、シャラザイアの大好きな赤黒いスグリとベリーのソースがかかっている。

金は、キラリと光るステーキナイフで分厚い肉を小さく切り分ける。

シャラザイアはいつも肉を好んで食べる。血の滴るような、柔らかく弾力のあるレアな肉を。

金が口に運ぶ肉を、シャラザイアはむしゃむしゃと豪快に咀嚼する。

「いい焼き加減だ。銀も腕を上げたねぇ」

「やった。ありがとうございます。俺も練習したんです」

嬉しそうに笑って飲み物を差し出す銀の髪をサラリとなでて、シャラザイアは微笑む。

「私の美しい宝石、金と銀。私だけの宝物だよ」

血にまみれた人間を足下に侍らせて、ペロリと舌を巻いて楽しそうに笑う姿を何度も見た。残忍にして冷酷で誰よりも恐ろしいが、目が離せないくらいに艶めかしい美貌と、熱と炎が吹き荒れる嵐のような気質、そして気まぐれのような優しさ。その美貌と優しさに惑わされ部下になった者も多いが、同時に恐れられ憎まれ敵対する者も多い。

シャラザイアは、味方にはかなり寛容で、やや執着心は強いが心はそれなりに広い。時に甘いと言われることだってある。だが、敵対する者には容赦しない。徹底的に心も体も破壊する。そんなふうにして、多くの人間を足下に従える彼女を、いつしか誰かが海賊女帝と呼んだ。

世間では女帝と呼ばれていることを知って、シャラザイアは悪くないねぇと笑っていたが、それで何かが変わることもなかった。世間一般の人達が持つ冷酷無比な海賊女帝のイメージは、確かに的を外れていない。だけど、今のシャラザイアは穏やかで幸せそうに笑っていた。どちらの顔も彼らの主人だ。

「「はい、私達は貴方の宝石ですから」」

そんな彼らの愛すべき主人を、金と銀も全身全霊をもって愛していた。

大事な主人を金と銀の二人が独占できる素晴らしく耽美な時間。そんな愛すべき貴重なときが永遠に続けばいい。そう思っていた矢先に、よく知る野太いダミ声が辺り一帯に響いた。

「た、大変だぁ〜、大事な休憩中だってのにすまねぇ、姉御」

野太い声に似合うドタドタと走る大きな筋肉だるまなあご髭男が、小さな紙切れを握りしめて、息せき切って彼女に向かってくる。

その姿に、彼女は眉を寄せつつも、口の中の肉をごくりと飲み込み、金に口元をナプキンで拭いてもらう。

「うるさいねぇ、せっかく美味しい肉を食って、いい気持ちだったたってぇのに。下手な要件なら金玉潰しちまうからね。わかってんのかい？」

本来ならとある場所が縮みあがるところだが、男は汗も拭かずに握りしめた紙を、シャラザイアにずいっと差し出した。シャラザイアは目にかかった黒髪をぐいっとかき上げつつ、その小さな紙を受け取る。そのうねる波のような黒髪は、金銀の努力の結果か、指にひっかかることもないほどにサラサラ艶々で、光沢を帯びた潤いのある髪だ。

本来なら主人であるシャラザイアより金か銀が先に紙を受け取るところだが、緊急性のある案件だと解して、彼女自身が受け取って紙を広げて一瞥して、眉を寄せた。

「なんだい、これは。あたしが休暇中に羽目を外すなんて、とんだ馬鹿がいたもんだ。どこのどいつかは知らないが、縛り首だろうが、ギロチンだろうが、勝手にすりゃいいだろ」

面倒くさそうに紙を指ではじくシャラザイアは、手紙の内容を見ても顔色すら変えない。

そんな彼女の様子に焦りを覚えつつも男は、言葉を選んで言う。

「つ、捕まったのは昔、俺の下にいた五番隊の奴らなんだ。酒の席で、バルロイが旨みのある商船を見つけたって、姉御が大好きな宝石をたんまり持ってる宝石商人の荷があるのは確実だって言ってたんだ。俺達はそのときに反対した。姉御が休暇中に船を動かすのは御法度だって。でも、姉御が喜ぶならって、あいつら、俺らに内緒でバルロイについていっちまった」

額の汗をぐいっと袖で拭いつつ、男は悔しそうに俯き、言葉を詰まらせながらも、なんとか言葉を紡ぐ。

「カ、カミルもその船に乗ってたんだ。姉御も知ってるだろ。俺の船に乗ってて、大きい体でハンマーを振り回して、普段はいつも笑ってた、俺の弟だ」

「ああそう、だから？」

「姉御が休暇中に騒ぎを起こすなって、俺も、皆も、他の隊長も口を酸っぱくするほど言った。だから絶対に駄目だって止めた。なのに、あいつらどうしても諦められなくて俺達に黙って船を出しやがった。カミルはあのとおり馬鹿で考えなしで力だけある阿呆だけど、姉御が知っているとおり姉御を女神だって心の底から敬愛してる。だから、姉御が絶対に喜ぶ大きな宝石がたんまりあるって、バルロイの言葉に乗せられてついていっちまった」

頭を抱えたまま唸る男を横目に、シャラザイアは金の目を猫のように細め、ポイッと手に持っていた紙を投げ、銀が待っていたように拾う。

「だからなんだい。言いつけ一つ守れない奴を仲間にした覚えはないよ」

彼女の冷たい言葉に、男はぐっと唇を噛む。姉御であるシャラザイアの言いたいことはわかっている。いつもの自分なら、姉御が見捨てても当然だとも思ったかもしれない。だけど、今は。小さな頃からずっと自分が面倒を見てきた可愛い弟だ。どうあっても、見捨てたくない。

その思いで、男は頭を下げた。

「バ、バルロイの奴はどうでもいい。あいつは元々、俺達の仲間じゃなかった。でも、バルロイに乗せられて捕まっちまった俺の弟やその部下達を助けたいんだ。姉御、どうか、どうかお願いです。助けてやってください」

男は、額を地面に押しつけ、土下座する。

だが、彼女はもう話は終わりだとばかりに、長椅子から立ち上がった。

さらりと白い布が床を滑り、金が用意していた真っ赤なワンピースドレスを彼女に着せていく。いつもならば、その音を聞くだけでドキドキと少年のように胸をときめかせたものだが、今日の男は絶望の汗と滾《たぎ》る涙で、その拳を握りしめただけだ。

「な、なら、俺と俺の部下だけで、あいつらを助けに行っても？」

彼女は、銀が黒髪をすいていつものように丁寧にまとめ上げると、くるりと男に向き直り、下げたままの男の後ろ頭をゲシッと踏みつけた。

「あたしゃ、裏切り者は絶対に許さない。そのことを知った上で言うのかい？」

「う、裏切るなんて、俺は、俺達は絶対に死んでもしない」

地面に顔を埋めつつも、男は必死で言いつのる。

「私の言いつけを破るってことは、裏切りとどう違うんだい」

尖った踵が、嬲《なぶ》るように男の後頭部をグリグリと踏みつける。

「ちゃ、ちゃんと旗も下ろし、顔も隠して夜に船を出す。カミルの捕まった場所も調べたから、誰にも知られないように行ける。

万が一とっ捕まって縛り首になっても、バルロイの奴みたいに、旗を掲げた挙げ句に無様にとっ捕まって泣きわめくなんて真似は、俺は死んでもしねぇから」

その言葉に、彼女の足の力が抜け、砂で汚れた後頭部から足が下ろされる。

「は？　なんだって？　もう一度言ってみな」

彼女の言葉に、男は砂にまみれた顔を上げた。

「だから、捕まっても絶対に何もしゃべらねぇ。その前に舌をかんで死ぬって」

「馬鹿、その前だよ」

金輪をきらめかせながら睨みつける彼女の言葉に、男は言葉を濁しながら先ほどの言葉を思い出そうと努力してみる。

「その前？　ええと、夜に船出してこっそり行けば何とかなるって話で」

「違う。バルロイの馬鹿が、何をしでかしたって？」

男は、ぽんと手を叩いた。

「そうそう、バルロイの奴が堂々と俺らの旗を掲げた挙げ句に、無様にとっ捕まったってとこですかい？　見張り番の爺さんが確かに見たって言ってた。姉御がいねえ船なのに、あいつら姉御の威光を借りたくて堂々と旗を掲げていったって。まぁ、バルロイ達だけじゃあ大船を動かす人手は集まらねぇからなぁ」

その暢気な口調に苛立った彼女は、男の顎をスパッと蹴り上げた。

男はうおっと声を上げて、なんとかその衝撃を受け流しつつ仰向けに倒れたが、今度は起き上がる前にその鳩尾《みぞおち》にドスッと重い蹴りが入る。

「何を暢気に言ってんだい。このすっとこどっこい！」

ギラギラと燃えさかる炎のように美しく怒る姉御の叱咤が激しい。

「は？　え？」

「まだわからねぇのかい、この瓢箪《ひょうたん》助六唐変木！」

男は鳩尾を押さえて呻きながらも、素直に謝罪する。

「す、すんません。姉御、俺ぁ、馬鹿なもんで」

チッと大きな舌打ちをして、シャラザイアはソファの上にあったクッションを投げる。

だが、クッションを投げつけられても、男には当然ながらもダメージはない。

「お前みたいな馬鹿は、いっそのこと下も頭も髭も剃って海坊主にでもなっちまいな。ああ、あたしがむしり取ってやろうか」

苛立ちまぎれもかねて怒鳴るが、なぜか男はポッとその頬を染める。

「あ、姉御がその手でって、ご褒美ですかい？」

大きなガタイのいい男が頬を染めているのは、シャラザイアをさらに苛つかせた。

反射的にミニテーブルの上にあったお高いグラスを取り上げると、ビシュッと投げた。

その高価な一点物のグラスはシャラザイアが贔屓にしていたガラス職人に作らせた中で特に気に入っていたもの。それがわかっていた銀が、男に当たる前に飛びついてキャッチする。

で、まだグラスの中に入っていたワインを、銀が男の頭の上からバチャリとかけた。

何か文句を言わないと気が済まないといったシャラザイアをなだめるように、金が男にもわかるようにシャラザイアの意図を述べた。

「つまり、バルロイ達は不遜にもご主人様の威光を勝手に利用しただけに足らず、ご尊顔に泥を塗ったとそうおっしゃりたいのです」

　ワインが頭の先から垂れて、男の砂まみれな髭に絡むように滲む。

「ごそん？　ええと、それは？」

　難しい言葉にさらに目を回しそうな男に、銀がニカッと笑う。

「つまりこの姉御様が、大層お怒りだということさ」

　せっかく美しく整えた髪を、姉御と呼ばれた女性は、グシャリと崩して唸った。

「おい、今から全員を集めな。北の母ちゃん酒場だ。いいか、今すぐにだ」

「へ、へい。今すぐに招集をかけますんで」

　男は、慌てて腰を上げげると、頭を下げげた。

「いいかい。遅れた奴はわかってんだろうね」

　主人の言葉に重なるように金と銀が続ける。

「金玉もいで」「サメの餌」

　彼らの手には、シャラザイアのナイフとフォーク。それが、カチリと合わせられる。

「ひっ、ひぇい。い、今すぐに～」

　男は慌てて大事なところを押さえて、飛び上がるように駆けていった。

　その後ろ姿に苛立ちながらも、シャラザイアは大声で宣言する。

「顔に泥を塗られて黙って大人しくしてるなんて、どこの間抜けかってんだ。報復は徹底的にしないと犬にすら舐められるって、常識だろうが！」

どこの常識だと突っ込む人間はどこにもいない。吠えるように大声を出したら少し落ち着いたのか、首まわりを鳴らしてふぅっと息をつく。

「それにしても、とぼけた宝石商人のお抱え護衛ごときにカミル達が敗れるって、どうなんだい。馬鹿で阿呆だけど、あいつらはそれなりに強いんだけどねぇ」

彼女の言葉に、金と銀が首を傾げる。

「考えられるのは、バルロイ達が欲をかいて足を引っ張ったとかでしょうか」

「ああ、引き際を誤るって感じ？」

その言葉に、シャラザイアの怒りが再燃する。

「忌々しい。あちこちの海軍に伝手があるってだけで仲間内に引き入れたけど、間違いだったねぇ。ああ、イライラする。こうなったらバルロイ達はとっ捕まえて舌を抜いて目をくりぬいて、散々苦しめたあとで油かけて火あぶりにしてやる。このシャラザイアの名にかけて、縛り首なんて簡単な死に方をさせやしねぇさ」

それは残酷なショーになるだろうと予測はできるが、それに対して金と銀は何も言うことはなかった。先ほどの言葉は大言壮語でも何でもなかった。

有言実行。シャラザイアはやると言ったら、必ず何が何でもやる女だ。

「ああ、金か銀、どっちかはいつものように行ってきな」

その言葉に、金がうっそりと微笑む。

「では私が。下調べと移動に一番足の速い船と漕ぎ手をお借りします」

「じゃあ俺は、ご主人の準備と出航までできるだけの情報まとめだね。序でによく燃える油の用意をしとくかな」

彼女の意図を悟って、早速動き出す彼女の愛すべき宝石達。絶大なる信頼を乗せて、シャラザイアはニッコリと大輪の花が咲くように笑った。

「わかってるね」

それに対する答えはいつも一つだけ。

「「もちろん」」

シャラザイアは両手で彼らの頭をスルリと撫でる。

これが、いつもと変わらない彼らの愛すべき主人だ。

たとえその手が誰かの真っ赤な血で塗られていようとも。

雑用仕事を頑張ってます（プロポーズのその後）

「おーい、これで全部かぁ？」

船員の声に、甲板で積み荷の数を数えていたルディが、腕全体で大きく丸を作る。

それに併せてメイがチェック表に印をつける。

「うん、これでこの積み荷は全部だね。今回は予想外もあっていろいろ大変だったけど、なんとか無事に終わってよかったよ」

ルディの言葉に、メイも頷いた。

「そうだね。海軍さん達が港のあちこちで右往左往してたから、なかなか作業が進まない上に、あのゴタゴタがここであったりしたから」

メイは明言を避けていたが、あのゴタゴタとは実は〝脱走騒ぎ〟である。

そう、先日、襲撃を受けた海賊達の引き渡し作業を、海軍基地があるこの港で行ったのだが、こっちが縄でグルグル簀《す》巻きにしてたにもかかわらず、受け取った軍の担当者が船から降ろすのに簀巻き状態だと面倒だという理由で、なんと縄をその場で切ってしまったのです。

私ももちろんだが、その場にいた全員が、「は？　こいつ何してんの？」とあっけにとられた瞬間に、それまで大人しかった海賊達が、これが好機とばかりに一斉に軍人の下っ端相手に飛びかかったのです。我に返った海軍兵達はもちろん、船員達も応戦しましたよ。

バルトさんもアントンさんもだけど、レヴィ船長が本当にかっこよかった。

うん、さすが私の、いえ、私達の船長です。

ですが、縄を切って逃げたヒゲもじゃや目つきの悪い男連中は甲板から海に飛び込んで逃げてしまったのです。引き渡し作業中にもかかわらず、この失態。ということで、港近辺の浜辺、停船中の船も含めて、逃げた海賊を追っての大騒ぎが発生したのです。

おかげで出港許可がなかなか下りなくて大変だった。せっかく、ここまで苦労して連れてきたのに、私達の苦労が半分以上水の泡の上、踏んだり蹴ったりです。

逃げた海賊の襲撃があるかもしれないって、彼らに顔を覚えられていた私とルディは特に下船禁止の上、必ず誰かがいる場所にいるようにって。

じゃあ、せっかくなのでと、甲板掃除もロープ修復作業も、徹底鍋洗いも、竈《かまど》の灰掃除も、船の中での溜まっていた雑用をほぼ済ませてしまいました。

疲れたけど、まぁいつかしなくてはいけないことだし。でもとうとうすることがなくなって、なにかないかなと思っていたら、カースからお願いがあった。

私が空からふわふわと（ドスンとではないですよ）落ちてきたとき。そう、私達の船が海賊からの襲撃を受けていたとき、実は奴らは他の船をもっか襲撃中だったらしいのです。

手強い護衛や強情な船長達を斬り殺し、目当ての宝石を手に入れて上機嫌になったときに現れたのが、立派な国お抱え商船の旗を掲げた大きな船。

今の俺達は最高にツイてると調子に乗った海賊達が、そのままの勢いで私達の船を襲ったが、船員全てが戦闘員（私以外）で、赤獅子商船との異名を持つレヴィ船長率いるハリルトン商人の船だったことで、あっという間の返り討ちにあっちゃった。

うん、当然だよね。皆、強いもの。

そして、偶然にも居合わせた私達に、白旗を振りつつゆっくりと近づいてきた大型の船一隻。

船長や甲板長や護衛は殺されていたが、商人や一般船員は何とか無事だったみたいで、助けてくれてありがとうと大粒の涙と共に、大層感謝された。それで話の流れから、襲われていた船の生き残りを保護し、近海の港までの護送を頼まれたのです。

まぁ、海での助け合いは船乗りなら当然のことだし。勿論、船長は引き受けた。

うん、そうだよね。そこまではあまり驚くことではない。

でも、さらに驚くことが、船員達の目の前で起こったことが問題だった。

本来なら船に乗っていない私がその場にいたこと。

精霊二体（照と樹来）が不思議な術を使ったこと。

彼らが敬愛するレヴィ船長のプ、プロポーズ。で、その相手が〝私〟のところまで。

「は？　メイ？　なんで？」

「いや、それより今、メイ、空飛んでなかったか？」

「空？　じゃなくてあの水の玉、何だ。おいおい、木の板から蔓が伸びたぞ」

「蔓？　あれロープだろ。またアントンさんの必殺ロープじゃねぇか？　眠り薬付きってえげつねぇだろ。あいつら首まで絞まって、永遠に夢から覚めねえとか」

「うへぇ、新しい見えないロープだけでも嫌な予感がしてたのに、その上って」

「流石アントンさんだぜ。ロープに懸ける情熱がすげぇ」

「え？　そっち？　そっちなの？　まぁいいけど。それより、足下の海賊、あれいいのか？」

「あ、生きてた。まぁ、メイごときの重さで押しつぶしたからって」

「かぁあ、馬鹿だねあいつ、あの状態で刀を振り回して、あ〜あ〜」

「船長の足技、絶妙に弱点ついてんじゃん。あれ、締まってる？」

「締まってる締まってる。足技まですげぇ。俺、真似しよっと」

「側頭部、首後ろ、心臓の真裏、で、膝裏で、そのまま両足組ませて押しつぶす」

「うむ、意識はすぱっと刈り取られる上、起きたら足が攣るコースだな」

「あ、やっぱそうなるよな。じゃなくて、おい、今、船長、何言った？」

「俺の目と耳の間違いだろう、そうに決まってる。俺の、俺達の敬愛する船長が!!」

「おい、お前、もしかしてあっち系か？　今度から一緒に飲まねぇからな」

「いや、それは違う！　俺は女の子が大好きだ。特に胸が一番派だ」

「俺は尻派だからな。って、船長は、もしかして貧乳貧尻派なのかもしれん」

「なんだと！　ならメイは」

「うむ、ズバリそのものだ」

「なら、しかたないか、メイだし」

「ああ、メイだしな」

と、皆は、よくわからないことが立て続けに起こって、考えるのがどうでもよくなってきたらしい。私の存在は、まぁいいか、メイだし。で、すんなり終わってしまいました。

ええと、それでいいのかしら。まぁ、説明しなくていいならいいけど。

ルディ達数人は私が空から降ってきたのを見ていたが、あれは敵船から飛び移ってきたに違いないと思われていた。なんで？　そんな身軽なお猿みたいなことできるわけないでしょと言いかけて、目の前で数人がマストの上をかぎ爪付きロープ片手にヒョイヒョイと走っていくのを見たら、何も言えなくなった。なんでしょうね、ルディといい、他の船員といい、身軽すぎる。彼らなら忍者に就職できるのではないでしょうか。

まぁ、私のことはあとに語るとして、今は海賊が襲撃後のこと。ヨタヨタと言うしかない速度でなんとか私達に白旗を揚げて助けを求めた船は結構有名な宝石商人の船らしい。

舵は壊されていたが、財宝ザックザクな積み荷と商人がまだ無事だったため、私達はその船を太い縄で繋いでなんとかこの港まで引っ張って連れてきたのです。

波風穏やかで本当によかったですね。

あ、因みに海賊船は逃走防止のため、舵を壊して船倉に穴をあけて海に沈めました。

嬉しそうに爆薬を詰めた箱を仕掛け、ニコニコと導火線に火をつけたアントンさんに、ちょっとだけアンパンマンはそんなことしちゃいけないって言いそうになったのはこっちの話です。

海賊船を沈める、もしくは徹底的に破壊するのは海の常識だそうです。で、困ったのは捕えた海賊達。海賊は引き渡すか殺すかが基本なので、面倒な時は捕まえたら海中へドボンで、つまり放置が普通なのですが、カース曰く、彼らの旗印が問題なのだとか。

大きな黒い雄牛に角に金の目、赤い薔薇が旗印のバンダービルト海賊団。

この近海を荒らし回ってる冷酷無比で狡猾な海賊らしく、情報提供だけでも懸賞金が、船員捕縛に対しては大金貨な報酬がかけられているらしいのです。

海軍に引き渡したら、船員全員が数日間、酒場貸し切りの上で、思いっきり飲み食いしても余る金額の報奨金が出るらしい。それならホクホク笑顔になりますよね。

なので、船倉に網をかけて見張り付きで転がして連れてきたのです。

中にはものすごく凶暴で体の大きな人もいたのですが、長時間船倉に転がっていたらどうやら船酔いになったらしい。それで苦しんでいたところを、セランの麻酔もどきの酔い止めのお世話になり、ちょっぴり大人しくなった。

セランはにこやかに口角を上げて、ほくそ笑んだ。

「ルディとメイは、海軍がある港まで彼らの世話を。そうだな、ここからだと三週間前後か。まぁ、死なない程度に生きていればいいから」

というセランの指示で、ルディと雑用係に戻った私ことメイはその手伝いをしています。

私に何かあればお付きの（べったりくっついて離れない）精霊二体が暴れるので大丈夫と思ったのか、セランの、私に対する扱いがちょっとだけあれな気がします。

久しぶりに会ったのに、お帰りと温かく迎えてくれたのに、なんとなくもっと優しくして欲しかったような、家族なので、前と変わらない様子で接してくれてほっとしたような、嬉しいような悲しいような、なんだか複雑な気分です。

まぁ、それはともかく、私の仕事は彼らの世話を雑用の合間に済ますこと。

一日一度、見張りの船員五人に囲まれての単純作業。

海賊達の体力が落ちて静かになったところで、水を含ませるだけ。

最後の一週間は、水を持っていくと大きく口を開いて海賊達は待っていた。

なんだか雛の餌やりのようですね。せっせと口に運び、時折、何かを願うように見つめてくるので、ごめんねとの意味合いを込めて体をポンポンと叩いてから立ち上がるを繰り返していたら、強面で唸りを上げていた人達も、お別れする最後には、ありがとうなんて言ってたの。人間、死にかけたら素直になるって本当だったのね。まぁ、目つきが悪いヒゲもじゃ親父にはポンポンはおろか、一切近づかなかったけどね。

で、最終日、つまり引き渡しのために一番近場の海軍がある港町に立ち寄ったのですが、海軍の下っ端によって、甲板でなぜか縄が解かれたのです。途端、目つきが悪かった男達が一番小さな私とルディを人質にしようと飛びかかってきた。いや、びっくりしましたよ、もちろん。

でも、体力が落ちたヒョロヒョロな親父達相手に、我々（いや、私を含まない）戦える船員達が負けるはずがありません。体当たりが予想される状態で、ルディが私の腕を掴んで後方に投げた瞬間に、私はレヴィ船長の腕の中ですっぽり守られ、あの例の特殊な投網が海賊の頭の上を舞った。あっという間の出来事で、そのときに襲ってきた人は私にありがとうって言ってた大きな人だと気づいたのは、再び簀巻きになった後。

海賊相手に油断するなとカースとレヴィ船長に怒られたけど、人ってわからないものなのね。

再び大人しくなった海賊さん達は、蓑虫《みのむし》状態で船から宙吊りでゆっくり降ろされたが、まだ興奮状態で唸っていた奴らは、簀巻きのまま船からバルトさんに放り投げられた。

まぁ、バルトさんの超絶技巧で誰も死んでないし、大きな怪我もしていないが、それなりに恐怖を味わっただろう。甲板から桟橋付近の係留所までおよそ二十メートルある。そこを縛られたままフリーフォールなのだから。

不審な行動をした下っ端軍人は、海軍の偉い人にこっぴどく叱られ、最終的には逃げたまま捕まらない海賊との癒着や不正行為が疑われて、本部送りになったらしい。まぁ、当然だよね。

ということで、海軍に引き渡したあとも、書類やら面談やらと船長達は忙しくしていて、懸賞金をもらうまで足止めを余儀なくされた。

普通なら二、三日の留め置きで済むはずが、連れてきた海賊が揃いも揃って有名なバンダービルト海賊団だというから問題だった。フリーフォールで気絶した男達もそうだが、彼らは全くと言っていいほど口を開かないらしい。特に、海賊達の根城にしている場所や女帝と呼ばれる船長について尋ねたら、全員が一斉に貝になったように口を開かなくなった。

彼らの船長は女帝と称されるだけあって、カリスマというか、どこか崇拝しているような感じで、姉御の迷惑になるなら殺してくれと願う海賊達は、海軍の取り調べを難航させた。

よって、困った海軍士官の方々は、調査の方向性を変えて、私達にどこでどのように奴らと出会ったのか、その近くに怪しい島はなかったかといった調書がとられることになったのです。

先に襲われた宝石商人の船は、護衛や船長達を殺されていましたが、重傷とはいえなんとか航海士が生き残っていたので、彼と優秀な航海士であるカースと海軍の航海士が、襲われた海域付近の海図を作るということで滞在が延びたのですが、その航海士との話し合いの席で私達の次の寄港地と宝石の積み荷の行き先が同じということを知った商人が、積み荷と船員の保護をレヴィ船長とハリルトン商会に依頼したのですって。更には、生き残った船員達の滞在費が馬鹿にならないからと私達の船に積み荷と一緒に乗せてくれという無茶ぶりを要求した。

余分な人員を乗せるということは、食料をはじめとした出費が増えるし、問題も増える。

その上、本来の責任者である商人は、船はもう嫌だと陸路で帰郷する算段をしていたものだから、カースの眉間に怒りの縦皺が立った。カースは報酬の更なる上乗せを（通常の五割増し）交渉後、希望者に限り船員として受け入れる事にしたらしいです。人数にして二十人程。

後で聞いたら、彼等のほとんどはイルベリー国近郊出身の船乗りだったそうで、言葉も大陸公用語が通じる上、それなりに船乗りとして経験がある者ばかりだった。

バルトさんは、この戦闘で負傷して次の航海に耐えられないかもと船員達から相談を受けていたので、簡単に補充ができたと少しご機嫌だ。

で、やっと今に至ります。

ずっしりと宝石や貴金属が詰まった積み荷を空いた船倉に詰めて、がっちり鍵をかけて扉にバルトさんが何か細工をしてやっと終わり。ふぅ、お疲れ様です。

荷物の見張りはいいのかと聞いたら、この船に乗っている者は、イルベリー国籍の人間がほとんどだから犯罪者にはならないし、仕事を終えて帰ったら今回の件でボーナス支給が決まったから、ちょっとの端金目的で犯罪を犯す馬鹿は乗ってないとのこと。ああ、そうですよね。もし新人達が金に目がくらんで盗みを働くなら、一蓮托生で新人全員を海に放り投げると言い聞かせているので、互いに見張り合って馬鹿な真似はしないだろうと教えてくれた。

また、宝石や貴金属の換金は、後ろ暗いことがある素人が手を出すと叩かれて旨みがないどころか、すぐに軍や警邏《けいら》に話が回って追いかけられるらしい。

特に宝石関連だと、海賊や盗賊も徹底的に狙ってくるので、表も裏も歩けなくなる未来しかないそうです。そういえば、テレビドラマでも宝石泥棒は足がつきやすいって聞いた気がする。で、本日、海軍本部の方から連絡がありました。逃げた海賊達の遺体が、入り江に漂着したのが確認されたらしいのです。あんなに勢いよく船から海に飛び込んで逃げたけど、実は泳ぎが下手だったのね。典型的な厳つい海賊風体で、いかにも泳げますって感じだったのに。実は泳げなかったたって言えなかったのかもしれませんね。うん。

それはまぁともかく、やっかいな問題が一つ片付いたということで、カースから、私とルディの下船外出許可が下りました。やったー！

喫茶店でお茶します

海軍基地がある港町で、私とルディ、セランやマートルと一緒に久しぶりに買い物に出発です。セランは戦闘後の手当てで少なくなった薬の補充に、ルディとともに薬屋へ。私はマートルと一緒に追加の食料の買い出しに。少なくなってきた葉物野菜と卵に肉と酒の仕入れだそうで、銀貨が入った革袋を手に、市場に向かいました。

ここの港町は、軍の基地のお膝元だけあって、割と小綺麗なお店が多い。

市場に有りがちな雑多な雰囲気ではなく、荷車や馬が難なく通れるくらい広めの石畳が敷かれた大通りに沿って店舗が軒を連ねている感じです。店自体の間口も広く、馬車を裏手に乗り付けたり、籠を載せた荷車を店先に並べていたりと、結構、繁盛している。それに、多くの人が右往左往しても、商品や店が見やすくて、これはこれでいいかもです。

あ、今日、持って帰るなら私達もリヤカーとか必要ではと思っていたら、マートルは手慣れた様子でテキパキと購入し、商品を箱詰めにしてもらい紙を渡してサインする。

で、最後に酒場のカウンターで酒樽十個注文してあっという間に買い物が終わったのです。

あれ？　私の手伝いって、必要でしたか？

いつもの口の軽い下っ端仲間なマートルが、とても頼りになる先輩になっていた。凄いね。

褒めたら、やっぱりいつものマートルで、実はって、色々聞いてないことまで教えてくれた。

マートルがしたのは、実は注文と運ぶ手間賃を払っただけなのだとか。

昨日の内に副料理長でもあるラルクさんが事前に廻って、購入する品物に当たりをつけ、店主との交渉も済んでいるとのことでした。本日、マートルが店主に渡したのは、詳しい注文数と船着き場の場所を書いた紙を渡すことで、後は、詰め込みや発送状況の確認でした。

肝心の商品は店の従業員が船に運んで、料理長のレナードさんが最終的に確認して商品代金をその場で払うことになっているのだそうです。マートルは注文と値段の確認のためにサインをして、配送のための賃金を払っただけ。で、残金はちょっとした小遣い銭くらいしかないので、メイやルディと一緒に甘い物でも買ってこいって送り出してくれたらしい。

レナードさん、なんて優しい。

私が船に戻ってから、何かに追い立てられるように働いていたから、少しはゆっくりしろってことらしいです。なので、教会近くの綺麗なカフェでケーキとお茶をすることにしました。

ルディとセランも、買い物後にこの店で合流する予定です。

このカフェは教会近くにあるし、港や軍の施設からも遠くない。値段はちょっと高めだが、安全だし、それなりに裕福な人達が対象なのだろう、全体的に見て高級志向なお店って感じです。座ってケーキを食べている軍服で立派なお髭の人や、クッキーをリスのように頬を膨らませて食べている、帽子の羽根飾りが大きな女性とか。うん、普通に健全なカフェです。

クリームや色鮮やかなフルーツが載った美味しそうなケーキに心が浮き立つ。

だって、久しぶりの甘味だし、仕方ないよね。

その上、私達のケーキと紅茶を運んできてくれた接客係の男性なんか、びっくりするほど見目麗しくて、モデルか俳優かと少しドキドキしたのは内緒です。

うん、至近距離で微笑まれるキラキラ金髪美形の営業笑顔って、破壊力半端ない。

「こちらは女性に人気がある紅茶です。どうぞ」

「ありがとうございます」

温かい紅茶に、優しい味の蜂蜜が入って、ほっと一息つける。はぁ、いい風味です。

紅茶のカップを両手で包んで頰を緩ませていたら、綺麗な店員さんが、実は初めてお越しいただいた方限定のサービスがあるんですって、カウンターにあるカラフルなカップケーキを無料《た》《だ》でプレゼントしていると言われたので、マートルはいそいそとカウンターにケーキを選びに行った。ああ、マートルの目がキラキラしてる。

いろんなフルーツが載ってとても美味しそうだ。どれにしようかと迷うマートルの傍で、こっちはマンダリンでこちらはリンゴでと商品説明をする美形営業接客係。それを聞きつつもマートルは、フルーツに対する意見をプロの目でとくとくと語っている。

「今の旬はマンダリンだろ、色艶もいいし。でも、チェルィッシュもいい感じだし、マロームも粗いけど皮付きなら、好きな奴は目の色変えるくらい好きかもな」

マンダリンはミカンで、チェルィッシュはサクランボっぽい何か、マロームは栗に近い実。

うん、ぽいのよ。だって、色が全然違うから。でも味的にはそうかなって思うのよ。

「俺も最近じゃあ、なかなかの目利きができる期待のコックってそれなりに評判なんだぜ。今頃は、料理長も俺のことを認めて、実は次期料理長に一番、いや二番目に近い男だと言われて

るんだよ」

うん、期待のコックは知らなかったけど、実質コック三人しかいないから、二番目に近い男で合っているような、そうでないような。

「ほう、それは素晴らしい。お若いのになかなかの見識がお有りのようで。このような喫茶店で接客係をさせていただいている私としては、感服するしかありません。ところで差し支えなければどこの商船かお聞きしても？」

あんなに美形なのに腰の低い人ですね。商売人の鑑です。

「ああ、もちろんだ。俺達はイルベリー国ハリルトン商会所属の赤獅子レヴィウス船長の船さ。俺はそこでコックをやってるのさ。あの船のコックが作る料理は天下一品だって、商会長をはじめとして、王様だって認めてるんだぜ」

うん、あのレナードさんがコックだから、そうなるよね。うん、ウソじゃない。

ただそこにマートルが下っ端だという情報は含まれていないだけ。

いろいろと鼻高々だがいつものラーマ（軽い）マートルの口だよ。でもまぁ、世間話は噂話と同じで、害があるようでないことが多数。ペラペラといろいろ自慢話を語るマートルを止めるのは面倒なので、ほうっておいて私は紅茶を楽しみつつ、この世界に帰ってきた後のことを思い出していた。ああ、紅茶美味しい。

＊＊＊＊＊

海賊とのドタバタ後、両思いで、プ、プロポーズを受けた私は、早速、レヴィ船長の部屋で、恋人的な甘い時間をと思いきや、飛び込んできたカースやセランに、いろいろと質問攻めにされた。うん、まぁ、気になることは先に聞いとけってことでしょう。なぜあの場にいたのかとか、遺跡から飛ばされたあとどうなったのかとか、その精霊二体についてはカースとレヴィ船長から聞いていたが、しっかり把握しているのかとか、何がどうなっているのか、ちゃんとわかるように説明しろって。まぁいろいろ。

で、実は私は異世界から来たんですって、話そうとしたら、なんと首が絞まった。

そう、物理的に。きゅっと、鶏の首が絞まるようにです。

あれは、異世界のことについて、私は何も話せないって本能で理解した瞬間だった。

でも嘘を言うのは嫌だったので、正直にこの世界の神様連中に口止めされたと答えた。

詳しく話そうとすると首が絞まるとも。

でもこの世界のことは話せるみたいで、宝珠集めをして欲しいって神様に頼まれたこと。どういう仕組みかはわからないが、気がつけばいつの間にかたまっているので、心配ないと思うと話しておいた。

で、空から降ってきたとレヴィ船長が言ったことに関しては、どこから来たのかは話せないが、カモメに運んでもらった件《くだり》や重いから落とされたとこなんかは話せた。うんうんと納得しているセランとカース。いや、私は標準体重だから。決して重すぎじゃないからね。なぜカモメが云々は、宝珠を集める代わりにたくさんの神様から加護をもらっていると伝えた。嵐の襲来がわかったときと同じく、カモメの言葉がなんとなくわかるのだと。で、カモメや動物の言葉がわかったり宝珠関連でたまにトラブル発生する可能性があることも。だけど、加護ってぶっちゃけ死なないだけの加護だから、怪我もするし、瀕死状態になることだってあると伝えたら、セランとカースは目をむいて怒ってた。

「加護というのは、普通、守ったり恩恵を与えるものだろう。お前のは本当に加護なのか？」

うん、セラン、私も常々そう思っている。

「鳥や動物の言葉が理解出来ると言いましたが、詳しく解るのですか？」

「基本、動物達の感情がそのまま言葉になる事が多いかな。お腹空いたとか疲れたとか」

「本能のままに言葉にしている、といった感じでしょうか」

あ、そうですね。

「こちらから動物に言うことを聞かせる事は可能ですか？」

「無理でした。彼等はいつも、言うだけ言って捨て置きですから」

そう言うと、カースは微妙な顔になった。

「それって、役に立つ事があるのですか？」

うん、あまり有り難みが無い加護と言ってもいいかもしれない。でも、ときどき助けてくれるかもしれないので、よくわからないと告げておく。

こちらの世界の神様はまだ力が弱いってことだからね。仕方ないよね。

照と樹来については、照は無人島にいたこと。樹来は遺跡で契約したことを話した。

「照はセイレーンっていう水の精霊で、純真でまっすぐで可愛くて、ちょこっと素直じゃないところもあるけど、さみしがり屋で甘えん坊なところもあって、すっごく愛らしくて可愛いの。

樹来は、猿の格好をしているけど、実は強い古木の精霊で、真面目で賢く、義理堅くて優しいの。お猿の時にも沢山助けてもらったのよ。まぁ、この契約は、成り行きだったけどね」

二人に対してこう力説して言うと、詳しい契約内容について聞かれた。

は？　契約内容って？

「特にないですよ」

「はぁ？　国を動かすほど力のある精霊との契約が、特になしって、いいのか？」

「危険ではないのですか？　普通、なにか強制力がある契約をするものなのでは」

セランとカースの言いたいことは解るけど、二人に関しては心配ないはず。

「照とは友達になったの。お猿もだよ。友人関係に契約って、ええっと、無粋だよね。友達って色々一緒にするけど、損得とかあまり考えないでしょう。その延長でいいと思うの」

何とか解ってもらおうと詰め寄る私を前に、二人は呆然とした顔になった。

レヴィ船長だけが、くくくっと小さく笑っていた。

「忘れたのか？　メイは、あの時、セイレーンと友達になったから呪いを解いてもらったと言っていただろう」

うんうん、確かにそう伝えたわ、私。

「だが、てっきりあの問題は解決して、あの島で別れたものだとばかり」

でも、折角お友達になれたのに、すぐにお別れなんて寂しいもの。

「猿も確か、拾ってきたんだよな」

あ、お猿の場合は、事故というか、こちらに非があってですね。石がですね、くすん。

「拾ったのが犬猫じゃなくて、たまたま精霊だったたってことか」

うん、まとめて言えばそうだね。

「猿を頭に乗せて帰ってきた時に、元の場所に返してくるようにもっと説得すべきでした」

カースのため息に、ニッコリ笑って答えた。

「私的には、照も樹来もとっても可愛いので、未来永劫仲良くしたいのです」

つまりずっと一緒に居るのです。

と言うとカースやセランはがっくりと肩を落としてため息をついていた。

「まぁ、メイですしね」

「ああ、メイだからな」

むっ、二人も皆みたいに、それで済ますのはどうなんですか。

仮にも私の父、兄、という関係なのに、と言いたかったが面白そうに笑うレヴィ船長の前では、つい頬を染めて無言を貫いてしまった。

「俺の、俺達のメイがこうして帰ってきた。今はそれでいい」

そう言って頬に優しく触れるレヴィ船長の手が気持ちよくてニンマリ笑っていたら、気を取り直したカースも頭を撫でてくれた。

「そう、ですね。貴方がここにいる。それだけが重要なことですから」

二人に甘やかされて嬉しくなっていたところで、セランから待ったがかけられた。

「わかった。お前が物理的に被害を被るが故に、話せないことがたくさんあるってことはわかった。だが、メイ、親として、お前の結婚話はきちんとしないと駄目だろう」

は？　結婚？　私が？　相手はもちろんレヴィ船長だよね。

「ああ、そうだな。今は俺の婚約者だな」

おお、えへへ、婚約者だって。

「おいおい、普通は、親に話を通したあとに正式に文書を交わして婚約で、結婚だぞ。そこをおろそかにすると、後々のお前らの子供が大きくなって困ることになるからな。レヴィウス、わかってるんだろう。しっかりしろよ」

こ、子供って、私とレヴィ船長の子供よね。

レヴィ船長に似た私の子供、ママって、母さんでもいい。いやーん、想像だけでもいい。良すぎる。

「メイ、貴方もです。まずはその残念すぎる顔を何とかしなさい。いいですか？　婚約するには正式に教会に行って宣誓し、書類をつくり、その一年後の華の祭りでの合同結婚式への出席を予約するといった手続きが必要です」

ほうほう。合同結婚式。華の祭りですね。

「平民は、一年に一度の祭りの時に、結婚式を合同で行います。そこで晴れて夫婦になります」

皆一斉に結婚式、いいね。楽しそう。

「なので、教会で宣誓式をしていない今は、レヴィウスの婚約者候補ということになります」

は？　国に帰るまで婚約者にもなれないの？

「そうだな、宣誓式は略式だが次に到着予定の町の教会で行うか。確か教会であれば、婚約の宣誓手続きもそこでできるのではないか？」

セランの提案に、さほど待たずとも良いとわかって喜んでいたら、カースが首を振って、浮かれ気味である私の手をとった。

「ですが、略式だと国に帰ってから教会で揉めます。かといって、我々が帰国後の婚約式だと早くて一月後、そして結婚式は華の祭りとの兼ね合いもありますのでほぼ一年後となりますが」

「駄目だ。待てない」

カースの言葉に即決で反対したのは、なんとレヴィ船長です。

待てないって？　待てないって！　私との結婚がってことですか？

頬がボッと赤くなる。これは、私の嬉しい言葉百選の上位部門に入るのではないでしょうか。

「待てないって、待てよ。子供じゃないんだから」

セランの言葉に、レヴィ船長は真剣な顔で反論した。

「メイの言葉によると、神とやらの試練で面倒事がこれから先も降ってくるのだろう。今までの経緯からいっても、犯罪すれすれ、もしくはとんでもないことに巻き込まれる可能性が高い。そのときに、婚約者候補では立場的に弱すぎる。メイを守れない」

あれ？　すごく真剣なレヴィ船長の表情に、浮かれていた気分がずんっと落ち込む。

そういえば、私って考えてみれば、超面倒くさい立場にいる一般人なのかしら。

そうよね。だって、平穏無事に人生を過ごしたいって人が、結婚とか婚約とかして一緒に幸せになりましょうっていうのが一般だよね。

なのに、私の言っていることって、これから先も大変なことに巻き込むだろうけど、それもふくめてよろしくお願いしますって、おんぶに抱っこ。いえ、人生巻き込まれ宣言に等しい。

普通の人なら顔を背けて、考えさせてくださいってお断りされるよね。

え？　えええええ？　わ、私、お断りされちゃうの？

せっかく、プロポーズされたのに。一瞬の夢？

幻は手に入らないから幻って言うけど、それは嫌。

一瞬で青くなっている私の顔を横目に、三人は真剣に話し合いを続けていたが、レヴィ船長は、机の引き出しから書類を出した。

「婚約に必要な書類はある。証人の欄も父がサイン済みだ。セランも今、頼む」

「レヴィウス、事前にって、やや早手回しすぎないか？」

セランはやや呆れているようだが、渡されたペンを持って、もう一人のメイの証人欄にサラサラとサインする。そして、メイが成人したばかりということで、必要なもう一人の保証人の欄にカースがサインする。

想像でお断り未来を予測し、やや青くなっている私の前に婚約届が差し出された。

「メイ、ここにサインを」

爽やかに微笑むレヴィ船長の顔と書類を、私は震えながら見上げた。

これに私がサインをしたら、レヴィ船長は私の面倒ごとに確実に巻き込まれる。

それでいいの？　考えたら考えるほど未来が怖くなった。

「レヴィ船長、本当にいいの？　私と結婚とか婚約すると、レヴィ船長に何一ついいことない気がするの。だって、私は」

そう言いかけたら、レヴィ船長の人差し指が、私の唇をやんわりと押さえた。

「いいに決まってる。メイ、俺はお前がいれば、どんな敵にだって立ち向かえる」

いやでも、私がいることで敵が発生するとしたら大問題で、大変でしょう。

「メイ、考えすぎるな。人生に波はつきものだ。大小あれど、生きているということは誰しもがいつか問題に直面するということだ。病気や怪我はもとより借金や子供など、どうしようもない問題が大きく発展することだってある」

セランは仕方ないなぁって顔で、戸惑う顔の私を見て言った。

そういえば、セランは理不尽すぎる人生の荒波に飲み込まれ、家族を失っている。

「そうです。だからこそ、この人だと思った相手を大切にすることが重要なのです。二度とこの手から離さなくても済むように、守るためには歴とした立場が必要です」

カースも、家族を海賊に殺された。海賊に対する恨み辛みや、失ってしまった家族への想いに悩んでいた。そして今は、妹（私）を過保護なまでに守ろうとする兄でもある。

「メイ、起こるかもしれない未来より、今の俺を見ろ。お前は、俺が嫌いか？」

もちろんブンブンと首を振る。大好きに決まってる。

「俺は、もうお前を失いたくない。そのために必要なら、どんな波だって乗り越えてみせる。なに、俺は船乗りだ。波乗りならお手のものだ」

物理的な波を越えられるのは、確かに船長達なら大丈夫だろう。だけど。

「メイ、俺の目を見ろ。そして、俺を、お前が愛した俺を信じろ」

この世界にかかわらず、人は何かにいつも巻き込まれる運命を持つのかもしれない。だけど、押し寄せる未来に彼が、レヴィ船長がいればどんなに安心かしれない。だってそうだろう。レヴィ船長はマートル曰く百戦錬磨の船乗りで、腕っ節も強く人望厚い船長で、その心はとても広く温かく、熱い。とても、とても素敵な人だ。

でも、そんな人を私が独占していいのだろうか。今更だが、そんな考えが頭から離れない。

「悩むなメイ。むしろ俺は、これから先のお前との未来を考えて、わくわくしているんだ」

へ？　と見返すと、少年のように目を輝かせたレヴィ船長の顔が。あれ？

「カースは知っているだろう。俺は、いつも、何かを求めていたことを」

思いがけないレヴィ船長の言葉に戸惑う私を前に、カースはふっと笑った。

「ええ、そうでしたね。昔から貴方は、いつも何かを探してました。だからでしょう、学生時代は揉めごとに自ら突っ込んでいくこともありました。冒険家になりたいと言っていたこともありましたっけ。まぁ、船長になってからは大分落ち着きましたけど」

カースの言葉に、セランは眉を寄せる。

「そうなのか？　俺はいつも冷静で感情を抑えている姿のレヴィウスしか見たことがないが」

レヴィ船長はセランの言葉に、真面目に答える。

「船長は、他の船員の命を預かるのが仕事だ。俺の行動考え全てが、生死の問題に関わることになる。そうそうやんちゃはできんし、してはならないだろう」

そうだよ、船長さんは船員の命を預かる、厳しいお仕事だもの。その心がけは大事。

「だが、俺が望まずとも降ってくるなら、面白い。そう思わないか？」

はい？　き、厳しく自分を律してって、あれ？

「愛する女を手に入れた序でに、面白い人生が降ってくる。最高だ」

え、えええええ？　危険ウエルカムなの？

にっこり笑ったレヴィ船長の顔はどこか少年のよう。あら、この顔も好き。

「だから、俺の手を取れ。約束しただろう。俺の傍にいると。俺の妻になり、俺とともに人生を生きると」

はい、そうですね。確かに約束しました。この世界に帰ってきて一番に。

だって、ずっと会いたいと願ってきた相手がすぐそこにいたら、気分上昇して言いたいことを何も考えずに言っちゃうでしょう。乙女心だって暴走するのです。

嬉しそうに目を輝かせているレヴィ船長の顔を見たら、なんだかあれだけ悩んだのが馬鹿らしくなってきた。

「はい。そうですね。約束しました」

では、と差し出される書類とペン。私の記入枠に、サラサラと私の名前を書いた。メイ・ファーガスランドル。これはセランやカース、レヴィ船長がくれた、この世界の私の名前。思えば私は、ずっとこの名前に助けられてきた気がする。

「これを、イルベリー国軍の最速便で国元に送る」

軍の最速便って、戦争が起こったときとか国の大事件を知らせる最も早いコウノトリ便だそうです。ゼノさんが昔、面白そうだとコウノトリやワシの雛を飼い始めたところから始まった最速便だが、大陸の端と端であったとしても、手紙が一月ほどで届く便利な通信手段になった。

各国に滞在するイルベリー国大使宅にはこれらが密かに派遣されているのは、知る人ぞ知る案件だそうです。で、なんとレヴィ船長は、万が一があるということで、ゼノさんからの勧めもあり、この船に一羽借りてきているのだとか。今は鶏さんや牛達と一緒の部屋でのんびりされているそうです。あ、そういえばのんびり顔な大きい鳥がいた。この世界の鶏の親戚かと思ってました。

セランとカースは初めて知ったのか、やや呆れた表情でレヴィ船長の顔を見ていた。

ニヤリと笑うレヴィ船長の顔もかっこいい。大好き。

こうして、私とレヴィ船長との婚約誓書が整い、次の寄港地で教会に寄って、婚約の宣誓をすることを記載して、コウノトリに書類をくくりつけて飛ばした。

その日から二週間後に、書類を無事受け取ったレヴィ船長の父であるゼノさんが、喜び勇んで教会に出しに行き、ついでに結婚式の予約をした。その前にも新聞に婚約発表がなされ、新聞社にものすごい質問の嵐が起こったと新聞社にお勤めのトアルさんから聞いたのはずっとあとのことです。私がその結果を聞くのは、二月後、立ち寄った外国のハリルトン商会の館で渡されたゼノさんからの浮かれた手紙を読んだあとでした。

一年後の華祭りの教会を押さえたって。それも、大聖堂のお祭り結婚式。ものすごい倍率だったが、いろいろと便宜を図ってやったんだから何とかしろと言って教会を脅し、無事に勝ち取ったから安心しろと自慢げに書いてあったのですよ。何やってるの、ゼノさん。

でも、平民の結婚式は華の祭りが定番。いいよね。華祭りの花嫁さんは華の女神に祝福され幸せな人生を約束されるんだって。夫婦円満に無病息災で、華のように愛らしい子が授かるらしい。とにかく縁起のいいこと満載な結婚式で有名なのだが、教会によって多少の違いはあるが、まぁ、それはいいとする。

たしかミリアさんも華祭りで結婚式を挙げるって聞いた気がする。私がいなくなって半年ならもう終わっている。見たかったたな。綺麗だったろうな。誰か絵姿を描いてないかな。帰ったら聞いてみよっと。

「これでもう誰にも文句は言わせない。俺達は婚約者だ。愛している、メイ」

喜んでと、両手を広げて待っているレヴィ船長に飛び込もうとしたら、セランに猫の子を持ち上げるように、首元を引っ張って離された。あれ？

「結婚前の男女の節度ある距離は必要だ。ということで、メイ、今日からは父親である俺の部屋で寝るように」

「レヴィウス、二人だけのときはまぁ見逃すとして、船の中で問題が多発することを防ぐために、これからの貴方達は以前と同じ距離感をもって互いに接してください」

え？　ここは感動のハグじゃないの。

でも、不満げに眉を顰めるレヴィ船長が、少し可愛い。

「お互いの事を想うなら、ここは我慢しろ。出来るな！」

「レヴィウス、船の中で不平不満を誘発するような真似はしないですよね、船長！」

二人からの精神的圧力に負けるように、私達は渋々頷いた。

「二人きりになったら、だな」

「は、はい」

耳元で呟くレヴィ船長の言葉に思わず、耳を押さえて返事をしてしまった。

兎にも角にも、どうやら婚約がなったらしいです。まだ自覚はないですけどね。

＊＊＊＊＊

「で、せっかく捕まえた海賊数名がいまだに何も話さないって、本当にいい迷惑だよ」

「へぇ、だから最近、港付近で軍人が走っているのをよく見かけるんだ。でも怖いねぇ。仲間の海賊に報復とかされたら、私なら夜も眠れないよ」

「ふふん、百戦錬磨な船長が率いる、無敵な俺達に怖いことなんてないさ。群れなきゃ何もできない弱虫海賊団は、俺達にびびって出てこないってさ」

へぇ、ほうっとマートルの言葉に感心して聞いている接客係の美形お兄さん。

ちょっと、いえ長く思い出に浸っていたのですが、まだ話が終わってないようです。

もう半刻は経っているのに、本当にご苦労様です。

私は、もう冷めた紅茶を飲みながら、改めてマートルの話を聞きつつ、時折首を傾げる。

レヴィ船長の凄いとこや船員達の力比べの結果など、話は尽きない感じで繋がるが、明らかに誇張されたねつ造部分が要所要所で玉結びを作っている気がする。

「で、俺が世界に誇るコックになったら、有名になるだろうから、自慢してもいいよ」

あ、言い過ぎ。それレッドカードです。

「そうですね、はい、いつかは」

「俺の彼女は、〝いつか世界が認める日がくるよ〟って、いつも励ましてくれるんだ」

「素敵な彼女さんですね」

「そうなんだよ、あのさ、……でさ……それで……可愛いんだよな……で」

あ、これ延々リピート話だ。カラランとドアベルが鳴って、セランとルディの顔が見えた。買い物が終わったようで、両手いっぱいの袋を抱え、背負った木箱は重そうだ。彼らは配達を頼まなかったらしい。

「いらっしゃいませ。お好きな席にお座りください」

マートルの彼女の自慢話が始まって数分後に、助かったとばかりに美形店員がセラン達に駆け寄った。うん、そろそろ相槌を打つのが辛くなるだろうと思ってたよ。

マートルの彼女に似合う洋服の柄について聞かされたって、それはどうなのって思うよね。なのに笑顔を崩さないお兄さん。うん、プロだね。

どこまで親切なんだろう、このお兄さんは、と感心していました。

セランとルディは私の前に座って紅茶を頼み、私達は遅ればせながらとマートルが選んだ無料のカップケーキを食べた。甘い物が苦手なセランの分は、ルディとマートルが半分こして食べた。私は一つで十分ですから。だって、一個がちょっとしたリンゴくらいあるのだもの。

食べ過ぎたら美味しい夕食が入らないからね。さて、食べたら船に戻りましょう。

「いろいろと楽しく興味深い話が聞けました。楽しかったですよ。またの機会があればお越しください。お待ちしております」

私達の後ろ姿を微笑みで見送りながら、美形接客係のお兄さんはふふふと笑った。

マートルは久しぶりにガッツリと話ができて嬉しかったのか、満足げに胸を張っていた。

セランから何をあいつは話したんだと聞かれたので、ちゃんと報告しておいた。船長の自慢話と船の皆の力比べの結果から始まって、最後はマートルの彼女自慢を延々と話してたって。

セランは接客係のお兄さんに、遠目で視線を下げていた。

呼び出されました

翌日、なぜか軍本部に呼び出された私とルディ。

理由は捕まっている海賊のお世話をしていたのが、私達だからだそうです。藁にもすがる気分なのでしょうと、カースが半分諦め顔で軍の取調室まで連れてきてくれた。

かといって本当に水をあげただけで、話なんて一言もしてないのに、何を話せというのでしょうか。尋問室では女性軍人が立ち会うから保護者は必要ないって言われて、カースが渋々引き下がる。海図を描く仕事もあるからものすごく忙しいのに、カースは相変わらず心配性だ。

「メイ、いいですか？　終わったらすぐ迎えに行きますから勝手に帰らないように、出歩かないように、知らない人についていかないように。大丈夫ですよね」

もう、解ってますよ。子供じゃないのに。

「親切な人がいたからって、むやみやたらと懐かないように、それから、お菓子をくれるからとついていかないように。聞いていますか？　もう一度言いましょうか？」

念押しするように注意が続く。私だって様子の可笑しい人には近づかないよ、大丈夫。

まだまだ心配小言が尽きない感じだったけど、後ろでカースをお迎えに来ていた軍の航海士さんが、じっと微笑みながら待っていてくれたのに気がついて、渋々去って行った。

何度も心配そうに振り返りながらです。そんなに私って、危機感がなく見えるのでしょうか。ちょっと納得がいかないけど、カースが落ち着くならちゃんと心に留めとこう。

うん、〝変な人には近づかない〟。〝お菓子に釣られない〟。〝勝手に帰らない〟。よし。

で、私は一人、無機質な取調室でぽつんと座っていたら、しばらくしてすっごく美人な軍人さんが現れた。うねるような長い黒髪のお色気たっぷりな女教師って感じの軍服女性です。

健康そうな褐色の肌がプルンと水もはじくって感じで、真っ赤な口紅がよく似合う美人さん。こんな人が軍人って、レベル高いよね。モデルや女優と言っても大丈夫なくらい美人。

大きな金と銀のイヤリングを左右につけて、真っ赤な花がついたクロスのネクタイピン。こんな派手な装飾品をつけているのに全然負けてない。ものすごく似合ってる。

一目で惚れる人が、わんさか出てきそうな色気のある軍人女性だ。指先は真っ赤な爪。この世界にはまだマニキュアって無いから、草花の絞り液とかを何度も塗りつけるって感じのおしゃれがあるんだけど、ここまで赤く染めるには、相当根気よくやらないと染まらない。この人、もの凄くおしゃれに気を使っているハイレベルな美人だ。女子力が高すぎる。

余りの事に感心してただ見ていたら、彼女は何も言わずに、黒縁眼鏡を掛けて、私の前の椅子に座って、不意に私の腕を取った。は?

「ごめんなさいね。ちょっとした感情の揺れを測るために必要なのよ」

ああ。嘘発見器的な計測ですね。大丈夫ですよ。

「では、始めるわね。私はシャラ。貴方の名前は？」

「私はメイです」

眼鏡をまっすぐ見返すように返事をする。ああ、目の色が金色だ。

「今からいろいろ質問をするわね。いいかしら」

「はい」

指が長くて綺麗。指の節ってこんなに綺麗なものなのかしら。

「貴方が最後に海賊達に会ったのはいつ？」

「この港で受け渡しをした日が最後です」

うん、一部逃げた海賊以外は、皆この軍の牢屋で尋問中だって聞いた。

「彼らと会う機会が一番多かったのが貴方達だと聞いたけど、なにか気になることがあったかしら。例えば逃亡計画らしきことを聞いたとか、おかしなことがあったとか」

逃亡計画？　最後の方は喉が渇きすぎたのか、お腹が空きすぎたのか、気力なんてなかったように見えた。だからあのとき、飛びかかられるって思ってもみなかったのよね。

「いいえ。私は一日に一度、彼らに水を与える役目でしたので船倉に行っていただけで、話はしていないです」

うん、話らしい話なんてしてない。

「だけど、それ以外にも彼らに会う機会があったのでしょう？」

どうして知っているのか。まぁ、セランの報告書が軍にも挙がっているからその線かな。

「それは、捕縛から五日目くらいで、酷く船酔いした人達がいたので、医師の助手として薬を

飲ませたり、吐いた床を綺麗にしたり、顔や手足を拭いたりといったお世話をしました」

シャラさんは、ペラリと文字がびっちり書かれた報告書をめくる。

「あら、船医は貴方の父親なのね。そう、親子で船に乗ってるの。仲がいいわね。その際に服用した酔い止めはかなり効果の高いものだったんですってね。たかが海賊にもったいないって思わなかったのかしら」

たかが？　セランは生粋の医師だ。人の命を助けるのが俺の仕事っていつも言ってるし。

「セラン医師は、父は、救える命は救うべきだって考えの人だから」

うん、セランは人さらいの犯罪者だって、ちゃんと手当てをしていたもの。

「まぁ、素敵な考えの医者なのね」

うん、そのとおりだ。私の父であるセランは最高の医者だもの。ここで、思いっきり頷く。

「で、貴方も医者なの？　もしくは医者を目指しているとか？」

医者？　私が？　セランみたいな？　うん、無理。

「いいえ、私は医者にはなれません」

私の答えに、シャラさんは首を可愛く傾げる。

「あら、どうして？　尊敬する人が身近にいて、そのようになりたいっていうのは、将来を決める上でよくあることでしょう」

そのとおりだね。本当の父がセランなら考えたかもしれない。でも私はそうじゃない。それに医師って仕事は簡単になれるものじゃない。膨大な知識と経験を積まないと医師にはなれないし、なってはいけない。セランの背中を見てて、そう思う。

今は、私ができることに集中すべきだって、なんとなくだが思っているというのもある。

だって、いつ白球が宝珠の持ち主を発見して、ピカピカ光るとも限らないし。

いいえ、レヴィ船長達は、私の話を聞いてから、なんだかわくわくしながらその日を待ち望んでいそうですけれどね。

「でも、私には父のようには決してなれません。私は私ですから」

そう言うとシャラさんは、ふうんと口元に指をあてて何かを考えていた。

「そんな立派なお父様を持って、幸せねぇ、貴方」

「はい、そうですね」

当然のことなので、間髪入れずに答えると、シャラさんはにやりと小さく笑った。

「立派で尊敬される父親を見て育った貴方には、ちょっと答えたくない質問かもしれないけど、聞いたことに正直に答えてくれるかしら。ねぇ、貴方は、海賊っていう存在をどう思う?」

海賊? あの襲ってきたヒゲもじゃのことだろうか。でも、一括りに纏めて論じるのはちょっと違う気がして、う～んと思わず眉を寄せてしまった。

「どうしたの? だって、調書に書いてあるわ。海賊に襲われたんでしょう。だったら罵詈雑言吐いて、怖かったって甘えて、あんな奴らなんか死んじゃえって思わない?」

可愛らしく小首を傾げる、色気満載な軍服美女。絵になるわぁ。は?

死んじゃえって、可愛いけど物騒だな。まぁ、軍人なら口調がキツいってありなのかな。

「正直に言うと死んじゃえとまでは思いません。まぁ、人によるといいますか」

そう言うと、シャラさんはにこりと笑って、また私の脈を測る。

「人によるって具体的には？　興味深いわ。もっと詳しく教えてくれるかしら？」

詳しく、詳しくねぇ。うんうんと頷きながら何とか思い出しつつ言葉にした。

「海賊といっても私が知る海賊は今回捕まった数人くらいで、他を知らないので一概にそうとは言えないのですが、職業がその人の価値を決めるっていうのも、暴論ではないかと思うんです。今回、お世話した人達を見てたら、職業海賊でも、割と素直で正直な人もいるのかなって」

「あら、そうなの？」

シャラさんは、予想外って反応だ。

まぁ、そうだろうね。だって最後は襲われた感じに報告書は挙がってる。

「大柄で強面なのに、お水を飲ませるときは雛鳥みたいだなって。それに薬を飲ませたときも、顔を拭いてあげたときも、こそっとだけど、ありがとうって言ってたんですよ」

ちゃんとお礼を言える人は、根本的に悪い人ではないと思いたい。

「彼らは海賊団にいたのだから、確かに海賊なのでしょう。けれども、化け物でも殺人鬼でもなくて、あの人達、実は普通の人と同じなんじゃないかなって思ったんです。人の価値って、職業だけが理由で判断されるモノでは決してない。私がそう思っているからでしょうね」

最後に襲ってきたときだって、あのとき、強面くんが体当たりしてきたのは、ヒゲもじゃに捕まりそうになっていたからだと、あとでルディと話して気がついた。それがわかったら世に言う血に飢えた海賊話と彼らを一緒にしたら、なんとなく悪い気がしたのもある。

「あ、シャラさんにこんなこと言ってすいません。軍人さんなら嫌ですよね」

そうだ。軍人は海賊を取り締まる役目。いわゆる正義の番人だ。私の個人的な意見で、船長達に迷惑がかかったら大変です。調書に、今のは私個人の考えだと書いてもらわないと。

このことをシャラさんにお願いしようと口を開きかけたら、

「ねぇ、知ってる？　この世の中はね、お綺麗で型にはまった勧善懲悪が大好きなの。そんな考えを持っていると、世間から淘汰されるわよ。騙されたり酷い目に遭うかもね」

あはは、軍人さんだもの。そう言うよね。

「勧善懲悪は、物語としては嫌いじゃないです。正義は必ず勝つって、ある意味解りやすい指針ですよね。黒と白が明確に分かれていて、安心して読めます。でも、現実はそうじゃない。人は集団にあると色を失うって知ってますか？　白も黒になる。私はそれが嫌いです」

キッパリと言う。マスコミに流された噂は、真実を沢山の嘘で押し固めたものだ。

大声でそれは嘘だ、間違っていると声高に叫んだとて、誰も聞こうとしない。

それどころか、好き勝手に想像して、挙げ句に嘘を受け入れるようにと強要する。

自称正義の味方が、可哀想ねと笑う顔が気持ち悪かった。

もう嫌だ。あんなこと、二度とゴメンだ。

「貴方は正義の味方が嫌いなの？　貴方くらいの女の子は憧れるのではないの？」

正義の味方。言葉は綺麗だが、その言葉の意味は私には重すぎるものだ。

「正義は、人や立場や結果によって変化するものです。だから私は正義の味方になれません」

私は私の知る真実や、ちゃんと見て、聞いて、知ったものを信じると決めた。あのときから。

「ふうん、へぇ、例えば、例えばよ。私が海賊だとしたら、貴方はどうする？」

何ですか唐突に。でも想像してみる。

シャラさんが海賊って、モテモテ美人で、男の人を従えて、あら、格好いい。

「シャラさんが海賊なら、格好いい海賊だと思います」

うん、素直にそれしか言えない。まっすぐに人を見据える事ができる強い視線。彼女の目は、なにかしらの信念を持って生きている目だ。

「格好いい海賊？」

「はい、自分の信念に従って生きる。一本筋が通った海賊になると思います」

うん、シャラさんなら、義賊とかも似合う気がする。

「一本筋ねぇ、褒めてくれているのは解るけど、渋いわね」

「渋いですか？　でも、後悔しない生き方を模索し続けている人は、皆、格好いいと思います」

うん、人生に誇りを持って生きている人や、何か大切な者を守る人は、皆、格好いい。

「私は、格好いいのが一番好きです。例え海賊でも、農家でも、軍人でも、商人でも、かっこよく生きている人に憧れます。誰だって好きになると思います」

シャラさんは手首の脈を確かめるけど、私の脈は正常値。だって、本音だし。

「私、正直に言うと意外と強欲よ。欲しいものは手に入れるし、嫌いな奴らは殺しちゃうかも」

ウインクしながらふふふと笑うシャラさん。はぅ、美人が笑うと素敵。でも、殺すって冗談ですよね。

「人間は皆、生きている限り強欲です。ならば、欲しいものは欲しいとはっきり言えるシャラさんは、素直で素敵な人です」

欲が無い人間はいない。私だって、生きたい、もっと幸せになりたいと思うもの。

「ふふふ、貴方、メイと言ったかしら。ねぇ、ちょっと知り合いの昔話をしていいかしら」

昔話ですか？　なぜ急に？

「それを聞いた貴方の反応が見てみたいから。ね、ちょっとした実験も兼ねてだから」

実験。ふむ、嘘発見器的な反応実験ということでしょうか。

「まぁ、いいですけど」

シャラさんは、私の手首を軽く掴み直した。

「誰もが羨ましがる地位と名誉、お金と美貌に才能を生まれながらに持っていた子がいたの」

ほうほう。

「沢山の期待と希望を背負って、必死で努力して駆け上がって、誰よりも努力していたのだけど、ある日、ちょっとしたことで、周囲の反応が今までと真逆になってしまった。それからは、悪意と偏見が巻きつき、気がつけば信頼は失墜し、周囲の笑顔は失笑に変わった。そこから坂道を転がり落ちて、止まれなくなってどうしようもなくなったところで、何もかも面倒になって振り捨てて逃げたの。自由になりたかったのかもね。でも、それだけでは収まらなくて、どうせなら落ちるところまで落ちてやれと、人生の最底辺まで落ちた。のに、今も図太く生きている馬鹿な女。笑っちゃうでしょう」

ええっと、人生山あり谷ありということでしょうか。

「その女を貴方は愚かだと思う？　皆が言うように、多くの人に迷惑を掛けた人生の落伍者だって笑う？　最底辺に望んで居続ける女を哀れに思う？」

とっさに首を振った。だって、嵐のような人生を生きている強い人だと思うから。

「笑いません。だって人は結局、誰かのためには生きられないのですから」

「？　どういうことかしら」

うーん、まずは頭の中を整理する。期待に応えられなくて道を踏み外しては、よくあることだ。親の期待に応えられなくて非行に走る若者話って、思春期の思い出として語る人がいるもの。でも、人生の落伍者って、言い方もどうかと思う。

「才能もお金も地位も名誉も、本当に欲しいのが自分でなければ、過剰な期待も信頼も、ただ重く、苦しいだけでしょう。多分」

苦しんで、暴走して非行で、家出。うん、よくある、よくある。

「そうね」

「自分の心が伴わなければ、金銀財宝も高い地位も権力も、打ち捨ててしまいたいと思って、実行しても仕方ないと思います」

「沢山の人に責められても？」

「その沢山の人がその人にとって本当に大事で、ずっと傍に居て欲しい存在なのですか？」

「え？」

シャラさんの目が、大きく見開かれる。あら、金の光彩が綺麗。

「ある人が言いました。人の心を捉えるのなら、鏡に映せと。どんなに歪んでいてもどんなに醜くても、鏡は自分自身を映し出します。鏡を前にしたら、誰もが本心を隠せなくなるのだと」

うん、極論だと思うが、確かに隈やシミは隠せないよ。

「その人は多分、ふと立ち止まって道を選ぶときに、鏡を見てしまったのでしょう。だから、敷かれたレールから降りてしまった。そういうことだと思います」

自由になりたかったというのは、そんな意味でもあったんでしょう。

「自分勝手だと責める人がいたわ。恥さらし、育ててやった恩を仇で返すのかと詰められた」

でしょうね。よくあるパターンです。

「その人達が求める未来に、鏡が示す新しい道が繋がっていないというだけです。自分勝手はその人達の方でしょう。自分のために、その人の未来を変えようと強要しているのですから」

思うに、体面や見栄を大切にする人達なのでしょう。

「あらまぁ、そう言えばそうね」

でも、最も大事な事が有ります。それは。

「人生の落伍者って、言いましたけど、シャラさんは、落伍者の本当の意味を知ってますか？」

「底辺で惨めに生きる人のことでしょう」

思いっきり首を振る。違う、違うよ。

「私が知る落伍者は、落ちて尚笑う、人生の達人の事です」

生きているだけで丸儲け。そう言って笑える人のことだと思うから。

「落ちて笑う？　人生の達人？」

「鏡に映る自分が、人生の最後に笑えるのなら、それが一番幸せな人生だと思います。だったら、〝落伍者〟、結構な事じゃないですか。人生、格好良く生きて、笑って逝けるなら、それはその人にとって、最高の人生だったということだと思います」

「……まぁそうね、それもいいかしら」

「でしょう。自分のための人生設計は、自分で決めるんです。誰かのために人生を捨てたと考えたら、笑って逝けませんからね。それに、落ちた底が最高に居心地の良い楽園だったなら尚更です」

それが、海賊だろうと、軍人だろうと、最底辺な仕事をしている人だろうともです。

「それでも残してきた誰かの事が気になるならば、未来に続く何かをこの世に残せばいい。私はそう思います」

メイの言葉に、シャラは首を傾げる。

「未来に続く何かとは？」

その顔を見て、別れ際に言った私の父の言葉を思い出していた。元気でいてくれるだけでいいと言ってくれたあの時の父の心は本当に嬉しかった。

「何でもいいんです。子供でも思想でも思い出の何かでも。世界に残す事です」

忘却は一番の悲しみであるとどこかの偉い人が言ってた。残してきた誰かの縁がこの世のどこかに繋がっていくならば、それが一番の孝行ではないだろうか。

「へぇ？　世に跡を残すねぇ、そんな事、考えたこともなかったわ」

シャラさんの知り合いは、もしかしたら高い地位の貴族で、家を捨てたのかもしれません。だって、シャラさんはどう見ても上流階級で育った貴族っぽい。それもここまでの美女が友人なのです。地位も立場も山とあったのではないでしょうか。それがあんな仕事にと、ある種軽蔑される職種に就いたのかもしれない。だけど、幸せかどうかなんて、周囲にどうして教えてやる必要があるのでしょうか。

「生きていく刻は意外と短く、長いです。後悔しない生き方が一番楽しく、笑顔で暮らせる。私はこれが幸せだと思います」

「……短く、長い。そうね、そうだわね。そう、伝えるわ、彼女に」

何かが、吹っ切れたように微笑むシャラさん。おお、眩しい美人の笑顔は素晴らしい。

シャラさんのお友達は、シャラさんがそうやって微笑んでくれるだけで幸せになると思います。黄金よりも眩しいその笑顔。思わず、お姉様って言ってしまいそうですもの。

「そう、ありがとう。貴方の笑顔も素敵よ。それに、素直で可愛い。妹にしたいくらいに」

へ？　声が？

「出てたわね」

あら、でも、まぁいいか、美人さんから褒められたし。なんだか、照れるね。

「で、貴方は婚約者がいるのよね。将来の夢はお嫁さんかしら？」

突然の話題変換に思わず息が詰まる。

「へ？　あ、婚約者ですよね。はい、います。そうですね、いつかは彼のお嫁さんに、なれたらいいなぁって思います」

先日、この町の教会で婚約の宣誓式をした。簡単に私達は婚約しますって宣誓して、書類にサインして、教会の印と教区の神父のサインを入れて、完成。その間、わずか十分。

バタバタと忙しかったおかげで、ぎゅっとハグも頬にキスすら無かった。それってどうなの。

婚約式って、日本で言ったら結納ってことだよね。あそこまでしろとは言わないが、もう少し熱量というか、ラブラブ要素があってもいいのではないかと思うわけですよ。

でもね、あれから日が経つにつれ、婚約者云々は幻だったのではないかって気がしている。

だって、船の中ですれ違っても、本当に、レヴィ船長は以前と全く変わらない。

それどころか、以前よりも他人行儀な感じで、頭を撫でたりもしなくなった。

視線もなかなか合わない、合っても自然に逸らされている気がする。以前は、早朝に甲板で朝休憩をしていたら、時折会いに来てくれたが、最近は全く遭遇しない。

まぁ、今のレヴィ船長が一際忙しいとわかっているので、無理を言うつもりもないけど。

「なに、その不安顔。お嫁さんに、本当はなりたくないの？」

「いえ、なれるものならなりたいです。本当に大好きなので。でも最近、避けられていて」

あの告白や、書類云々は幻だったのかもしれない。それか、勢いで言っちゃったけど、後であれは間違いだったと気がついたとか。ああ、嫌な想像が。もう考えたくないよ。

「あらやだ、結婚前のマリッジブルー？　女はわかるけど男もあるのかしら」

シャラさんの呟きが微妙に痛い。マリッジブルーって結婚後を想像して嫌なことを考えて、止まらなくなって鬱状態になることだよね。レヴィ船長は後悔しているのだろうか。

それならそうと言ってくれれば。って、言われたら本当に泣きそうだよ。

「あらあら、泣かないでいいのよ。意気地の無い男なんていい女には必要ないわ。ぐじぐじ言うようならスパッと捨てて新しい恋に進むのも手よ。何ならいい男を紹介しましょうか？」

じわりと本当に涙を浮かべていたようで、シャラさんの綺麗な指が私の涙をそっと拭ってくれた。本当に優しい人だな。

「ありがとうシャラさん。優しいね」

姉がいたらこんな感じなのだろうか。ミリアさんも姉御風だが、安心感というか安定感は抜群にシャラさんが上だ。目をぱちくりしていたシャラさんが、ふふふと色気たっぷりで微笑む。

「可愛い子ね、貴方」

おお、可愛いって美人さんに言われるとなんだか照れる。

シャラさんが無造作に足を組み替え、書類を捲る。うおっ、横スリットって迫力満点ですね。

「そんな可愛い子に、お姉さんからアドバイス。いい？　男のヘタレは死んでも直らないの。どんなに格好付けたって、ヘタレはどこまでいってもヘタレだから。そんな男だけど、それでもいい、もしくは、だからこそ好きで結婚したいのなら、首を掴んで、さっさと押し倒しな。で、相手の良いところ、好きなところをしっかりと褒めて、心と体を同時に掴む。これが、私が知る一番いい女の旦那捕縛術さ。

メイ、アタシが妹と呼んだアンタだからこそ教えてやるよ。しっかり気合い入れて、その男をガツンといっちゃいな。絶対、イチコロさ。それでも駄目なら、今度こそ別の男をアタシが紹介してやるよ。それなら、少しは安心だろ」

ああ、ありがとうございます。なんだか、解決方法というか、今の状態を抜け出す鍵というか、何かをがっちり会得した感じがします。素晴らしい！　姉御！　シャラさん、大好きです！

船に戻ったら、忘れないうちにちゃんと試してみなければ。レヴィ船長、頑張るからね。

うんうんと頷きながら拳を握っていたら、シャラさんが、コホンと小さく咳をした。

「さて、話に戻るわね。逃げた海賊が、何かおかしなことしてた感じはあったかしら」

そういえば本題はそっちだった。ええっと、逃げた海賊って、死んだあのヒゲもじゃだよね。

「あのヒゲもじゃですよね。目つきが悪くて口が臭くて気持ち悪い」

そう言うとシャラさんは、ぶっと小さく吹き出した。

「ああ、そんな感じの男」

「船倉にいたときは特に何も。ジロジロ見ては馬鹿にした感じで笑って、ああいうのを嫌な奴って言うんですよね」

「嫌な奴ねぇ」

「あ、でも最後の日、甲板で軍の下っ端の人と何かやりとりがあったみたいです。そこで小さな紙のようなものを渡してました。で、何を思ったのか、その下っ端さんが奴らの縄を切ったおかげで逃亡したんですけど」

「紙？　縄を切った？　甲板で？」

「ええ、そこに居た皆も、びっくりする以前に呆気にとられちゃって。いくら下っ端でも仮にも軍属。考えなしにも程があるって。船長達もかなり怒ってて、下っ端さんの上司に確かに伝えましたから。それ、ちゃんと調書に載ってますよね」

あの時は、カースがもの凄く怒ってて、冷気を感じるくらいに軍の担当者に詰め寄ってたのよね。まぁ、その結果として、迷惑料という名の懸賞金の額も跳ね上がったのだけれども。

シャラさんの眉がぐっと寄る。う〜ん、美人はどんな顔をしても美人ですね。

「可笑しいわ。そんな大事なことが調書には載ってない」

変ですね。だって、そのこともあって、あの下っ端さんが海賊と癒着しているかもしれない疑惑で捕まったって聞いたけど。カースから。

「何か問題があった兵士が、本部に異動になったらしいとは聞いてたけど」

異動？　左遷なら解るけど。左遷で本部に異動？　普通、本部っていったら出世コースだよね。あ、もしかして、本部で叩き直しっていう感じの修業コースとか。

何か難しそうな顔で考えているシャラさんに、ふと思い出して気になったことを聞いてみた。

「そういえば、船長達が言ってました。あの時に逃げた海賊達って、結構目立つ風体なのに、捜索に当たった軍の関係者が一日中走り回っても全然見つからないなんて、おかしいって。このあたりには小島もないし、この辺の海岸線は障害物が一切無いので、船一艘出しても目立ちます。まして、あんな身なりの連中が岸辺にたどり着いたら、少しは噂になりそうなのにそれもない。だから、仲間が密かにいて、ほとぼりが冷めるまで、この町に密かに隠れているんじゃないかって。でも先日市場で聞いた話では、この町って軍人さんとその家族が大半なのに、どこに隠れているのかなぁって」

軍の関係者だらけのこの町で、隠れるところってあるのかなっていうちょっとした疑問。まぁ、そう言ってたら海で死んでいたって正式発表があったんですけど。逃げてから十日以上経ってから、逃げた海賊と思われる遺体が発見された。それも顔が解らないくらいに腐敗した遺体だったらしい。あんなになるまで入り江に放置されていたなんて、この海軍基地のある人が多い港町にしては、余りにも杜撰な警備体制だと、カースやバルトさんが首を傾げていた。

入り江が影になって解らなかったとはいえ、臭くなかったのかしら。

皆、鼻づまりの花粉症気味だとか。まさかねぇ。

ぼんやりとそんな事を考えていたら、シャラさんの目がギラリと光った。

あら、金の瞳が輪に見える。これも綺麗ね。

「そう、そういうことね。私としたことが、こんなことにも気づかないなんて」

シャラさんが、ぶるぶると震えている。寒い？　いや、これは怒ってる。

なんで？　どこかに怒る要素ってあった？

怒るシャラさんも綺麗だけど、ちょっと怖いかも。

「えっと、シャラさん、大丈夫ですか？」

「ふふふ、大丈夫かって、怒りと興奮で血が噴き出しそうだよ」

え？　えええええ？　血って、鼻血？　大変だ、ティッシュを丸めましょうか。

「だ、大丈夫ですか。気を確かに持ってください。興奮すると鼻の粘膜が切れて血が出るんです。あれは周りが思うより本人が痛いので、落ち着いてください」

落ち着けと言いながらも、言った本人が慌てている。ワタワタと周りを見回して慌てていた私に気がついて、シャラさんは大きく息を吸い込んで吐き、こちらを見てにっこり笑った。

「メイ、私、ちょっと急用を思い出したから行くわね」

そう言って、シャラさんは、何も言わせない完璧な美貌でにっこりと微笑んだ。

「あ、はい。シャラさん、私の相談に乗ってくれてありがとうございました」

うん、新しい出会い云々はともかく、いい女の旦那捕縛術は試してみる価値はあると思う。

それに、シャラさんのような超絶美人と話ができただけでも、正直儲けものだ。

一生の思い出として心のアルバムに残そうと思う。

節約のために買って持ち歩いてた手動充電機がバッグに入っていたおかげで、携帯の写真機能は使えるが、取り調べということで下手な詮索をされると怖いので船に置いてきたのだ。残念無念。でもいい。絶対に忘れないよ。こんな綺麗で威厳のある女王様のような人が軍人さん。うん、軍服って色っぽいよね。いいなぁ、色気。ふと、私が着たらと想像して、撃沈した。私だと学生服にしか見えないだろうなって、自分で自分を理解した。

大人な色気って、服によるのではなく、基本は本人が常備する物なのですよね。

急なお別れに、慌ててお礼を言うと、ふふふと笑ったシャラさんは、すっと音もなく私の傍に立ち、頬にチュッと親愛のキスを。真っ赤な口紅がペタリ。うん、記念にハンカチに移そう。

「こちらこそ、これはお礼よ。協力してくれてありがとう」

よし、美人好きなマートルに自慢しよう。このハンカチを見たまえ！　とか言っちゃおう。

「そうそうメイ、もし貴方が困ったことになったら、ここから少し離れた港町のリベアードってところの北の酒場でこれを出しなさい。シャラにもらったって女将さんに言付けてくれれば会えるから」

そう言って無造作に投げてきたのは、真っ赤な花が中央についた十字のネクタイピン。

先程までシャラさんの胸元を飾っていたものだ。

北の酒場。そういえば歌でそんな感じのあったよね。どこにでもありそうな名だけど、それで解るのかしら。あ、わかった。シャラさんは、この酒場の常連なのね。で、また会える機会があれば、会いましょうってことだね。そこにも軍の施設があるのかしら。

ここのように、軍の施設は理由が無ければ部外者立ち入り禁止のはずだから、酒場の知り合いに言って外で会おうってことだよね。うん、了解しました。このネクタイピンは大事にしまっておこう。無くさないように、大事な物入れという名のミカン箱の底に入れることにする。

「はい、シャラさん。今度は私がシャラさんの話を聞きますね。また会えたら一緒におしゃべりがしたいです。楽しい話や思ったことをたくさん話したいです。だから、地図でしっかり調べて、リベアードの北の酒場に、いつかきっと行きますね」

ニコニコ笑って答えると、今度はとっても楽しそうに笑うシャラさんが可愛すぎる。

美人で可愛いって、最強コンボですよね。

「ああ、待ってるよ、メイ。いつでもおいで。じゃあね」

そう言ってさっと軍服の裾を翻して部屋から颯爽と出ていった。

わぁ、足下の高いヒールが嘘みたいにかっこいい。7？　いや10センチはあるピンヒール。

(ねぇ、メイ、あんな約束してよかったの？)

左の腕輪の中でずっと黙っていた照が、話しかけてきた。

だって、とても綺麗で親切な人だったし、なんだかもっと話をしたいなぁって感じ。

それに、照と樹来が止めなかったということは、私に対して敵意がない証拠でしょう。

心の中で返事をすると、髪の毛を括っていた革紐が揺れて、小猿の姿の樹来が私の肩に乗る。

(私はメイ様を止めることなど致しません。貴方は私の主なのですから)

はい？　主ってあのときの簡易契約でしょう。あのとき限定での契約なのだから、樹来はもっと自由に生きていいのよ。だって、ずっと自由になりたいって思っていたでしょう。

樹来が、スリスリと頬にその顔を寄せる。うん、可愛い。

(はい、ですから私は私の意思で、自由に貴方を主に決めました)

は？　え？

（ちょっと、メイを独占しないで。私のほうが貴方よりずっと先にメイと契約したんだから）

（力が安定しない未熟な精霊の分際で、主の主精霊を名乗るなどおこがましい）

（な、なんですって！　ち、力はメイが帰ってきたからもっと安定するはずだし。あんたより
もっと私は、メイと心で繋がっているのよ。ね、メイ、そうでしょう）

（主に頼ってばかりの精霊とは情けない。私ならもっと主を守ることができるのに）

えっと、樹来に照、その辺でやめよう。

私は照を一生の相棒だと思っているし、一緒に成長できる素晴らしい友達だと思っている。

樹来は私の至らないところを先に教えてくれる、先達のような頼もしい存在だよ。

樹来が望むなら、私達の傍にいてくれると心強いかな。

だって、樹来が言うように、私も照も、まだまだ未熟だからね。

そう答えを返すと、二人は黙った。沈黙は金だというが、良い意味であって欲しい。

これを機に仲良くしてくれたらもっといい。だって、頭の横での口喧嘩は耳が痛いからね。

「メイ、終わりましたか？　そろそろ帰りましょう」

おっと、カースの迎えがきたので帰りましょう。いやぁ、本当に今日はいい一日だった。

あとでカースやセラン、そしてレヴィ船長に報告しよう。びっくりするだろうな。

ルンルンで帰っていくメイの傍で、樹来と照は互いに譲歩することを決めた。

大切なメイを困らせるのは、互いに本意ではないのだから。

（いいわ、メイの顔を立てて、ときどきは教えを受けてあげる。仲良くしましょ）

（そうですね、主の足を引っ張らない程度に指導しましょう）
樹来と照は、メイに内緒で、互いに頷きあったのだった。

怒りのシャラザイア

軍の施設の裏口から堂々と出ていったシャラ、ことシャラザイアは、カツカツとヒールを響かせて教会に入る。教会は、シャラの馴染みのシスターがいて、穏やかな顔で子供達に絵本を読んで聞かせていた。だが、突然入ってきたシャラザイアにシスターも子供達も全く驚く様子がない。それどころか、にこやかに微笑んで、また何も無かったように、絵本に戻っていた。

ここでのシャラザイアは、子供達の養育費や教会の維持管理費用に多大な寄付をしてくれる大出資者だ。彼等は、教会に住む者に対し絶対に無茶な要求はしないし、時に寄付金の増額にも応じてくれる誠に慈悲深く頼もしい相手だ。年に数回訪れるだけだが、教会の者達は、彼等が何者なのかは絶対に詮索しない。それを条件に教会の一部の場所を提供し、代わりに金を受け取っているからだ。

シャラザイアが、勝手知ったる様子でシスターの後ろを通り過ぎ、礼拝堂の背の後ろに回ると地下室があった。教会の貯蔵庫だ。夏でも解けない氷がある施設の大事な食料庫だ。

その扉を開けて、ずっと奥に行くと氷の陰に小さな扉があった。

シャラがその扉をゆっくり開けると、扉の向こうで椅子が動く音と、数人が動く気配がした。

「姉御、お戻りで」

「シャラ様、ご無事で」

「ご主人様、こちらへどうぞ」

金の案内で天井の低い穴蔵のような場所に、赤い布張りの立派な椅子があった。

そこに無造作に座ると、シャラは眼鏡をぽいっと放り投げた。

「やっとからくりが見えたよ。あの死体は偽物だ。バルロイは死んでない。軍の手先だ」

シャラの言葉に、全員が体を止め、息を呑む。

「ご主人様、それは一体」

「バルロイ達はバンダービルト海賊団のアジトを突き止めるために、軍が金で雇った尻の黒いトカゲだったのさ。多分、一両日中に島に軍艦がやってくる」

その言葉に、ざわりと空気が揺れる。

「アジトを今夜中に撤収するよ。連絡用の鳩を飛ばしな。お前達は今夜、死んだカミル達をちゃんと船に乗せて、次のアジトに向かいな。いいね」

軍に堂々と潜入したシャラザイアは、牢で囚われていたカミル達に会い、仮死状態になる薬を渡しておいた。すぐに飲むように言っていたので飲んだはずだ。捕虜の一斉死亡で驚いた軍の居残り組が、慌てて飛び出したのも見ている。騒ぎが収まらないうちに、どこかで暇つぶしでもと思ってうろうろしていたら、宝石をたんまり積んだ商船の乗組員が、事情聴取に呼ばれているると小耳に挟んだので、少し遊んでやるつもりで入ったところに偶然いたのがメイだ。

無害で平和そうな顔をした小娘。部屋の隅には先ほど飛び出していった男が用意した質問票があったので、それを使い、軍人のふりをして質疑応答を真面目にしたが、思っていたよりもよい情報が得られた。軍に潜入する前から、どこか可笑しいと思っていた。頭はともかく、カミル達は決して弱くない。メイの船の船員が、あの赤獅子の船ならば腕っ節も納得できる。だが、結果的に捕まったのはシャラザイアの部下だけ。バルロイ達はまんまと生き延びた。何日も食わず水だけで体力が低下している上で大勢の敵に囲まれて海に飛び込んだのに、手がかりがまったく見つからない上、入り江付近に死体があがったと記録には書いてあるが、死体の状態は子細が無かった。普通ならば、墓の場所まで記載があるはずなのに。つまり、書かなくてもよいと判断されたということだろう。

つまり、バルロイ達は生きていて、メイが言ったようにどこかで隠れている。

ならばどこにいる。そう、メイが言ったように町に潜伏しているのだ。軍人が守るこの町に堂々と。逃げた海賊を追っている面々に焦った様子がないのも説明がつくし、メイ達のようなひ弱な船員が、逃げた海賊の報復を恐れずこの町でうろうろできたことも納得できる。

軍は逃げたバルロイ達を密かに匿っている。なぜか。

あいつらが最初から軍の協力者で、バンダービルト海賊団のアジトの情報を元に、今から軍が急襲することを隠すためだ。

元々胡散臭い男だった。海賊を長年やってきたらしいが、どうもこすっからしさが鼻につく。旗を抱え堂々と海賊でございって面じゃあなかった。だから、軍の知り合いに顔が利くってことで幾つか略奪に参加させて様子を見ていたが、特に何の問題もなかったから放置していただけだ。そんな男に複数のアジトの存在は教えるはずがない。生来、シャラザイアは用心深いし、人を簡単に信用しない。あんな猿芝居でシャラザイアを騙すなど、片腹痛いわ。

金に汚く頭が良くない男だっただけに、計略とかに注意が向かなかった。それは失態だ。

恐らく計画を立てたのは軍の参謀で、バルロイは、引き込みも兼ねたトカゲだろう。

今までの海軍にたいした動きがなかったのは、こちらの動きを窺っていたのと、多分、バルロイあたりが馬鹿な欲を掻いて、約束以上の金を引き出そうとしていたかなにかだろう。

部下の報告でも、海軍の船着き場では、準備の整った沢山の軍船が今か今かと出航を待っている状態だった。海賊の死体が発見されたという公式発表は本日早朝。ならば、海軍は早ければ今夜、遅くとも明日には島に到達するだろう。

ならば今は迅速に動くべし。軍の牢屋の管理人が死体の置き場所の相談に来るから、『死体は墓地に大きな穴を掘っておくので、明日の雨が降る前に落としてくれ』と教会に伝言を頼んでおいたので、今夜中に運び出されるはずだ。穴に入れられた彼らを取り返し、墓穴を丁寧に埋めて馬車に乗せる。薬を飲ませ仮死状態から蘇らせ、待っていた船で新しいアジトに向かう。墓穴の隣には、本当の死骸をスラムから買ってきて同じ人数分だけ埋めておいた。教会にも疑いを向けられないし、証拠は残さない。

やることが決まれば、皆がすぐさま動いていく。

「いいかい。ここから先は、無駄口を一切叩かず行動しな。この町では、どこに誰が潜んでいるかもしれないからね」

シャラザイアの言葉は絶対だ。全員がしっかりと頷いてすぐに行動を起こす。

島に住む部下の家族の引っ越しは手慣れたものなので、あっという間に支度が終わるだろう。今までだってそうだったのだから、そう驚くことではない。

シャラザイアは名のある海賊だ。当然、アジトも複数用意している。

彼女の潜伏先になる場所も、適当に金をばらまいて港のあちこちに作ってある。

多大な出資も理由だが、この町のシスターも神父も、かつてシャラザイアに助けられたシャラザイアの崇拝者だ。海賊だと知って尚、協力を惜しまないと、こうして力になってくれている。この教会のように、軍や警邏の者達がまさかと思う場所に作るのが楽しいのだ。

「ですが、よろしいのですか？」

「あのトカゲを、野放しにするの？」

金銀の問いかけに、シャラザイアはニンマリ笑う。

「軍が動いてアジトがもぬけの殻だったとき、あいつらの足はどこに向かう？」

ああ、といつの間にか戻っていた銀が手を叩いた。

「バルロイに問い詰めるために潜伏先に行く。そこをとっ捕まえると」

「ああ、面白くなってきたね。トカゲは真っ黒になるまで炙らないと、薬にならないからねぇ」

くふふと笑うシャラザイアに頷き、銀が部下に指示を出す。黒焦げで薬になるのは、トカゲでなくイモリだと言える勇気ある部下はここには居ない。

金がご機嫌に笑うシャラザイアに尋ねる。

「連れていく先は？」

「誰も入らない山があっただろう。ほら赤く燃えたぎる山。海賊でないトカゲには、あそこがお似合いさ。私らが暮らす海でなんか、死なせやしないよ。あの火口に投げ込んでやんな。喉を潰し、目をくりぬいて鼻をそいで、手足の指をきっちり飛ばして、肉をそぎ落としたあとで油をしっかりと頭から染みこませてからね」

金と銀は頷いたあと、ゆっくりとシャラザイアに手を差し伸べる。

「では、ご主人様、新しいアジトに向かいましょう」

「今晩はいい月夜だから、引っ越しには最適だろうね」

金と銀の手をとって、ゆっくりとシャラザイアは立ち上がる。カツリとヒールの音が響く。

「例の宝石を積んだイルベリー国の船はどうしますか？」

シャラザイアは眉をやや上方に動かした後、首を振る。

「要らないよ。囮に使われた縁起でもない宝石なんて、碌なもんじゃないさ」

その瞬間に、メイの船の見張りをしていた人員にすぐに引き揚げの合図を出す。

シャラザイアはぼそりと誰にも聞こえないように呟いた。

「あの船に下手に手を出すと、こっちが大やけどするかもしれないからねぇ」

たとえ万全の準備をして襲ったとしても、襲撃は辛酸を舐めることになるかもしれない。

メイの言葉を信じるならば、船長の赤獅子はヘタレっぽいが、噂ではかなりの切れ者だ。

そして、バルロイ達をあっさり無力化できるほど力のある船員を多く抱えているにちがいない。金と銀の報告、そして海軍本部での動向からも、シャラザイアが今、迂闊に手を伸ばすのは得策ではないだろう。

「ま、ほとぼりが冷めたあたりで、まだうだうだしてたら、ヘタレ男から奪い取るのも一興かもしれないねぇ。それまでは、あの子に似合いのいい男を探すとしようかねぇ」

嬉しそうに口角を上げるシャラザイアに、金と銀は嬉しそうに微笑んでいた。

「世に残すねぇ。どうせなら世界にこの名を響かせるってのも悪くないかもねぇ。次にあの国の船を見つけたら、せっかくだから久しぶりに名乗ってみようかね。恐怖と絶望で彩られた花が国に帰ってどんな実をつけるか。ふふふ、あいつ等のすました顔がどう変わるか、楽しみだよ」

何事か企んでいるシャラザイアは、本当に生き生きとして美しく愛らしい。

入ってきた入り口とは反対側にある出口を開けると、そこには小さな船と用水路があった。ここは地下用水路に繋がっているのだ。このまま船を進めると北の入り江付近の、打ち捨てられた誰も来ないゴミ置き場に出る。そこから別の船に乗り換えてアジトまでまっすぐだ。

用水路を抜けた先で空を見上げると夕闇が空を染めて、満月に近い月が空に浮かんでいる。まだ白い月がメイのとぼけた顔と重なり、シャラザイアは、そういえばと声を上げてしまった。

「何でしょうか、ご主人様」

金と銀に珍しくご機嫌に笑ったシャラザイアが思ってもみないことを言い出した。

「アタシのクロスをメイにやったんだ。半年か一年後あたりにリベアードの北の酒場に人をやっておいて。メイが尋ねてきたら、すぐに知らせるようにと言ってね」

「メイ？　誰ですか？」

「可愛い可愛い、私の妹さ」

「妹？　シャラザイア様に？　貴方には家族はすでにおられないと」

「ああ、私が決めた。私の妹さ。それだけでいいだろう」

それだけであっさりと船に乗り込むシャラザイアに、金と銀は首を傾げた。

「妹とおっしゃるならば、その者を相当気に入ったということでしょうか」

「なのに、なんで半年か一年後？」

執着の強いシャラザイアには珍しい。

金銀が首を傾げていたが、そんなことはシャラザイアにはどうでも良かった。

可愛い妹と、たまに会って楽しくおしゃべりして過ごすと約束したのだ。

あの子なら、私が海賊とわかったって態度はさほど変わらないだろうと思った。

あのまっすぐな瞳を前にすると、どこか優しい気持ちが湧いてくる。

あの時間を、もう一度味わうのも悪くない。シャラザイアは思っていた。

「ところで金、銀は嫁をもらう気はないかい？」

もし、ヘタレ男が嫌になったら、メイはこちらでもらおう。そういえばシャラザイアは以前から可愛い妹がほしかったのだ。笑って楽しく生きる人生はこれからだと思えば、メイと一緒に海賊をやったらさぞかしおもしろいだろう。

シャラザイアは月を見上げてニンマリと嬉しそうに笑っていた。

新しい門出と幸せ

　やっと出港しました。色々あったけど、払いのいい商人との伝手もでき、よく働く新しい乗組員が数人増えました。ふふふ、私よりも新人なので、いろいろと教えてあげようと思っていたら、彼らはこの船では新人だが、元々ベテランの域に達している船員達。すぐに上の意図を見抜きさっさと動き出すのですよ。私が教える隙なんて全くなかった。精々、レナードさんの美味しいご飯やセランのお役立ち軟膏の話くらいで、役に立てなくてちょっとがっかり。

　そういえば、先日海軍基地で出会った綺麗な軍人女性の話をレヴィ船長達にしたら、びっくりした顔で何やら真剣に顔をつきあわせ、また会う約束をしたと言ったら、レヴィ船長は空を仰ぎ、カースは頭を抱えた。面白そうに話を聞いてたバルトさんは、笑いながら私の背を叩いた。

「てことは、宝石狙いの海賊が狙ってくるのを警戒しなくていいってことだろ。無事な航海ができるってことさ。いいことだ。メイのお手柄だな」

　は？

「軍も海賊達も今頃は大騒ぎで、私達の船を追ってくる暇はないかと」

「そうだな。その上、あの女帝に気に入られたらしいってのがまた」

カースとレヴィ船長は、苦笑いしながら私を見下ろす。

え？　大騒ぎって？　女帝って誰？

「まぁ、メイが知らなくてもいい話だ」

「そうですね」

「ああ、そのままのんびりした顔をしてろ」

ああ、まぁ、のんびりした顔。って私の顔がですか？

のんびり顔、新しい表現ですね。平凡、鼻ぺちゃ、くせ毛、愛嬌のある顔等々、いろいろ言われてきたこの平凡かつどこにでもあるような顔ですが、さらに新しい形容詞が加わったと。

うん、もうどうでもいいや。だって顔は変わらないし。どんな顔だって、親からもらった大事な個性だ。美人と一度は言われてみたいが、無い物ねだりも強制ワッショイも空しいだけだ。

某有名な少年は言ったよ。真実はいつも一つって。意味合いがちょっと違うかもしれないが、現実を見つめるのが、一番大事なことってことでしょう。多分、きっと。

気にしない、気にしない。一休み一休み。っていい言葉だよね。

頭の中で木魚をポクポク叩いていたら、いつの間にかカースとバルトさんがいなくなっていた。ふわりと背後から見知った香りが私を包む。

「ようやく二人きりだ、メイ」

ドキンと大きく胸が音を立てた。

「あ、え、レヴィ船長」

レヴィ船長の顔が私の首筋にあって、耳元で温かな息が吹きかかる。

ぐっ、この距離は久しぶりだ。耳が一気に熱くなる。

思考が真っ白に染まっていきそうで、鼻の奥に力を入れて、ぐっと我慢する。頑張れ私。

ここで意識を飛ばしたら、もう駄目な気がする、いろいろと。

「目が合っても抱きしめられないし、手も伸ばせないのが、これほど辛いとは思わなかった」

あれ？　え？

「お前の笑顔を見るたびに、愛しくて触れたくて胸が苦しかった」

あの、それって、視線が合ったのにすぐに顔を逸らしていた理由ですか？

「メイ？」

私は、あんなに悩んで落ち込んだのに。少しだけ文句を言ってもいいですか。

「そういうときはちゃんと言ってください。仕事終わりに船長の部屋に会いに行きますから。セランにちゃんと許可を取って」

だって、私達は婚約者になったのですから。

ほどほどのスキンシップは許容するってセランも言ってたし。

私の言葉に面食らったのか、レヴィ船長が珍しく驚いた顔をしている。

「貴方に会いたくて、抱きしめたくて、泣きたくなったのは私も同じです。だって、ずっとずっと会いたかったから」

あちらの世界にいたときからずっと、レヴィ船長に焦がれていた。

「以前と同じようにといっても、私が持つレヴィ船長への想いが、すでにもう違うんです。貴方を見るたびに胸がときめいて、格好いい姿に惚れ直し、声を聞くだけで夢心地になりました。

両思いだとわかって尚、想いは募って止まらなくなる。そんな私が、貴方に触れたいと願うことは当然でしょう」

大きなレヴィ船長の手にスリスリと頬を擦り付けると、そのままギュッと抱きしめられた。

ああ、この匂いだ。レヴィ船長の香り。

「俺も、同じだ。でも、俺のほうがお前の想いよりタチが悪い。メイが愛しすぎて止まれない。抱きしめて口づけて、その体を滅茶苦茶にした夢を何度も見た。泣いて止めてというメイを、夢の中の俺は無理やり抱いた。なのに俺は、やっと手に入れたことが嬉しくてメイの涙さえも手に入れたことで酔っていた。夢だと気がついても尚更、こんな俺がお前に触れたら傷つけるかもしれないと怖くなった」

うきゃ、そ、それは、情熱的というか、妄想熱いっていうか。えっと、そのですね。でも、妄想相手が私なら、それも嬉しいかも。だって、好きだから怖くなる。この気持ちは一緒だ。

「私も怖いです。レヴィ船長に呆れられたらどうしようって。こんな平凡かつのんびり顔で単純な私なんて、思ってたのと違ったって思われたらって。だから、レヴィ船長に避けられてると気づいたときには、本当に怖かった」

レヴィ船長がふと顔を上げると、そこには私の顔が。

「済まない」

「ふふ、もう避けないでくださいね」

今さら顔の不出来さ加減を変えることはできないし、正直すぎる私の顔はどうしようもない。でも、誤解が解けた私達の関係はもっと良くなる。きっと、そう。

「メイ、愛している」

そのまま、レヴィ船長の唇が降りてきて私の唇とそっと重なった。

「私も愛しています」

深くなる一歩手前の口づけに、私達はやっと満たされていく気持ちを知った。

そのまま何度も何度も口づける。心が温かくなって胸がいっぱいになる。

「お前だけだ、メイ。お前の存在全てが、俺をどうしようもなく引きつける」

レヴィ船長にそのまま抱えられ、気がつけばベッドの上に。

そして、レヴィウスは徐にベストのポケットから小さな5センチ角の箱を取り出した。

「これを、メイ、お前に」

私に？

手渡された箱は、どこかで見たことがあるような赤い箱。なんだか春海に以前もらった異世界転移の元になった例のあの箱にそっくりなんですけど。

思わず引きつりそうになる私の顔を横目に、レヴィ船長はどこか懐かしそうな目で箱を見ていた。

「これは俺の母から受け継いだ物だ。俺の妻になる女性にと」

そう言われて、考えを切り替えた。

そうだよ。レヴィ船長と春海に接点があるはずがない。うん、これはただの箱だ。そうに決まってる。それに最後に開けた箱は水色だったし。よし、大丈夫。

ちょっと深呼吸して、その箱をゆっくり開けると、大きなエメラルドの指輪が座っていた。

う、ず、随分とお高そうな指輪なんですけど。

「今は持っていてくれるだけでいい。だがいつか、お前のその指にはめてくれ。愛してる。俺の運命、俺の唯一、誰よりも愛しいメイ。どうか受け取ってくれ」

つ、つまり、これは結婚指輪ないし、婚約指輪ということですね。

ということは、レヴィ船長からの愛の証。こんな箱ならいつでも大感動、大感激間違いないです。嬉しい、嬉しい。私は、世界一の果報者ですって大声で言いたくなる。嬉しくて飛び跳ねたくなってしまう。嬉しさのあまり思わず指輪の石をつるりと撫でる。

でも待って、これ、船長の親指の爪より大きいのですが。本当にいいのかしら。

思わぬサプライズにあたふたしていたら、レヴィ船長にぎゅうっと抱きしめられた。

熱い吐息が、ゆっくりと首肌を撫で温めていく。

「やっと俺の腕に帰ってきた。嬉しいのに恐ろしい。どこか不安で仕方ない」

恐ろしい？　不安？　レヴィ船長が？

ああそうか、いつかどこかで、神様都合によりまた飛ばされるかもしれないって言ったとき、一人平気な顔をしていたけど、レヴィ船長も本当は不安で怖かったのね。カースは泣きそうになってたし、セランは怒ってたから、レヴィ船長が感情を抑えなければならなかったのだろう。

初めて見れた苦しそうに感情を吐露するレヴィ船長の顔が、どうにも愛しすぎて私の頬が緩む。

もっともっと、貴方のいろんな顔を見てみたい。

「何を笑っている?」

ちょっとだけムッとしたような、子供がすねているような顔。ああ、そんな顔も愛おしい。

「嬉しくって。だって、レヴィ船長のそんな顔、初めて見たから」

途端に、その目に、小さな躊躇いが見える。

「嫌か？」

私は小さく首を振る。

「いいえ、どんな貴方も愛おしい。もっともっと見せてください。いろんな貴方をもっと知って、私は前よりもずっと貴方を好きになる」

笑う顔、怒る顔、意地悪な顔、拗ねた顔。どんな貴方もずっと一緒にいて、見て触れて、感じて、繋がっていたい。

「貴方の傍にずっと居たいから、私はここに帰ってきたんです。どんな困難に遭おうとも、帰ってくる所は貴方のこの腕の中です。レヴィ船長、私が心から求めるのは、貴方だけ」

好きで、好きすぎて胸が痛い。想いが溢れて、もう言葉では足らない。

繰り返される口づけが心地よくて、もう何も考えられない。

「最後まではしない。だけど、メイを知りたい。確かめたい。お前に、触れてもいいか？」

煌めく緑の瞳に、熱く滾るような光が点る。

「はい。私も貴方に触れてもいいですか？　レヴィ船長」

私の言葉に、ふっと笑ったレヴィ船長は、ガバリと勢いよく上着を脱いだ。

うきゃ、す、素晴らしい筋肉。シックスパック！

「レヴィウスだ。レヴィでも、どちらでもいい。呼んでくれ」

名前呼び！　素敵！　心臓が躍って、ドキドキが止まらない。

「レヴィ」

「メイ」

ゆっくりと私の服が口づけの合間に脱がされる。大きな手が体のあちこちで触れる。

私の手はレヴィの胸や背中を確かめると、トクトクと打つ心臓の音としっとりと触れる温かな体を撫でる。つい筋肉の流れに指を沿わすと、与えられる口づけが激しくなった。

キスが全身に降ってくる。触れ合う皮膚が熱くて、声が抑えられない。

星が瞬く。頭の中が痺れて、もう何も考えられない。幸せで心が溢れる。

ああ、人を好きになるってこんなにも満たされる気分になるのね。初めて知った。

幸せの夢うつつ。そんな中で、なぜか母とシャラさんの声が蘇った。

「いい男なら押し倒してでも物にするのよ。頑張れ、芽衣子」

「ここだよ！　ガツンといっちゃいな、メイ‼」

うん、頑張る、母よ。シャラ姉よ、芽衣子、改めメイは、愛しい人と異世界で生きていきます。いつかそっちに帰ったときには、こっそり撮ったレヴィの写真を見せるつもり。

この人が私の自慢の旦那様だよって。父と母とまだ見ぬ弟に、精一杯の愛を込めて。

あのとき、ちょっとうっかりで箱をあけちゃったけど、私は最高の幸せを見つけたよって晴海にも大声で叫びたい。ちらりと枕元に置いた指輪の箱を見た。幸せになりたいなら箱をあけるべからずではなくて、箱をあけても幸せになれるよって。だから、異世界に行っても諦めないで、幸せを探そうって。

さぁ、そこで箱を持って悩んでいる貴方に向かって、私はこう言います。

「箱をあけよう」と。

完

番外編：幸せの花嫁衣装

段々低くなっていく秋の空に、ゆったり流れる白い雲。

そして、ピーヒョロロロロとトンビが上空で甲高く鳴いていた。いつもと同じ平和な景色だ。

そこに、バッサバッサと暢気な顔のコウノトリが、空をのんびり飛んできた。大きな羽を優雅に広げ、とある建物までゆっくりと飛んでいく。

イルベリー国王城の一角、国軍の官舎の屋上には、割と立派な長屋風の鳥小屋と人工の小さなため池があった。そこには、ゼノ総長や鳥好きな隊員達が卵から、もしくは雛から育てた多種多様な鳥が飼われている。ワシや鷹といった比較的スピードの出そうな鳥から始まって、大型のコウノトリやクジャク、鶏、鳩、雀に至るまでだ。種類が無節操なのは、ゼノと彼の直属の隊員達のちょっとした悪戯心から飼い始めたという経緯がある故であるが、思っていたよりも反対意見も出ず、また、ゼノの知らないうちに鳥を飼う会なぞと知らないうちに世話をしたい者が増え、簡易な施設が、ここまで立派になってしまったらしい。いつの間にか心癒やされたい隊員達の密かな憩いの場になっており、気がつけば、鳥の住みよいように、小さなため池、ベンチ、水引ポンプまでが、壁伝いに屋上まで設置され、小さなバラック小屋は長屋風に改築され、今に至る。

ここで鳥を飼うために、ポルク爺に頼みこみ、国の特殊緊急便詰め所なんぞと名目をつけたが、その役目を果たしているのはごく一部だ。見慣れた場所を目視すると、コウノトリは大きくクワワァ～と鳴いた。すると、声を聞き届けたのか、小屋の窓が大きく開かれた。鳥は目を細めて、嬉しそうに羽を動かして窓に向かっていく。

窓の向こうに一人の青年がいた。本日の餌当番である。彼はゼノ総長の三番目の息子で、名をステファンという。真面目で心優しい、ゼノの息子とは思えないくらいに優秀で立派な男である。ステファンが、後ろで括った金の髪を揺らして、帰ってきたばかりのコウノトリに本日の餌である魚を与えると、鳥は嬉しそうにどんどんと丸呑みしていく。

十匹目を食べた後、満足げに胸を揺らして胸元に括り付けられた書簡筒をステファンに見せると、彼は羽を優しく撫でて、書簡筒から手紙と書類を取り出した。

「遠くからご苦労だったね。サンゴウ、お疲れ様。今日はしっかりここで休むんだよ」

クワワァ～とご機嫌でコウノトリは返事をする。彼はこの青年が大好きである。

彼は人にも鳥にも物にも優しいいし、餌はいつも新鮮だ。サンゴウは、すりりと青年の足に首を擦り付けて、今日も親愛の情を示していた。

ステファンは、封書に書かれた宛先を見て怪訝な顔をしたが、手紙の封を開いて内容を一瞥し、そして、ふわりと嬉しそうに微笑んだ。

「良かった。おめでとう」

鳥の頭をもう一度撫でた後、ステファンはとある場所に向かって踵を返した。

ステファンがコウノトリの運んだ書状を受け取った三日後。

その日の新聞の三面に、たくさんの人に衝撃を与えるニュースが小さく載っていた。

『イルベリー国が誇る不動の上位がついに陥落！　独身部門ランキング本年度三位に位置する、レヴィウス・コーダー氏がなんと婚約発表！　お相手は、名医師、セラン・ファーガスランドルの一人娘のメイ・ファーガスランドル十六歳、異国の教会で婚約宣誓済み。結婚は次の華の祭り予定』


その新聞を見た一部の人達が、様々に反応し、ありとあらゆる衝撃を受けていた。


その内の一人‥ゼノ・ファシオン（レヴィウスとステファンの父）は、ほんのちょっと前まで、いや今も、机に伏せたままダレていた。

「あ～、平和だなぁ」

机の上に頬をつけたまま、ファシオン公爵閣下であり、イルベリー国軍部総長の肩書きを持つゼノは、窓から空を見上げた。ちなみに頬の下には、先程から一向に進まない書類束がある。

「平和なのは結構ではないですか。なにが不満なんです」

副長のロイドが隣の机で、同じく書類に埋もれている。

「だってよ～、こうも書類ばかりだと、気が滅入るってもんだろ」

「貴方に渡している書類は私の十分の一に過ぎませんが、不満なら代わっていただけますか？」

ゼノと違うのは、彼の書類の山は、ゼノがサインする一つ前の書類である。

つまり、ゼノよりも多くの山に日々囲まれていることになる。

「何言ってんだ。俺ができるわけないだろう。勘でサインしてもいいが、時折変なのが交じるからな～」

「貴方の勘は信用していますが、ここで発揮されたら、文官の仕事を取り上げねばならなくなります。なので却下です。勘に頼らず、しっかり確認してサインをしてください」

ちなみにここは、王城軍の詰め所だ。書類仕事に飽きたゼノが、ロイド相手にいつものように管を巻いているよくある風景だ。

「う～ん、でもなぁ、今日は何かしら違うことが起こりそうな気がしてるんだが」

何やら、ゼノお得意の野生の勘というアンテナが、グルグル廻っているようだ。

ロイドは眉を顰めて、眉間に皺を入れる。

「何かとは、事件ですか？」

面倒ごとは、書類がまた増えることを意味する。できれば違うと言って欲しかった。

「う～ん、わっかんねぇ」

理由もなく空を見つめ続けているゼノに、ロイドは小さなため息をついた。

「ならば、事が起こる前に、少しでもそれらの書類を片付けてくださいね」

ゼノが、うえぇ～と言いながら、書類を一枚、頬の下から引っ張りだした。

その際に、どうやらインクの文字が乾ききっていないものがあったらしくて、ゼノの左の頬に、誰かの汚い報告書の一部がくっきりと写っていた。

「そういえば、ゼノ。新聞読みました。おめでとうございます。水くさいですね。先に知らせていただけないなんて」

退屈で死んだような目をしたゼノが、ロイドに首だけ回して向き直る。

「は？」

ロイドはゼノの様子を探りつつも、手元の書類にサラサラとサインをする。

「私は貴方の副官として長年勤め上げてきましたから、貴方が人を驚かすことが大好きな性分だということを知ってはいましたが、こういった祝い事くらいは、公式発表の前に教えてくださっても良かったのではと思うのですが、どう思いますか」

コテンと首を傾げるゼノに、なるほどと悟る。見てないなと。

ロイドは机の引き出しを開けて、鞄に入れてきた本日の新聞を取り出し、目当ての記事が載っているところを広げて、ゼノに見えるように立てた。

「これですよ。貴方の次男であるレヴィウス君が、とうとう婚約したと号外が」

それまでの怠惰な様子から一転して、ゼノが勢いよく立ち上がった。

「はぁ？　なんだそれ。親よりも先に新聞って。なんだそれ」

新聞に手を伸ばすゼノに、ロイドがひょいっと持ち上げる。

「おい」

「見たかったら、そこにある書類を今すぐ全部片付けてね」

「はぁ？　いや、今はそれより」

「総長、こっちが優先だから」

「ロイド？」

じわりと怒りが漏れてくるゼノの様子に背中に汗が流れていくのを感じるが、穏やかな顔を崩さずロイドは机の引き出しに新聞を隠した。

「その机の分だけしてくれたら、今日はもう終わりにしていい。あとは俺が何とかできる」

ゼノの怒りがヒュルンと収まった。

軍事演習が近いこの時期は、ゼノ達軍の上層部は、膨大な書類に忙殺され、夜までといったケースもなくはない。だから、いつもならロイドがゼノを椅子に括り付けてでも逃がさないのに、今日は随分とお優しい。

「流石、気が利く男だぜ」

「お前がそうだから、俺がこうなるの典型だな」

ゼノは倒した椅子を引き上げてきちんと座って、手元に書類を引き寄せる。

「いつものことだが、お前が副官で良かったよ」

「そうだな、お前が軍に入ってなければ、俺はただの文官だっただろうな」

ロイドの家系は、文官を多く輩出してきた家系だ。今ではそうでもないが当時は国内外共に不安定な情勢で軍部は死亡率・離職率トップの職業だった。なのでロイドがゼノに誘われて軍に入ると言ったときは、ロイドの家族は全員が猛反対したものだ。

「だから今、俺が大変、助かっている」

カリカリ、サラサラと、書斎に小さな音が流れている。

「お前の副官を選んだのは俺だからな、諦めてるよ」

幾つもの書類と手紙を無事に書き上げて、蝋燭の火で封蝋を溶かして、その上にポンッと印章を押して終わりだ。

「おう、ご苦労さん、いつもありがとうよ」

小一時間ほどで、その作業は完璧に終わる。いつもがこうならもっと効率よく仕事が片付くだろうにと苦笑しつつ、ロイドは机の引き出しを開けて新聞を取り出し、勢いよく伸ばされたゼノの手にそれを乗せた。

「お前に内緒でこんなことしでかした奴の名が、新聞の右下に書いてあるぞ」

指で記事の場所を示すと、ゼノの目が見開かれた。

そこには取材協力、及び、情報提供者のよく知った名前が。

「はぁ？　ステフ？　それに、やっぱりあのくそ爺」

グシャリと新聞を握りしめたゼノにロイドは手を振った。

「ああ、ここで怒ってないでさっさと行ってこい」

「当たり前だ！」

扉を乱暴に開けて出ていく後ろ姿と机の後ろにまでたまった書類箱を見て、ロイドは小さくため息をついたあと、ぐるんと右肩を回して、気合いを入れた。

先程までは、自らの家族のことなのに自分だけが仲間はずれにされたと憤り、思わず部屋を飛び出したが、新聞の記事を道すがら読んでいくうちに、ゼノは笑みが抑えきれなくなり、ついに叫んだ。

「やったー、娘、ゲットだぜ。ふぉ～」と。

ゼノは新聞を持って、足取り軽く目当ての場所、書庫に行く。そして、二階の王宮特別書庫に入ると、窓辺でだらしなくよだれを垂らしながら昼寝していたポルク爺の耳元で、クルクルと新聞を丸めて筒にして、大きく息を吸ってから声を上げた。

「おい、爺、俺の息子が待望の嫁を手に入れたぞ」

それまで、眠気でしょぼしょぼしていた眼を、ポルク爺はカッと開く。最近、耳が遠くなってきた爺は、いつもこうしてゼノに起こされている。

「なんじゃと？　レヴィ坊と嬢ちゃんの結婚は来年じゃろう」

「おうよ。華の祭りで嫁ってことになってるが、婚約も済ませたらしいから、もう俺の娘だろ」

新聞記事の部分をペンペンと指ではじいて、ゼノはニカリと笑った。

ポルク爺は、ふわぁと小さくあくびをして背を伸ばした。

「それにしても最近のゼノ坊は鈍くなったもんじゃの。朝一でここに怒鳴り込んでくるかと思うとったのに、のう？」

可愛く首を傾げつつ、ポルクはゼノの背後に視線を向ける。

そこには、本の整理の手伝いをしていたステファンが、困ったように微笑んでいた。

「ステファン、お前、父親より先に爺や新聞に知らせるってどうなんだよ」

ゼノが拗ねた顔でそう言うと、困ったような顔でステファンが答えた。

「兄上から手紙でなるべく早く新聞に掲示をと頼まれました。平民である兄上の場合、華の祭りでの結婚式は町の教会でしょうし、そうしたら席次は新聞の掲載順ですからね。帰国してからの申し込みだと、教会に入れないことだってあるかもしれませんから」

この国での結婚式は、大貴族か王族以外は全て華の祭りの時期に、一斉の合同結婚式として行われる。平民は町中の教会になるので、幾人かの司祭が、名を挙げて結婚の宣誓の立ち会いをする。その際に、人数が多ければ教会の中に入れないことだってよくある話だ。だがそれでは花嫁が可哀想なので、教会としては事前予約をということで、新聞掲示を推奨しているのだ。

まぁ、今回は、ステファンが持ってきた手紙を見た、新聞社で働いているレヴィウスの友人のトアルが大層喜んであんなに大きく掲載したので目立つことになったが、本来なら、新聞の紙面の一番最後か目立たない下の方にチラッと名前が載るだけなのだ。

「それはわかった。レヴィウスの言うこともわかるし、お前も悪くない。でもな、でも、俺より先に爺が知ってるってどういうことなんだよ。この可愛すぎる真面目な息子め」

ステファンは、困った顔で首を傾げた。

「父上はもうこのことはご存じなのだと思っていました。ポルク様は、私が言う前に知っておられたので」

グリンと音がするほど激しくゼノの首がポルク爺に向く。

「ワシは別ルートで知っとったからの」

飄々《ひょうひょう》とした態度を崩さず、ポルク爺は髭を丁寧に撫でる。

「いつからだ」

「さてのう、最近、物忘れが激しくなって、いつのことやら」

「爺！　態《わざ》とだな」

喧嘩《けんか》しそうな両者の間を、ステファンが止めにかかったが、それを良いことに、ポルクは素早くステファンの長い足の後ろに隠れる。そして、追い打ちを掛ける。

「新聞を見て、王一家も、お前の長男も、コックまで、ワシに聞きに来たぞ。お前が最後じゃ」

「俺は、国境視察から帰ってきたばっかだぞ。その後は軍事教練のために書類漬けで、家にも満足に帰れてない上、妻にもう顔を忘れかけてたって嫌みを言われて、新聞見る暇があるかよ！」

因みに、ゼノの奥様はステファンの母で、ゼノをからかうのが大好きな年下女房です。

「そうか……頑張れとしか言えん。気を確かにな」

「勝手に哀れむなよ。くそう」

床に座り込み落ち込むゼノに、更なる追い打ち。

「ステフ、お主、父のようになってはいかんぞ。妻には優しく、アレを反面教師とし心せよ」

「ええと、はい。気をつけますね」

だが、ゼノは打たれ強く生きる者だ。絶対に負けけんと勢いよく立ち上がった。

「ステファン、新聞や爺はもういい。それで、教会には知らせたのか？」

あまりの変わりように、目をぱちくりさせたステファンは首を振った。

「教会には今日の昼休みに行こうと思っていたので」

結婚の予約は、掲載新聞と喜捨という名の寄付を必要とするので、真面目なステファンはそれなりのお金を持ってお昼休みに行こうと考えていた。

にやりと不気味に笑うゼノ。その顔は、仮にも尊敬されるべき父のする顔ではないだろうが、誰も注意する者はいない。

「ここまで息子に踊らされたんだ。今度はこっちが息子と娘を驚かせてやる！」

「え？」

「爺、例の裁判の件で、あちこちの教会と伝手ができたって喜んでただろ」

「そうじゃのう」

「よし、華の祭りに合わせて、大聖堂での結婚式を予約してやる。どうせ、俺や爺、時間が合えば王妃あたりも参加したいって言い出すだろうから、名目は立つはずだ」

「はぁ？　大聖堂って、兄上は貴方の息子とはいえ、庶子扱いですから平民ですよ」

驚くステファンに、ポルクも楽しそうに笑った。

「ほっほっほ、昨今では、ちょっとした平民も大聖堂で式を挙げたのう」

「あ、あれは、相手があの名誉伯です。だから許可が下りたと」

この王城で働くコック、トムは、あの伝説の料理人の弟子の一人だ。世界中の人をその料理で魅了したという伝説の料理人は、晩年、このイルベリー国で生涯を過ごしたのだが、そのときに三人の弟子をとり、そのうちの一人がトムである。伝説の料理人の弟子である三人は、どこの国でも、なんとしてでも手に入れたいと願っている人材である（因みに船のコック、レナードもその一人である）。そんなトムを国に留めるため、王城で働いてもらう代償として、トムはこの国の名誉伯の称号を得ている。そのトムが、今年の華の祭りでローラを嫁にすると言い出して、名誉伯なら大聖堂でと決まったのだが、ローラが初婚でない上に、平民であるのが問題になった。あのときは、トムが名誉伯を辞退するとか、ローラが別れるとか言い出して、ちょっとした騒動になったが。ポルクが教会にちょっとしたお願いをして、教会が快く承諾したことで結婚式が無事行われたのは、この城で働く者なら誰でも知っている。

「嬢ちゃんは、王妃の友人で、マーサの最後の弟子じゃ。マーサの教えを受けた貴族の子女からしてみると姉妹弟子になる。それに、嬢ちゃんの父御のファーガスランドル医師は、名高い名医じゃ。そろそろ国として名誉勲章なんぞを出しといてもよいの」

「おう、いいな。レヴィウスのほうも、ハリルトン商会の理事として、そろそろ顔見せさせとこうと思ってたからな。なんだったら、俺の持つ爵位の一つ、子爵位を渡してもいい。元々、レヴィウスが船から降りる頃には渡すつもりだったしな。街の皆も喜ぶぞ」

「序でに、ちょっと脚色して、裁判の時の話を広めれば、女性票はとれるの」

「を？　だったら俺のアレがロマンス作家をしているんだが、それにあいつらのロマンス書いてもらうか。次回作に困っていたようだから、すぐに飛びつくぞ」

アレというのは、ステファンの母にしてゼノの妻のことだ。

「ほっほっほ、よいよい。嬢ちゃんの驚く顔はかわゆいからの。あれを楽しみに、教会のアレコレソレを元に交渉しようかの。ゼノ、切れた奴らが出たら、そっちに回すからの。良いな」

「ああ、どんとこいや。俺の部下も、ストレスマッハの奴らばかりで、こっちもいい加減くさしてたからな、腕が鳴るわ」

ゼノとポルクの目が嬉しそうに輝いて、お互いの腕をがしりとつかみ合い、そのまま嬉しそうに、「大聖堂、大聖堂」と歌いながら回り始めた。

ああ、これは、止められない。ステファンは、心の中で謝った。

（私には、この二人の暴走を止める術はありません。申し訳ありません、兄上、メイ）


そして、イルベリー国の中央商店街で旨いと評判のオトルの食堂。そこで、子供を背負い、新聞片手に「よっしゃー！」と声を上げて喜ぶピーナと、そろそろ大きくなってくるお腹を押さえつつも興奮を抑えきれないミリアがいた。

「ピーナさん、これ、メイのことですよね。だってほら、セラン先生の一人娘ってあるし」

「ああ、そうだろうね。叶わない片思い中だってメイは言ってたけど、あたしは知ってたよ。あの子が幸せになれないなんて、絶対に可笑しいってね」

「はぁ、好きな相手がいるとは知ってたけど、まさか相手が、あのレヴィウス様とはね」

「あのってことは、アンタはレヴィウス君を知っているのかい？」

「私は直接知ってるわけじゃないけど、同級生の姉さんが熱烈なレヴィウス様の大ファンだったの。あの伝説のテンカウント。最後のボクシングの試合のことなんて、何度聞かされたことか」

「ああ、そういや、彼、ボクシングなんてしてたね。彼は私の後輩で、小さい頃から知ってるのさ。というか、私達の世代というか、この街であいつらを知らないのは、モグリだろ」

ピーナは、当然とばかりに店の中を見回す。

店には、昼食に来たたくさんの客が、ピーナの言葉に、うんうんと頷いていた。

「俺達の世代なら、誰だって知ってる。ガバナー国民学校の伝説の五人さ。無敵無敗、常勝のガバナー黄金時代。サットン貴族学校の奴らがどんなに頑張っても勝てなかった俺達の憧れの存在だ。金や権力を振りまいても、あの五人が束になったらどんな敵でも叶わない。俺達は物語の英雄のように彼等の後ろをずっとついて回った。懐かしい青春の日々だ」

食後のお茶をゆっくり飲んでいた眼鏡職人の男が、熱いカップに息を吹きかけながら、懐かしそうに話すのを、皆、黙って頷きながら聞いていた。今度は、その斜め前に座り、口の中の肉を必死で咀嚼していた比較的若い大工の男が、ゴクリと飲みこむと続けた。

「でもさ、それって昔のことだろ。俺は今の五人を知ってる。俺は船大工を目指して修業中だからこそ言うぞ。あの五人は、未だに伝説の英雄のままだ。というか、全員が全員とも、やべぇ奴らだ。俺は、あの人達ほど、常識ってもんをぶっちぎる人間を知らねぇ。俺の先輩が言ってた母親の腹に置き忘れてきたって、あれ、本当だと思う」

二十歳にもならない若造が常識だというが、その真剣さに誰もがごくりと息を呑んで聞いた。

「何が、あった?」

「ある日、ドックで修理中の船のマストが急に倒れてきたことがあったんだ。甲板で破れた板張りを張り替えていた俺達の真上で、とっさのことに逃げられなくて、俺も、先輩も死ぬって思ったんだ。そのとき、たまたま組合長と来ていたレイモン親方が、船に飛び込んできて、マストを思いっきり殴ったんだ。頭の上で、ズドンってもの凄い音がしてさ。倒れてきたマストはメインマストで、ものすっごく重いんだぜ。なのに、一度殴っただけで、マストが反対に倒れたんだ。それどころかその後、邪魔だって、折れたマストを船から担いで降ろしたんだ」

「ほう、いい話じゃないか。レイモン親方は、怪力無双だから、あり得る話だろ。どこが可笑しいんだ？」

「殴ったとき、その拳から血が噴き出してたんだ。あとで聞いたら、拳が折れてたらしい。折れて、血が噴き出してたのに、平気な顔で、俺達を助け出して、尚且つ柱を担いで降ろしたんだぜ。先輩が、それ、痛くないのかと聞いたら、痛いが我慢できない痛みじゃないってケロっとした顔で言ったんだ。それだけなら我慢強い人だなとか、強がり言う人だなって思うんだけど、その後の言葉で、こいつはやべぇ奴だって、心底、実感したんだ」

「うん？　なんて言ったんだ」

「事故っていうのは、突然襲ってくるもんだ。なら、助けるためには、その事故の原因そのものをなくせば良い。今の場合は、あの柱だな。殴るか蹴倒すか、ちょっとは悩んだが、とっさに手が出た。俺は、まだまだだなって」

その場にいたほぼ全員が、いやいや論点が人間じゃないよと心の中で思っていた。

そのとき、カウンターに座って焼きそば定食を食べていた印刷屋の親父が、ははは と笑った。

「何言ってんだ。レイモンはまだ常識に沿っている男だぞ。五人の中で一番規格外はリーダーのレヴィウス君だが、一番常識がないのは新聞記者のトアルだぞ。あいつ、記事を書くために、毒ガスが発生している炭鉱の中に突っ込んでいって、無事に被害者を助けてきたんだぞ。で、お礼を言う生存者達にそのまま質問して記事にまとめて、徹夜で書き上げ翌日のトップ記事。で、その後、倒れて運ばれて、三日三晩の意識不明の重体。いくら記者だって、そこまでしなくてもいいだろって言ったら、平気な顔で言うんだ。今、自分は生きているんだから問題ないってな。そんで、あいつの奥さんが無茶なことをするなって怒鳴ったら、無茶って何が無茶なのって、笑って言うんだ。一瞬でもできると思ったんだから、できるんだよ。それは無茶って言わないんだって。呆れたよ。あり得ないくらい常識がない。俺は、そう思ったね」

その場にいた全員が、呆然としていたら、ピーナの背で赤ん坊が楽しそうに笑った。

それを見たピーナが机の上をぱんっと叩いた。

「その二人が常識がない。だからなんだい」

机の上を拭いていた、手伝いのサリーが恐る恐る声を上げる。

「レイモンとトアルだけじゃないのよ。歴史学者になったコナー先生だって、遺跡の発見に命をはってる。誘拐された挙げ句に酷い目に遭ったのに、全く懲りずに、またあの遺跡にあれから何度も行って、崩落するって現場にだって、真っ先に走っていくって聞いたの。そこで何人も生き埋めになりかけた作業員が救われたって。子供が生まれて間もないのに、あの人はできると思ったら行っちゃうから仕方ないのよって、奥さんのウィケナは笑ってたわ」

うん、こいつもヤバい奴だ。

皆は冷や汗がたらりと流れるのを感じていたが、それまでずっと何か言いたげにじっとこちらを見つめていた若い青年が、キラキラした瞳で話に入ってきた。

「実は、その有名なガバナーの五人組には、実は影の立役者がいたって知ってますか？」

「立役者？」

ガバナー黄金時代を知っている者達も、そんなのいたっけと首を傾げる。

「やりたい放題で彼方此方ぶち壊していく五人のフォローをずっとしていた人が、いたでしょう。ほら」

それでもわからない皆の顔を見渡して、彼は小さく頬を膨らました。

「本当に覚えていないんですか？　ほら、金髪で褐色肌の」

大工の男が、ポンと手をたたいた。

「あ、外見はちょっと派手なのに、存在自体が影みたいな奴だろ」

「そういえば所々でいたような？」

「あ、途中から可愛い妹ちゃんと一緒に編入していたキノコだ」

「ああ、キノコ。確かにいたような、いたか？」

顔を見合わせつつ記憶をたどっていた彼等に、ふぅっとため息が背後から聞こえる。

「馬鹿だね、アンタ達もよく知ってるだろう。ディコンのことだよ」

ビーナの声で、彼はうんうんと嬉しそうに頷いた。

「そうですよ。今は港の警備局で働いているディコンさんのことです」

「でもなぁ、あの五人に比べたら、あのキノコは、本当に地味だぞ」

「そう、変わった容姿をしているくせに、あの存在感のなさ」

「確かに成績は良かったし、あの五人とよく一緒に行動してたけど、目立ったことないぞ」

「そうそう、妹ちゃん達は可愛かったけど」

「うむ、あの伝説の三人娘は、俺らの青春のアイドルだった」

話が飛んでいきそうになって、慌てて青年は机をたたく。

「ディコンさんは僕の先輩ですが、あの人は本当にとんでもない人なんですって。真面目で融通が利かない頑固なだけじゃなくて、ものすごく優秀で優しいんです」

「ほう、キノコが」

「うむ、やるな、キノコ。後輩にここまで言わせるか」

からかうように言葉を差しこむ彼等に、若者は言葉を続ける。

「港の警備局って、実は、とんでもなく雑多な仕事が多いし、なんとなく仕事をしている使えない上司に振り回された挙げ句に、給料安い休み取れない人がいない、で、最悪だったんですけど、ディコンさんがいると、びっくりするくらいスムーズに仕事が回るようになるんです。あの人、仕事の処理能力が抜群な上、周りの人を動かすのがとんでもなく上手いって知っていましたか？　あれ？　これって僕が今するの？　って思いながらもそのとおりにしたら、全てが流れるように上手くいくんです。適材適所っていうのかな。全ての物事の秤を瞬時に判断している。そして、最もすごいことは、何をどうやっても誰からも恨まれない人柄だってこと。どんな人もディコンさんと話をすると、気がつけば笑顔で了承しているんです。これは本当にすごいことなんですよ。あの人が行方不明になったとき、僕達は実感したんです。ディコンさんがいないと、何一つ上手く回らないんだって。あの膨大な仕事量を笑ってこなしていたディコンさんは、とんでもない人だったんだって。義理の弟のコナーさん曰く、交渉事やもめ事にもっとも強いのはディコンさんなんだって。実は、好き勝手する五人の後始末を引き受けていた影の立役者だったって。ディコンさんがいなければガバナー黄金時代は、あそこまで長く続かなかっただろうって」

「へぇ、キノコが」

「なるほど、実は影からこっそり存在してたのか。流石キノコ」

「あの五人と一緒にいたんだから、まぁ、普通なわけないわな」

「うむ、どこにでもあるキノコだと思っていたら、高級キノコだったたってことか」

キノコキノコと茶化す彼等の後頭部をピーナがトレイでポコンポコンとたたいていく。

「何言ってんだい。今のディコンは結婚したい男リストに載ってんだよ」

「はぁ？」

思わず声を上げる彼等に、青年はうんうんと頷く。

「髪をばっさり切っちゃって、そうしたらすごいハンサムだったたって、人気急上昇中なんです」

「なるほどねぇ、ディコンさんも、ヤバイ人だったたってことか」

窓際で話を聞きつつ、デザートに舌鼓を打っていた男性が、にこやかに話し始めた。

「俺は、カースとレヴィウス、この二人がセットになるほど恐ろしいものはないってことをよく知ってる。俺、ハリルトン商会で働いてるんだけど、あの二人が船に乗ってからというもの、中堅だが経営が安定せず、傾きかけていたハリルトン商会がどんどん持ち直し始めたんだ。船員全員が戦える強い商船なんて夢物語だって誰もが言ってたのに、あの二人に憧れて、腕っ節の強い船乗りが集まって、万が一、体を損なって船を下りても職があるとカースに説得されて職業訓練、序でに武術訓練まで組みこんで。航海中に襲ってくる海賊を次々とやっつけて、あちこちの港で報奨金をもらって、その金でその港に商会を置いてと、どんどん有名になっていくに従って、店も大きくなっていったんだ。いつの間にかダメダメだった経営陣が引退して、不正を働いていた職員も気がつけば首になってて、今のハリルトン商会は勤めたい職場ナンバーワンなんだぜ。

あの商会は、あの二人が作り上げた理想の職場だ。普通なら離職率の最も高い船乗りだって、辞める人間を探すほうが大変なくらい希望者が多い。どこの港でも有名なんだ。海賊ですら今では、ハリルトン商会の旗を見ただけで逃げていくっていうくらいだ。戦える商船は、ハリルトン商会の看板のようになって、最近じゃあ真似を始める商会もいるくらいだ」

まぁ、あの二人なら、簡単にとまではいかないが、商館の立て直しくらいは楽しんでやってしまうだろうと皆は頷いていた。

「初めて二人に出会ったとき、俺は、仕事を辞めようか悩んでいたんだ。俺の上司が、なんだかんだと文句を言って、いつも従業員の給料の中抜きをこそこそしてたの知ってたから。上司の上司も同じことしてるって知って、この商館は腐っているって思った。真面目に働くのが馬鹿らしいって、同じように腐っていく連中を見て、辞めようって思ってたんだ。だけど、あの日、キラキラした目で、戦える商船、海賊に負けない船員、皆が安心して働ける安心安全な職場って、夢物語を聞かされて、つい無理だって、その理由も伝えて別の商館に行ったほうが良いとまで言ったら、二人は笑ってこう答えたんだ。私達ならそのすべてを変えられる。だから、私達を貴方は見ていてくださいませんかとね。あれから十年だ。たった十年で彼奴らは、商館を変えただけでなく、キツい辛い汚いで嫌われた船乗りの常識すら変えちまった」

あるとき、レヴィウスと話をしていて、なぜ船乗りになってまで、こんな商館の立て直しなんて面倒なことしようと思ったんだと聞いたら、こう答えたんだ。

『面白そうだし、できると思ったからだ。誰もがあり得ない、できないってのを、打ち破るのが最高に楽しい。常識、当たり前、前例がないなんて逃げ口上だ。強敵や困難に逃げずに立ち向かうとき、勝てると思うところまで自分を引き上げるときを一度経験すればやみつきになる。お前もやってみたらどうだ』って」

全員が、しーんと黙りこむ。時折、ピーナの背中の赤子だけが、きゃっきゃと笑うだけ。

「で、アンタはやってみたのかい？」

ピーナの問いに、彼は紅茶を飲み干し、カップを持ち上げた。

「ええ、おかげで今の私は、毎日が楽しいです。あのとき、辞めなくて良かった、勇気を出して彼らに協力してよかったと、今は自分の決断を心から褒めたいくらいです」

「そうかい。良かったね。あんた、いい顔をしてるよ。人生をきちんと歩いている顔だ。私が旦那に惚れてなけりゃ、あんたにちょっと傾いていたかもね」

ピーナの軽口に、男はまんざらでもないように笑う。

そして、たまたま調理場から出てきたオトルが、ピーナを慌てて引き寄せた。

「駄目、駄目、ピーナは僕のだから。誰にもあげないし、渡さないからね」

泣きそうになっているオトルに、ピーナはうっとりと笑った。

「馬鹿だね、アンタは。あたしが惚れた男はアンタだけさ。あれだけアンタの子供を産んでるのに、まだ信じられないのかい？」

ポンポンとその背を叩きながらなだめていると、それまで黙って聞いていたミリアが、ぽそりと呟いた。

「やっぱりレヴィウス様って、とんだハイスペック男じゃない。でも、そのくらいじゃないと、メイの相手はできないかもしれないから、ちょっと安心だわ」

ミリアの言葉に、少し興味を持った男が、聞いてきた。

「そのくらいって、そのメイって娘、一体どんな子なんだよ。相当な危険物なのかい」

危険物。その一言で片付けて良いのかわからないが、メイは最高のトラブルメーカーだとミリアは思っている。彼女のいるところで、必ずと言って良いほど何かが起こる。

ピーナもオトルも、それに対して素直に頷いてしまった。

ミリアは苦笑しながらも、丁寧に説明をする。

「あの子ね、相当なお人好しなの。困っている人がいれば、何も考えずに傍に行っちゃうのよね。それに、騙されやすくて、ちょっと前には、幸福の壺を買わされそうになってたのよ。信じられる？　馬鹿じゃないのと思うくらいに善人で優しいのに、誰かのために体を張って行動できる凄い子なのよ。同じことを私にしろって言われてもまず無理だから。そう言えるくらいにむちゃくちゃなのよ、あの子。ちょっと前のことなんだけどね。私の幼馴染みにチェットって馬鹿がいたんだけど、知ってる？」

客の数人が小さく頷くと、ミリアは店の棚の上に載っていたウサギの置物を見て笑った。

「逃げてばかりの最低のチェット。彼にはリリーっていう妻がいたんだけど、家にも居着かないで、変な連中と付き合って、たまに帰ると金を取り上げていなくなる。それを繰り返してたら、罰が当たったのよね。ある日、ヤバい連中の大事な物を盗んだって借金取りの連中が来て、リリーが人買いに連れていかれたの。そのときに、人さらいの連中のアジトまで乗りこんでいって、なんだかんだとあの子が暴れて、そこに警邏連中が踏みこんでと大立ち回りがあったの。腕っ節は全くないくせに、度胸は人一倍あるのね。殺されそうになったチェットとリリーを庇って、殺そうと振り下ろされたナイフを持つ犯人の前に飛び出したんですって。あとで、二人に聞いて、愕然としたわ。何やってるのよ、あの子って。

でもね、あの子のおかげで、チェットとリリーが変わったの。チェットはもう嘘もつかなくなったし、逃げなくなった。リリーはしっかりと前を見て一人で歩けるくらいに心が強くなった。ほら、この細工、素敵でしょう。最近、人気が出てきた細工師のものなのだけど、この細工師って、実はチェットなの。頑固で融通が利かない老細工師に弟子入りして、コツコツと毎日真面目に仕事をしているのよ。それが普通だって言うのは簡単だけど、今までの生活を全く変えてしまうのは大変なのよ。人間、楽に生きたいって欲求は必ずあるもの。でも、今のあいつは、文句一つ言わないでただ実直にノミを動かすだけって感じで、なかなか鬼気迫るものがあるのよね。その作品を見た老細工師は、将来は自分の跡継ぎにって思ってるらしいよ。いつもいつも泣いてばかりで萎れていく花のような感じだったリリーは、メイと出会って、本当の自分を見つめ直すことができたらしくて、助け出されたあとのリリーは、父親の工房で、革細工職人になるために下っ端から修業を始めてる。今のリリーは随分とたくましくなってる。あの二人が、今のように変われたのは、メイのおかげ。私達は二人を助けてくれたメイに、心から感謝しているの」

ミリアの言葉に、メイという娘がどんな子か、彼等の頭の中で似顔絵ができあがっていく。良い子らしいが、突拍子もなくて面倒ごとに突っこんでいくイノシシ気質。なのに、腕っ節は強くない。お人好しなだけの体当たりチャレンジャー。勇気ある弾丸娘というところか。

「それに、あの裁判はもの凄かったわね。最初は人身売買組織の撲滅のために証言台にと言ってたのに、蓋を開けてみたら、麻薬だの、教会の不正だのと大きな事件がどんどん芋蔓式に絡み合って。王城で保護されていたはずなのに、犯人達に捕まってボコボコに殴られて死にそうになったそうよ。あの裁判で新聞に似顔絵が載ったでしょう。あの酷い傷、女の子なのに」

皆の頭の中で、その新聞に描かれた酷く可哀想な顔の女の子の像がピタリと張り付いた。

「そんな子を嫁にもらうのか。随分とチャレンジャーだな、レヴィウスは」

「ああ、俺だったら絶対に近づきたくないよ、その問題ばかり連れてくる娘に」

「いや、できないを可能に変えるレヴィウスだからこそ、結婚ができるんだ。俺、尊敬するわ」

こわごわと水に手を伸ばす客達の顔を、ピーナはぎっと睨み付ける。

「なんだいなんだい。あの子は本当に良い子なんだよ。ここでしばらくの間、働いていたことだってあるんだよ。あんた達、覚えていないのかい？」

え？　っと首を傾げる客に、ピーナがため息をついた。

「アンタは酒に酔って帰りたくないとその席で管を巻いていたときに、あの子と少し話したことがあっただろう、あの子のおかげで奥さんが優しくなったって言ってただろ」

あっ、と思い出した男が手のひらをポンと叩く。

「あの優しいアドバイスをくれた子。あの子がそうなの？」

「そうさ。アンタも、あの子がレナードさんの焼きそば弁当を配達していたときに出会ってるだろ。大きな布にいっぱいの弁当を包んで背中に背負ってアンタの工房にも行ってただろうに」

あっ、と船大工の男が思い出して、同じように手を叩く。

「いつもニコニコ笑っていたあの子？　本当に？」

同じように、メイから弁当を買っていた幾人かの男が、思い出して首を傾げた。

可笑しい。頭の中のイノシシ迷惑直行娘と、あのドジで抜けている感が強いニコニコ笑顔の可愛いメイが全く繋がらない。実は、弁当の配達をやっていたとき、メイのことをいいなと思っていた男どもがわりと多くいたのだ。どこにでもいる普通の娘だが、笑うと笑顔が何かの小動物のように可愛いと一部では受けていた。

「あの子が、噂のメイさんか。あはは、構えてなんだか損した気分だ」

「本当にそうだな。あの子、どこか子狸みたいだって俺思ってたんだよね」

「子狸か、それも似合いそうだが、俺は、子リスみたいだって思うね。だって、あの子、食べているときに急かされると、ポケットからハンカチ出してしまいこむんだぜ。ほら、リスは餌が食べきれないと庭に埋めてしまいこむだろう。アレみたいだ」

各自が思い思いにメイの印象を語り始めると、ピーナがパンパンと手を叩いた。

「はいはい、そんな皆にお願いがあります。酔っ払い以外は聞いてちょうだい」

なんだなんだと耳を澄ますと、ピーナが正方形の小さな白い布を取り出した。

「メイには母親がいないんだ。小さなときに死んだらしい。だから、花嫁衣装を用意する母親がいないのさ。そんなわけで、私があの子の母親代わりに幸福の縫い取りをできるだけたくさん集めたいんだよ。あんた達は、なんだかんだでメイやレヴィウス達と何かしら関わりがあるだろう」

貴族は知らないが、この国の平民は結婚式に、たくさんの人が幸福を願って刺した花の刺繍を母親が繋いでドレスを作る風習がある。刺繍の下地は何色でも良いのだが、メイは以前にミリアの花嫁衣装の話をしていたとき、白が良いと言っていた。だから、ピーナは慌てて上から白い布地を探して、二十センチ角に切ってきた。

「あんた達の奥さんや娘さんに、頼んでおくれでないかい。あの子のために、私はできるだけのことをしてやりたいんだよ」

ミリアも、ピーナが持ってきた布を数枚取り上げた。

「私もだけど、リリーも絶対に刺繍をしたがると思うから、たくさん持っていくね」

「ああ、よろしく頼むよ。王城のローラさんにも声をかけてみようかと思うから、それなりに集まるとは思うけど、アンタは今、大事な体なんだから、無理するんじゃないよ、いいね」

「うん、わかってる。この子も、メイのように優しくたくましい子に育って欲しいから、この子がお腹にいる間に刺繍して、二人分の念を詰めとくわ。メイが言ってたの、胎教教育っていうの？　お腹の中にいるときに、子供にあれこれと教えると、生まれてからも潜在的に覚えているんだって。だから、メイのことを話しながら刺繍をしてたら、優しい良い子に育つんじゃないかって気がするの」

ミリアはもうすっかり母の顔だ。ああ、メイはあんなにミリアのことを慕っていたのだ。結婚式にも出たいと言っていたが出られなかった。子供の顔を見たら、どんな反応をするだろう。

「元気な子を産むんだよ。あたしができることは協力するからさ」

ピーナの言葉に、ミリアは頷いて笑った。

「ありがとうピーナさん、心強いわ。旦那も協力的だし、家のことは問題ないの。むしろ、オーロフおじさんが問題で」

オーロフ？　警邏のムッツリ顔のコロンボを思い出して首を傾げる。

あの無愛想な男が問題とか。

「家にいる間に産気づいたら大変だって、近所の子供達に小遣いをやって、ご機嫌窺いに毎日家に来させるのよ。おかげで、子供相手のお菓子作りが得意になりそうよ」

「良いじゃない。子供が生まれて大きくなったらの練習も兼ねられるってことでしょう」

後ろで聞いていたサリーが口を挟むが、考えてみたらその通りだとミリアは笑った。

「あの子達、この子が生まれたら仲良くしてくれるかしら」

ミリアは優しくお腹を撫でて、白い布を当てる。なんとなく、メイがいたら大騒ぎだろうなと考えるに至って、ミリアは優しく微笑んだ。

メイが結婚する。あのレヴィウス様と。あの方を愛する熱狂的なファンは未だに多い。中には狂信的とも言えるほど崇拝している人間もいると聞いている。あのカリスマ的ヒーローの嫁という立場は、たくさんのヤッカミや嫉妬といった負の感情を引き寄せるかもしれない。


メイが結婚式で辛い想いをしないように、願をこめよう。

一針一針に、メイが幸せになりますようにと、神に祈ろう。


ミリアは丁寧にたくさんのいろんな糸で花の刺繍を入れる。

五枚の刺繍を終えたところで、産気づいてミリアは元気な男の子を産んだ。

夫のカザスと叔父のオーロフは、初めて出会う我が子、我が姪の子に、感動のあまり涙が止まらなくなった。

そして、出産を終えて、元気すぎる子供の相手に四苦八苦しながら月日が流れて一年後。

メイのためにピーナの号令で集められた刺繍は全部で三百枚弱。ピーナは器用にそれらをローラが持ってきてくれたメイのサイズの白いドレスに、レースを貼り付けるように、たくさんの襞を入れて縫いこんでいき、腰から下、背中と肩、お腹周りのリボンまでの総刺繍なカラフルなドレスが出来上がった。それでも余ったので、後ろにトレーンを付けて、ベールも用意した。皆の想いが詰まった、幸福のドレスは随分と豪華になった。

まるでどこかのお貴族様が着るドレスのようだ。

ピーナはそのドレスを見て驚くメイの姿を想像して、思わず涙が止まらなくなって、オトルをびっくりさせた。ピーナにとってのメイは、もう我が子と同じだ。ほんの短い期間を一緒にいただけなのにあの子のことが、こんなにも愛おしい。

ああ、早く、帰ってきてその顔を見せてちょうだい。貴方の喜ぶ顔が心から見たいのよ。

ピーナは出来上がったドレスを前に、しばらく泣いていた。

後日、メイの結婚式はゼノ総長とポルク爺、王様達からの力添えで、大聖堂で行われることになり、ピーナは呆れると共に、このドレスを作って良かったと大きく安堵した。

そして、とうとう帰ってきたメイが、そのドレスに袖を通し、一歩一歩ゆっくりと大聖堂を歩くとき、はにかむように笑うメイの可愛らしさと、あまりの豪華さと素晴らしいデザインに、レヴィウスを始めとした多くの観衆は魅了された。

小柄なメイが最も似合うクジャクのように華やかなドレスは、ピーコックデザインと後の世に称され有名になった。因みにこの名を広めたのはある仕立屋夫婦で、結婚式のあと、デザインの素晴らしさに興奮してピーナに詰め寄ったらしいのは、余談だろう。

あとがき

こんにちは、やっと出ました最終巻です。白壁とい草と、デニム、美味しいフルーツに恵まれた倉敷に住むひろりんです。コロナショックや経済の低迷に、外出自粛。

ストレスフリーな社会はどこにと聞きたい状態が続いてますが、皆さんはお元気でしょうか。

私は、ストレスの赴くまま写真集や旅行雑誌を読んで、旅行した気持ちになって小説を書きまくるといったストレス解消法で何とかやっていますが、世間一般の人達は全体的にイライラしているようです。早く薬が開発されて、世界の皆が安心して過ごせる世界が戻ってくるといいですね。誰か特効薬を、神様、お願いしますとまずは神頼み。本が出るたびに、私の書いた本が誰かの手に取っていただき、どうか運良くお気に入りになれますようにといつも願掛けをしているのですが、ここでまたもや世界規模なお願いをしました。私のよく行く神社の神様はいい加減お願い規模が大きいぞと、少し呆れているかもしれません。本当にご苦労様です。

さて、日本に戻り、異世界の記憶を失ってしまった芽衣子の日常が戻ってきます。

平和で馴染みのある風景に安堵するも、どこか可笑しい。そんな違和感の中で、何度も何度も芽衣子は探します。その違和感の正体、異世界の記憶を。

世界の大きすぎる理に消された記憶は、なかなか戻りませんが、異世界の管理者である晴海達の協力や芽衣子の父と母、そして異世界からのレヴィウスの想いが、芽衣子の封印を解いて、無事に異世界の記憶を取り戻します。そして、せっかく戻れたのに再度異世界に行く芽衣子。

これって、場所と立場を考えなければ、よくある話ですよね。紆余曲折して馴染んだ生活のほうが居心地がよくなって、故郷を後にするんです。うん、あるある。

で気がつけば、またもや飛ばされ、今度は空の上。うん、もう突っ込みようがわからない。人間は飛べないんですよと書きながら何度も自問自答しました。でも、書いちゃったし。

で、ここから先はネットで読んでいる方も知らないもう一つの世界。

飛ばされた先は芽衣子の、いえ、メイの幸せの場所へ。うん、カモメいい仕事してるね。

「幸せになろうよ、メイ」をテーマにネットとは違う話で書き終えました。ネットはまだレヴィ船長に会えてないからね。あちらはこれからなのです。

ですが、本を読んでくださる方々には一足先に先行上映とばかりにすっ飛ばした結末を書きました。これで皆が幸せになる。ハッピーエンド推進派な私としては大満足な終わりです。

でも、紆余曲折も、メイの冒険をまだまだ読みたい方はネットへどうぞ。

あちらはこれからハッピーエンドに持っていく予定ですから。

ここまでの長い物語を読んでくださって、本当にありがとうございます。

私がこの物語を書き始めてもう十年になりますが、本当に応援してくださった皆様には、感謝の気持ちしかありません。貴方がいて、私とこの物語を支えてくれたから、今この本があるのです。そう思えば、この『箱をあけよう』の本は、私と読者の皆様との共同制作とも言えるのではないでしょうか。本当にありがたいことです。神様にもきっちり感謝の気持ちを込めて、お酒でもお供えしたいと思います。

それではまた。いつかどこかでお会いできる日が来ればいいですね。私もまたメイと一緒に

著者プロフィール

ひろりん

本名、植木裕子。
19XX年2月生まれ。
みずがめ座のAB型。
岡山県倉敷市生まれの倉敷育ち。
ニューヨーク市立大学リーマン校卒業。
「小説家になろう」に投稿中。
地元の大原美術館と図書館をこよなく愛す、インドア気質人間です。

著書に『箱をあけよう』シリーズ（1～5巻 文芸社）、文庫版『箱をあけよう　メイの異世界見聞録』（文芸社文庫NEO）がある。

イラスト：夏目 悠

箱をあけよう 6

2021年7月15日　初版第1刷発行

著　者　ひろりん
発行者　瓜谷 綱延
発行所　株式会社文芸社
〒160-0022 東京都新宿区新宿1－10－1
電話 03-5369-3060（代表）
03-5369-2299（販売）

印刷所　株式会社エーヴィスシステムズ

ISBN978-4-286-22430-5